U0644953

李符清集

〔清〕李符清 著

許雋超 費佳怡 康銳 整理

國家社科基金藝術學一般項目（2021BF00156）階段性成果

廣陵書社

圖書在版編目（CIP）數據

李符清集 / (清) 李符清著 ; 許雋超, 費佳怡, 康銳整理. -- 揚州 : 廣陵書社, 2023.12
ISBN 978-7-5554-2065-1

Ⅰ. ①李… Ⅱ. ①李… ②許… ③費… ④康… Ⅲ. ①李符清（1751-1808）—文集 Ⅳ. ①I214.92

中國國家版本館CIP數據核字(2024)第004389號

書　　名　李符清集
著　　者　〔清〕李符清
整　　理　許雋超　費佳怡　康　銳
責任編輯　胡　珍

出版發行　廣陵書社
揚州市四望亭路 2-4 號　　郵編　225001
(0514)85228081(總編辦)　　85228088(發行部)
http://www.yzglpub.com　　E-mail:yzglss@163.com
印　　刷　揚州皓宇圖文印刷有限公司

開　　本　889 毫米 × 1194 毫米　1/32
印　　張　15.375
字　　數　360 千字
版　　次　2023 年 12 月第 1 版
印　　次　2023 年 12 月第 1 次印刷
標準書號　ISBN 978-7-5554-2065-1
定　　價　80.00 圓

海門詩鈔卷十四 癸亥

合浦李符清仲節甫著

寄康龍山員外

少小交親漲海邊相尋淮泗又幽燕謾論石室千秋業
已墮風塵十八年

晤趙渭川郎中保定

年年筆札寫離心執手還疑夢裏尋鄴下句傳楓葉冷
崔信明曾爲安陽令燕南吏老海棠陰東鹿署齋海棠余初宰時手植才居人後
應藏拙詩到君前不敢吟却笑風塵情況似白頭巖我
是抽簪

大風行

嘉慶二十年刻本《海門詩鈔》書影

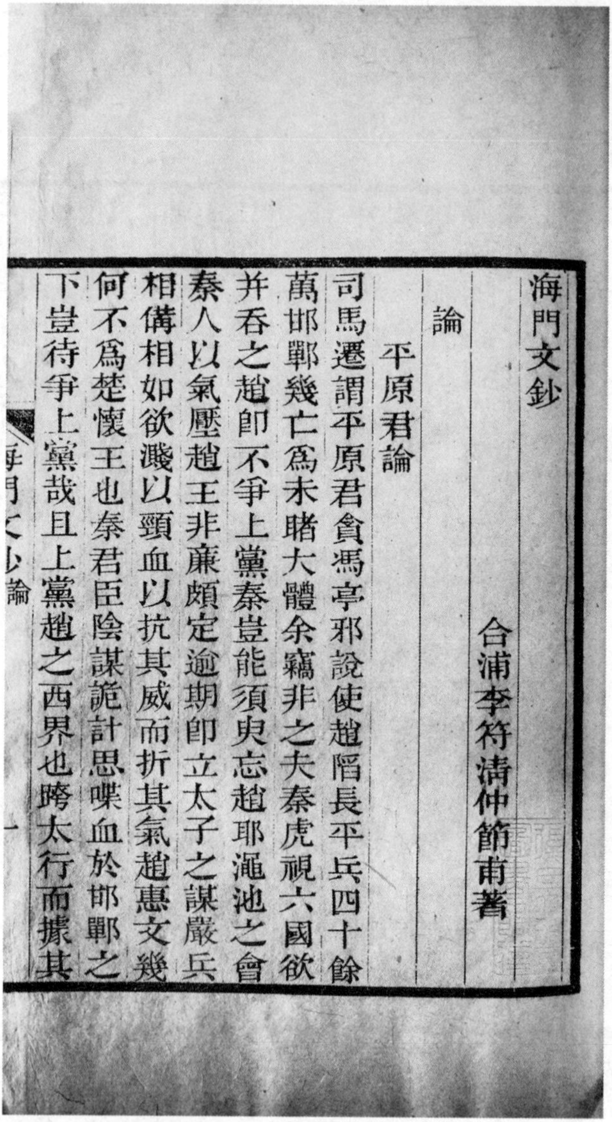

海門文鈔

合浦李符清仲節甫著

論

平原君論

司馬遷謂平原君貪馮亭邪說使趙陷長平兵四十餘萬邯鄲幾亡爲未睹大體余竊非之夫秦虎視六國欲并吞之趙卽不爭上黨秦豈能須臾忘趙耶澠池之會秦人以氣壓趙王非廉頗定逾期卽立太子之謀嚴兵相備相如欲濺以頸血以抗其威而折其氣趙惠文幾何不爲楚懷王也秦君臣陰謀詭計思喋血於邯鄲之下豈待爭上黨哉且上黨趙之西界也跨太行而據其

嘉慶四年刻本《海門文鈔》書影

翁覃溪先生鑒定

海門經義

石松齋藏版

海門經義序

予与海內士大夫劘切論文自廣東始時予年甫及壯負軒〻不苟許可之氣舉所夙聞於前輩者一

乾隆五十九年刻本《海門經義》書影

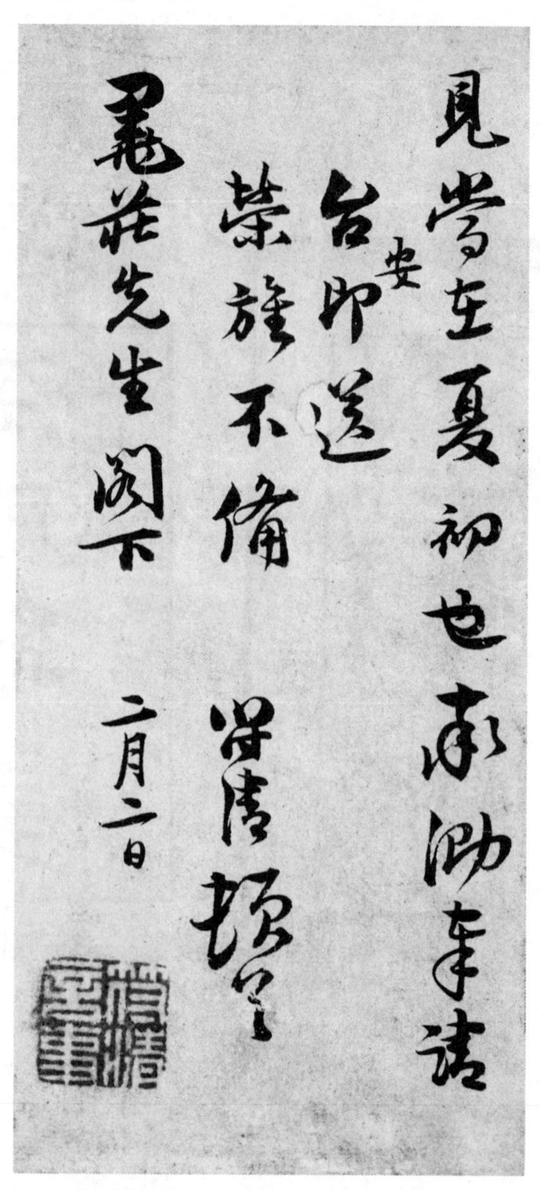

見嘗在夏初也承渤李諸
台安即送
榮旋不備 符清頓首
罍莊先生閣下 二月二日

陳烈主編《小莽蒼蒼齋藏清代學者書札》所載李符清手跡

前言

清代廣東詩歌，自易代之初『嶺南三大家』後，聲華稍寂。乾隆中葉，大興翁方綱督學廣東，與諸弟子論説古人詩源流異同，揚扢風雅，景從者衆。翁方綱識拔合浦李符清於童子科，作詩爲學，多所指授。李符清中年服官畿輔，著有政聲，翁方綱以『詩編太白三千首，頌遍城南尺五天』稱許之，是乾嘉时期嶺南著名循吏詩人。

李符清字仲節，號海門、載園，廣東廉州府合浦縣（今屬廣西北海市）人。乾隆十六年（一七五一）九月生，嘉慶十三年（一八〇八）秋卒。乾隆四十二年拔貢，四十八年舉順天鄉試。以《四庫》謄録議敘，由順天府保定令，仕至直隸深州牧，候補知府。撰有《海門詩文鈔》《海門經義》等，主修嘉慶《東鹿縣志》《開州志》。

合浦李氏始遷祖，明正德八年（一五一三）由閩來廉，傳十三世，乾隆初葉已稱巨族。李符清父早歿，賴母楊氏鞠育成人，同懷兄弟多習舉業。年未弱冠，受知於合浦令汪度涵，縣試拔置第一，讀書邑署，得聞方苞古文義法。乾隆四十三年，應拔萃朝考後，校録《四庫》書館。四十八年北闈中舉，復出翁方綱之門，師生學緣益深。李符清客京師時，多預名流文酒之會，流連梨園，與西蜀名伶陳銀兒交厚，嘗以《西川海棠圖》邀同仁題詠，出仕前裘馬輕狂之態，略可想見。

乾隆五十一年，李符清謄録期滿，議敘一等，旋做宰直隸。此後二十年間，修葺學宫，捐建書院，主修志乘，濬河築堤，賑災緝盜，身先吏役，士民擁戴。公事之暇，不廢吟詠，與同僚杜群玉往來唱和，人稱『李杜』，並常請益都中翁方綱、法式善等師友。舒位《乾嘉詩壇點將録》，比之青眼虎李雲，粤人黎簡、張錦芳僅置副作。李符清工書能繪，喜鑒藏碑帖字畫，藏有杜甫《贈衛八處士》詩墨蹟，顔書室曰『寶杜齋』。所藏《聖教帖》《群玉堂帖》，亦世所罕覯。李符清身後未見傳狀，然詩文集生前已編定付梓，亦屬幸事。兹先説詩文集刻本，後談詩集寫本，縷述如下。

李符清詩文集，生前有三次合刻。詩集《海門詩鈔》，上下卷，首次刊刻於嘉慶元年（下簡稱『二卷本』）。牌記題『南滙吴白華先生選定，鏡古堂藏板』。鏡古堂，李符清書齋名，是書有初刻、增刻之别。其中，復旦大學圖書館所藏初刻本，卷首冠吴省欽（白華）手書《海門詩鈔序》，嘉慶元年四月撰。後附翁方綱、洪亮吉、王汝璧、法式善等二十二家『海門詩鈔題辭』，計詩文三十八首。正文詩分體，上卷録古體詩五十一首，下卷録近體詩二百六十八首，共詩三百十九首，最遲乾隆六十年作，保存了詩集若干原始形態。據李符清致法式善札，刷印或在嘉慶元年秋冬。

增刻本《海門詩鈔》上下卷，應在初刻當年或次年刷印。較之初刻本，卷首增翁方綱嘉慶元年十一月手書《載園集序》。『海門詩鈔題辭』，增張問陶、趙希璜、熊方受、江元謙、宋湘五家題詩十三首。正文卷下，增收《贈徐心田》七律一首。天津圖書館藏本，有硃、墨筆圈點删改，或迺法式善手跡，多爲李符清採納。如卷下《彭城夜雨寄家兄萩園》詩，後二句原作：『遥憶對牀人萬里，那知漂泊在彭城。』墨筆改『遥憶』爲『惆悵』，『那知』爲『果然』，爲嘉慶三年刻十卷本《海門詩鈔》所從。卷下《示璋兒》詩，後三句原作：『徒誇儇巧不爲才。世間紈絝膏粱子，却被人嗤是駑駘。』墨筆夾籤：『六句，還須廣博便成才。七、八句，惟予亦自童年過，庭訓如新鬢已摧。』十卷本作：『徒誇儇巧不爲才。髫齡我記承庭訓，轉瞬於今鬢已摧。』做了部分修改。

李符清文集首個刻本，名《鏡古堂文鈔》，不分卷。牌記題『鏡古堂檢存文鈔』，無序跋，卷首有目録，録古文三十九篇，多通籍後作。有圈點、眉批、夾批，篇末綴吴省欽、馮敏昌、張問陶、裴顯相、楊天敘諸師友弟子評語。嘉慶三年戊午八月，李符清致法式善札云：『從前率爾操觚，得成百十首，旋即散失。近偶撿得十餘篇，及近作數篇，恐後遺失，故撿出付梓。從友人評點，以代胥鈔，非敢望信今傳後也。』《鏡古堂文鈔》之《從嫂謝孺人墓誌》一文，有『嘉慶己未冬』字樣，應最早刊竟於嘉慶四年，迺文集收録篇目最多者。

李符清詩文集再次合刻，始於嘉慶三年。詩集仍名《海門詩鈔》，共十卷（下簡稱『十卷本』），牌記題『嘉慶戊午鐫，鏡古堂藏板』。卷首冠吴省欽《海門詩鈔序》，改二卷本序手跡爲刻字，改『分古今體』爲『編年爲十卷』，尾改署『嘉慶二年，歲在丁巳冬十二月既望』。依卷端『海門詩鈔目録』，録詩共四百二十首，實收詩四百二十四首。詩集編年，起乾隆四十一年，訖嘉慶三年七月。李符清嘉慶三年八月致法式善札云：『前刻《詩鈔》係分體，今編年增減另刻，同《文鈔》共三册，統呈鈞誨。』知十卷本是時已刷刻成書。較之二卷本，十卷本卷首增刻目録，録詩增百餘首。二卷本法式善眉批『删』字者十九首，十卷本皆删去。另如十卷本卷六已標『癸丑』作，卷内《夏五北上取道靈山徐牧園明府招飲三海巖》詩，二卷本『夏五』作『癸丑夏』，十卷本既避繫年重複，時間也更明確。卷一《海幢寺》詩，『一聞梵唄宣，餘聲靜不囂』句，二卷本『餘聲』作『人聲』，十卷本所改爲佳。

李符清文集的第二個刻本，牌記題『海門文鈔，嘉慶戊午鐫，鏡古堂藏板』。卷首冠翁方綱嘉慶元年十一月手書《截園集序》，與增刻《海門詩鈔》二卷本相同。正文不分卷，釐爲論、傳、序、記、碑、墓志、記事、跋等類，共録古文三十三篇。較之《鏡古堂文鈔》，《海門文鈔》删去六篇並師友全部評點，訂正、潤色了個别文字。如《書張王墟吴氏兄弟搏虎事》之『相殘賊』，《鏡古堂文鈔》原誤作『相戕賊』。李符清嘉慶三年八月致法式善札云：『承示以宜仿宋槧，連篇鈔寫，不用圈點，極佩碩見。今僅呈上一帙，伏求椽筆删削，並祈選擇可存者若干首，俯賜敘言，以增光寵。將來擬另編，謹如尊諭，付刊爲妙。』札中的『呈上一帙』，是指《鏡古堂文鈔》，李符清删削另刻《海門文鈔》，多從法式善建言。詩鈔十卷本已刷印，而文鈔尚未編定，付梓或在嘉慶四年。

十卷本《海門詩鈔》行世後，李符清續有兩次增刻，以誌鴻爪。其中，十三卷本《海門詩鈔》，卷首冠吴省欽嘉慶二年十二月《海門詩鈔序》，吴錫麒嘉慶五年十一月手書《海門詩文集序》，增刻二十五家題辭四十三首。較之二卷本題辭，增張曾獻、胡遜各一首，删去陳寅、裴顯相、李如筠、杜群玉四家九首，更換了馮敏昌、楊元錫題辭文字。卷尾增弟子沈樂善《後序》，嘉慶三年八月撰。正文卷十，增刻四首詩於卷末。卷十一至十三，嘉慶四年至七年所作，録詩一百三首，全書共詩五百三十一首。卷十三最後一首，嘉慶七年臘底作，刷印應在次年。在文字上，十三卷本對前十卷本也略做修訂。如十卷本卷二《望嶽》詩，十三卷本改爲《望南嶽》，以與杜甫《望嶽》詩東嶽泰山區分。

十六卷本《海門詩鈔》，亦有初增、遞修之别。西南大學圖書館藏《海門詩鈔》十六卷初次增刻本，牌記題『海門詩鈔，嘉慶戊午鐫，鏡古堂藏板』，全沿嘉慶三年牌記。卷首冠吴省欽嘉慶二年十二月《海門詩鈔序》，吴錫麒嘉慶五年十一月手書《海門詩文集序》，題辭與十三卷本同，目録僅刻至前十一卷，卷尾綴沈樂善《後序》。正文於十三卷本基礎上，增刻卷十四至十六，嘉慶八年至十年作，録詩七十七首。全書共詩六百九首，是李符清詩集收録最多者。卷十六殿尾一詩，嘉慶十年除夕作，刻印竣事應在翌歲。在文字校勘上，如十三卷本卷七《吉安贈顔太守惺甫》詩，十六卷本改『贈』爲『呈』，亦略有潤色。重印嘉慶四年《海門文鈔》附後，實爲詩文合印本。

十六卷本《海門詩鈔》遞修本，天津社科院圖書館藏，與《海門文鈔》合印，牌記題『海門詩文全集，錢塘吴錫麒先生鑒定，合浦李符清先生手著，鏡古堂藏板，嘉慶乙亥年新鐫』。嘉慶二十年乙亥，李符清已殁，刻印者或爲其子侄輩。《海門詩文全集》卷首，冠翁方綱嘉慶元年十一月手書《載園集序》，吴錫麒嘉慶五年十一月手書《海門詩文集序》。後爲《海門詩鈔目録》，亦僅列出前十一卷，後爲吴省欽嘉慶二年十二月《海門詩鈔序》，題辭、正文同初增本，卷尾删去沈樂善《後序》。《海門文鈔》即嘉慶四年刻本重印。

李符清詩文集第三次合刻，在嘉慶十一年。詩集牌記題『海門詩選』四字，無目録，卷一首葉題『合浦李符清仲節甫著，陽城張晉雋三甫選』。亦有初刻、補訂兩種。其中，東北師範大學圖書館所藏初刻本，卷首冠翁方綱嘉慶元年手書《載園集序》，吴錫麒嘉慶五年手書《海門詩文集序》，張晉嘉慶十一年七月《海門詩文選小序》，卷末周鍔嘉慶十一年八月手書《海門詩文集跋》。張晉云：『嘉慶丙寅，于役南來，南中士大夫無論識與不識，莫不願得先生之集而讀之。奈篋中所携無多，因命晉仿漁洋山人《精華録》之例，選其尤精者，得詩若干首，文若干首，梓於吴門，以應交遊之索。』交代了刊刻緣起。正文共三卷，録詩二百五十四首，其中一百二首，嘉慶十一年正月至八月作，溢出十六卷本之外，可知入選篇目大半舊作，小半近作。文字上亦有補訂，如十六卷本卷十六《九日崇效寺訪菊有懷馮魚山比部却寄》詩，《海門詩選》『九日』作『乙丑九日』，添加了繫年；該詩中『名山耽著述』句，十六卷本『耽』字原闕。《海門詩選》也有新增譌字，如十六卷本卷四《題百十二家墨爲邱東河太守作》詩，《海門詩選》譌『百十二』爲『百二十』。

《海門詩選》補訂本，天津圖書館藏，卷尾删去周鍔《海門詩文集跋》。正文卷末，補刻近作十四首，皆李符清由蘇州北上途中作，録詩共二百六十八首。最後一首《東平道中雪霽》詩，應作於嘉慶十一年十月。在文字上，於初刻本有三處修訂。如卷二《丙寅春初自定州紆道訪家紫峰于垣曲陽蔣師退唐縣却寄》詩，『七日中山兩度經』句，中山迺定州古稱，初刻本『中山』誤作『山中』。

《海門文選》三卷，無序跋、目録，卷一首葉題『合浦李符清仲節甫著，陽城張晉雋三甫選』。共録古文二十三篇，每篇皆有圈點、夾批、尾評，其中沿用《鏡古堂文鈔》十四篇，沿用《海門文鈔》十三篇，新增古文九篇。相較《鏡古堂文鈔》，《海門文選》正文有修訂，尾評師友名號多改易。如《鏡古堂文鈔》之《誅馬騰論》『曹欲纂漢』句，《海門文鈔》改正爲『曹欲篡漢』；『得罪於漢帝耶，抑得罪於曹氏耶？』《海門文選》删兩『於』字；『姻愚弟馮敏昌拜手』改爲『洪稚存』，『紫峰弟垣』改『弟虚谷李如筠』，『年姪梁惠祖讀』改『趙味辛』。或以刊刻於蘇州，遂多藉重江南名士歟？另，道光《廣東通志》卷一百九十八《藝文略》，著録李符清『《海門詩文鈔》六卷』，應指《海門詩選》《海門文選》各三卷。

除詩文集刻本外，尚有兩種李符清詩集寫本傳世。首都圖書館藏《海門詩鈔》寫本兩册（下簡稱『首圖鈔本』），共五卷，卷一首葉題『海門詩鈔卷一，合浦李符清仲節甫著』，小字注『虚谷太史評選』。正文共録詩三百五十六首，大致編年，楷寫於『愼餘室製』紙上，有墨筆圈點、眉批、夾批、尾批，應皆李如筠（虚谷）所評，評點與正文筆跡，實出一手。又，卷三《題鈕丈孝思牧村圖》詩三首，李如筠眉批：『立詩詞意俱新，且議論亦正大。』『立詩』爲『三詩』抄寫之譌，亦可確定爲過録本。是鈔本録詩以乾隆五十八年爲最晚，李如筠嘉慶元年卒，評點即作於此期間。在文字上，如卷三《津門得晤馮雲谷余復以憂還鄉里作此留别》詩，二卷本詩題作《津門晤馮雲谷時余亦將還嶺南作此留别》，十卷本作《津門晤馮雲谷余亦將還嶺南留别》，知此鈔本成於二卷本刊刻前。較之十卷本，可輯得佚詩七十九首。

另，北京弘藝國際拍賣有限公司二〇二二春季藝術品拍賣會圖録内，有寫本《海門詩鈔》殘本一册（下簡稱『弘藝殘本』），標爲卷四卷五，有墨筆圈點、眉批、夾批、尾批，評點與正文筆跡不同。經比勘，弘藝殘本内容，與首圖鈔本全同，批點應即李如筠手跡。弘藝殘本卷四，第一首《壬子春南還取道彭城喜晤康龍山即別》詩，眉批：『此詩雜用上聲六語、七虞韻，又用去聲内六御、七遇韻，用韻太□，□人似不如此。』□爲破損缺字。首圖鈔本作：『此詩雜用上聲六語、七虞韻，又用去聲内六御、七遇韻，用韻古人似不如此。』知首圖鈔本五卷，依弘藝殘本鈔録而來，李符清詩集二卷本刊刻前，已有編年鈔本傳閲師友間。

李符清生前身後，尚有若干總集選録其詩。如杜群玉所輯《五家詩鈔》内，有《載園詩鈔》一卷，選李符清詩六十二首。是書牌記題『嘉慶戊午春新鐫，城東草堂藏板』。卷首冠錢大昕嘉慶三年五月序，繼嘉慶二年九月杜群玉自序云：『因撿篋中得友人投贈及見示之什，不下數十百種，大抵七言律絕居多，求其諸體具備者，就中有五家焉。』正文録許寶善、吴蔚光、陳萬全、李符清、張問陶等五人詩，人各一卷。《載園詩鈔》所録，大半在二卷本之内，有四首未見於十卷本。在文字上，二卷本第一首《秋懷》詩，『意行愜徐步』句，墨筆改『意行』爲『林扉』；《載園詩鈔》作『林扉得徐步』，十卷本作『遥情愜徐步』，知《載園詩鈔》所録，應在二卷本後，十卷本前。

又，劉彬華所輯《嶺南群雅初集》，嘉慶十八年刻本，録李符清詩十首，卷首有李符清小傳。在文字上，如十卷本卷六《除夕兄弟子姪齊集欽州潘氏姊小江吴氏姊亦歸度歲喜誌一律》詩，《嶺南群雅初集》、二卷本、首圖鈔本詩題『除夕』作『壬子除夕』；《嶺南群雅初集》、首圖鈔本『喜誌』作『漫誌』，『之官』作『爲官』，知《嶺南群雅初集》非由刻本迻録。又，温汝能所輯《粤東詩海》一百卷，《補遺》六卷，同治五年刻本，卷九十録李符清詩二十首，前置小傳，並節録諸家評語四條。如十卷本卷一《和康茂園師逝者亭宴集元韻》詩，『徘徊陪坐久』句，《粤東詩海》『陪坐』作『侍坐』，與二卷本、首圖鈔本、《載園詩鈔》同。以上三種總集所録，皆可窺見李符清詩集早期形態，有校勘價值。徐世昌編《晚晴簃詩匯》，民國十八年退耕堂刻本，卷一百四收李符清詩五首，迺由十卷本迻録，可以不論。

除詩文集外，李符清尚刻有《海門經義》一種，牌記題『翁覃溪先生鑒定，石松齋藏版』。卷首冠翁方綱乾隆五十九年四月手書《海門經義序》，應刷印於當年或稍後。正文不分卷，釐爲『大學、上論、下論、中庸、上孟、下孟、癸卯順天鄉墨、甲辰會試薦卷、補編』諸節，有圈點、夾批，篇末綴管世銘、蔣攸銛、汪如洋、杜群玉等師友評語。另，吴省欽有《李載園杜梅溪時文合刻敘》文，裴顯相《海門詩鈔題詞》詩，『高文典册競流傳』句自注：『著有《海門經義》，余曾合杜梅溪之文，並選刊之。』知李符清、杜群玉曾合刻時文，然不知其詳。李符清《銅梁王鎮之觀察玉脂詞敘》文云：『余弱冠時，頗喜填詞，及攻舉子業，遂廢之。』這些早年詞作，或未存留。另據李黼平《家載園明府符清〈棠陰筆記〉題辭二首》詩，李符清尚撰有《棠陰筆記》，應爲宰東鹿時所記，惜無緣寓目。

整理本《李符清集》，正文部分所用底本，詩集爲嘉慶二十年刻《海門詩鈔》十六卷本，文集爲嘉慶四年刻《鏡古堂文鈔》，乾隆五十九年刻《海門經義》。參校本有以下十三種：嘉慶元年《海門詩鈔》二卷本，天津圖書館藏增刻本，校記簡稱『二卷本』。復旦大學圖書館藏《海門詩鈔》二卷初刻本。首都圖書館藏鈔本《海門詩鈔》，李如筠評點，校記簡稱『首圖鈔本』。北京弘藝國際拍賣有限公司二〇二二春季藝術品拍賣會圖録所收《海門詩鈔》殘册，校記簡稱『弘藝殘本』。因弘藝殘本非全貌，與首圖鈔本文字全同者，校記中僅標『首圖鈔本』，以避繁複。嘉慶三年刻《海門詩鈔》十卷本，校記簡稱『十卷本』。嘉慶八年刻《海門詩鈔》十三卷本，校記簡稱『十三卷本』。嘉慶四年刻《海門文鈔》不分卷，校記簡稱『《海門文鈔》』。嘉慶十一年刻《海門詩選》三卷，東北師範大學圖書館所藏初刻本，校記簡稱『《海門詩選》初刻本』；天津圖書館藏補訂本，校記簡稱『《海門詩選》』。嘉慶十一年刻《海門文選》三卷，校記簡稱『《海門文選》』。《載園詩鈔》不分卷，載杜群玉輯《五家詩鈔》，嘉慶三年城東草堂刻本，校記簡稱『《載園詩鈔》』。劉彬華輯《嶺南群雅初集》，嘉慶十八年刻本，校記簡稱『《嶺南群雅》』。温汝能輯《粤東詩海》，同治五年刻本，校記簡稱『《粤東詩海》』。正文末另附『李符清詩文補遺』，蒐輯佚詩二百十六首，佚文二十四篇。全書共收録李符清詩八百二十四首，古文（包括殘札）六十三篇，時文三十四篇。

附録釐爲五種，供同道採擇。附録一《李符清年表》，已刊於《傳統中國研究集刊（第十七輯）》，今略有增訂。附録二檔案方志，彙輯北京中國第一歷史檔案館、臺北『中研院』歷史語言研究所藏相關奏摺題本，以及檔案、地方志所載傳記史料。附録三唱和追輓，以作者年齒爲序。附録四序跋評論雜記。附録五正文人名索引，依四角號碼編排。

全書由許雋超、費佳怡、康鋭合作整理，字數均分。同道陳誼、胡瑜、萬魯建施以援手，責編胡珍老師悉心校覈，均此致感。家嚴賜籤，以爲策勵。本書也是黑龍江省古典文獻與文化傳承研究學術交流基地的研究成果。癸卯秋，雋超識。

目録

◎海門詩鈔

海門詩鈔卷三 丙午至庚戌

海門詩鈔卷四 辛亥

海門詩鈔卷五 壬子

海門詩鈔卷七 癸丑

海門詩鈔卷八 甲寅、乙卯

海門詩鈔卷九 丙辰、丁巳

海門詩鈔卷十 丁巳、戊午

海門詩鈔卷十一 己未、庚申

海門詩鈔卷十二 辛酉

海門詩鈔卷十三 壬戌

海門詩鈔卷十四 癸亥

海門詩鈔卷十五　甲子

海門詩鈔卷十六　乙丑

◎鏡古堂文鈔

鏡古堂文鈔

◎海門經義

◎李符清詩文補遺

李符清詩文補遺

◎附録

附録三　唱和追輓

海門詩鈔

載園集序

翁方綱

予於李子載園，相知三十餘年矣。始自按試廉郡，得賞其小品時文耳。及癸卯京兆試，而載園得雋，乃不意其詩稿諸體之工如是。又後數年，得見其时文稿，又後數年至今，而見其詩古文集，體格家數，皆日進而未有已。載園爲吏，歷諸邑，有政聲，而筆力乃日益醇且肆，是則尤難能也，非其心氣正定，而體物敏求之所應耶！

往時予在粤中所識雋才，葯房已矣，桐陰、魚山，皆未見其裒輯成卷。而載園之真氣，獨能發舒若此，予其能無感乎！因誦其《峽山寺》句，與秀水朱檢討有暗合處，耿耿夙因，輒發湣江篷底之夢。數日來，爲晉軒題藥洲畫卷，而石君使至，得《南海廟碑》舊本，而載園詩文適來，真有精神相感會者。風雪灑窗，燈前作江湖萬里想，豈若世俗評文，泛爲延譽而已！嘉慶元年，歲在丙辰冬十一月朔，北平友人翁方綱。

海門詩文集序

吴錫麒

昔張從事對日南之郡，姚治中論尉陀之臺，並皆譽溢廉江，名垂孟浦。然言泉之富，未播於烟毫；腹笥之華，莫徵於篇什。秀風孰闡，物望徒標。竊意如珠官者，海若貢靈，珍滋薦美，當必有瑰奇特出之彦，沉博絶麗之才，以發洩其精英，以焜耀其鄉里，而惜余未之見也。既而見之李君載園。載園讀萬卷之書，肄九章之律，孝廉船换，著作林長。琴調古絃，花種新樹，所至如春風扇物，明鏡照心。天予有年，民樂無事，王元城清談亦理，顧建康醇酒似之。故當賦奏《北征》，詩吟野渡。以觀志行，即是古人；若論文章，尤推健者。

方余締交之日，正君取解之期。文戰獨豪，綺才自豔。李翰思涸，輒奏清歌；周郎酒酣，猶顧誤曲。其時若馮魚山、張葯房諸君子，咸精筆牘，共洽絃壺。山水遐心，可通於几席；雞豚近局，無間乎雨風。未嘗不指景陶嘉，連情發藻，鷗從水訪，雁就雲諮。而乃别袂易催，翔陽莫挽。往時緑髮替去垂楊，近日青衫變如枯葉，回思前事，忽忽幾二十年矣。

今夏喜膺茂薦，重遇長安，觴情得申，月話彌愜。承以所刊《海門詩文集》示余，追琢之工，禀乎大雅；精能之至，發爲堅光。蓋研索於訟庭電掃之餘，敲鏗於判牘風清之暇。川原送目，民物怡心，唾地即成，登高有作。河聲洗出，挾魚龍而欲飛；海色收歸，與星斗而皆緑。此其天機清妙，神明發皇。上馬入陣之雄，同乎左率；老吏斷獄之手，有如伯生。與政相通，立言不朽矣。

且夫長鯨之吸，兼及乎百川；芳草之馨，不限於十步。以君所詣，振地之靈，金石峥嶸，雷霆精鋭。上以宣揚主德，下以陶淑民風，凖九能而爲大夫，展三長而從太史。則御扆已書君奭，經術行召兒寬，地位愈高，著述益進。不特晝山飛響，晏水流聲，而超十子之前塵，揜三家之素軌。使余得嗢飫膏液，咀嚼英華。起聵發聾，猶可鼓囊昔飛騰之意氣也。嘉慶五年，歲在庚申冬十一月朔，錢塘吴錫麒。

海門詩鈔序

吴省欽

李子仲節自合浦至京師，以詩聲公卿間。既而試吏保定，屢攝望縣，其政聲一如其向之詩。或且以詩之不復作，作亦不復工也，而仲節詩益工，工者復不少。去年冬，示余《海門集》數百篇，屬爲論定，爰録其尤者，編年爲十卷，序之曰：

詩之用，非直言性情也。言性情，莫備於《風》。風之正變，政之得失係焉。古之時，以地分國，以系譜世，聲教固殊，風俗不一。然始之盛而後之或衰，衰世之詩，較之治世之音多且倍蓰，抑其逸者不可以數計矣。絃詩三百，歌詩三百，而孔子兩稱「誦詩三百」者，誦則倍文，倍文則習熟，習熟則深思而心知其意。由是以之專對能賦詩，以之達政能作詩。賦者，賦古人之詩，謂之「歌詩」，而作則自己也。

仲節生一道同風之聖世，涵泳抑揚於漢唐來大家名家之詩，纍纍成誦，宜其所造日深，於倫類見其性情，於民物見其政治。而音節之壯，采色之鮮，庶乎成一家而無多媿矣。嶺南故詩藪，十子、三家之集，其間有失傳者。以仲節之才與學，等而上之，其馳驟古人，豈止其詩之云爾者！即以詩論，亦可觀其志之不第刀筆筐篋，而才與學有兼勝者夫！嘉慶二年，歲在丁巳冬十二月既望，南滙吴省欽沖之甫。

【校】二卷本此序，爲吴省欽手跡上版，「編年爲十卷」作「分古今體」。文末「嘉慶二年」諸句，作「嘉慶元年，歲在丙辰夏四月既望，南滙吴省欽沖之甫」。

海門詩鈔題辭

大興翁方綱覃溪

大直沽邊量海水，未識海門還幾里。不得登樓吸海光，十日行廬聊寄此。李生《海門》自名集，近與鮑臯思並峙。時和不識賦役繁，數卷殘縑自料理。我携丘侯墨囊物，來與李生畫笥比。夜深復夢丘侯藏，辨訂相煩吴學士。滄洲鐵錢古花緑，梁家秋碧空硾紙。惜不丘侯共携手，每聽殘鐘戴星起。丁沽西去春雨來，此夢復連南海子。

長白法式善梧門

我詩如秋葉，一任西風掃。君詩萬口稱，比鳳凰芝草。寧復重我言，或爲知君早。神交二十年，把臂輒傾倒。此中有性情，不止誇文藻。羅浮風雨幻，江水助深浩。但恐梅花孤，不愁明月老。珠貝發光怪，先生特清皓。大筆日攄寫，奇情天結造。鞍馬適壯懷，山川資幽抱。我謂此餘事，不必過搜討。儒生負經濟，群黎待濯澡。浮譽謝苟盡，蒼生命胥保。治民如治書，官好勝歲好。堂上有絃歌，田間無旱潦。衍作太平謡，置郵傳新稿。

銅梁王汝璧鎮之

冰壺清況徹中邊，一畝泉通小有天。我道不肥差自慰，君詩太瘦定何緣？放情邱壑今如昨，掉臂風塵俗亦仙。快把驪珠消永晝，槐陰寂寂不成眠。

陽湖洪亮吉稚存

君官北海居南海，我宅洮湖接滆湖。鄉夢同看逐鴻雁，秋心幾日起菰蒲。難尋笠澤浮家艇，閑憶高陽舊酒徒。謂馮魚山、吕叔訥。一卷新詩三百首，挹君風味勝豪蘇。

遂寧張問陶船山

大卷憑空寄，風塵得李侯。神交無半面，詩筆許千秋。山海家同遠，椒蘭氣已投。流傳須萬本，好付古棃頭。

花亞訟庭寒，耽吟不負官。文情常淡泊，民氣亦清安。塵海藏身易，詞場得友難。名心期共洗，古井莫生瀾。

襄平蔣攸銛鈍菴

珠光合浦溯前聞，爲政風流羡使君。行部人多騎竹迓，愛民心似種花勤。一編桂海爭推步，萬丈金堤待奏勛。我愧不才常珥筆，循良合輯史官文。

別悰五載悵雲鴻，讀罷新詩夜未中。饒得江山凌謝客，端因官長媲文翁。鯤鵬溟渤才思闊，翡翠蘭苕格律工。庭外木犀香正發，三條燭憶昔年紅。

【校】襄平，二卷本作「长白」。

大埔饒慶捷漫塘

傾蓋交多米與蘇，文章結社秀枌榆。吟哦官舍《虞初志》，點綴家山《越絶圖》。自有深情餘笠澤，更饒麗句到秋芙。南園往蹟頽唐甚，大雅期君手共扶。

永康熊方受夢菴

千金一笑買歌筵，回首前遊共惘然。畢竟輸君爲長吏，清貧猶有刻詩錢。

大庾山頭有故居，西川夢好夜窗虚。海棠嬌艷梅華淡，欲擬新詩總不如。

洗盡塵襟自不群，情深兒女氣風雲。通人方許爲循吏，古有歐蘇今有君。

燕瘦環肥各有態，淡粧濃抹兩相宜。人生留得天真在，深淺何須問畫眉！

桐城張曾獻小令

詩家討幽極無徼，引人入勝如登眺。巨靈下劈太華開，十丈光芒他有耀。與君未覿誦君詩，恍疑一室欽談笑。細響已掩鯨鐘鏗，况逢巨壑虬龍叫。嶰竹有簫桐有琴，致鳳可感鶴可召。誰謂盛唐窮跂攀，誠哉異代得同調！我聞醫非三折肱，難察動臟與變竅。又聞仙非九轉丹，難陟方壺與圓嶠。肱折丹成各有時，臻其自然乃神妙。大道都由三昧成，不然那超十二燒。君詩令我沁心脾，如癢得搔疾得療。把卷在手晝復宵，青天忘却雙丸趒。君爲冀北賢諸侯，案牘繁多治本約。剩其餘才發長吟，真同舉白傾餘醑。大雅咫尺若天涯，難從君乞丹砂要。不與李涉相追隨，張祜那能風骨峭！君據騷壇作祭酒，我擬爲君設尊醮。庶幾詹何遇蒲且，觀弋於焉悟學釣。小巫有志追大巫，當不嗤爲不自料。

桐城楊瑛昶米人

文章與政事，聖門非分途。循吏必通人，兼才古豈無！坐言起而行，此語良不誣。今之從政者，所志或殊趨。操刀事鹵莽，投筆成荒蕪。其間經世才，重任宏遠謨。《渭城》不復唱，心計行轉轆。簿書束新笋，敗興如催租。又或慕儒吏，燕寢撚吟鬚。民事皮高閣，四境多亡逋。二者有一得，其失無或殊。我友冠世才，合浦生明珠。斷獄平不平，縱囚釋無辜。豐年鳴白鼉，治境走於菟。餘事作詩人，筆挾風霜俱。力大鈎制象，心細絲牽黿。時或八醋甕，嗤彼覆醬瓿。出入風雅頌，衙官歐黄蘇。同官於我厚，往往相于喁。我才一寸髮，寧同五石瓠。催科遜上考，作賦嗤下愚。拙宦味無味，曲學觚不觚。崢嶸臨大敵，跼蹐如小巫。焉能策跛鱉，躡足追風駒。扁舟讀君詩，朝旰至夕晡。河流助清響，拍手歌烏烏。題詩一寄君，以規不以諛。作吏不讀書，縉紳而屠酤。通經不足用，墳典同槽芻。文行有本末，仕學原相需。如木發其華，貴在培根株。如人理榮衛，方能澤肌膚。自慚號寒虫，幾作黏壁枯。貧兒企鄰富，庶幾德不孤。願宏鼎鼐器，非同山澤臞。努力副名實，寸抱徒區區。

【校】重任，二卷本作『重在』。底本『我友』誤作『我有』，『力大』誤作『刀大』，從二卷本改。

陽湖楊元錫雲珊

廣南合浦靈秀區，海門光耀驪龍珠。鯤鵬變化詎可測，萬里奮翼遊皇都。玉谿才調人爭羡，好句真如金百鍊。桂子香中夜聽歌，海棠花底春開讌。太乙青藜焕天禄，閣上奇書能遍讀。神仙何必到蓬山，日下鳧飛快群目。十年爲吏無俗塵，如鏡鑒物花含春。此時循良奏第一，治行由來重經術。詩草新排十卷成，海立雲垂見奇逸。把君此卷雙眸開，快讀一首傾一杯。漏深醉卧古梅下，清夢栩栩來瑶臺。瑶臺十二層霄上，千古才人共來往。詞源瀉作海潮聲，筆陣光摇星斗朗。浣花青蓮堂奥深，退之和仲多豪吟。古來所推大手筆，造化樞秘歸一心。欲共群才鬭英妙，百尺峰頭鳳鸞嘯。夢醒依舊對君詩，圓月高高滿懷照。尊前三復重斯編，羡君筆底生雲煙。願追前賢養奇氣，萬首吟就千秋傳。

高密單可堪野甫

藐姑仙子愛烟霞，色相誰參禪老家？快把瑶編忘漏永，月明香冷嚼梅花。

力追李杜薄蘇韓，夭矯雲龍舞紫瀾。海内紛紛刊近稿，嶺南今日築詩壇。

春明何事鎮勾留，妙舞心傾菊部頭。紅板青燈追往事，十年前已擅風流。

卅載詞壇苦撚髭，如君瀟灑是吾師。他時試賭伶官唱，輸汝旗亭壁上詩。

【校】試賭，底本誤作『試睹』，據二卷本改。

安丘李于垣紫峰

妙語清思湛湛新，靈潭洗盡筆頭塵。滄溟北地皆奇絶，三百年來見此人！

安丘李于培滋園

名士兼循吏，惟君兩有之。五年花縣令，一卷《海門》詩。春雨歌桃葉，秋風寫《竹枝》。青蓮多古調，紅豆足相思。

南海逢奇士，西崑有替人。居然淨冰雪，何用避風塵！書罷紅鵝換，吟成白雉馴。一編《花萼集》，誰許和《陽春》！

蕭瑟霜梧下，相看各黯然。雲停止今夕，星聚復何年！目斷盧溝月，心懸瘴海烟。嶺南多驛使，芳訊到梅邊。

桐城方保升損齋

詩情合在還珠浦，宦蹟重來束鹿城。二十年前京洛客，至今傳遍謫仙名。

海南名士三家選，嶺南有《三大家詩鈔》。凌轢前賢有俊才。風物比將詩思好，羅浮蛺蝶嶺頭梅。

長寧趙希璜渭川

久羨光芒萬丈長，今從李杜識文章。杜梅溪亦以《剪餘詩草》見寄。海門怒湧千層浪，胠篋渾忘五夜裝。治績賣刀還買犢，名言入室復升堂。依稀聽奏成連操，不覺情移嘆望洋。

十載故人如對面，千秋絶業已成家。濃疑金谷珊瑚樹，澹到優曇薝蔔花。青眼縱橫纔卒讀，紅闌抄寫爲籠紗。殷勤更浣薔薇露，班馬同薰拜寵嘉。

【校】底本「今從」誤作「吟從」，「故人」誤作「古人」，皆據二卷本改。

嘉應宋湘芷灣

同家南海頭，生年亦後先。二十耳君名，四十未識面。初猶抱鄉曲，把臂苦無便。後乃背琴書，勞勞走畿甸。我三困春闈，君重宰京縣。匝匼薊門煙，咫尺青雲彥。如何東伯勞，不值西飛燕！將毋天緣慳，非關憎少賤。古人重神交，何必曾相見！今人或不然，翻手覆手變。就使忘形骸，還應分主佃。敢期千尺松，倒延一尺蔓。自從一寄書，略道私繾綣。爾後不復來，風塵慚衣緣。君乃真古人，相期在筆硯。一度一瓊瑤，幾欲置郵傳。前番搨硬黃，未臨手先顫。今番初開緘，閃閃銀海眩。不道百篇詩，直謂千疋練。是時小雪中，雪色初飛霰。典得一壺酒，擬與寒威戰。得詩亟呼僮，百壺乃所願。縱無鷫鸘裘，且署十千券。一杯吟一篇，千杯吟千遍。未覺酒入唇，先驚雪下嚥。尋常苦耳熱，玆轉泠然善。君詩自有神，我語終不諺。十子三大家，其光豈雲電！吾亦爲鄉人，不以此聞薦。君詩自君詩，能者足固健。動輒援前蹤，毋乃失狂狷。平生守此意，或疑規錯偭。得詩輒不存，難將一報萬。聊用答相思，並致加飡勸。

南海洪瑞元

癭暈風裁嚴戒律，匊芳才調擅清標。今看合浦詩人起，不信明珠久寂寥。

丹陽黃掌綸吟川

李侯金閨彥，《贈李白》。號爾謫仙人。《華州寄李十二》。獨步才超古，《上韋相》。新詩妙入神。《獨酌》。辭華傾後輩，《贈蕭比部》。採擷接青春。《暇日小園課耕》。開卷得佳句，《送高司直至閬州》。乘槎擬問津。《寄李十二白》。

海内知名士，《寄岑長史》。如公復幾人！《簡高適》。文章亦不盡，《送竇九歸成都》。雄略動如神。《和嚴中丞》。政簡移風速，《和嚴公》。行歌泗水春。《寄李白》。從來謝太傅，《觀嚴鄭公廳事》。滄澥闊無津。《上韋相》。

疊韻集杜少陵句。

元和徐明理心田

吏治文章第一流，相逢人盡識荆州。鹿巖幾見鳴琴治，燕市曾聞載酒遊。手植名花香入夢，力排硬句氣横秋。棠陰下榻經三月，日和新詩爲少留。

【校】元和，二卷本作「平江」。

元和孔傳金東山

秋風同折月中枝，佳政從知與俗宜。作吏不忘初服志，輸君雅抱贈君詩。同官同地更同時，豈是相逢有定期！尋到詞場同逐鹿，天涯落落幾相知！骨挾風霜語欲仙，凌雲風致自翩翩。午衙吏散槐陰静，得意新詩著幾篇。用集中詩句。

吴江王友湘畹香

宋元諸詩人，字字求其工。求工益以拙，立異反成庸。廣途不布武，投距蓁莽中。詩學雖小道，發籟有神功。卓哉李載園，惟盛唐是宗。一詩初脱稿，萬里生長風。精思抉幽邈，灝氣開鴻濛。手揮太古絃，一掃絲竹空。余謂唐作者，彼各有其蕒。皮陸日酬唱，纖穎力未充。劉許號雄健，空闊非春容。他集半蕪穢，亦自矜江楓。豪邁嗤泛駕，清刻憐寒蛩。屈指數人耳，餘者徒于喁。吾嘗質載園，載園意則同。題詩非論詩，不覺辭之惷。

丹徒江元謙棣軒

相知記得歲逢庚，風雨追縱到滿城。泉湧五花將筆浣，廊開百步想詩成。一從歸鳥三年復，聽説栽花四處爭。今我量移來棘水，又從宋寨憶芳聲。宋寨，棗邑村名，君曾因公至此，集中有贈吳茂才詩。

詞坫紛紛爭長盟，讓君才筆肆豪橫。嶺南海氣蒸珠氣，冀北詩名並吏名。萬里江山歸翰墨，一時縞紵半公卿。生平不解阿時好，讀罷瑶編心自傾。

聞道相如病後身，又將花月逞精神。植棠院裏春陰舊，望麥樓頭秋思新。寄去暮雲憑好句，搜來合浦總奇珍。兩家夢筆關心甚，多恐耽吟瘦損人。

風雨途中手一編，故歡彷彿對燈前。和來白雪纔離俗，識得青蓮也是仙。笑我入林差恨晚，同君逐鹿敢爭先。會垣指日聯吟轡，直上干雲賦幾篇。

武進胡　遜蕙麓

欲騎鵬背窺天池，天池遠鎖雲四垂。欲拂釣竿探珠海，珠海明月空逶遲。天池珠海氣磅礴，孕作奇才倍磊落。憶昔鄉書忝共登，海門聞望高渠閣。同官十載倚日邊，滹沱麥熟頌宰賢。江南夢君今握手，政餘浩淼流新篇。爲君高吟代君舞，上谷炎威正卓午。韓潮激得風雷忙，滌盡煩襟一天雨。

欽州馮敏昌魚山

李子詩才好，真同浦上珠。一行雖作吏，五字不枝梧。自可光全粵，還看繼大蘇。如何皇甫序，亦及舊詩癯！覃溪師序中有見及之語，故云。

海門詩鈔卷一　丙申至己亥

合浦李符清仲節甫著

昭光寺古鐘歌　并序

古鐘不知製於何代，上有南越昌符九年鐫銘，云寧衛將軍綱得於單咍海口，置之昭光寺中，體製精工，光潤陸離。舊志稱，陰雨夜，輒騰空與龍鬥，寺僧因截其紐上龍角云。今改置學宮，暇日觀之，爲賦長句。

象物鑄鐘龍在鐘，入海門龍鐘即龍。雷澤之梭延平劍，此復變化多奇蹤。咄哉古鐘自何始，寧衛將軍獲海底。其國南越年昌符，鑱以新銘閲千祀。懸之梵宇旋騰逃，天池怪物起相鏖。一夜轟雷振溟渤，潮波汩起三山高。平明忽挾旋風入，苔蘚淋漓身尚濕。朱鱗火鬣幾摧殘，絶島如聞老蛟泣。寺僧見之心驚惶，截其兩角形爲戕。尚恐佛力不能制，俾遊聖域依宫墻。我每捫摩詫奇古，寶氣斑斕耀廊廡。鳳笙鼉鼓相追陪，位置於今欣得所。鐘兮鐘兮爾有神，昔時猛鷙今宜馴。泮池一水且偃息，勿乘風雨飛滄津。

【校】小序，首圖鈔本作：『古鐘不知製於何代，志傳寧衛將軍綱於海口，體製精工，光潤陸離。鐫以銘，有南越昌符年號，置之昭光寺中。陰雨輒騰空與龍鬥，寺僧截其紐上龍角，改置學宮，至今帖然。』『尚恐』句，李如筠眉批：『「佛力」句弱，改之爲妙。』『捫摩詫』，首圖鈔本、《嶺南群雅》、《粤東詩海》作『拂拭訝』。

秋懷

涼飆動園林，清商起日暮。落葉點澄潭，歸鴉噪枯樹。庭院乍徘徊，遥情愜徐步。歲月良易遷，關河復難度。仰看鴻雁來，不見遺尺素。伊人隔蒹葭，空令傷白露。

【校】二卷本「起日暮」作「在日暮」；「遥情」作「意行」，墨筆改爲「林扉」。《載園詩鈔》《粵東詩海》「遥情愜」作「林扉得」。首圖鈔本「遥情」句作「衣薄驚寒沍」，「良易」作「易推」，「難度」作「修阻」，「遺尺素」作「遣尺素」。

石山道中同吴樂亭作

並馬兼聯詠，幾忘行路難。春深初見雨，衣薄忽驚寒。澗草連波緑，村花滿徑殘。行行有茆店，沽酒共盤桓。

【校】並馬，首圖鈔本作「並轡」。

石山别吴樂亭

谷口飛花度晚風，行人車馬各西東。臨岐别淚誰先灑，同在霏霏細雨中。

石山旅宿有懷

我行至石山，山陰天欲暮。馬瘏僕亦痡，投策林中住。夜枕聞喧聲，蛙鼓來何處？仿彿故園春，水漲桃花渡。攬衣起徘徊，皎月滿庭户。美人天一方，迢迢隔烟樹。剪韭話誰同，《停雲》詩獨賦。忽聽曉鐘鳴，揮鞭復前路。

【校】揮鞭復，首圖鈔本作「倉皇問」。

愛園芙蓉

半畝池塘小院東，白蘋也怯鯉魚風。無端一夜瀟瀟雨，洗出芙蓉兩岸紅。

【校】第二句，首圖鈔本作『芰荷無力任西風』。

愛園八首 有序

廉郡守署東，有隙地數畝，舊匯蓮池，太守康茂園師增築亭軒，名曰愛園，詩以紀之。

濯清軒

環軒池水清，淪漣纓可濯。好將襦袴歌，譜入《滄浪》曲。

浸雲池

玉沼澄寒碧，波光寫練紋。白蘋風過處，水底亂行雲。

虛舟

水窗面芙蓉，常記維舟處。無人盪槳行，只合投竿住。

觀稼亭

野墅延秋色，遥連碌碡場。小亭風露晚，一徑稻花香。

雲林精舍

十枝五枝花，三竿兩竿竹。宴坐此焚香，宛在逍遥谷。

挹翠亭

楊柳陰移岸，芭蕉緑過庭。捲簾山雨霽，花木鬱葱青。

涵有居

虛室時生白，天空萬象涵。澄懷觀物理，水月靜同參。

見山草堂

山翠擁檐楹，白雲到幽幌。衙齋無一事，拄笏看朝爽。

【校】小序「詩以紀之」，二卷本作「因詩以紀之」，首圖鈔本作「因作詩以紀之」。首圖鈔本「環軒」二句作「攬轡志澄清，臨流纓可濯」；「拄笏」作「住笏」，李如篤眉批：「小詩亦復天機洋溢，言有盡而意無窮，逼近右丞輞川詩。」

清樂軒 有序

蘇文忠公由儋耳内徙合浦，居清樂軒，遺蹟久湮。太守康茂園師於城内東坡井旁，營復舊址，爲一郡勝概，因成長句。

湖光一片浸寒碧，雪泥聊寄飛鴻迹。東坡先生謫仙人，無去無來隨所適。儋耳内徙之廉陽，築居宛在雲水鄉。高歌自叶餅笙句，豪飲獨傾真一觴。仙蹤已去蓬萊島，猶留堤上青青草。層軒風雨久傾頹，雲樹無人縱幽討。使君好古尋名區，刪除荆棘開煙蕪。當年結搆一朝復，天涯勝蹟同還珠。流水小橋通有路，四面翠屏夾岸樹。琉璃千頃緑波平，芷動蘋翻飛白鷺。山間明月江上風，千秋此樂誰能同！憑欄把酒逸興發，一杯起屬眉山翁。

【校】首圖鈔本、《粤東詩海》「湖光一片」作「一片湖光」。二卷本、首圖鈔本、《粤東詩海》「自叶」作「自詠」，「猶留」作「空留」，「層軒風雨」作「當年臺榭」，「當年結搆」作「風欄雲檻」，「天涯」句作「似離塵境來清都」。二卷本、《粵東詩海》「仙蹤」作「仙跡」。憑欄，二卷本、《粵東詩海》作「憑軒」，首圖鈔本作「臨軒」。

和康茂園師逝者亭宴集元韻

一帶清江水，奔騰出海門。歸帆迷古渡，倦鳥度荒村。雲淡秋空淨，烟沉暮雨昏。靜觀時自得，把酒月臨軒。

濱海寒生樹，秋江冷浸雲。水流千里曲，山色一溪分。漁笛深更弄，松濤隔岸聞。徘徊陪坐久，吟和酒餘醺。

【校】陪坐，二卷本、首圖鈔本、《載園詩鈔》、《粵東詩海》作「侍坐」。二卷本眉批：「擬易「陪」字。」

石康別三弟德徵

晚風吹木葉，落日照河梁。一灑兩行淚，九迴萬里腸。燕雲看雁度，珠海盼鱗翔。南北心同結，臨岐更惻傷。

【校】詩題「三弟」，二卷本、首圖鈔本作「舍弟」。雁度，二卷本作「雁没」。

梧州

蒼梧雲氣接荆蠻，風土爭誇百粵間。繫岸有船皆架屋，面城無樹不依山。風移桂櫂猶千里，水到藤江更幾灣。客路偏逢佳節近，却看燈市憶鄉關。

【校】皆架屋，首圖鈔本作「旋架屋」。更幾灣，二卷本作「定幾灣」。

光孝寺菩提樹歌

緑陰滿地苔蘚痕，紺宇閴寂如山村。海天無風波浪静，喬柯忽作蛟龍奔。傳聞開士從海外，手携嘉植來沙門。法雲擁護甘露降，一朝擢秀枝條繁。其初氣已雙林吞，其後龍樹等兒孫。娑羅薝蔔亦瑣細，獨此一樹雄而尊。晴天偶來怖鴿息，静夜忽聽迦陵喧。高僧説法坐其下，往往豎義迴風旛。禪宗衣鉢凡幾授，鬱葱喬木今猶存。恒河之沙大千刼，坐閲人世同朝昏。徂徠新甫秀松柏，千年無復遺霜根。得非斤斧互斬伐，不然野火旋燒燔。此樹得全良有以，正頼佛日迴春温。君不見，六榕古寺依鄰垣，不材僅與社櫟論。爭似繙經貝多葉，廣闡象教留祇園。

【校】忽聽，首圖鈔本作『或聽』。

五層樓即目

嶺削已千仞，樓高更五層。捫蘿欣獨往，拾級記重登。劍擬天門倚，梯從鳥道升。亭臺依木末，井邑抱觚稜。樹色分珠浦，花光接綺塍。近形紛可辨，遠景叠相仍。曉日三山霽，晴霞五嶺蒸。玄洲屏外繞，碧海鏡中澄。風馬何當馭，星查或可乘。置身峰縹緲，極目氣飛騰。霸業消沉久，羈懷感慨增。何當鼠變虎，幾見谷爲陵！遺迹人誰問，危欄客獨凭。望雲思跨鶴，擊水羨飛鵬。渺渺看何極，凄凄思不勝。憑高當暇日，作賦愧無能。

海幢寺

城市忽已隔，林泉遂見招。盈盈涉珠江，望眼增迢遥。小艇呼蜑人，駕以木蘭橈。僧雛解好事，爲我茶瓜要。入門優曇香，花雨氤氲飄。長林蔽修景，天籟鳴刁調。塔鈴語云何，如聽風過簫。比丘三五輩，宴坐圍松寮。一聞梵唄宣，餘聲靜不囂。俄頃鏗華鐘，汩起滄江潮。馮夷跋浪舞，靈怪爭來朝。神魚似銜珠，鮫人或獻綃。所過皆殊境，頓覺心神超。始知青蓮宇，變幻非意料。栖栖塵土中，無乃同鶗鴂！

【校】盈盈涉，首圖鈔本作「帶水溯」。茶瓜，首圖鈔本、《載園詩鈔》作「半道」。餘聲，二卷本、《載園詩鈔》作「人聲」。首圖鈔本「汩起」句作「暗起海波潮」，「神魚」句作「驪龍亦吐珠」，「鶗鴂」作「僬僥」。

花田曲四首

採珠拾翠水邊人，也似芝田税洛神。一片紅蕉花外影，香風遥扇襪羅塵。

曼華悉茗是奇芳，爭向蘭閨助晚粧。只有園丁春在手，一年辛苦爲花忙。

座列青苔捲白波，落英嘉會夜如何？瑶林最好花如雪，消得珠娘月下歌。

十里香塍錦作圍，昌華風景是耶非。花間五色羅浮蝶，猶認宫娥舊舞衣。

【校】首圖鈔本詩題作「花田曲」，「是奇芳」作「擅奇芳」，「春在手」作「偏好事」，「青苔」作「苔茵」。

連州江口

峽中霧重天沉沉，千山萬山嵐氣深。雨昏風緊行不得，鷓鴣啼破芭蕉林。

【校】啼破，二卷本、首圖鈔本作「啼徹」。

始興道中

空山煙暝近黄昏，指點歸禽入遠村。水市無魚星在罶，居人防虎石爲門。花攀梅嶺餘春色，火照楓亭見燒痕。此夜推篷聊破寂，不妨留月更開樽。

張文獻公祠

嶺嶠人文煥，開元相業傳。經綸才不世，詞賦日中天。許國同翔步，莘伊擬並肩。立朝高謇謇，正色絶夤緣。反噬機先兆，操戈意已專。鴻飛珠樹外，燕逝玉堂前。遂息含沙射，從教伏莽纏。去留關否泰，忠佞判天淵。鑒有千秋録，名真百代懸。祠堂依故土，風度想當年。開闢山千仞，規模屋數椽。衣冠垂畫像，鼓舞肅神絃。讀史懷前烈，觀碑慕昔賢。高山深仰止，瞻拜豈徒然！

【校】首圖鈔本「許國」作「燕許」，「莘伊」作「臯夔」，「操戈意」作「倒持柄」，全詩李如筠眉批：「曲江出處大節略具耳，此由其善於用筆，能舉其大。」遂息，二卷本原作「遂意」，硃筆改今本。

贛江舟行

章貢交流鼓柁難，銜杯强把客心寬。家迷庾嶺三千里，舟下儲潭十八灘。遠樹烟生看欲失，春江雨後氣猶寒。前程莫畏波濤險，一夜輕帆即萬安。

【校】第五句，首圖鈔本作「遠樹烟籠看欲暗」。

春晚舟中即事

水驛飛花出短墻，黄鶯恰恰叫斜陽。舟中不識芳春去，猶自攤箋咏海棠。

戊戌七月陶然亭同馮魚山編修廉山姪送葉崧厓賴翕亭同年歸里用杜工部題終明府水樓二首韻

雁侶南飛及早凉，臨風有客欲褰裳。高亭不怯新秋氣，别袂猶餘舊酒香。折柳幾回傷玉笛，仙人何處弄銀簧！憑高極望仍吾輩，惆悵伊人水一方。

鳳闕崢嶸斜日裏，龍潭澄澈早秋時。長安勝地誰能賦，海國人文半在兹。擬向春明重著録，寧同秋士謾題詩。人生到處須行樂，試看僧窗玉局棋。

【校】詩題「戊戌七月」，《載園詩鈔》作「秋日」；「賴翕亭同年」作「賴翕亭」。高亭，首圖鈔本作「危亭」。

鬱林遇雨

樹色陰濛淡欲無，遠村近郭總糢糊。誰將千幅鵝溪絹，遍寫南宫潑墨圖？

横州道中

高原層壘石巃嵸，竹屋松扉夕照中。一徑緑榕遮不住，幾家籬落佛桑紅。

海門詩鈔卷二　庚子至乙巳

合浦李符清仲節甫著

湞陽峽

扁舟上皋石，石壁問通津。天意存艱險，人心信鬼神。猿猱閑嘯樹，蛟蜃暗窺人。回首重灘盡，平安報老親。

【校】問，首圖鈔本作「礙」。

瀧行

白茫瀧水白茫茫，一瀉高灘十丈强。波似狂風舟似葉，更何人見不思鄉！

度騎田嶺

瀧水窮蘭棹，騎田試馬鞭。雲從五嶺出，山自九疑連。鄉遠空回首，裝輕祇半肩。初遊三楚地，風物尚南天。

【校】詩題，首圖鈔本作「度摺嶺」。

郴州道中

遠度黄岑道，郴江一葦航。斷雲歸五嶺，流水入三湘。猿挂青楓樹，人披薜荔裳。我隨歸雁去，幾日到衡陽？

【校】《海門詩選》詩題作『郴州道中同張葯房錦芳作』，『我隨』作『曉隨』。猿挂，首圖鈔本作『猿嘯』。

衡山道中

江闊孤城遠，天寒暮景昏。湘流千里碧，衡嶽萬山尊。雲際看征雁，楓林聽斷猿。凄清楚遊客，鄉思共誰論！

【校】詩題，二卷本、《載賡詩鈔》作『衡陽道中』。

湘江早行

回雁峰前旅雁翔，一帆風雪下三湘。蕭條兩岸青楓樹，不聽猿聲也斷腸！

望南嶽

昔我東行過岱宗，漫天風雪迷秦松。今我楚遊循岳麓，又值細雨陰溟濛。湘流一轉一百里，片帆不定隨長風。回首奇峰七十二，一一突兀烟雲中。一峰巋然獨屹立，千巖萬壑朝祝融。羽衣金節浮紫蓋，錦屏碧障開芙蓉。天柱森森石廩峭，火維坐鎮兹稱雄。翠華遺躅不可問，金泥玉檢何王封？恨不策杖觀雪海，並訪禹碑岣嶁峰。紫虛閣冷空想像，道鄉臺古難追蹤。岳靈笑我此虛過，何由一盪塵埃胸！

【校】詩題，首圖鈔本、十卷本作『望嶽』。首圖鈔本『一百里』作『百餘里』，『不定隨』作『杳杳乘』，『一峰巋然』作『巋然一峰』，『兹稱雄』作『專其雄』，『翠華』句作『昔日翠華遺躅在』，『何王』作『前王』，『岳靈』句作『五嶽名山恥虛過』。

湘潭舟中除夕

落帆響鉦鼓，暮影江頭移。一年有盡日，我行無已時。故園珠浦曲，游子湘水涯。遥遥數千里，今夕共相思。相思何以慰，挑燈讀《楚詞》。

黄陵廟

二妃遺廟枕荒墳，桂棟蘭橈冷夕曛。斑竹叢中環珮響，靈風疑逐九疑雲。

巴陵夜泊

青草湖煙隔遠峰，黄柑春色醉方濃。蒲帆峭落巴陵岸，卧聽君山七寶鐘。

【校】峭落，首圖鈔本、《粵東詩海》作『落向』。

岳陽樓

縹緲層樓瞰洞庭，楚天雲水遠冥冥。征帆影逐飛鴻盡，惟見君山一髮青。

洞庭湖

一望杳無際，春濤漲舊痕。九江流不斷，三楚氣全吞。青草連天遠，金沙入霧昏。客槎隨浩蕩，疑是探河源。

【校】不斷，首圖鈔本作『盡會』。

長沙道中

三湘秋色淨無煙，楚客孤舟坐渺然。日暮僧歸衡嶽寺，月明人泛洞庭船。蘭芳澧浦靈均賦，鳥集承塵賈傅篇。一入長沙空悵望，風流銷歇古今憐。

【校】靈均賦，首圖鈔本、《載園詩鈔》、十卷本作『靈均怨』。首圖鈔本尾句作『江山摇落古今憐』，全詩李如筠眉批：『如仙音繚繞，不入俗耳。』

赤壁

蒼莽烏林樹，陰霾赤壁雲。英雄爭一戰，割據定三分。故壘今猶壯，悲歌不可聞。空餘明月在，烏鵲自爲群。

【校】首圖鈔本尾句作『飛鵲自成群』，全詩李如筠眉批：『字字結實。』

三閭廟

長吟過七澤，弭棹吊三閭。身放猶哀郢，途窮更卜居。祇緣傷邑犬，寧自委江魚！千載湘流恨，誰投賈傅書！

沔陽春望

楚天暮色正蒼茫，幾幅蒲帆趁沔陽。雲夢晚煙迷雁陣，滄浪春水漲魚梁。江蘺着雨添新緑，岸柳抽風染嫩黄。極目晴光愁遠客，聊將詩酒答年芳。

【校】第二句，首圖鈔本作『一片蒲帆度沔陽』。

漢江

郢樹迷離看欲無，冷雲遥接洞庭湖。青衫箬笠槎頭坐，一幅《寒江釣雪圖》。

朝渡湘江夕漢川，挑燈閑檢屈原篇。東風一夜吹微雨，岸草萋萋緑到船。

【校】首圖鈔本『遥接』作『猶接』，『東風』二句李如筠眉批：『自然有情。』

沌口望武昌

江漢交流接太清，武昌咫尺見春晴。萬家烟鎖晴川閣，十里帆遮却月城。山接鳳凰雲欲起，洲連鸚鵡草初生。何因携酒登黄鶴，醉倚樓頭弄笛聲？

【校】烟鎖，首圖鈔本作『烟起』。

襄陽

襄鄧稱雄鎮，茫茫江漢横。人遊解佩渚，花發大堤城。耆舊今寥落，山河古戰爭。何如龐隱士，寂寞卧柴荆？

【校】首圖鈔本李如筠眉批：『此題名作多矣，然求如此之通體渾成絶少。』

樊城

大堤春草緑萋萋，蘭棹初停日已西。月上酒人歸去急，隔江猶唱《白銅鞮》。

南陽題壁呈張葯房

投宿孤城夜寂寥，栖雞㲉㲉馬蕭蕭。他年若話風塵事，暮雨寒燈博望橋。

方城霽雪

天開快雪晴，三日出方城。不辨關河色，惟聞車馬聲。雅飛千樹曉，梅影一籬清。驢背推敲穩，何愁太瘦生！

【校】穩，首圖鈔本作『慣』。

汝墳晚行

遥林不辨色，客子尚車塵。積雪欺微月，深寒失好春。野橋摇白水，山徑閃青燐。欲問條枚跡，無人指去津。

【校】跡，首圖鈔本、《粵東詩海》作『處』。

秋夜寄蒓園家兄河南

風吹凉月夜方秋，庭樹蕭疏影欲流。何事一聲雲外雁，南飛徒爲稻粱謀！

【校】詩題，二卷本無『河南』二字。

韶石山題壁夢中作

一上峰頭更有峰，踏殘三十六芙蓉。不知身在雲霄裏，回首人間已萬重。

【校】一上，首圖鈔本作『行到』，《粵東詩海》《海門詩選》作『上到』。踏殘，首圖鈔本作『遍窮』，全詩李如筠眉批：『自是君身有仙骨，世人那得知其故！』

題墨竹

曲岸崢嶸聳石碕，篔簹千尺影相依。一林陰淡生風雨，祇恐春雷破壁飛。

閨情

小園花落地，不復飛上枝。妾貌年年減，不似别君時。

游西山秀峰寺

策杖度西林，崎嶇石徑深。午鐘僧散後，一院碧松陰。

游西山温泉呈陳光禄宜齋

三載谿山夢故園，幸隨蠟屐探仙源。雨餘畫石添新潤，日午香泉試舊温。緑樹不因輕霧暗，青巒時見宿雲屯。謝公未減登臨興，更策疲驢叩佛門。

【校】詩題「陳光禄宜齋」，首圖鈔本作「陳宜齋光禄」；「潤」作「黛」，「試」作「浴」，「未減」作「素有」。

秋夜呈張蘅臯孝廉

瑟縮西風動暮林，飄飄飛雁帶邊音。清笳萬里征夫淚，寒杵三更少婦心。茱糝菊英餘昔酒，蛩聲漏點助微吟。同爲異地悲秋客，况復相看歲又深。

【校】昔酒，首圖鈔本作「舊酒」。

九日招飲彭筠谷

燕臺幾載度重陽，佳節何堪樂事妨！今日幸逢開口笑，與君同醉酒壚旁。杯浮竹葉一簾緑，人佩茱萸兩袖香。不敢登高頻縱目，恐看南雁又思鄉。

【校】首圖鈔本李如筠眉批：「自有真趣。」

秋齋對雨簡彭筠谷

秋雨滴連朝，秋齋正寂寥。籬花方拂地，庭樹更驚飈。書亂憑誰撿，琴張懶自調。伊人期不至，樽酒若爲招。

哭藍醇夫孝廉

十年意氣重，一别死生分。茆嶺傾文柱，金臺失駿群。少年悲賈誼，不第惜劉蕡。徒有盈襟淚，臨風灑爲君。

【校】首圖鈔本「悲」作「憐」，「不」作「未」。

爲張蘅臯題湯莪亭墨竹

我家大廉山之幽，幽篁繞屋枝葉修。凉飈蕭颯鷓鴣叫，陰雲慘淡蛟龍愁。三年京國歸未得，寒聲疏影魂相求。莪亭居士午落墨，豈意寫我空山秋！古來篆籀不復見，下筆蒼勁精英留。老幹堅剛交屈鐵，巖石透漏生寒流。蘅臯本是江南客，異能奇士俱舊遊。圖書古意列四壁，淋漓新墨還兼收。携卷屬余賦長句，寒齋把玩風颼颼。

【校】首圖鈔本「巖石」作「崖石」，「還兼收」作「更兼收」。

秋日周秀溪招同黄瑞亭甄靜菴楊彝亭游法源寺

陰淡天疑雨，蕭條樹作秋。芳期懷好友，古寺續前遊。菊蕋黄盈院，毫光白暎樓。迴廊同小酌，沉醉失羈愁。

【校】詩題，二卷本、《載園詩鈔》無『楊彝亭』三字，首圖鈔本『秋日』作『九月十五日』。

送彭筠谷歸曲陽

三日大雪滿天山，雪詩未成君欲還。典裘沽酒盡一醉，醉聽故人歌《陽關》。君家北嶽我南海，論交燕市緣非慳。三年比屋共風雨，豈當數月違容顏！華陽綿延自太行，西來萬馬相迴環。半天一礉巨石落，天然雪浪生溪灣。山川奇氣多不竭，英流往往鍾人寰。飛騰前有文章守，風流不遠當躋攀。況乃淮陽盛經義，何難立綴蓬萊班！雕蟲小技楊子薄，耳目近好歐公删。良朋臨別以言贈，不在握手灑涕間。前期相訂君記取，春風二月桃花殷。

【校】迴環，底本、二卷本誤作『迴還』，據首圖鈔本、《粵東詩海》改。

別筠谷

十年爲客憐我，五日還家羡君。送別冷煙殘雪，相思春樹暮雲。

題楊錦江桐陰煮茗圖

有琴一張久不絃，茶鐺轆轉心悠然。桐花小落松風起，欲品人間第一泉。

【校】首圖鈔本、二卷本詩題作『題楊錦江小照』，『久不絃』作『撫不彈』。首圖鈔本李如筠眉批：『抑何大方！』

和馮魚山編修同遊崇效寺訪菊元韻

無車始復鋏教彈，有酒何妨醆更寬！籬菊作花非晚放，海棠連樹況秋看。徘徊靜室餘清話，徙倚高城起暮寒。西望不愁山色遠，人從天際得危欄。

【校】詩題，《海門詩選》作『癸卯重陽後一日和馮魚山敏昌編修招同吕叔訥星垣遊崇效寺訪菊元韻』。首圖鈔本李如筠眉批：『愚意欲取此詩壓卷，蓋此詩之妙，在字句聲情之外。』

次張葯房十二月十五夜同周南垣小酌韻

湖湘曾與度冬寒，相對圍爐得故歡。正憶梁園驚夜雪，恰來楚客話幽蘭。紅燈緑酒催詩鉢，紫蟹銀魚過臘盤。酌罷空庭還徙倚，一年明月賸團圞。

【校】首圖鈔本詩題『次』作『和』，『韻』作『原韻』。

不寐

蕭騷一夜雨，起坐獨微吟。頻剪孤窗燭，輕彈素壁琴。香殘添睡鴨，帖亂撿來禽。不聽蟲聲息，幾忘更漏深。

【校】起坐獨，二卷本、首圖鈔本、十卷本作『不寐起』。首圖鈔本『帖亂』作『書亂』，『聲息』作『聲急』。

海門詩鈔卷三 丙午至庚戌

合浦李符清仲節甫著

觀水行 有序

保定縣北有玉帶河，頻年秋水汛漲，河北十五村，田禾皆爲巨浸，居民苦之。丙午閏月，余同主簿陳君泛舟勘閱，詩以紀之。

上堤不辨水與天，下堤不辨河與田。汪洋彌望百餘里，毛灣趙口相洄漩。掀風漾日翻巨浪，鹿疃鷹嘴凝深淵。中流點點村落出，宛如長空星列躔。枳籬雞犬上屋脊，陂塘魚鼈遊樹顛。豆畦麥壟復何有，我懷民食心惻然。美髯主簿劇動念，相携同上甕頭船。乘風破浪看迅駛，渺渺一葉如飛鳶。我家本住漲海畔，楊梅青嬰珠池聯。有時挂席出三口，白浪湧過烏雷巔。須臾風定天宇淨，蜃樓鮫室羅舟前。竭來鄉夢一萬里，浮沉人海經十年。詎意捧檄桃花寨，復如乘槎牛斗邊。即今揚颿豈探勝，遍觀比屋矜顛連。安得高築金堤百萬丈，保障河北村落皆安全！

【校】二卷本、首圖鈔本「勘閲」作「巡閲」，「動念」作「軫念」，「遍觀比屋」作「遍巡蔀屋」，「保障」句作「保障河北千頃田，災黎樂業無播遷，十五村外皆安全」。二卷本「皆爲巨浸」作「俱爲洪浸」，並前異文，皆爲法式善墨筆改今本。首圖鈔本「縣北」作「治北」，「汛漲」作「泛漲」，「皆爲巨浸」作「俱爲浸滂」，「珠池聯」作「珠池連」。

保定縣雜詩六首

雨過莎庭枕簟凉，半稽塵牘半詞章。午衙吏散槐陰静，閑撿新詩寫硬黄。

城外荒村村外堤，堤高直與土城齊。不知何自名千里，半日經行盡馬蹄。

千章古木護堤根，玉帶河流漲舊痕。估舶張颿遮兩岸，乘風片片下津門。

六郎城外柳毶毶，千里堤邊草若藍。煙水蒼茫斜日裏，孤舟一棹似江南。

經行四野重徘徊，爲課秋田趁雨栽。三十六村雞犬静，兒童不怕長官來。

桑麻鷄犬滿田園，樹繞金堤水繞村。父老不聞徭役事，桃花古寨擬桃源。

【校】二卷本詩題無『六首』二字，第四首以『玉帶河泛舟』爲題，另作一詩。首圖鈔本詩題作『保定雜詩』，第一首李如筠尾批：『硬黄，古人用以摹帖搨石，不應用寫新詩，改此句爲妙。』第四首，即首圖鈔本卷三《宦遊十景》組詩第一首《玉河泛舟》詩，有小序，見詩文補遺。

丙午七夕

七年迢遞望針樓，又是銀河鵲渡秋。露氣乍來凉月上，怕開窗户看牽牛。

秋夜同廉山姪話舊

暑微緣伏盡，秋至逼凉生。竹閣風初動，松窗月正盈。七年京國事，萬里故園情。話到艱難處，浮華意氣平。

【校】首圖鈔本『國事』作『國思』，李如筠眉批：『胸次抑何恬適。』

保定縣西齋夜雨呈曾霽堂明府

春深一夜雨，青滿六郎城。徙倚園林趣，盤桓故舊情。新詩紛列壁，宿酒更開酲。言別心猶戀，愁聽櫪馬鳴。

【校】櫪馬，首圖鈔本作『駒馬』。

濮陽道中

河干兩月爲鳩工，風雨歸來車馬窮。一疋蹇驢三百里，無人知是李清豐。

武清旅舍徐安肅慎齋以和王太守鎮之王司馬少林紺雲精舍之作見示因次元韻

青驄曾繫酒樓邊，池館鶯花四月天。丙午四月，隨牒保陽，憩於安肅香露主人別館，并訪韋靜山。詩酒一燈思舊契，風塵兩載有新緣。謂慎齋。謝公裙屐寧同俗，白傅才華本是仙。今日保釐村寺裏，對牀吟咏不成眠。

【校】首圖鈔本李如筠眉批：『讀之但覺情致纏綿。』

遊抱陽山

朝飲一畝泉，暮坐一畝石。公餘臨眺興未酣，又向花陽試遊屐。緣籐七折上層臺，石磴巉巖待扶掖。古洞數十作山房，破刹幾椽留斷碣。奮足遍繞百步廊，招手更上千尋壁。洞口日射明珠窩，松梢風掃讀書室。就中奇絶穴中潭，泠然終古滴寒碧。振衣絶頂豁雙眸，三輔風光如咫尺。遥村煙樹一髮青，平疇麥浪千頃白。回首雲霄尺五天，飛鳧愧乏王喬舄。林鳥還時我欲歸，羽書促去陘陽驛。

【校】首圖鈔本李如筠眉批：『「泠然」句下，再得二句寫潭水方足。』

龍潭

何人手鑿石室漏，萬古清泉滴不乾。洞口陰雲長欲雨，潭中疑有老龍蟠。

華嚴菴

峭壁聳千仞，華嚴最上頭。石泉僧自汲，雲洞鹿爭遊。氣暖山無雪，天寒樹未秋。茆菴真得地，我欲此淹留。

【校】遊，首圖鈔本作「投」。

一畝泉

暮春天氣半陰晴，飲馬名泉水自清。菱鏡一奩開隱隱，稻田千頃對盈盈。流歸滄海懸天落，源溯渝河伏地行。勝蹟我來臨眺久，小橋楊柳聽鶯聲。

【校】首圖鈔本「名泉」作「奇泉」，「隱隱」作「緑野」，「對盈盈」作「潤蒼生」，「懸」作「疑」。

送葉曉山戍邊二絶

丈夫四海本爲家，況是邊陲已物華。説到别離無遠近，幾多比屋似天涯！

方順橋南折柳枝，尊前低唱《渭城》詞。揚鞭不灑臨岐淚，始信班超是健兒！

【校】詩題，首圖鈔本無「二絶」二字，《海門詩選》作「送大名葉曉山暘大令戍邊」。

題王少林司馬藉山讀書圖

青箱世業有遺經，小閣焚香記過庭。作吏不忘初服志，開軒猶對故山青。

莎庭閑撿白雲篇，二別嵐光入座前。但得好山容易借，看山不用買山錢。

題周竹崖桂華書屋圖

香霧凝如水，幽居小似船。窗風摇桂粟，山月破湖煙。簾捲兩峰碧，花開一鏡圓。幾時脱塵網，《招隱》賦新篇？

【校】詩題「周竹崖」，首圖鈔本作「周竹厓明府」，《海門詩選》作「周竹崖光裕明府」。塵網，首圖鈔本作「塵鞅」。

題吴少府松下撫琴圖

嶔崎磊落人所驚，開卷似有哦松聲。我觀絹素見丰格，深羨遐情寄泉石。長松百尺參天高，秋煙捲作空中濤。流光暉暉石華冷，苔蘚初浮碧雲影。松間欲彈緑綺琴，松聲琴聲生古心。傾壺且飲一杯酒，醉看龍鱗落君手。輸君雅抱贈君詩，似此高蹤世希有！

【校】詩題「吴少府」，《海門詩選》作「章禮門復文二尹」。石華，《海門詩選》作「日華」。

題劉笛樓明府漁莊春霽圖

花光溶溶春晝晴，九十九淀飛湍鳴。科頭兀坐古松下，笑看罾網谿邊盈。小魚跳波大魚立，赤鯉躍出雲濤驚。迴風亂摇萬楊柳，舉網獲得魴魚赬。春谿觀魚發高詠，詩筆宕逸如天成。打魚歌繼杜陵老，珍珠迸散銀河傾。翩翩逸想絶流俗，曷不觀海騎長鯨！不然燃犀燭鮫室，水族百怪紛綸呈。何爲攜挈數童子，揮灑翰墨奇情生！我知獨得濠上樂，碧水倒浸天光晶。瓦橋雄關當神京，名花萬樹車前迎。山村水郭誦君政，六載冰壺光彩瑩。畫工落筆識真意，能得仙吏臨淵情。我曾垂釣六郎城，迢迢一水連蓬瀛。

若將我貌並君畫，開卷常有賡酬聲。

【校】跳波，首圖鈔本作『戲波』。

題崇慶常刺史金川殉難圖傳後

憶昔歲行在辰巳，金川鼠子方跳梁。元戎軍門集將吏，欲擇才智隨戎行。西充令尹尹姓常，英姿颯爽世莫當。帥曰令尹足才智，擢以刺史俾轉糧。公時督餉駐昔嶺，百盤鳥道來梯航。賊人夜犯木果木，大星西隕千丈芒。公時慷慨誓許國，與此營壘俱存亡。揮刀上馬殺群賊，賊驚文吏如此强！圍之數重箭如蝟，羆隨貙兮貙隨狼。嗚呼守糧如守土，去此一步非死所。手揮從者爾速去，毋累爾曹罹此苦。從者大呼公勿言，吾儕小人何足論，寧死不肯孤公恩！睢陽忠義杲卿烈，千古文臣共奇節。北面再拜臣力竭，馬革誰人爲藏血！天威赫怒振虎貔，妖氛掃盡窮誅夷。旌公之忠爲建祠，紀公之事書之碑。贈公監司爵公子，史官作傳成宏辭。公之令子繼公德，唐邑萬姓歌仁慈。我今吊公作歌詠，愧乏奇句騰蛟螭。生爲忠臣死廟食，况復有子英且奇。公乎公乎何卓犖，上作星辰下河嶽，公乎雖死有餘樂！

【校】首圖鈔本詩題作『題崇慶刺史常公金川殉難傳後』，『颯爽』作『颯發』，『藏血』作『埋骨』，全詩李如筠眉批：『淋漓悲壯，常公生氣凜凜，詩與人並傳。』昔嶺，首圖鈔本、《粵東詩海》作『習嶺』。首圖鈔本、《粵東詩海》、二卷本、十卷本『公時慷慨』作『公平慷慨』，『史官』句作『龍章嘉錫光門楣』。

題龍引堂觀察潞河秋泛圖次韻

長波盪霞綺，遥林披霧縠。誰迴鴨嘴船，恍坐魚鱗屋。潞門咽喉地，迎送紛攢簇。而能眉宇開，不受緇塵撲。澄懷明水鑒，仁德置郵速。蠻荒足所經，蠹吏手俱縮。何意七年别，更迴千里目！兒童竹馬迎，鼓吹金鐃逐。而公皆謝遣，但作佳遊復。濟川楫已具，成霖雲正族。今此褰帷處，更爲吾輩福。新圖定可成，佳句幸教讀。

【校】詩題「次韻」，底本目録、首圖鈔本、二卷本作「和元韻」。恍坐，首圖鈔本作「恍到」。

送家北巖太守之任雅州

露冕堂堂叱馭馳，衛公移蜀重邊陲。雙鳧久已傳三異，五馬還先凛四知。棧道秋高雲擁蓋，鑪城花暖卧賡詩。攀轅不獨中山老，瞻望彌縈舊吏思。

仙根托蔭蓟門高，漬雨噓風日夜勞。滾水波光原浩蕩，蒙山雲氣重週遭。地鄰西藏民皈佛，績媲文翁俗賣刀。此去政成登薦牘，闕門重擬獻春羔。

【校】詩題「雅州」，底本目録作「雅州二首」。首圖鈔本第一首起句作「紫馬堂堂露冕馳」，頷聯作「玉麟换獸承恩日，騎士前驅衣錦時」，「鑪城」作「箭鑪」；第二首「滾水」作「濱澤」，「皈佛」作「思佛」，「闕門」作「旗亭」。

己酉重陽前二日題九松寺壁次崔研露尚書韻

又向名山訪舊蹤，維摩静對語從容。依然活潑巖前水，最愛青蒼寺外峰。風雨漫飄重九菊，雲煙長繞萬年松。開軒竟日忘塵鞅，不羨僊人九節筇。

【校】首圖鈔本詩題「九松寺」，作「九松山寺」，李如筠尾批：「次韻難得如此自然。」

九日白河澗晤杜梅溪同年

闕門于役爲鳩工，九日欣逢野寺中。佳節有花兼有酒，旅人愁雨又愁風。三年宦況隨征馬，萬里鄉心寄斷鴻。惟有多情少陵老，公餘吟嘯許相同。

【校】斷鴻，首圖鈔本、《粵東詩海》作「塞鴻」。

九日同杜梅溪新開嶺登高有懷王少林司馬

爲尋舊約上新開，並馬如登戲馬臺。榆塞雲屯千嶂合，石梁雨過一溪迴。杜陵應有題餻句，陶令寧虛對菊杯。惆悵登臨仍異地，每逢佳節憶仙才。

【校】十卷本「戲馬」作「戲驪」，首圖鈔本「對菊」作「賞菊」。

宿九松山寄房山楊秋槎同年

兩日檀州道，秋山雨氣濃。馬嘶黄葉路，人度白雲峰。近節懷三徑，開樽對九松。登臨空有約，獨夜聽霜鐘。

【校】詩題「房山楊秋槎」，首圖鈔本作「楊房山秋槎」，二卷本、《載園詩鈔》、《粵東詩海》作「楊秋槎」。

次秦松嵐宿白河澗禪院見贈韻

白河西畔草橋東，古寺寒林一徑通。日落雅飛紅樹外，月明猿嘯碧山中。灘聲夜聽驚風雨，梵響遥聞悟色空。何意故人來破寂，對牀酬唱一鐙紅！

【校】詩題，二卷本無「見贈」二字，首圖鈔本「次」作「和」，「韻」作「元韻」。首圖鈔本「日落雅飛」作「日暮僧歸」，「猿嘯」

作『人在』。

懷柔旅店逢杜梅溪

薄暮投何處，山城秋樹林。誰知茅店裏，早有故人臨。樽酒三年夢，孤燈一夜心。雞聲催客去，並馬又清吟。

【校】詩題，底本目録『旅店』作『旅次』，《海門詩選》『杜梅溪』作『杜梅溪群玉明府』。茅店，《載園詩鈔》作『茅屋』。

題秦松嵐同年雲谷廬墓圖

白雲蓬蓬起山谷，如蓋虬松翳山足。墓門遥見夕陽明，墓側伶仃小茅屋。屋中孝子秦松嵐，繭室嬰啼進麥粥。三千榆莢錢已老，合抱松楸行莫觸。肯辭坏土入齋衙，聊博恩榮酬顧復。淚垂阡畔尚餘紅，萱種堂前爲誰緑！鷺序行來歲已深，雲山寫出眉常蹙。圖成示我心怦怦，至性真能勵頑俗！大孝還當移作忠，報本寧須不干禄。還君此圖三嘆息，墓兮廬兮如在目。山靈好爲護佳城，莫使羈人感風木。

【校】首圖鈔本『墓門』句作『墓門斜對夕陽紅』，『合抱』句作『忍别荒邱馭華轂』，『肯辭』句作『肯將升斗易温凊』，『淚垂阡畔』作『圖成淚下』，『鷺序』二句作『已從鵷鷺隊中行，恍向松楸道旁宿』，『圖成示我』作『我披此圖』，『還君此圖』作『還君此本』。

西郭訪薛吟軒不遇

驅車出西郭，有客此栖遲。種菜闢新圃，秧魚濬小池。賢者亦樂此，先生將何之？徘徊竹林外，夕靄含幽姿。

【校】詩題『薛吟軒』，底本目録作『薛吟軒刺史』，首圖鈔本作『友』。

贈金野田茂才

沽上知名士，如君第一流。六書褚登善，五字韋蘇州。有道貧何病，無田菊是秋。我懷存廣厲，文酒訂交遊。

【校】金銓《善吾廬詩存》附諸家題詞録此詩，「存廣厲」作「風勵意」，首圖鈔本作「風勵志」。梅成棟《津門詩鈔》卷二十九載此詩，詩題「金野田茂才」作「沽上金野田先生」。

題金野田采菊圖

海曲有高人，超然絶塵俗。結廬魚鹽市，閑靜寡所欲。詩書得味深，簞瓢亦云足。抗懷希五柳，言采東籬菊。人淡契自真，一室寒香馥。昔我慕孤蹤，迴車窮巷曲。踰垣不可見，門外徒彳亍。揭來文字交，尊酒情最篤。出圖屬我題，森森神氣穆。正值菊花開，秋光滿君屋。我歸三徑荒，羨爾盈一匊。

【校】首圖鈔本「言采」作「采采」，「菊花」作「黄花」，「羨爾」作「輸君」。金銓《善吾廬詩存》附諸家題詞録此詩，詩題作「題金野田先生采菊圖小像」，「言采」作「采采」，「最篤」作「逾篤」，「菊花」作「黄花」，「羨爾」作「輸君」。

詠家芳圃香草枕即贈

入室芝蘭氣，低徊有所思。春風白傅詠，暮雨楚臣詞。夢繞鴛鴦被，魂銷薜荔帷。與君交最久，臭味豈差池！

【校】首圖鈔本「被」作「綺」，李如筠眉批：「美人香草，無限深情。」

題鈕丈孝思牧村圖

無雙國士重蘭陵，圯下傳書舊伏膺。癖處奇思還窅暎，追餘前輩共飛騰。臺高擬市千金駿，海立看垂大翼鵬。何意晚塗收拾盡，愛從樵牧借名稱！

垂楊短短護柴門，煙火園林自一村。鵶陣天邊横夕霽，笛聲牛背漸黄昏。炎涼懶向途人問，晴雨還同野老論。閑却袖中醫國手，尚拈秃筆賦烏犍。

年來芻牧亟牛羊，蔀屋煙村引睇長。害馬須除纔近道，字人無術詎云良！秦卿五羖傳遺事，齊相商歌可斷章。會見蒲輪徵四皓，還將老犢服車箱。

【校】首圖鈔本「園林」作「雲林」，「炎涼」句作「棗梨擬領兒童喫」，「還同」作「將同」。李如筠眉批：「三詩詞意俱新，且議論亦正大。」「三詩」原譌作「立詩」。

大沽觀海

蒼茫海氣接長空，蛟室龍堂縹緲中。萬片風帆天上落，疑從雲際看飛鴻。

【校】詩題「大沽」，二卷本作「大直沽」。

海光寺晚眺

三津風物似南天，徙倚高樓思渺然。七十二沽秋水闊，夕陽爭放打魚船。

海門詩鈔卷四 辛亥

合浦李符清仲節甫著

爲王鎮之太守師題錢南園太常柏馬圖

房星夜炯天閑高，軒軒老柏秋捲濤。誰歟繪此奇杰意，南園太常揮霜毫。畫柏如銅復如石，畫馬在骨不在毛。柏是真柏馬真馬，昂藏氣象將騰驍。方鏡夾瞳竹批耳，春肥苜蓿秋葡萄。屹立儼如伏波鑄，長鳴應撼錢塘潮。況有虬枝交屈鐵，寒侵暑鑠彌堅牢。花裂十字走雷雨，榦挺千尺干雲霄。中圖小影大有意，吾師乃是真人豪。元膺骨相本奇峻，識力自可追方皋。樹陰據石賞神駿，亭亭卓立精神超。英姿颯爽看意態，勁節特出同堅操。不等伏櫪作悲壯，豈以材大增牢騷！我撫此圖亦神王，愧無健句徒啾嘈。鹿車行見露冕去，如馬絶塵柏後凋。

【校】詩題「王鎮之太守師」，《海門詩選》作「王鎮之汝璧太守」，「吾師」作「先生」。「識力」句，二卷本原與底本同，墨筆改爲「識力直追九方皋」。首圖鈔本「伏波鑄」作「銅鑄式」，「長鳴」作「欲鳴」，「況有」句作「老幹盤拏如屈鐵」，「榦挺」作「枝挺」，「吾師」句作「先生乃是人中豪」，「自可追方皋」作「不減九方皋」，「勁節特出」作「真心勁節」，「健句」作「奇句」，全詩李如筠眉批：「奇崛傲岸之作。」

書懷

斷纜船偏在急灘，迴頭身世總漫漫。一行作吏拋家易，四海論交得友難。徒有琴書行篋壯，幾時松菊故園看！浮生早識升沉定，祇是黄粱夢未闌。

【校】『一行』句，首圖鈔本、《嶺南群雅》作『五年作令知官況』，十卷本作『五年作令親民易』。首圖鈔本李如筠眉批：『神味似東坡。』

有感

丁字沽前春水流，桃花渡口夕陽愁。烏鴉粉蝶清明路，腸斷垂楊古陌頭。

【校】詩題，《海門詩選》作『追悼亡姬』。

津門晤馮雲谷余亦將還嶺南留别

盧溝風雨别，回首十三年。何意丁沽上，相逢亥市邊！鄉心珠浦月，客思薊門煙。倏爾判憂樂，分携又黯然。

【校】詩題，二卷本作『津門晤馮雲谷時余亦將還嶺南作此留别』，首圖鈔本作『津門得晤馮雲谷余復以憂還鄉里作此留别』。馮雲谷，《海門詩選》作『馮雲谷敏曙』。首圖鈔本李如筠眉批：『情文俱至，音節亦不第竟徑造。』

偕曾秋船游蓮花池

廛境結幽宇，寓目多清姿。夕霽樓閣迥，雨餘草木滋。紫藤蔓白石，紅蕖點清池。老鶴與鹿友，游魚窺柳絲。梵響隔深竹，經師開絳帷。我偕風浴人，竟日相攀追。度橋尋石徑，洞口凉颸吹。煩襟一盪滌，坐久花陰移。晚鐘催客去，携手賡新詩。

【校】北京保利國際拍賣有限公司二〇一一年春季拍賣會圖録載此詩手跡。手跡、首圖鈔本「幽宇」作「幽境」，「開絳帷」作「下絳帷」，「風浴人」作「南豐侶」，「涼颸」作「涼風」。隔深竹，手跡作「出深竹」，首圖鈔本作「出修竹」。手跡尾署：「近作古今體詩，録請芥園年伯大人誨正。辛亥秋初，合浦李符清稿。」

蓮池晚步適家虛谷庶常先至招同小飲

歌管園亭罷，幽懷欲共尋。何期青竹杖，早度碧松林！携手仙橋上，談心佛閣陰。莫孤良夜會，把酒對清吟。

石磴凉雲閣，藤陰碧月流。一池荷氣透，三徑夜光幽。老鶴迎人舞，凡僧見客愁。寺鐘催不散，酬和未曾休。

【校】詩題「小飲」，底本目録作「小酌」；蓮池，二卷本作「蓮花池」。首圖鈔本李如筠眉批：「與僕同作諸詩，極似皮、陸唱和之作。」

辛亥七夕家虛谷招至蓮花池小飲

西南月出吐華影，銀塘露濕芙蓉冷。綺寮河漢淡不流，雙星耿耿秋空静。蓬萊謫僊招我遊，瓜果中庭列酒籌。醉後高吟子安賦，是夕虛谷携王子安《七夕賦》，醉後同讀。夜深猶上最高樓。樓頭並立凉如水，長嘯天風鶴驚起。聯詩也比曝衣裳，未能免俗聊復爾。來朝秋水待揚舲，欲向津沽問女星。初八日買舟赴津門。女星中有天津九星，占者以爲小直沽上應焉。天上人間兩離别，愁絶河邊長短亭。

【校】詩題『家虛谷』，二卷本、十卷本作『李虛谷』。『醉後』句自注，二卷本作『王子安《七夕賦》甚麗，世無刻本，虛谷出抄本同讀』；『來朝』原作『明朝』，墨筆改今本。最高樓，首圖鈔本、二卷本、十卷本作『開襟樓』。首圖鈔本『來朝』作『明朝』，尾二句作：『天山別時我亦別，天上人間總愁絶。』『天山』應爲『天上』之譌。

送曾秋船之鎮江

憐君不得志，倀倀欲何之？我亦南歸去，相逢應有期。金焦收畫卷，風雨獨吟詩。努力前程好，無爲傷別離。

【校】詩題『曾秋船』，《海門詩選》作『曾秋船汾明府』。

初秋之津門過虛谷小酌留別

沉沉暝色墮林園，欲別還留話酒樽。秋水一篙帆影重，挂將離緒下津門。

【校】三、四句，首圖鈔本李如筠眉批：『唐音。』

立秋日舟下津門留別家虛谷曾秋船彭巽堂震堂

離人起空庭，梧葉蕭蕭落。涼風一夕至，忽覺衣裳薄。獨上海門舟，今宵何處泊？伊人隔秋水，耿耿傷離索。

【校】首圖鈔本詩題作『立秋日舟下津門留別家虛谷庶常曾秋船明府彭巽堂同年弟震堂』，第二句作『蕭蕭梧葉落』，全詩李如筠眉批：『極淡極高。』《海門詩選》詩題作『辛亥立秋舟下津門留別家虛谷如筠編修曾秋船明府彭巽堂應翥同年暨震堂應麟』。

立秋日次曾秋船送别韻

微風動户牖，細雨洒園林。蕭散新秋意，凄凉欲别心。行裝三尺劍，離思五更砧。執手同心侣，鴻飛寄好音。

【校】詩題，二卷本無「日」字，首圖鈔本「次」作「和」。

舟中夜起

凉月浸蘆洲，推篷起竚立。蟲聲入耳哀，露氣侵衣濕。仰見南飛鴻，寄書不可及。漂泊海天秋，百感茫茫集。

【校】首圖鈔本「蟲聲」作「蛩聲」，「南飛鴻」作「鴻南飛」，「寄書」作「尺書」。李如筠眉批：「太直。」

淀河即目

兩岸垂楊挂落霞，捕魚小艇傍人家。閑鷗也畏忘機者，飛入前洲蘆荻花。

文安舟中寄懷虚谷

風塵早厭短轅車，一棹秋江得自如。傍岸五更聽蟋蟀，開帆十里看芙蕖。携來古畫煙雲滿，吟就新詩點竄餘。那得素心人對酒，蘆洲月夜讀奇書！

【校】詩題「寄懷虚谷」，底本目録、首圖鈔本作「寄虚谷」，二卷本作「寄家虚谷」。

霸州道中兩岸蓮花盛開開篷縱觀有作

初日迴塘好，芙蓉十里紅。緑雲遮遠岸，香霧透疏篷。頓有園亭意，幾忘水驛中。搴芳須及早，岸柳已秋風。

【校】詩題，底本目録無『開篷』二字。

靜海舟中懷張研溪吏部裴宿塘户部勞鏡浦兵部

日暮泊孤舟，蘆荻聲騷屑。蛩鳴祇爲秋，雁唳應傷別。披衣坐短篷，把酒懷時哲。迢迢水一方，悠悠離思結。

【校】首圖鈔本詩題作『靜海舟中懷虚谷紫峰研溪』，『蛩鳴』作『蟬鳴』，『雁唳』作『雁咽』，『披衣』作『蕭條』，尾句作『離愁真百結』。

中秋夜都門別牛次原孝廉

月正團圞轉別離，天涯落落幾相知！每憐家計辛勤日，最見交情患難時。庾嶺梅花歸作賦，田盤秋色醉吟詩。時次原讀書盤山。雲邊自有南飛雁，莫惜雙璫慰所思。

【校】首圖鈔本詩題『中秋』作『辛亥中秋』，『辛勤』作『艱難』，『庾嶺』作『五嶺』，『田盤』作『三盤』，『雲邊』作『天邊』。

秋日天津旅次感懷

塵海真難測，茫茫此一身。官多失意事，貧作負恩人。飄泊琴書舊，蹉跎鬢髮新。秋風偏伏枕，歸夢滯三津。

【校】首圖鈔本詩題作『秋日感懷』，『飄泊』作『徙倚』，頷聯李如筠眉批：『閱歷世故之語，可傳。』二卷本詩題作『天津旅次秋日感懷』。

古樹歌爲正定邱東河太守作

東匡碧琳堅且腴，誰其友者三丈夫。雲生膚寸雷雨作，風撼千仞虬龍趨。六百年來戰冰雪，螻蟻入骨霜皮粗。銅駝金狄幾興廢，電光石火真須臾。青蒼自許元氣孕，正直豈假神明扶！萬牛若不早迴首，安得閲世同朝晡！常嗟蒙叟論山木，不材得壽徒區區。吾邦名守梁棟質，甘棠幾處聞歌呼。況復清門有嘉樹，歲寒之盟久不渝。冬心盤盤抱金石，人間擾擾紛柳蒲。三重茆厚廣自庇，五石瓠大煩誰輸！成都有桑八百株，江陵之絹千木奴。何如世家舊喬木，閲十甲子青不枯！願言封殖慎勿拜，永與石丈留庭隅。

【校】詩題，首圖鈔本作「爲正定邱東河太守題古樹一首」，《海門詩選》「邱東河」作「邱東河學勧」。首圖鈔本「碧琳」作「老石」，「雲生」二句作「雲生石上雷雨至，風撼樹末龍蛇趨」，「電光」句作「火光觸石才須臾」，「青蒼」句作「三木青蒼老元氣」，「若不」作「不幸」，「常嗟」作「乃知」，「況復」作「豈知」，「冬心」句作「冬心盤鬱後凋器」。李如筠眉批：「二詩有議論，有氣魄。」「二詩」即此詩及後一首。

題百十二家墨爲邱東河太守作

鋭頭鼠鬚説諸葛，澄心寸楮珍南唐。我聞金石聚所好，何況古墨隃麋香！廷珪父子不復作，洛下墨隱無墨莊。烏丸零落見者罕，松煤剥蝕凝玄霜。程羅邵方近世出，苦心誰識良工良！龍麟鳳嘴精刻劃，珠眉照耀森毫芒。石汁淋漓入麝末，黄山山高松煙黄。邑中之黟能守墨，百十二笏歸縑囊。方圭圓璧缺者橢，工名不勒猶能詳。五光十色列棐几，龍賓入座神揚揚。平生不解身障簏，煙雲過眼百不忙。眉山所貯公擇藏，當時横流翰墨場。一生着屐能幾兩，所癖近道庸何傷！伯英池頭亦可惜，黑蛟水湧琉璃光。

知公寶此有深意，何必漫堂師雪堂！

【校】詩題，首圖鈔本作『爲邱東河太守題百十二家墨一首』。

題梁篠素打包行脚圖

野鶴鳴空山，閑雲宿孤樹。雲移鶴亦飛，飄然一僧度。廣陵有才子，早歲馳清譽。奕奕掞天才，飄飄凌雲賦。落拓海門東，美人傷遲暮。紅塵四十載，因緣得微悟。悟透空色間，悔被儒冠誤。草笠與芒鞋，幡然改故步。一肩荷行李，欲踏天涯路。嗟君託緇流，君意亦良苦。須知大千界，無來亦無去。來去不須包，打包向何處？還參佛在心，自得禪中趣。何必脱儒巾，更入空門去！淵明拒遠公，千載有餘慕。所願返吾真，相於素心素。

【校】首圖鈔本、《嶺南群雅》『清譽』作『名譽』，『得微悟』作『而得悟』，『空色間』作『色是空』，『君意』作『其心』，『須知』作『應知』，『無來』二句作『由來無去住。一塵原不染』，『所願』二句作『所願返其真，依然一篠素』。首圖鈔本李如筠眉批：『意盡言下。』

題周南橋别駕菜羹圖

交以澹爲真，物以少爲貴。古人咬菜根，此説非無謂。昔公官吾里，膏澤能下既。歸來樂田園，携童勤灌溉。小摘不盈筐，宛含風露氣。用以調羹湯，非與拔葵異。由來士大夫，正宜知此味。觀公嗜好殊，增我澹泊志。

【校】首圖鈔本『交以』作『食以』，『用以』二句作『用試調羹手，非以云惜費』，首二句李如筠眉批：『中有至理。』

登樓

不是愁時不上樓，愁時樓上更生愁。幾行雁影掠明月，何處笛聲吹素秋？萬里懷歸仍落拓，三津欲去又淹留。倚欄聽盡城頭柝，庭樹蕭蕭落未休。

秋日登天津望海樓

縹緲孤城據上游，渡江人上倚江樓。三邊暮色漁陽樹，萬里悲風碣石秋。地盡魚鹽環估舶，河交衛潞赴洪流。香林重到渾如夢，倚遍迴欄詠《四愁》。

【校】頷聯，首圖鈔本李如筠眉批：『雄偉。』梅成棟《津門詩鈔》卷二十九載此詩，詩題無『天津』二字，『倚遍』作『憑遍』。

秋日同南皮王漪亭鹽山徐蓼溪明府登望海樓

凉飈細雨海天秋，極目蒼茫動旅愁。城上樓臺連海市，天邊鴻雁下蘆洲。江山有景留詞客，草木無心識故侯。五載知交今一會，三叉河看水分流。

【校】詩題，首圖鈔本作『辛亥秋日同王漪亭南皮徐蓼溪鹽山登天津望海樓』，二卷本作『辛亥秋日同王漪亭徐蓼溪明府登天津望海樓』，《海門詩選》作『秋日同南皮王漪亭灤長鹽山徐蓼溪體劬明府登望海樓』。首圖鈔本李如筠眉批：『「天邊」七字超超。』

秋日招王少林太守吳念湖司馬梁篠素芥園小集

筵敞高亭酒漫斟，園林殘景見秋深。海門落日孤帆影，塞上寒雲古戍陰。聚散無常拚醉飲，升沉有定不關心。西風莫咽桓伊笛，南北鴻飛自好音。

【校】首圖鈔本『拚醉飲』作『惟取醉』，李如筠眉批：「津門諸詩，皆有舉頭天外之概，而『登山臨水送將歸』之情，亦流露紙墨間。」《海門詩選》詩題作『秋日招王少林嵩高太守吴念湖人驥司馬梁篠素芥園小集』，『自好音』作『有好音』。

秋日同王少林吴念湖裴禹川梁篠素張研莊游海光寺

涼雨初晴野色幽，招携斜日共登樓。滄江水冷魚龍夜，古寺風高鸛鶴秋。倚檻談天真碣石，臨池得句即滄洲。何期蘭若人文聚，半是新知半舊遊！

【校】首圖鈔本『真碣石』作『原碣石』，頷聯李如筠眉批：「似七子。」得句，二卷本、十卷本作『嘯月』。

重陽前二日務關贈王少林時新簡平樂太守

一樽紅燭話西堂，五馬新加驛路長。海内才名誰伯仲，天南宦績自龔黄。十年風義推前輩，萬里逢迎到故鄉。且約津門三日飲，籬邊叢菊又重陽。

【校】首圖鈔本詩題作『辛亥重陽前五日務關署中贈王少林新簡平樂太守』，次句作『五馬新除樂未央』，李如筠尾批：「『萬里』句下，必須注。」詩題『重陽前二日務關』，二卷本作『辛亥重陽前五日河西署中』。二卷本『新加』作『新除』。《海門詩選》『叢菊』作『黄菊』。

九日同裴禹川望海樓登高

百尺樓頭雁影過，登臨有景奈愁何！萬家煙火雄三輔，十里帆檣據兩河。抱病幾同黄菊瘦，望鄉徒見白雲多。天涯尚有悲秋侶，醉倚迴欄慷慨歌。

【校】據，二卷本、十卷本作『夾』，《海門詩選》作『蔽』。

秋齋同黄吟川馮雲谷廉山姪夜話

海國秋聲急，空庭夜氣沉。一鐙良友話，十載故園心。風送江船笛，寒催戍婦砧。幾多蕭瑟意，併作候蟲吟。

【校】詩題「黄吟川」，《粤東詩海》作「吟川」；「馮雲谷」後，首圖鈔本、二卷本、《粤東詩海》有「劉鼎臣」三字。首圖鈔本「十載」作「萬里」。

客齋對雨同黄吟川小酌

細雨不成雪，津沽十月寒。樓頭懸海色，樹杪響風瀾。客久驚衣薄，人閑愛酒寬。捲簾傳畫本，鎮日共盤桓。時索畫《濮陽策蹇圖》。

【校】詩題「小酌」，首圖鈔本作「小酌並索畫」，二卷本、《粤東詩海》作「小酌並索畫濮陽策蹇圖」，無尾注。首圖鈔本、《粤東詩海》「懸」作「留」。

題沈登華松陰飼鶴圖

老松甲折盤兩龍，老翁松下神明充。手持緑玉九節杖，看山踏遍千芙蓉。閑來撥雲據石坐，松際昂藏雙鶴過。侍立小童黠且清，飯鶴不教鳴鶴餓。舉頭蒼翠落滿空，遊絲風裊碧雲中。野馬塵埃自馳逐，勞形役性徒倥偬。翁誠達者識真訣，林下逍遥心自悦。蕭然情性松鶴姿，跨鶴餐松兩奇絶。

【校】甲折，底本誤作「甲拆」，從首圖鈔本改。首圖鈔本李如筠眉批：「詩句奇。」

辛亥除夕呈家虛谷彭素村巽堂震堂

蕭條客館謾書空，暮色沉沉鉦鼓中。將盡歲如蛇赴壑，久留人似鷁遭風。辛盤此夜知交共，丙舍何時骨肉同！劇感年華兼惜別，爐烘柏酒潑簾紅。

【校】詩題，首圖鈔本作『辛亥除夕呈彭素村巽堂震堂及家虛谷同年』，二卷本作『辛亥除夕呈彭素村巽堂震堂李虛谷』。

辛亥除夕十詠

燀爔聲聲歲又終，經年歷碌感飛蓬。生平不解愁家計，祇祭詩文不送窮。書懷。

執卷年來廢《蓼莪》，他時捧檄待如何！傷心兩度逢庚歲，紅淚芙蓉一夜多。思親。

對牀風雨憶當年，雁序分行各一天。淚滴椒盤無處獻，只宜辛苦問牛眠。憶兄弟。

丁沽去歲同書悶，卯酒明朝自擁爐。遥憶篝燈人獨坐，金錢五夜卜征夫。寄内。

功名四十竟何爲，客舍相依有衮師。莫把癡獃都賣盡，能安愚魯是吾兒。示璋兒。

阿咸早歲譽鷄碑，旅食京華鬢有絲。十二年來同度歲，年年潦倒在天涯。示廉山姪。

吾家太白是詩僊，得結塵中翰墨緣。無限離愁消柏酒，非關守歲不成眠。呈虛谷太史。

『梨花』八歲擅才名，肝膽還從一見傾。餞歲新詩兼餞別，寒宵相煖見交情。呈楊米人。

河東三鳳盛文譽，歲暮同來慰索居。相聚如歸忘作客，辛盤應不嘆無魚。呈彭震堂昆玉。

離家一紀逐風塵，珠海迢迢歲月新。萬里欲歸歸未得，歸時已是二毛人。思歸。

【校】首圖鈔本第二首李如筠眉批：『情真故佳。』第八首尾批：『是日米人送炭，何不注明？』十卷本『迢迢』作『沼沼』。

海門詩鈔卷五

壬子

合浦李符清仲節甫著

二月二日王鎮之師招同家虛谷楊米人夏鷺汀小酌寶昌書屋得料字

我生弄珠南海徼，壯歲始登北嶽眺。武擔羅浮青入天，太白祝融互相耀。蹤蹟飄零空百里，五車十年徒自笑。風塵仰見北斗尊，啁哳時聞鳳凰叫。勝友聯騎集寶昌，我亦摳衣赴嘉召。堂上四聲高遏雲，五莖六英競古調。大者欲叶黃鐘宮，細者亦發蚯蚓竅。吾師正始百川歸，吾宗高唱登圓嶠。赤城詩卷近奚如，孟載天才自清妙。金蛇掣電我眼昏，鑿石何能飛野燒！『是時二月初生魄』，嬋娟凍怯誰能療！燭影搖風四座紅，金壺瀉酒千珠跳。五白六博申令嚴，側坐避飲非違約。割炙先啖意自重，捧巵但祝先生釂。榮世自有真光芒，宦遊何必據津要！我徒有酒且盡酣，豈畏夜寒風色峭！明日馬首淒欲東，苦別歡場守清醮。煙波渺渺江冥冥，掛席且引南溟釣。丈夫飛伏難預知，明歲相逢差可料。

【校】詩題『王鎮之師』，底本目録作『鎮之師』。首圖鈔本詩題作『壬子春初王鎮之師招同家虛谷庶常夏鷺汀明府楊米人二尹小酌寶昌書屋得料字』；『徒自笑』作『殊可笑』；『我亦』句作『我亦躡屩欣赴召』；『赤城』句自注：『夏評事鍭，年八十三，著有《赤城詩集》』；『何能飛』作『出天聊』，『榮世』作『燭世』，『色峭』作『料峭』，『苦別』句作『何時追歡侍清醮』，『冥冥』作『浩浩』，『丈夫飛伏』作『人生伸屈』。二卷本詩題作『壬子春王鎮之師招飲寶昌書屋得料字』，『孟載』句自注：『時同飲者爲李虛谷、夏鷺汀、楊米人。』

留别曾秋船

曾向秋風悵别筵，因循直到養花天。久藏佳釀還同酌，得意新詩作幾篇。寒雪已銷原上草，春風欲趁海門船。歸心便度梅關去，爲念騷人又輟鞭。

【校】首圖鈔本『作』作『著』。二卷本『梅關』原作『庾關』，墨筆改今本。

留别章憨園

萬里歸鞭拂嶺雲，河橋折柳感離群。海珠明月清吟地，坐看潮生却憶君。

二月南還取道彭城喜晤康龍山即别

海光爭月華，珠返孟嘗浦。轟巖起滯才，我次濫竽侶。愛園擬梁園，枚馬如星聚。始識慶門奇，早擅無雙譽。六書逼蘇黄，五字宗韓杜。傾心結忘年，青燈共風雨。詎意事異常，美合偏遭妒。軺車向北馳，祖餞廉江渚。並馬度鬱林，絶巘冒炎暑。山深畏路蚰，月黑驚嘯虎。茆簷相枕藉，王陽泣歧路。歸來尚相依，兩月雲林住。趨庭入汴京，我亦金臺去。布帆卸春江，單車度汝許。彭宣拜後堂，張翰眷故土。秋鴻與社燕，往來巧相阻。日下數來遊，殷勤煩尺素。我爲吏事牽，咫尺不相晤。一别十八年，引領瞻雲樹。漂泊到彭城，始得親叔度。相見轉相疑，或是夢中遇。離愁萬斛多，執手反無語。携樽放鶴亭，相對忘爾汝。新詩充錦囊，鴻文懸列炬。浩氣盪九河，雄姿燭天庫。我觀徒咋舌，流輩何足數！傾談竟此宵，萬里懷羈旅。來朝下南航，春水桃花渡。河畔柳初垂，裊裊牽離緒。别易見原難，帛書勤雁羽。刻燭寫離詞，情顛語無序。

【校】詩題，弘藝殘本、首圖鈔本、二卷本『二月』作『壬子春』，底本目録『喜晤』作『晤』，弘藝殘本、首圖鈔本『即別』作『作此誌別』。弘藝殘本、首圖鈔本『雄姿』句作『雄筆映千古』，『來朝』作『明朝』。弘藝殘本李如筠眉批：『此詩雜用上聲六語、七虞韻，又用去聲内六御、七遇韻，用韻太□，□人似不如此。』首圖鈔本作：『此詩雜用上聲六語、七虞韻，又用去聲内六御、七遇韻，用韻，古人似不如此。』

彭城別康龍山二絶

九千餘里客程遥，離合心情戰此宵。放鶴亭中尋舊夢，河聲疑是海門潮。

和罷離詞又放舟，沉沉日影下黄樓。一篙三月桃花水，無限春愁間別愁。

【校】首圖鈔本詩題作『彭門再別康龍山』，共四首，後兩首即此二絶；『放舟』作『上舟』。

彭城夜雨寄家兄菻園

河干一夜聽蕭瑟，春雨凄同秋雨聲。惆悵對牀人萬里，果然漂泊在彭城。

【校】首圖鈔本、二卷本『惆悵』作『遥憶』，『果然』作『那知』，二卷本墨筆改今本。

彭城懷古

九里亂山如列陣，吕梁懸水三十仞。大河洶湧萬里來，乘槎正趁桃花汛。離離春草茁郊原，裊裊新柳摇遠村。眼前景色堪自適，英雄形勢安足論！君不見，隆準重瞳俱寂寞，唯有山人雙白鶴。千秋來往白雲間，石佛山前自飲啄。

徐州道中

鼓角猶疑聽楚歌，乘槎有客渡黄河。人離冀北愁應少，春到江南緑漸多。泗上陰雲霾漢壘，黄樓明月識東坡。英雄才子同歸夢，芳草離離俯逝波。

【校】愁應少，二卷本作『悲應少』。首圖鈔本李如筠眉批：『慨當以慷。』

留城

覆楚抽身託赤松，早知鳥盡要藏弓。再傳已奪封侯券，豈獨韓彭失戰功！

【校】首圖鈔本李如筠眉批：『有作意。』

登雲龍山偶成

夕陽共上最高頭，放鶴亭連燕子樓。燕子不來鶴不返，美人高士自千秋。

淮徐舟中同廉山姪夜話寄康龍山

五日黄河風，三日皂河雨。扁舟下廣陵，風雨互相阻。對牀人不眠，挑燈話今古。迴首望彭門，伊人隔雲樹。

【校】詩題『寄』，首圖鈔本作『却寄』。

漂母祠二首

荒祠拜阿母，故里念王孫。不是千金報，誰知一飯恩！

淮陰生國士，鐘室死功臣。詎料奇男子，偏逢兩婦人！

【校】詩題，首圖鈔本、二卷本作『漂母祠』。

高郵晚泊同廉山姪尋文游臺

見説秦郵地，城高似覆盂。人家依古樹，漁艇入新蒲。雲氣神居洞，珠光甓社湖。文游臺上酌，誰仿白描圖？

【校】詩題『廉山』，《海門詩選》作『廉山顯香』。

平山堂雜詠五首

春晴得得買舟來，折得花枝半未開。一陣香風橋上過，行人知是看山回。

年少翩翩醉似泥，花陰飛騎蹴香蹄。奚童也識春光好，頭插花枝過水西。

白石爲牀竹作軒，淮東清絶倚虹園。不須更入花深處，一樹殘梅已斷魂。

清溪引水曲通池，緑樹紅雲晚更宜。十里鐙光珠萬斛，滿湖如看上元時。

最早來游最早回，回過湖口有船來。停橈叉手頻相問，山上桃花開未開？

【校】詩題，首圖鈔本、二卷本無『五首』二字。首圖鈔本共八首，另三首見詩文補遺。二卷本無第三首。

京口

迢遞歸舟不計程，江天獨宿旅魂驚。塔鈴自語金山寺，戍鼓遥沉鐵甕城。花柳三春千里夢，風濤一夜二毛生。鄉心已逐迴潮急，況聽疏篷暮雨聲。

【校】首圖鈔本、二卷本首句作『十日舟行五日程』，『迴潮急』作『春心發』。

遊金山寺用東坡韻

夜半潮生榜人語，風帆已落瓜州渡。曉起披衣覽江天，雄烏軋雲斷朝雨。寺前病僧揖我遊，山巔老鶴迎人舞。萬馬直駕江海來，長鯨一擊波濤怒。花柳摇村村欲迷，樓閣逼天天幾許。携琴獨上妙高臺，斯人不作爲誰鼓！

【校】首圖鈔本「曉起披衣」作「披衣曉起」，「病僧」作「釋子」。

金山留兩日欲放舟焦山風急不果

海門東來三百里，潮頭萬馬奔揚子。江心兩點金與焦，卧踞京口如虎兕。江山清空冠九州，焦可以隱金可遊。玉帶橋邊試蠟屐，賈胡且作今時留。振衣絶頂詫奇境，龍驤萬斛波千頃。檻前深淺現螺痕，鏡裏低昂摇塔影。東望青焦衹半帆，兩日不到真懷慚。兒童促我看修竹，蛟龍一霎翻江潭。蓬萊咫尺不可到，愁卧忽夢江神告。告我山遊毋太貪，遊不盡山山更好！

【校】首圖鈔本詩題「放舟」作「放船」，「賈胡」句作「停舟且作賈胡留」，「詫奇境」作「真奇境」，「真懷慚」作「心懷慚」，「促我」作「屢促」，「告我」句作「笑君遊山無已貪」。東來，《海門詩選》作「東去」。兩日不到，二卷本、《載園詩鈔》作「蝸廬不到」。

虎丘雜詠四首

衣香扇影逐芳塵，小閣憑臨野色新。細雨桑麻青百里，人間第一虎丘春。

倒垂緑樹老根盤，石澗鱗鱗漾碧瀾。神物已隨風雨去，猶留池水照人寒。

芳魂爭吊真娘墓，風雅誰尋短簿祠！山畔桃花迎客笑，能令公喜豈蛾眉！

天驚石破事真奇，想見干將出匣時。若得寒光常不斂，人間應少負心兒！

【校】詩題，首圖鈔本、二卷本無『四首』二字。首圖鈔本第二首尾注『劍池』，第三首尾注『王珣祠』，第四首尾注『試劍石』。

嘉興道中

三日嘉禾道，春塘一水長。雨催桑葉緑，風碾菜花黄。鶴渚摇芳草，鴛湖泛野航。夕陽風物好，帆落語兒鄉。

【校】弘藝殘本李如筠眉批：『別有風韻，似南宋人。』

檇李

煙雨樓頭日半銜，南來風暖減春衫。鴛鴦草色連鸂鶒，飽看湖山不落帆。

石門寄陳湘南侍讀梅垞編修

湖心幾日逐鴛鴦，細雨吹帆下女陽。石阜有人曾走馬，溪田無處不栽桑。草橋落日人浮艇，藜閣春風客對牀。回首燕雲空有夢，離懷偏滯鄭公鄉。

【校】無處，二卷本作『何處』。

錢塘雜詠六首

孤山風雨老梅根，把酒來招處士魂。鶴去林空花瘦盡，野棠消受月黄昏。

何年靈鷲却飛來，洞口呼猿尚有臺。春草池塘人寂寞，夢兒亭畔海榴開。

漫把興亡説岳家，墳邊古柏鬱棲霞。春風盡日吹微雨，開遍山坳柹蔕花。

採花人去賽花神，人盡如花趁好春。獨向花叢深處立，看人爭看看花人。

垂楊細雨濕黄昏，蘇小千秋有墓門。一琖梨花春酒緑，西泠橋畔吊芳魂。

吴山山在越城中，湖水瀦西浙水東。伍相祠邊談往事，海潮猶漾夕陽紅。

【校】詩題，首圖鈔本、《粤東詩海》、《海門詩選》無「六首」二字。《粤東詩海》無第三、四首。鬱棲霞，首圖鈔本作「繞棲霞」。

絶句

西子湖邊打槳人，淩波羅襪浄無塵。陳思已證魚山梵，又向人間感洛神。

贈孫春生少府

捧檄誰知色喜人，歸來十載謝紅塵。林間蠟屐溪間舫，不爲湖山爲老親。

【校】詩題，首圖鈔本、二卷本作「題撫松書屋留贈孫春生少府」，二卷本墨筆點去前六字。

富春

山禽古樹鳴，春日富春行。石壁蒸雲氣，沙灘挾雨聲。人家兩岸出，漁艇一溪横。欲訪嚴陵跡，沿瀧七里清。

大水過豐城

十里波濤闊，蒼茫暮雨昏。黑雲霾劍氣，白浪齧城根。樹杪帆檣過，山頭雞犬喧。此生江海慣，險阻不須論！

貴溪贈馮宗山并簡張蘅皐

官槐兔目凝新翠，眠柳沉沉壓江醉。水萍花引木蘭舟，薌溪雨逐黄梅墜。地轄僊山多道雲，三年蕭艾思神君。范釜撥剌生錦鱗，五袴細摺嬌鮮新。户治絃歌民氣厚，竹閣琴聲疏雨逗。客來不及倒屣迎，登牀呼酒阿咸瘦。謂梅屏孝廉。蟾蜍咽漏萬家眠，翡翠籠燈歸夜船。不聞僊犬吠江煙，安恬知是長官賢。凌朝綏旌出城路，堠報高軒來枉顧。畫圖豈是米家船，竟日品題天欲暮。書倉君家富淵源，一臺二妙名自尊。竹林風擺琳瑯圓，以珠抵鵲心相憐。徘徊不忍别君去，天半長絲挽舟住。圯橋不見張子房，爲道相思暮江樹。

【校】詩題，底本目録作『貴溪贈馮宗山同年并寄張蘅皐』，首圖鈔本作『貴溪贈馮宗山明府并簡張蘅皐同年』。首圖鈔本李如筠眉批：『好句似皆從長吉得來，妙妙！』

十八灘

山上雲接天，山下雲接水。雲蒸江雨來，岸樹緑如洗。扁舟上萬安，贑石三百里。巉巖屹中流，驚波萬馬駛。下有蛟龍宫，沉沉若無底。惶恐既崖柴，武朔絶磈磥。崑崙與梁口，一伏復一起。灘灘形狀殊，險如履虎尾。客子神色變，出坎驚未已。君子戒垂堂，取途何必是！篙師向客言，客何昧於理！水行無静波，山行少平砥。豈獨山水然，世路類如此！

【校】『雲蒸』句，《海門詩選》作『雲飛江雨過』。首圖鈔本『若無底』作『疑無底』，全詩李如筠眉批：『大似香山。』

由天津還里度大庾嶺

九曲盤雲磴，三春度庾關。雁從横浦去，人自直沽還。車馬通新路，鶯花識舊顔。功名空十載，贏得鬢毛斑。

【校】詩題「由」，首圖鈔本、二卷本作「壬子三月由」。詩題下，首圖鈔本李如筠批：「此首編在卷四《十八灘》之下。」尾聯眉批：「大方。」

謁張文獻公祠

越嶠文章伯，開元宰相才。空嗟羽扇冷，遂賦海鴻來。遺録披金鑒，荒祠拜鐵胎。高名千古仰，香過嶺頭梅。

【校】首圖鈔本詩題「謁」作「庾嶺謁」，「越嶠」作「嶺嶠」。

除夕兄弟子姪齊集欽州潘氏姊小江吴氏姊亦歸度歲喜誌一律

一堂骨肉話辛盤，如此團圞最是難。十五年前憐作客，九千里外又之官。余春夏間當還直隸補官。先靈雖妥猶餘痛，伯姊來歸且盡歡。無事然薪相暖熱，滿庭和氣不知寒。

【校】二卷本、首圖鈔本、《嶺南群雅》詩題「除夕」作「壬子除夕」，「喜誌」作「漫誌」。首圖鈔本、《嶺南群雅》「之官」作「爲官」。第四句自注，首圖鈔本作「春夏間仍當起復還直」，弘藝殘本李如筠眉批：「「直隸」二字，不可摘去。」

海門詩鈔卷六

癸丑

合浦李符清仲節甫著

登冠頭嶺砲臺觀海

我官北海家南海，居海今初上海門。大壑有時跳日月，洪波終古盪乾坤。砲訇天半蛟龍舞，網集沙灘鳥雀喧。安得仙槎浮我去，直窮牛斗問仙源！

【校】仙槎浮我，首圖鈔本、二卷本作「浮槎乘我」。

登冠頭嶺呈家幼文總戎

中原南徼盡廉州，南到冠頭更盡頭。明月五池疑甓社，青天一髮是瀾洲。漁人網晒高沙樹，鹵户家移斷港舟。萬里無氛波浪靖，應知邊帥足權謀。

【校】《海門詩選》詩題「幼文總戎」作「幼文彬總戎」，「靖」作「靜」。首圖鈔本「應知邊帥」作「籌邊將帥」，二卷本「足」作「有」。

仲春謁射螺嶺祖墓遇雨宿村舍

迎梅雨洗射螺墳，銳進幾同上陣軍。馬挾風雷蹄更疾，人衝煙霧眼頻紛。嶺泉瀉似廬山瀑，溪樹昏如瘴海雲。咫尺墓門窮積潦，茆簷空寫報修文。

【校】詩題，底本目録『祖墓』作『祖塋』，二卷本、首圖鈔本無『仲春』二字，首圖鈔本『村舍』作『村舍一律』。

靈山武利訪黄修亭葉紫圃勞鳳山

野徑繁花醮午晴，三春求友感鶯聲。廿年始遂登堂約，萬里歸聯下榻情。山畔園林維馬足，海門風雨共雞鳴。整鞍又上紅塵道，慚愧難忘尺寸名。

【校】詩題，首圖鈔本、二卷本作『癸丑春武利訪黄修亭葉紫圃諸同學奉贈』。

武利旅店喜族弟自堂來晤

曾聞采藥去，未識買山回。店口逢人問，橋頭見汝來。此時話茆屋，明日上金臺。眷眷臨岐淚，相將落酒杯。

【校】眷眷，首圖鈔本作『惓惓』。

夏五北上取道靈山徐牧園明府招飲三海巖

桑田滄海古曾論，變幻靈巖望眼昏。絶頂樓臺疑蜃氣，半腰石筍有螺痕。斜穿草木迷幽徑，久坐烟雲鎖洞門。覽盡中原名勝地，那知仙境在鄉園！

曾從泰岱仰文名，出宰靈城更有聲。席敞洞門僧避舍，琴鳴石磴客移情。三山雨過蓬萊近，六月寒同冰雪生。鎮日稽留僮僕倦，花陰啼鳥促登程。

【校】詩題『夏五』，首圖鈔本、二卷本作『癸丑夏』，首圖鈔本復缺『徐』字。

同衛榕城廣文黄清溪孝廉遊石六峰歸飲三海巖徐牧園席

西靈山最靈，插天聳峭石。峰峰如削成，蒼雲霾絶壁。昔我夜經過，恨未探奇域。今遇素心人，招携試蠟屐。攀藤緣石磴，巉巖一徑窄。山坳敞洞天，森森列松柏。斷崖通梵宇，中有坡公蹟。寺爲康茂園師守廉時所建，并有詩記刻壁。摩挲壁上詩，口誦手不釋。當年行部來，選勝此開闢。一從點綴後，風景邁夙昔。振衣上絶頂，海天千里碧。三山若蓬萊，到眼如不隔。徘徊倚翠嵐，山暝日欲夕。褰裳過三海，劇飲花間席。寺鐘促客歸，微月鏡松隙。

【校】二卷本、《粤東詩海》詩題「徐牧園」作「徐牧園明府」，「探奇域」作「幽奇摭」。首圖鈔本詩題「飲三海巖徐牧園」作「三海巖飲牧園明府」，「奇域」作「幽穴」，「三山」句作「一山若蓬萊，盈盈一水隔」，「山暝」句作「日暝山欲夕」；「微月」句作「穿鏡露微月」，自注：「穿鏡巖在三海巖西。」

月夜過羚羊峽

獨覽飛雲樓，西江暮雨歇。倚晴下羚羊，高峰吐明月。倒影落澄潭，照曜明毫髮。陽崖鸛鶴巢，陰澗蛟龍窟。峽山青插天，對峙儼金闕。中流一綫通，齒齒露石骨。奇險踰三瀧，鎖鑰控百粤。幸遇波濤平，穩便恣沿越。載經擲硯洲，古懷重鬱勃。

【校】首圖鈔本詩題作「癸丑季夏月夜過羚羊峽」，「倚晴」作「乘晴」，「明毫髮」作「同白日」，「石骨」作「怪石」，「波濤」作「波浪」，「恣沿越」作「心神悦」，「載經」二句作「檥船擲硯洲，睪然懷古蹟」。二卷本詩題作「癸丑四月夜過羚羊峽」，「古懷」作「懷古」。三瀧，首圖鈔本、二卷本作「湞陽」。

秋日勺芳園雨中呈莊蓬嶠同年

海天連日雨，秋氣入園林。池沼添新漲，樓臺起暮陰。蕭條羈客意，歡洽故人心。相聚還相別，銜杯助短吟。

【校】詩題，首圖鈔本、二卷本、十卷本無『秋日』二字。

秋夜同沈朗園對月

良宵不易得，況與故人同。凉月生高閣，晴雲斂碧空。狂吟驚宿燕，離思感飛鴻。無限悲歡意，都并此夕中。

【校】詩題『沈朗園』，《海門詩選》作『沈朗園淦』。

勺芳園贈别郭書城解元

桂樹親攀第一枝，廿年前已仰經師。何期鴻爪流連地，得詠《鷄冠》絶妙詞！先生有《鷄冠》詩甚佳。讀畫緑陰凉雨後，觀魚碧沼月明時。芳園無限依依柳，莫枉長條贈别離。

【校】首圖鈔本詩題『勺芳園』作『寓勺芳園』，『桂樹親』作『芳桂曾』，『芳園』句作『綢繆更訂相逢處』。

中秋後三日蓬嶠招同書城朗園夜話分得五律

尊酒話迴廊，秋高風露凉。元龍真意氣，庾信老文章。歌管三更月，琴書萬里裝。倚欄添别恨，落葉點池塘。

【校】詩題『五律』，《粤東詩海》作『陽韻』，二卷本作『陽韻五律』，首圖鈔本作『七陽五律一首』。

月夜

娟娟涼月浸闌干，閑步秋風怯暮寒。一陣幽香深院過，素馨花雜素心蘭。

【校】詩題，首圖鈔本作「月夜即景」。

珠江別意

寂寂芳園裏，蕭蕭畫艇中。漱珠橋畔柳，憔悴爲秋風。

峽山寺

峽山鬱嵯峨，峽水湛深碧。奇峰七十二，漠漠曉雲積。艤船叩松關，初此試蠟屐。溪路非人境，丹崖太古色。飛泉千丈落，玉龍噴雪白。古洞仙猿居，深林神虎宅。荔奴萬木陰，雜以楓柏赤。攝衣陟絶巘，曲盤石磴窄。梵宇何年來，云自天竺國。繚繞菩提樹，蒼翠看欲滴。老僧汲石髓，烹茗解速客。半日澹忘歸，兀坐紅塵隔。曾聞古禺陽，崟岈此開闢。竹深阮俞徑，臺展讀書席。帝子不可作，江山空陳迹。祇見舊潮痕，時上釣鯉石。

【校】神虎，首圖鈔本、二卷本作「帝虎」，二卷本墨筆改爲「神虎」。首圖鈔本眉批：「幽邃深峭，柳子厚得意之筆。」又「荔奴」句眉批：「峽山恐無『荔奴』，應改。」何青輯《國朝峽山寺留題詩合刻》下卷録此詩，「初此」作「招携」，「神虎」作「帝虎」，無「梵宇」二句；「繚繞」二句，作「縹緲梵王宮，菩提翠欲滴」；「老僧」句前，有「云自舒州來，移運煩神力」二句。

九日峽山寺登高

十年夢隔飛來寺，九日舟臨凝碧灣。叢菊三秋開竹徑，飛泉百道響松關。空潭犀去沉金鎖，古洞猿歸解玉環。此二句本用寺中故實，近閲朱竹垞此題詩，中聯大略相同，仍存之。佳節幾能逢勝地，峽山今日擬龍山。

【校】詩題『九日』，二卷本、首圖鈔本、《海門詩選》作『癸丑九日』。二卷本無頸聯自注，有題注：『五、六句，本寺中故實，近閲朱竹垞此題詩，中二句竟略同，仍存之，並記。』自注『此二句本用』，《海門詩選》作『此聯本』。

九日遊峽山寺寄清遠何數峰明府

古峽雲屯暮色沈，孤舟九日適登臨。碧泉紅樹秋山寺，白雁黄花旅客心。下界鐘連上界響，南禺猿對北禺吟。我過彭澤懷陶令，獨坐江樓酒漫斟。

【校】詩題，二卷本、《載園詩鈔》無『清遠』二字，《海門詩選》『何數峰』作『何數峰青』。何青輯《國朝峽山寺留題詩合刻》下卷録此詩，詩題作『又寄清遠何數峰明府』。

贈峽山寺貫菴上人

玉帶堂前頻酌酒，清音樓上聽談禪。應知陶令耽黄菊，不薄遠公結白蓮。古洞猿歸心自定，深潭犀去影俱空。不須更説維摩法，妙諦還尋福地中。爲訪名流舊日題，開軒坐對夕陽低。濡毫和罷磨崖句，一笑山門過虎溪。

【校】詩題，二卷本、首圖鈔本作『癸丑九日遊峽山寺贈貫菴上人』。何青輯《國朝峽山寺留題詩合刻》下卷録此詩，詩題無『峽山寺』三字。玉帶，首圖鈔本、《國朝峽山寺留題詩合刻》作『帶玉』。

九日舟過峽山寺同吴樂亭陳小山黄清溪張拱堂萬松門鶴亭弟九畹姪登高

十四年前記舊遊，名山九日小維舟。招携重訪阮俞徑，紅樹黄花古寺秋。

雨過葛壇丹灶冷，雲開古洞白猿歸。携壺絶頂風吹帽，覓句山腰翠滴衣。
影掠江樓白雁飛，談天説法坐斜暉。午鐘打罷塵緣淨，翻羡山隈釣鯉磯。
支筇度過石橋西，山半無亭失舊題。半山舊有東坡詩石，今亭傾碑失矣。七十二峰煙霧冷，松陰空聽竹鷄啼。
飛泉百丈響泠泠，爲洗塵心憇小亭。泉到江心心自定，南禺樹色倒空青。
開山傳説二禺君，祠畔孤臺衹白雲。臺上何書供坐讀，當年曾否有皇墳？
靈鷲峰頭拜寶陀，達摩石上又摩挲。醉携鐵笛摩雲弄，誰試文峰一曲歌？
聯騎塞上尋黄菊，策杖飛來問玉環。最是登高逢勝地，九松山與二禺山。

【校】首圖鈔本詩題「九日」作「癸丑九日」，「小維舟」作「恰維舟」，「打罷」作「一擊」；自注「半山舊有東坡詩石」，作「半山舊有亭，存東坡詩石」；「心自定」作「還自定」，「摩雲弄」作「雲中嘯」，「誰試」作「疑聽」。

過英德訪廣文彭東郊同年

十載故人别，三秋旅雁迴。帆因買石落，客爲看詩來。學舍猶餐菊，名關擬詠梅。三灣亭畔路，誰是子雲才？

【校】首圖鈔本詩題「過」作「重陽後二日過」，「看詩」作「和詩」，「學舍」作「黌舍」，「名關」作「庚關」，「誰是」作「長憶」。

過英德彭東郊吴植亭遺英石三詩以志之

英州兩學博，餽我三峰奇。娟秀比蛾緑，玲瓏欺仇池。其一更峭絶，天然小峨眉。羅列短蓬中，萬里煙霞隨。亦有東坡癖，敢笑元章癡。昔人愛二華，亦或探武夷。我官乃傳舍，蝸居卜何時？安得此邱壑，垂老歸栖遲！晨起對層嶂，喟然發新詩。

【校】詩題，底本目録「英石三詩」作「三石詩」，二卷本「英德」作「英德廣文」。首圖鈔本詩題作「過英德廣文彭東郊吴植亭遺三石詩以紀之」，「煙霞」作「煙雲」，「昔人」二句作「牓之曰二華，巨者爲渼陂」，無「晨起」二句；全詩李如筠眉批：「詩理亦漸近大蘇。」

英德道中

湞陽峽口煙初暝，彈子磯邊雨半斜。竹雞格磔啼不歇，西風吹落山茶花。

【校】首圖鈔本李如筠眉批：「可入山謡。」

觀音巖二首

誰奮摩天刃，空靈水月龕？雲煙飛絶壁，蛟蜃窟深潭。曲磴憑僧引，鈎梯帶火探。倚欄晴宇闊，飛雁度山南。

洞口懸鐘乳，江心湧石蓮。三山通佛境，一水隔人煙。樓迴疑無地，雲開别有天。侵晨登彼岸，坐數太平船。

【校】首圖鈔本詩題無「二首」二字，「空靈」作「鐫成」，「飛」作「生」，「别有天」作「小有天」。李如筠眉批：「嵌空妥貼，疑有神工。」

清遠道中寄懷潘毅堂舍人

廿年鷄樹重才名，紅藥青藜品望榮。何事玉堂吟睡燕，雕梁偃仰度清明！毅堂《睡燕》詩，有「偃仰雕梁」之句。

生平交誼友兼師，風雪論文感故知。八載紅塵勞遠夢，相逢何忍遽相離！

風塵心事共誰論，池館挑燈夜雨昏。石上藤蘿青入榻，秋風三宿六松園。

共上招提看海雲，寶幢高處半斜曛。郭家園裏孤亭晚，秋草離離訪鹿墳。

何人希志抗風軒，入耳都愁瓦缶喧。大雅於今應復振，仙居已卜舊南園。

畫舫園亭日日親，彈棊角酒任天真。誰知嶺嶠同心侶，又是邯鄲入夢人！

渡頭落木晚蕭蕭，一夕離人萬里遥。最是黯然分袂處，曉風疏柳漱珠橋。

峽江煙樹鷓鴣啼，古寺黄花續舊題。九日遊峽山寺。回首越山雲共遠，孤舟暮雨過曹溪。

【校】詩題「寄懷潘毅堂」，二卷本作「寄潘毅堂」，《載園詩鈔》作「寄毅堂」。第一首自注，二卷本、《載園詩鈔》尾尚綴「其自況也，故及之」七字，首圖鈔本尾綴「故及之」三字。

彈子磯

江流濺石珠光亂，劃然巨壁臨江岸。應爲高峰欲斷流，神工施斧削其半。乍見巖巖一錦屏，石文五色紛燦爛。峨峨千仞逼天寒，白日陰雲凝不散。瘦骨屜㕒無寸膚，樹木何因託枝幹！騰猿叫嘯怯下飲，黑鷹盤巢鳥跡斷。中有一穴數尺强，傳是廣明勁弩貫。荒唐之説不足論，此磯終古猶名彈。英州本稱山水區，巍然雄特此爲冠。從來名流多題詠，惜無奇句能贊嘆。安得再起李杜才，巨製一篇勒崖畔！

【校】欲斷流，首圖鈔本作『阻舟航』，《載園詩鈔》作『阻去航』。首圖鈔本李如筠題下批『此首造句未工』，『應爲』句旁批『不調』。

南華寺

檥舟訪南華，繞寺菩提樹。潭空巨魚躍，山靜一鳥度。老僧骨相奇，披衲來相晤。自汲曹溪水，烹茶留客住。衣鉢祖師傳，湛然無來去。我本不談禪，頗識禪中趣。相對忽忘言，豁然塵夢悟。暝色起疏林，欲覓來時路。白雲滿空山，茫茫不知處。

【校】首圖鈔本『無來去』作『知來去』，『豁然』句作『塵夢豁然悟』。『潭空』二句，李如筠眉批：『清微淡遠，詩境極高。』尾二句眉批：『非悟後不能作此語。』

登九成臺望韶石

溯流上曲江，江曲抱韶石。石峰三十六，面面芙蓉色。或如簫管形，或象鳥獸跡。云是翠華臨，於此試戛擊。茫茫數千載，風煙如夙昔。九成誰復作，層臺空閴寂。惟有武溪深，餘音付橫笛。

【校】尾二句，首圖鈔本作『惟有武溪灘，泠泠發清越』；李如筠眉批：『賴有一結，不然平直矣。』

度大庾嶺二首

萬仞梅花嶺，風塵數往還。北轅爲古道，南服此雄關。地遠迴孤雁，天低入百蠻。故園千里外，回首暮雲間。

秦漢稱兵日，關門鳥道盤。險輕千鐵騎，封比一泥丸。霸氣消沉久，梅花取次殘。時平通貨力，轉運萬夫歡。

【校】詩題，首圖鈔本、《海門詩選》無「二首」二字。首圖鈔本李如筠眉批：「殊有杜氣，妙妙。」

庾關即目

南嶺不如北嶺好，下山還比上山難。獨倚關門看極浦，秋風石氣逼人寒。

【校】詩題「庾關」，首圖鈔本作「庾嶺」，李如筠眉批：「仕宦人能作箇語，豈可多得！」

海門詩鈔卷七

癸丑

合浦李符清仲節甫著

雨過南康縣

江臯木葉江風吹，秋深水落舟行遲。三日順流僅百里，咿啞推挽篙師疲。山顛孤塔是南壄，兩岸不見芙蓉垂。螺亭縹緲環碧嶂，鵲樓崔嵬依江湄。煙雨蒼茫迷八境，短篷空詠眉山詩。

【校】首圖鈔本此題共二首，後尚有七絶一首，見詩文補遺。

過灘阻風

昔我歸舟上萬安，一日飛過十八灘。是時風順帆腹飽，迅如萬馬奔波瀾。此行反似鮎上竿，一灘一泊何艱難！逆風三日吹不止，篙師袖手空長嘆。我聞乃向篙師勸，人生順逆隨時轉。陰寒應有朔風號，天氣豈爲人心變！順流順風固可喜，逆風逆水不須怨。順逆本然非偶然，覆載無私愜幽觀。况我順逆隨遇安，得失由來事參半。篙師側耳還肯首，且倚篷窗候風便。

【校】首圖鈔本「反似」作「反是」，「豈爲」作「豈以」，「逆風」句作「逆者遇逆不更怨」，「本然」作「相參」，「覆載」句作「天公無私此一驗」，「得失」句作「去往由來不繫念」，「且倚」句作「曰公斯言真灼見」。李如筠眉批：「格意俱佳，惜造句未臻老當耳。」「我聞」句夾批：「以下句法漸弱。」尾批：「結太弱。」

過萬安縣有懷張蘅臯

金船嶺下憶逢君，一琖松醪醉五雲。獨上驛樓人不見，灘頭暮雨落紛紛。

【校】詩題，首圖鈔本作『過萬安有懷張蘅臯同年』。

吉安呈顔太守惺甫

曾是甘泉侍從臣，恩光殊錫羽儀新。一麾快閣題詩客，十載南宫起草人。中外宣猷家法在，雲泥判跡故情真。年來鄉達多寥落，竚看勳名振海濱。

【校】詩題『呈顔太守惺甫』，首圖鈔本作『贈顔惺甫太守同年』，十卷本作『贈顔太守惺甫同年』，十三卷本作『贈顔太守惺甫』。首圖鈔本『家法在』作『家法舊』，『年來』句作『莎廳尊酒論心事』，『竚看』作『共約』。十卷本『竚看』作『好致』。

冬初登滕王閣

去年挂席揚州來，手携玉笛凌高臺。長風吹波老蛟泣，浪花倒捲層雲開。今年又上王子閣，沙渚冬寒水方涸。落日倚欄西見山，長天一鶴沖寥廓。朱簾畫棟尚依然，把酒高歌感昔緣。江水自流人自老，空嗟白髮生華顛。人生不隸蓬萊籍，弱水茫茫杳難適。一從雙足落風塵，牛磨團團踏陳迹。三千薊北路悠悠，倦客愁登王粲樓。回頭銅柱標勳處，空憶當時馬少游。

【校】詩題，二卷本、首圖鈔本、《粤東詩海》作『癸丑十月重登滕王閣』，《載園詩鈔》作『重登滕王閣』。挂席，二卷本、首圖鈔本、《載園詩鈔》、《粤東詩海》、十卷本作『騎鶴』。朱簾，《載園詩鈔》作『珠簾』。首六句，首圖鈔本眉批：『寄興遠，落墨大。』『落日』句，弘藝殘本原作『落日憑欄望西山』，墨筆改今本，有眉批：『「落日憑欄」句，音節不調。』回頭，弘藝殘本原作『回首』，墨筆改今本，有眉批：『若用「首」字，反不諧矣。』

豫章留别龔辛農二尹

幾回社燕幾賓鴻，一見還疑是夢中。八載離思三日話，滕王閣下醉孤篷。

清才豈是墮風塵，年少翩翩早致身。左蠡匡廬吟嘯遍，江山雖好不資貧。

南北奔馳兩鬢斑，鏡中難駐舊時顏。躭詩我亦憐君瘦，好是相逢飯顆山。

緑波碧草最傷情，南浦真來遠送行。記得君行我相送，秋風折柳六郎城。

【校】首圖鈔本共八首，其二、四、五、七首見詩文補遺。首圖鈔本詩題「豫章」作「癸丑十月舟過豫章」，「幾回」句作「塵蹤社燕與賓鴻」，「好是」作「好似」，「緑波」二句作「一番離别一番情，南浦君來送我行」。李如筠眉批：「雖學香山，然終成滑調。」

潯陽道中寄龔辛農

百雉孤城九派流，荆吴形勢扼江州。香爐雲霧青蓮卧，湓浦琵琶白傅愁。日暮人沽桑落酒，風輕客渡木蘭舟。流連勝地空明月，那得携君醉庾樓！

【校】詩題「龔辛農」，《海門詩選》作「龔辛農述祖」。首圖鈔本「日暮」作「落日」，「風輕」作「乘風」，「流連」作「我過」。

桐城喜晤張畛青同年

憶昔繙書太乙時，秋風同折月中枝。匏瓜共受微官繫，鴻雁難傳兩地思。誰料陶潛歸栗里，兼逢庾杲出蓮池。姚石南亦于是日還桐城。仙鄉一見真如夢，豈是相逢有定期！

前輩風流最感人，軒軒龍馬比精神。登堂鷄黍當年約，插架圖書半日親。林下二疏今絶少，門前三戟古無倫。一尊未盡班荆話，又策疲驢逐軟塵。

【校】有定期，首圖鈔本作『定有期』。李如筠眉批：『低佪今昔，一氣轉旋。』

過桐城日值姚石南還里喜晤并訊令兄寶應大令姚峰

去春我初賦歸來，霏霏雪漫黄金臺。與君同過子雲閣，一夜别酒傾千杯。平明騎馬苑東去，一去一程一回顧。迢迢自宿嶺頭雲，伊人遥望春天樹。我歸珠海纔一年，塵夢未斷還幽燕。思君急欲見顔色，舍舟紆道趨龍眠。龍眠圖畫稱三李，練潭漠漠寒煙起。叩門問君何時還，説君離家僅十里。聞言不覺心花開，徑造君家待君回。君回一見轉相猜，問我至此胡爲哉！昔我歸過金山寺，髯公適奉西川使。槎頭一見共陶然，戴公山下兩日醉。今見阿宜又翩翩，詢是我家瓣香傳。令侄于海南受業萩園兄。萍蹤處處相投合，與君骨肉何有緣！離愁頃刻難盡訴，倉皇又欲問前路。旗亭無事悵分岐，春明又聚蓮花署。有人前到白馬湖，爲訊髯公近何如？淮西蓴香鱸鱠美，把酒還思故人無？

【校】首圖鈔本第三句作『招君同過紫雲閣』，『練潭』作『練湖』，『僅十里』作『纔十里』；『詢是』句自注，『萩園兄』作『家兄』。我家，首圖鈔本、二卷本作『吾家』。

潛山道中

寒山暮雨起層陰，紅樹參差石徑深。一曲清溪通略彴，人家遥在碧松林。

桃山驛謁岳忠武王廟

桃山祠廟仰精忠，嘆息中原百戰功。不是議和班鐵騎，會須痛飲到黄龍。勳臣大獄成三字，庸主安心棄兩宮。下馬遺詩摩斷碣，不堪惆悵泣秋風！

【校】首圖鈔本詩題『忠武王廟』作『武穆王祠』，『惆悵』作『孤憤』，李如筠眉批：『未能脱前人窠臼。此等題，惟新可以勝人。』二卷本詩題『岳忠武王』原作『岳武穆』，墨筆改爲『岳忠武』。

宿松道中

一鞭又趁午晴初，秋入松滋畫不如。數陣寒鴉尋野食，半林紅樹點村居。山南景好北山看，馬上詩成下馬書。桑落洲邊沽酒去，西溪一帶有鱸魚。

過臨淮關適楊二雲珊自鳳陽郡城來晤時雲珊有楚行賦此贈別

王後盧前不世才，春風聯榻五花臺。誰知嶺嶠三年別，一笑臨淮萬里來。舊事重論留我坐，新詩半卷待君裁。濠梁又灑河梁淚，共盡關門酒一杯。

聞道琴書欲楚遊，攀延無計益羈愁。路經湖北幾千里，夢繞淮南第一樓。菊友情深知耐久，竹林誼重故遲留。澧蘭沅芷春吟遍，莫忘相期桂樹秋。

【校】詩題『適楊二雲珊自鳳陽郡城』，底本目録作『喜楊雲珊自鳳陽』。首圖鈔本、二卷本、《載園詩鈔》詩題作『次臨淮關喜晤楊雲珊自鳳陽來時雲珊有楚行奉呈二律』，十卷本作『過臨淮關喜晤楊雲珊自鳳陽來時雲珊有楚行賦別』。首圖鈔本、二卷本、《載園詩鈔》、十卷本『欲楚遊』作『又楚遊』，『菊友』二句作『倚馬終爲華國器，依人莫久異鄉留』，『莫忘』作『好記』。《載園詩鈔》『一笑』作『恰向』。首圖鈔本『路經』作『行經』。

鳳陽道中

暮雨淮南江上村，三間茆屋竹爲門。老翁八十扶藜杖，口誦詩書課子孫。

固鎮旅店

野店風欺客，籬花半未開。流星一騎過，帶月幾人來？詩句連城壁，㡖紋側理苔。銜杯嘆行役，鈴鐸苦相催。

【校】首圖鈔本詩題作「固鎮旅舍和梁瑶峰相國題壁元韻」，「籬花半」作「寒梅花」，「詩句」作「詩抵」，「㡖紋」作「㡖攤」，「嘆行役」作「思和壁」。

徐州府署喜晤家紫峰

三年同度鹿城春，一别孤鴻赴海濱。詎料逍遥堂上客，得逢風雨對牀人！

【校】首圖鈔本共三首，後兩首見詩文補遺。首圖鈔本詩題作「徐州府署晤紫峰弟即别」，二卷本作「徐州府署喜晤家紫峰弟即别」。

淮徐使署重晤康龍山

征車又向大彭停，爲感平生眼獨青。地有名山招我看，囊無佳句倩君聽。共談舊事還珠浦，欲搨殘碑放鶴亭。三日盤桓三日醉，交情深處竟忘形！

【校】詩題「康龍山」，《海門詩選》作「康龍山亮鈞」。倩君，首圖鈔本、《海門詩選》作「誦君」。

同康龍山登雲龍山

並馬黄茆岡，千峰淡夕陽。孤亭時有鶴，亂石盡如羊。雲氣連芒碭，河聲急吕梁。醉來高處嘯，又似使君狂。

【校】時有，首圖鈔本、《載園詩鈔》、《粵東詩海》作『曾放』。首圖鈔本李如筠眉批：『極有興致。』

題康龍山秋林聽瀑圖

濕雲曉宿秋山碧，松柏蒼蒼楓柏赤。飛濤百丈響泠泠，白練一痕界山色。卧龍山人氣如虹，神仙謫下蓬萊峰。文思萬斛源泉湧，筆端颯颯生秋風。一時紙貴《三都賦》，鷙鵬暫息青雲路。清才終是木天居，幽情頗愛林泉趣。憶昔趨庭到海門，愛園追步同梁園。芭蕉雨滴雲林室，芙蓉露冷濯清軒。是時郎君年正少，五字新詩最清妙。閑來携手坐雲根，楊柳池塘漫垂釣。等閑一别十八年，迴首園林真惘然。去春訪君石佛前，始得相與尋幽泉。此來重晤興又起，共上雲龍望九里。石狗湖邊紅樹秋，吕梁三十仞懸水。歸來示我《秋林圖》，展看紙上風蕭疏。清陰據石聽瀑布，仿佛掛席過匡廬。我今又作紅塵客，執手黄樓愁落日。雲山何日賦歸來，箕踞科頭傲泉石？

【校】掛席，首圖鈔本作『頃來』。

黄樓别康龍山

城角依然汴泗流，臨岐携手上黄樓。吕梁波浪千帆急，芒碭風雲一望收。有興聯吟仍並馬，多情欲别且同舟。黯然回首離觴滿，落日殘陽古渡頭。

【校】詩題，首圖鈔本作『癸丑重到彭城康龍山蔣東岩邀登黄樓旋送過黄河而别』；『仍並馬』作『還並馬』，『且同舟』作『又同舟』，『離觴滿』作『相離處』。弘藝殘本李如筠首二聯眉批：『氣勢高渾。』頸聯夾批：『二句尚須略改，以太容易故耳。』

黄河渡口别康龍山

感君情義重，送我過黄河。上馬不忍去，看君涉風波。風吹帆不動，載歸離恨多！

【校】首圖鈔本此詩與前一首同題。李如筠眉批：「此亦似乎高唱。然此種格調，明人最喜爲之，且在集中亦數見不鮮。」

韓莊道中寄康龍山

渡過黄河賸别愁，韓莊又見水悠悠。遠增山色幾紅樹，點破湖光雙白鷗。殘柳村中尋酒店，斜陽渡口唤漁舟。問程已過江南界，迴首煙沉燕子樓。

【校】雙，首圖鈔本、《粤東詩海》、二卷本、十卷本作「兩」。

早行

三更鈴鐸又交催，一枕鄉園夢未迴。壁上殘燈支客具，牀頭濁酒禦寒杯。沙灘月白看疑水，樹杪風喧聽似雷。烏鵲爭飛天欲曙，雞豚還散四山來。

【校】首圖鈔本「交催」作「相催」，「牀頭」作「尊中」，「烏鵲爭」作「林際鴉」，尾句作「牛羊又出對山來」。李如筠眉批：「放翁家數。」

南沙河早行

又東行賸去，簷前月影斜。橋危頻勒馬，樹曉亂飛鴉。梵響沿江寺，燈光賣酒家。寒煙生隔岸，渡水是南沙。

望雪

冬深雨雪聽無聲，河北淮南麥未生。我是宰官憂不輟，敢因行役喜天晴。

【校】首圖鈔本『宰官』作『杞人』，李如筠眉批：『正須如此。』

景州道中

章門結束買騾綱，驛路三千赴保陽。已渡淮南又河北，盡嘗冬雪與秋霜。車因訪友程程駐，人爲尋詩日日忙。今夕已臨馮翊治，不妨沽酒洗行裝。

【校】首圖鈔本『今夕』句作『今夜已臨畿輔地』。李如筠眉批：『此與後《取道交河》一首，俱嫌直率。』

和壁間作

戍樓月落角聲殘，獨起摩挲七寶鞍。庭樹鴉啼人欲去，燈光猶射劍光寒。

【校】首圖鈔本詩題作『和壁』，『殘』作『闌』，『鞍』作『鞭』。李如筠眉批：『早行景，寫得有神。』

還直隸取道交河訪曾秋船

訪君還是借君車，一笑相逢别恨除。百里已垂新雨露，西窗猶列舊琴書。相尋詩酒三更後，獨占湖山一載餘。説到登場心轉怯，宦情君比我何如？

【校】詩題『直隸』，二卷本、首圖鈔本作『直』。何如，首圖鈔本作『如何』，出韻。

海門詩鈔卷八

甲寅、乙卯

合浦李符清仲節甫著

滄州喜雨

海氣蒸雲氣，田園待澤深。三春勞聖慮，一雨定人心。草色連冰岸，河流漲朗吟。古淺名。漕輸兼播種，僥倖此甘霖。

【校】勞，二卷本作『廑』。

滄州雜詩

朗吟樓畔踏歌聲，萬斛龍驤擊汰行。兩岸垂楊經宿雨，依依緑到丱兮城。得雨近郊爭買犢，無風瀕海好收鹽。清陰十里帆檣影，捷地樓臺愛捲簾。捷地，地名。

【校】尾注『地名』，二卷本作『滄州地名』。

滄州寄懷黄虚舟孝廉

廿載心傾國士才，一枝頻望嶺頭梅。著書久借虞翻宅，光孝寺爲虞翻故宅，虚舟借寓。懷古同登趙尉臺。薄宦經年淹渤海，散仙何日到蓬萊！二樵老去花農逝，時倚春明遲汝來。

【校】詩題『孝廉』，二卷本作『明經』；自注『虚舟借寓』作『虚舟時借寓焉』。

滄州署中得雨偶成

作牧空居渤海濱，旱荒無術濟斯民。憑將一夜如膏雨，留得茆簷一段春。

舟中戲呈莊栗堂司馬

月光如水柳含煙，薄醉遊人一小眠。蝴蝶夢莊莊夢蝶，燭花簾影自蘧然。

題余竹泉慕雁圖

秋煙漠漠海山蒼，蘆風瑟瑟天欲霜，沙明水淨疑瀟湘。排空雁陣紛南翔，客子仰視思傍徨，江南江北關山長。竹泉才士古之狂，性篤孝友能文章，揮灑翰墨追蘇黄。三十年來客保陽，遨遊同是謀稻粱，一年一度還故鄉。安得生翮同頡頏，嶺雲迢迢雁分行！我亦遥看神共傷，修篁叢菊襯秋光，披圖對此心茫茫。

【校】二卷本『客保陽』作『滯保陽』，『心茫茫』作『感茫茫』。

寄懷蔣東岩學博彭門

接翅同飛記昔年，東吴公子自翩翩。津門别後彭門别，獨向春風憶鄭虔。

【校】詩題『彭門』，十卷本作『彭城』。

勘衡水水災紀事

受水勘他水，舍田芸人田。平原成巨浸，棄馬還乘船。滹沱合漳滏，浩浩波接天。彌望三百里，誰爲陌與阡！孤城若島嶼，遠樹生微烟。倏忽黑雲起，吹帆村落前。老翁墻頭立，墻腰勢欲顛。自言被災狀，啓口淚漣漣。往歲遭旱魃，十户九顛連。今夏麥無收，復值水如淵。苦旱又苦潦，荒歉經三年。田園無寸草，廬舍徒空椽。婦子鳩鵠形，堤邊夜不眠。我聞老翁語，長嘆心惻然。爲告聖恩厚，租稅盡汝蠲。行當謀賑恤，安居無播遷。

衡水舟中寄寧晉徐西山同年

洲渚起秋色，蕭蕭蘆荻聲。人依孤石釣，鶴度野塘鳴。百里同舟誼，三年舊雨情。溯洄空有意，一水隔盈盈。

【校】詩題「徐西山同年」，二卷本作「徐西峰明府」，《海門詩選》作「徐西山用書明府同年」。

雨後衙齋同張小宋夜坐

積雨懽初霽，高齋暑氣微。槐陰坐晴月，新凉欺夏衣。池深蛙競鼓，樓迥螢怯飛。何當違簿領，清談共掩扉？

初秋夜話同張小宋梁吉泉兩孝廉作

雲掩河漢没，樓頭暝色沉。陰蟲鳴暗壁，倦鳥宿寒林。共品紅釵茗，還張緑綺琴。勞勞塵事迫，幾得對清吟！

衙齋對雨感懷

秋氣入簾早，空齋思鬱陶。况當凉雨滴，庭樹對蕭騷。微痾顔易换，劇地夢同勞。坐覺煩憂集，相將祇濁醪。

題安平丁東銘明府尊人遺墨

卅年手澤義方存，從識循良自德門。庭訓已垂三字戒，法經還重五千言。政傳白石春風遠，夢憶端溪暮雨昏。我亦遺箴常自省，芙蓉紅淚尚流痕。

【校】詩題『丁東銘明府』，二卷本作『丁明府』，墨筆添『東銘』二字。

示璋兒

年少還如花未開，敷榮全在善栽培。功名每自艱難得，學問多從閱歷來。祇要真誠能立本，徒誇儇巧不爲才。髫齡我記承庭訓，轉瞬於今鬢已摧。

【校】二卷本尾聯作：『世間紈絝膏粱子，却被人嗤是駑駘。』墨筆夾籤：『六句，還須廣博便成才。七、八句，惟予亦自童年過，庭訓如新鬢已摧。』

過深州

下博人傳古戰場，一鞭斜日繞山莊。蕪蔞亭畔寒煙起，立馬猶聞豆粥香。

寒氣稜稜逼病顔，趍迎遠過博陵關。僧寮静候焚香坐，轉得塵中半日閑。時迎謁方觀察。

晴霞近接紫金山，記得三年八往還。萬里故人今宿草，黯然迢遞望梅關。謂徐畹齋太守。

【校】二卷本無第二首，第三首自注原作：『謂徐畹齋，廣州太守也。畹齋刺深時，余前宰鹿城，過從甚密。今畹齋已卒于嶺南，故感賦。』爲墨筆鈎去。

傾井懷古

策馬鹿城西，鬱然見深翠。樹陰散日色，泉石生雲氣。傳是東漢初，略地至此地。三軍苦焦渴，攀泉紛觱沸。毋乃震巨鰲，聳身驚贔屭。我謂感精誠，神力皆相濟。貳師拔佩刀，耿恭肅衣拜。何况真人出，川岳奔護衛。冰合既有然，井傾何足異！小亭蔭清泉，崇祠瞻古帝。俯仰寄遥情，千秋稱勝概。涓涓滋畎苗，泠泠響林際。時平鷄犬恬，勸耕此遊憩。

紅草坡吊張將軍 有序

將軍名興，東鹿人，爲饒陽裨將。禄山之變，堅守彌年，城破不屈，死之。墓在鹿城北，草獨紅。

饒陽城頭夜吹角，范陽賊兵如蟻薄。大軍方聞出井陘，彌年守此控河朔。此時雖已陷常山，此時猶未失潼關。直欲一軍作保障，威風凜凜同二顏。豈知滄趙諸郡失，外援俱絶臣力竭。禍福還當曉敵人，丈夫寧爲刀鋸屈！難將大義感賊臣，猶有英魂慴賊軍。烏合真如巢幕燕，可憐安史徒紛紛！二十四郡遥相望，幾人能與賊相抗！朝廷未識顔平原，那知更有張裨將！嗟乎唐家再造李郭功，制賊此與睢陽同。精靈炯炯依故土，千秋青史標孤忠。今我重來懷往烈，茫茫一片燕山雪。獨看墓草露猶紅，野人指是將軍血！

【校】詩題，二卷本、《粤東詩海》、十卷本、十三卷本『吊』作『懷』。二卷本小序作：『名興，唐饒陽裨將，墓在東鹿，草獨紅。』全詩如下：『饒陽城頭夜吹角，范陽賊兵如蟻薄。大軍方聞出井陘，孤城獨此控河朔。河朔諸郡大半摧，羯兒金鼓鳴如雷。將軍提刀斫賊陣，彌年壁壘堅不開。此時雖已陷常山，此時猶未失潼關。直欲一軍作保障，獨抱孤忠同二顏。豈知援絶力不支，河間景城皆喪師。丈夫本爲國家死，大義能令亂賊思。難將忠言化賊臣，猶有英魂慴賊軍。曳落難多已奪魄，可憐安史徒紛紛！二十四郡遥相望，幾人能與賊相抗！天家未識顔平原，那知更有張裨將！今我重來懷往烈，茫茫白草燕山雪。獨看坡草露猶紅，土人指是將軍血。」《載園詩鈔》正文與二卷本近，異文有：「豈知援絶」作「當日外援」，「亂賊」作「賊衆」，「茫茫白草」作「白草茫茫」。《粤東詩海》較二卷本，異文有：「控河」作「守河」，「大半摧」作「半已摧」，「提刀斫」作「大刀揮」，「豈知援絶」作「當日外援」，「能令亂賊」作「還教賊臣」，「慴賊軍」作「懼萬軍」，「難多」作「雖多」，「茫茫白草」作「白草茫茫」，「將軍」作「忠臣」。

九月六日張峰青太守招同張小宋吴樂亭餘園小酌

歸杖園門久不開，飄零陶令竟重來。松陰舊是論詩地，池上今爲把釣臺。身健且尋朋友樂，年高難得子孫才。鹿巖擬繼龍山會，先醉黃花酒一杯。

【校】二卷本詩題「九月六日」作「甲寅九月四日」，「餘園小酌」作「小酌餘園」。《海門詩選》詩題作「甲寅九月六日張峰青鍾秀太守招同張小宋子京吴樂亭聲魯餘園小酌」，「擬」作「好」。二卷本、《海門詩選》「今爲」作「新爲」。

九日王翠庭太守按部鹿城即事 是日爲太守生辰

隼旟按部雨清塵，九九欣逢嶽降辰。菊葉本爲長壽酒，鹿巖合駐大年人。登城望麥兼酹節，邑有望麥樓。立馬吟詩實念民。公是日詩，有「盤餐須念啼飢廣」之句。小宰趨承宣德意，四郊秋氣忽如春。

【校】詩題「九日」，二卷本作「甲寅九日」。

九日王翠庭太守至鹿城過署齋觀菊小酌

五馬循行及鹿城，爭看白鹿夾車行。來從上谷勤民隱，吟到重陽聽雨聲。正有右丞詩句好，還尋彭澤酒杯清。羡公早踐韓公迹，公曾守天雄。定比黄花晚節榮。

【校】詩題，二卷本作『九日王翠庭太守按部鹿城過植棠院小酌觀菊』。

贈别徐碩三明府

丁沽寒夜憶圍爐，五載長安不易居。尋到詞場同逐鹿，到鹿日，即同詠鹿巖古蹟。歸應客館嘆無魚。飄零陶令徒躭酒，潦倒虞卿祗著書。慚愧縶維留不得，又從風雪送巾車。

【校】詩題，二卷本『贈别』作『甲寅冬杪贈别』，《海門詩選》『徐碩三』作『徐碩三延翰』。

歲暮寄懷王畹香

誰家公子比翩翩，獨夜挑鐙思渺然。豈謂文章經世重，却憐肝胆向人懸。一窗松雪新詩瘦，十載湖山舊夢牽。若問燕南刀筆吏，自將貧病度殘年。

【校】詩題『王畹香』，二卷本作『王大畹香』。

歲暮寄懷楊米人

歲闌初見雪漫漫，小閣烘爐感故歡。何日浮山營丙舍，當年上谷共辛盤。詩人落拓憐吾輩，循吏聲名達上官。遥隔凫雲三百里，客中誰與煖宵寒！

乙卯初春清苑道中簡杜梅溪

祇緣尋約上征鞍，雪入新年分外寒。歲晚同爲俗事累，春初先覓故人歡。愁時莫漫嗟微禄，名士由來少達官！上谷試燈天氣好，且將詩酒共盤桓。

【校】詩題，二卷本無『乙卯』二字。十卷本頸聯作『老親久已虚微禄，名士何須作達官』。

家紫峰至鹿城見訪旋别

五載前於此地時，對牀風雨話南池。不圖舊尹爲新尹，得和新詩與舊詩。東鹿岩邊期不爽，雲龍山下遇真奇。余于癸丑冬北上，遇紫峰于彭城。明朝又送探花去，莫比尋常悵别離。

覆車 有序

二月九日，從深澤夜渡祁州三岔口，僕夫不戒堤，傾車仰覆，余爲行李倒壓。氣悶半晌，忽車門洞開，始爲僕夫拖出，經時方蘇，恍惚夢境也。尋投宿村舍，口占二律以誌之。

夜渡三岔口，河堤數仞高。雙輪傾馬足，一命等鴻毛。氣閉生無望，窗開死倖逃。前車真可鑒，崎路莫勞勞。

問宿投村舍，當門土銼横。定時方覺痛，險極不知驚。到此凡心淨，因之道念生。何緣脱塵鞅，歸向故山耕？

【校】二卷本以小序爲詩題，『二月九日』作『乙卯二月九日』，『氣悶』作『氣結』。

春日同王翠庭太守于役完縣謁木蘭祠

峭壁凌三峽，清泉汲五雲。我從賢太守，得拜女將軍。古柏青銅幹，殘碑碧蘚紋。石橋歸路急，鞭影帶斜曛。

【校】詩題，二卷本作『乙卯春日同王翠庭太守于役完州謁木蘭祠』。

曉發完縣

曉樹鴉飛盡，趨公當出遊。濕雲生馬耳，殘月挂牛頭。春草木蘭墓，荒祠曲逆侯。畿南尋勝地，清曠古完州。

【校】二卷本詩題作『曉發完州』，『清曠』原作『清絶』，墨筆改今本。

植棠院海棠 并序

院内海棠一株，爲余前宰鹿城時手植，五年未著花。今春盛開，而樹已尋丈，不勝江陵人木之感。因成四絶句，中及《海棠圖》，殆有所觸也。

前度劉郎手自栽，五年邀勒待重來。捲簾相對還相識，故遣枝頭爛漫開。

輕紅一抹睡痕新，細雨冥冥小院春。記得長安三月半，粉坊夜醉月如銀。

西蜀名花尚有圖，圖中花與此花殊。花前試向圖中問，能似當年解語無？

一枝高出院墻南，刮目看時酒共酣。轉似金城堤畔柳，樹猶如此我何堪！

【校】詩題，二卷本原作：『鹿城西院海棠一株，余前宰時所手植也，五年未著花。今春花盛開，而樹已尋丈，不勝江陵人木之感。因成四絶句，中及《海棠圖》，殆有所觸也。』墨筆改今本。

初秋登鹿城署中望麥樓感懷

院小槐陰遍，樓高野色開。山從雲際見，秋自雨中來。蕭散添詩句，蹉跎任酒杯。年年五斗米，此是望鄉臺。

【校】詩題，二卷本、《載園詩鈔》作『乙卯初秋登東鹿署中鎮靜樓感懷』。《海門詩選》詩題『鹿城』作『東鹿』。《載園詩鈔》『年年』作『十年』。

九日喜晤陳竹湖刺史旋別

憶別都門十六年，燕鴻相避別愁牽。何期黃菊三秋節，得結紅塵兩日緣。陶令未慚五斗薄，祖生終着一鞭先。西窗剪盡論心燭，離合無端又黯然。

【校】詩題『九日』，二卷本作『乙卯九日』。

憶海棠

黃金聲價重當時，絕代風流絕代姿。描得花神題小卷，都人齊唱《海棠詞》。

歌管飄零散艷粧，旗亭人去酒樽涼。如何晚向空階立，不是秋風亦斷腸！

一簾花月暎雲屏，樓畔糢糊昨夜星。休唱當年供奉曲，最難聽是《雨淋鈴》！

浣花何處訪荒溪，剩有黃鸝自在啼。蠟淚蠶絲情未了，攤牋研墨寫《無題》。

【校】《載園詩鈔》同題詩共六首，其一、三見詩文補遺。糢糊，《載園詩鈔》《海門詩選》作『全非』。《載園詩鈔》『晚向』作『獨向』，『供奉』作『天寶』，『浣花』二句作『莫談舊日浣花溪，窗外黃鸝空自啼』。

題寶泉寺壁

十日陰綿雨乍晴，蕭蕭庭樹又秋聲。橋頭積潦成河海，無數飄檣泊郡城。

方西莊别駕招飲蓮花池西軒

載酒西軒雅興同，碧池香泛芰荷風。遥聞一曲《霓裳》咏，不在雲中在水中。

秋雨病中戲簡方損齋

咫尺商山未許登，縱横詩酒記吾曾。年來不賣《長門賦》，秋雨瀟瀟病茂陵。

對雪

小閣爐煙淡，開簾雪滿庭。不知身是病，携酒緑莎廳。

題畫

紅葉滿空山，碧泉響深澗。孤筇趁夕陽，隔嶺尋僧院。

【校】詩題，二卷本作『題秋山獨往圖』。

海門詩鈔卷九

丙辰、丁巳

合浦李符清仲節甫著

丙辰元日病中口占

陽和又是鹿城春，滿院祥光氣象新。一息不隨殘臘盡，餘生喜作兩朝人。

春雪

雪花不落地，但見雪水滋。四野土膏潤，東作得及時。能愈邑宰病，小民樂可知。白龍邱瑞麥，東鹿白龍邱，曾産瑞麥。端復見於兹。

春曉病起

簷際鳥聲碎，窗前日影遲。寒生微雨後，晴忽大風吹。小立身猶怯，初瘳意尚疑。幾時神氣壯，載咏《海棠》詩。

【校】詩題，二卷本作「植棠院春曉病起偶成」。

植棠小院

海棠花氣釀春陰，小院餘寒隔幕侵。最是午眠初起後，焚香自理舊傳琴。

雨後偶成呈徐心田方鶴舟章憨園

陰雨連綿欲作秋，蕭騷客館動羈愁。何人吹落梅花笛，一夜西風滿戍樓？

贈徐心田

妙手回春感已深，更從文字結知音。三秋我欲留張翰，四海人爭識季心。醉向花前同琢句，閑於月下聽彈琴。他年若遂江湖願，林屋山中載酒尋。

陳竹湖刺史將之官永春見訪束鹿賦别

雙旌暫駐共盤桓，海角前盟未肯寒。漢代公侯多刺史，唐朝人物出珠官。宦遊相聚原非易，貧賤無忘大是難。共約勳名光故里，莫徒王貢慶彈冠。

【校】詩題，底本目録作『陳竹湖刺史同年將之官永春見訪束鹿旋别賦贈』。

重陽前四日得王少林太守書却寄

風雨重陽近，蕭蕭落木初。一聲南度雁，千里北來魚。拙宦長貧慣，知交久病疏。多君乘五馬，莫偃藉山廬。公有《藉山讀書圖》，札中言貧不能出山，故及之。

九月廿五日文貢文玉姪護伯兄靈轜還里感賦

年來已廢《蓼莪》經，萬里何堪感鶺鴒！霜雪漫添猶子淚，牛眠好問故山青。

【校】詩題『還里』，底本目録作『南還』。

秋杪送梁復軒吴樂亭張拱堂黄清溪南還感賦

遠送南歸客，凄然念故園。夢懸鸞鳳嶺，父母墓田所在。腸斷鶺鴒原。伯兄旅櫬同歸。空負功名志，難忘親舊言。秋風同洒淚，樽酒話關門。

送梁復軒吴樂亭張拱堂黄清溪還里

西風落木又深秋，雁侶南翔動遠愁。身病益增田里念，官貧敢爲子孫謀。洛陽飛葉何時定，漲海還珠豈暗投！結伴歸途應破寂，可能回望薊雲不？

秋杪吴樂亭南還寄里門親友

迢迢雲樹久離居，雙鯉頻遺尺素書。九百未能周里黨，十弓徒自夢園廬。不堪奔走追風馬，每羡優游下澤車。雁侶歸時如問訊，茂陵應念病相如。

【校】詩題『吴樂亭』，《海門詩選》作『姊丈吴樂亭主簿』；『應念』作『久卧』。

十月廿六日安平道中遇雪

飛霰雜寒雨，征車困濘泥。趨驅還鷁退，閉滯祇鷄栖。村店投偏遠，溪橋晚更迷。可憐從我者，衣濕苦凄凄。

看洗馬 題沈莪山小照效樂府體

看洗馬，洗馬卸征鞍。脱下黄金勒，慰君行路難。妾從作别憑欄干，東風吹樹落花殘。

看洗馬，洗馬出塗泥。撇却征塵苦，坐君花下谿。妾從作别夢遼西，緑陰滿徑暮蟬嘶。

看洗馬，洗馬謝塵路，池有深水園有樹。爲君繫馬令馬凉，從今莫逐長堤去。

看洗馬，洗馬在空谷，池有青芻家有粟。爲君飼馬令馬肥，從今莫向紅塵逐。

題杜梅溪陳寄吾于役聯吟集

一卷遥頒盥水開，果然仙吏是仙才。清詞掃盡風塵色，新自燕郊擁篲來。

伯玉風騷饒古意，司勳才調覺情多。桃園花放聯吟罷，攜手尋春七渡河。

紫塞聯鑣記昔遊，石梁同醉菊花秋。八年往事空迴首，爭似臨渠共泛舟！

丁巳三月送王翠庭師觀察鞏昌

兩郡陽春衆口傳，燕南誰似使君賢！隨車鹿獻臨淮瑞，集戟烏知仲郢還。自是九重資鎖鑰，還看三輔待旬宣。攀轅父老留無術，爭得劉公選一錢。

尺寸深慚治術疏，每承緒論在公餘。七年豈止千人活，十部何當一紙書！麥秀漁陽成政後，鑣揚隴上拜恩初。春羔重擬旗亭獻，此日難堪餞大車。

送王畹香侍尊甫翠庭觀察之鞏昌

燕山雲氣接崆峒，遠奉晨昏御曉風。入試文章皆卓犖，出關詩句定英雄。金臺贈策無神駿，余以馬贈行。玉壘傳書有塞鴻。此別相逢應記取，桂花黄與杏花紅。

執卷欣承一瓣香，囊中有句倩雌黄。千秋獨許風塵吏，萬里難分翰墨場。無限春光歸馬上，幾多離恨在河梁。一尊共話關門柳，折取長條繫夕陽。

自東鹿至正定送王畹香西行

十年塵海幾心知，無那春風欲別離。三日往還三百里，勞勞爲送送行詩。

爲沈蕺山題王蓬心太守山水

亂山雜遝連雲起，隱隱人家翠微裏。溪路彎環谷口盤，豁然忽見大江水。山外樓閣江外天，浪花漂泊釣魚船。詩人已賦瀟湘去，三十六峰空暮煙。

【校】此詩手跡，見王宸《倣王紱山水卷》後紙，載北京保利國際拍賣有限公司二〇二二年秋季拍賣會圖録。尾署：『乙卯夏五，題奉蕺山四兄郢正。海門弟李符清。』詩題『沈蕺山』，《海門詩選》作『沈蕺山樂善侍御』。

傅東溪傷姬奉慰

説到傷心淚不收，春來騎省鬢成秋。中年身世誰如願，小院鶯花且解愁。嶺嶠雲飛徒有墓，彭門燕去祇空樓。恩情兒女真如夢，我亦丁沽感逝流。庚戌，余侍妾碧雲歿於津門。

暮春招同裴宿塘沈紫房俞薇橋周果亭裘菊溪鶴亭弟廣福寺看花

暮春天氣正晴明，小約聯鑣出郭行。不是閑情看景色，乘時爲勸野人畊。

酒旗飄過杏花村，緑柳陰中叩佛門。最喜山前頻縱目，一犁春雨足郊原。

樓頭共品雨前茶，樓下還看百結花。如許春光莫孤負，醉吟無那日西斜！

贈王封廣福寺見明上人

鄉關猶記訪曹溪，廿載紅塵夢亦迷。豈意鹿城開鹿苑，香風花雨滿招提。

陶令曾聞結白蓮，一鐙應是遠公傳。不須更設伊蒲饌，相對拈花證夙緣。

祈雨

祈雨復祈雨，其如杲杲何！偶然聞淅瀝，總未見滂沱。舉目無新麥，關心是晚禾。我爲司牧者，何以感天和？

夏至日雨

久旱憂方切，況當節候深。凉生一夜雨，聲入萬家心。野沼痕初漲，庭槐影欲沉。彼蒼應感召，幾度禱桑林。

題宋心吾停琴待月圖

暝色赴山閣，秋生桂樹林。亂雲將吐月，一鶴共眠琴。獨領閑中味，應游物外心。焚香兼煮茗，倚石自長吟。

賴翕亭同年養痾古寺過訪有作

養疾愜幽境，乘閑時獨尋。新苗繞郭緑，老樹凝清陰。蟬鳴午院静，經聲生道心。出門還佇立，輕風襲煩襟。

題畫蝴蝶

誰把滕王粉本傳，雙雙鳳子自蹁躚。一林夢繞梅花月，憶别羅浮十八年。

題蠡吾吴瑞峰明府芳潔自鑒圖

氣奪峨眉秀，才雄大小山。操觚輕白雪，投筆走烏蠻。旁午軍書急，艱辛驛路還。酹庸登薦牘，寵禄九重頒。

畿輔推良吏，交親十載前。同心君子契，作佩友朋賢。寓目花爲客，澄懷月印川。傳神真妙手，俗態掃秋烟。

爲家紫峰題明妃出塞圖

馬上琵琶絶塞馳，黄沙撲面朔風吹。蛾眉自有安邊策，何必黄金買畫師！

【校】首圖鈔本詩題無『爲家紫峰』四字，尾句李如筠眉批：『此題新句。』

題滎陽鄭生風雪乞食圖 圖爲唐子畏作

公子才華絶世無，偶然落魄丐窮途。如何一樣丹青筆，不寫《瓊林春宴圖》！

【校】詩題『滎』，二卷本原作『榮』，墨筆改爲『滎』。

贈義士趙雨亭 并序

雨亭桐城人，曾偕大名尹葉曉山戍伊犁，歸後聞曉山從事塔爾巴哈台，再往視之。復西至伊犁，携鄉人葉椿柩歸。余高其義，既爲立傳，並贈以詩。

高義誰爲匹，勞勞萬里山。馬疲葱嶺路，人老玉門關。肝胆一生盡，風霜兩度還。塞雲頻望斷，何日唱刀環？

意氣薄霄漢，故鄉情更深。艱難收白骨，然諾鄙黄金。馬角魂應泣，羊腸路幾尋。死生趨患難，不愧古人心！

海門詩鈔卷十

丁巳、戊午

合浦李符清仲節甫著

丁巳九月張蘅皐同年將歸南海見訪柬鹿旋別賦贈

三秋旅雁正南飛，耐久人來及授衣。鷄黍果尋元伯約，蓴鱸偏引季鷹歸。廿年辛苦身逾健，萬里功名願尚違。聚散無端增百感，醉中分袂更依依。

【校】詩題『旋別賦贈』，底本目録作『賦別』。

九日方損齋同年還桐城過訪柬鹿

還鄉曾約鹿巖過，下榻西齋共嘯歌。舊雨幾人留上谷，秋風一騎渡滹沱。交論肝胆如君少，吏説文章笑我多。十日盤桓當九日，菊杯那惜醉顔酡！

【校】詩題『九日』，底本誤作『九月』，據《海門詩選》改，尾聯出句亦可證。詩題『方損齋』，《海門詩選》作『方損齋保升』。

留損齋度重陽旋别次見贈韻

本是翩翩公子豪，桂林同折一枝高。五花夜雨歌長鋏，千里秋風夢大刀。下邑停車頻對酒，層城立馬共題餻。閉門投轄留難住，空使離心日夜勞。

君家本有通家誼，况是年家誼更真。曾過龍眠携令子，今從鹿邑省慈親。黄花有意延佳客，青眼偏能見故人。他日燕南尋舊夢，甕頭同醉海棠春。

衡皐損齋南還先後至鹿城取别同贈一律

同感秋風返故園，何期小邑會高軒！槐陰對下南州榻，菊葉頻開北海罇。人到中年禁幾别，文於何日得重論？天邊亦有南飛雁，好待歸時寄一言。

九日古槐署齋席上呈張衡皐方損齋賴翕亭諸同年即次原韻

瑟瑟西風逼古槐，最難佳節故人來。邑無勝地供遊屐，座有清歌勸酒杯。轉眼却驚鴻雁去，舉頭空望菊花開。自慚陶令新詩少，作賦還須八斗才。

丁巳初度

弧矢懸門是此朝，韶華鼎鼎百年遥。二毛自感潘郎鬢，五斗誰憐陶令腰！空負珠光生漲海，尚餘劍氣薄雲霄。衙齋剩有黄花酒，醉取清琴手自調。

送賴翕亭歸里

新詩自笑送行頻，又上河梁别故人。三十年來稱莫逆，九千里外更相親。經師早沛庭前雨，兒輩曾受業。國手曾回鏡裏春。余病爲治痊。白首青雲歡後會，暫時分袂莫沾巾。

秋杪芮城尹家鶴嶠姪改官還里見訪鹿城旋别賦贈

鹿巖幾日暫停鞭，回首分携十八年。五斗功名將酒話，一鐙風雨對牀眠。塵中未勒騰空馬，宦海先看傍岸船。歸去不須頻北望，白沙河擬共耕煙。

龍文早識一門奇，愛我逢人説不癡。方喜七閩爲佐郡，謂香麓姪。何妨八桂作經師！微名已嘆多淹滯，中歲難堪是别離。兩粵家風應不墜，詩書好向後昆垂。

送别方損齋

聞雁秋將暮，歌《驪》日欲曛。詩從枕上和，袂自醉中分。棠院枝枝月，桐山葉葉雲。思君隔千里，誰與共論文？

博野道中呈裴宿塘農部

聯鑣兩日共鞭風，野店銜杯雅興同。六月鵬終萬里上，八年鹿在一巖中。應知疏友皆因病，那識吟詩是坐窮！壯志於今當未滅，不須惆悵夕陽紅。

從上谷歸中途趨公簡紫房秋雯

于役還趨事，分馳獨後回。煙生雙柳樹，寒逼三思臺。宦况歸詩卷，年華寄酒杯。四郊春意動，期汝共尋梅。

【校】詩題『紫房秋雯』，底本目録作『沈秋雯沈紫房』。

郊行

衙寒趨事又郊行，燕甸殷繁第一城。鷄犬自恬和睦井，烟雲長繞黑旗營。篝燈織罽家家業，對雪攤書處處聲。惟有訟庭多鼠雀，却慚無德化無情。

題譚子受英雄兒女圖

錦繡胸藏十萬兵，終生弱冠請長纓。回頭立馬穹廬外，應念擎杯遠送情。

小橋環佩周公瑾，紅拂紫紗李藥師。莫謂多情消壯氣，從來名士愛名姬。

保定傅竹猗太守雙壽詩五十韻

南極星辰燦，西池歲月長。齊眉輝絳府，介壽進黃堂。嶺表人文盛，瀛州地道光。門庭高棨戟，世業著縑緗。博覽誇書簏，豪吟寄縹囊。精心金作厲，偉度玉其相。早擷芹英秀，旋飄桂蕊芳。鱣壇爭負笈，鹿洞盡承筐。月嶠欽山斗，雲臺引棟梁。彈冠趨魏闕，飛舄到巖疆。甘雨隨車至，和風滿座揚。絃歌填里巷，肄誦遍膠庠。衡品冰全徹，掄才尺細量。解頭欣入彀，巨眼竟專場。梓杞材皆美，珊瑚網自張。創祠知水胍，崇祀煥宮墻。泉涌騰金井，亭開繞緑塘。桑乾停跋涉，岱岳便輸將。治比辛公柳，陰留召伯棠。聽輿聞頌禱，課績報循良。秩晉膺丹詔，絲牽耀赤裳。搜遺編志乘，傳信備圖章。偶爾逢偏沴，殷然率大匡。村村施戊濟，處處足丁糧。瑞記巢廳鳥，誠驅赴海蝗。三邊餘愷悌，五馬喜騰驤。綰綬雄畿甸，褰帷近衛漳。波流勤版築，堤固力匡襄。渥澤扶蘭艾，澄源去莠稂。人依含笑判，地號更生鄉。千里河同潤，雙歧歲屢穰。禮賢曾設榻，教士每移牀。桃李敷新蔭，茅茹萃晚香。北門資鎖鑰，上谷重巖廊。竹節偏容與，銅符倍喬皇。股肱推郡首，領袖立官常。廿邑民安堵，三條政總綱。平反虞訟寢，調劑漢機忘。旌旆來何暮，醇醪樂未央。盟心凝雪皎，有脚藹春陽。佳耦籌偕益，華筵案共莊。壺儀優組紃，婦職懋珩璜。弋雁中閨助，丸熊午夜嘗。瓊枝初吐萼，珠樹恰成行。撫序吹葭管，占星對角亢。雙迎擎緹扇，迭舉薦霞觴。猥以雲天誼，時深痗寐藏。忘年情喻海，耐久義如岡。不朽惟功德，堪憑是熾昌。綵衣環侍處，松柏兩蒼蒼。

【校】重巖廊，十卷本作『厪巖廊』。

丁巳除夕十詠

華堂銀燭競光輝，戒旦人偏萬里歸。明日椒花誰獻頌，徒教侍女理朝衣。寄内。

十年塵事獨關情，異地相依有弟兄。最喜得官還得子，新春湯餅試啼聲。示三弟德徵。

雁行迢遞望家書，一紀紅塵願未如。爭得對牀風雪夜，辛盤同話故山廬。寄德成、德恒、德星、德才諸弟。

鷄鳴風雨海門陰，廿載偕遊比竹林。此夕聰明鞭得否，青雲莫負少年心。示文澧姪。

癡獃敢望繼書香，十度迎年共一堂。歸到故園剛獻歲，應同阿母念他鄉。寄璋兒。

傷心爲碎掌中珠，每夢挑鐙課讀書。去歲今宵還記憶，最先是汝飲屠蘇。思亡兒小珠。

同趨上谷未同歸，風雪蕭蕭感素衣。官舍團圞多是客，何如柏酒奉慈闈！寄裴宿塘農部。

孔李曾傳藍謝青，漢廷爭聽侍中經。衙齋聚首真難得，滯汝金門詔賜醽。呈沈秋雯編修。

八載相逢尚故吾，宦遊好看夢遊圖。芙蓉勝境傳仙筆，肯作今宵故事無？余《夢游韶石山圖》，爲宋之山同年乙卯除夕作，今屬秋雯題句。

年華如駛近知非，骨肉偏多兩地違。喜有親朋相煖熱，松盤香氣透重幃。呈沈紫房、左竹岩、俞松岩、邱玉書、葉紫圃諸親友。

戊午二月過深澤同袁成齋同年訪香泉

鴻泥回首十三年，古寺同來話舊緣。瀹茗新亭分一勺，香泉應識是廉泉。

定州道中遇雪

一鞭快雪識時和，趙北燕南聽誦歌。飛渡銀波三萬頃，不知何處是關河！

上巳日招裴宿塘農部沈秋雯編修張峰青太守過植棠院賞海棠

曉光初透鳥聲碎，春陰漠漠護花睡。翠袖紅綃倚薄寒，沉香亭畔楊妃醉。偶因衙子植東墻，鹿岩今是碧雞坊。捲簾花氣襲衣袂，誰云有色恨無香！嫣然一笑春風裏，滿園粗俗薄桃李。砌中環繞宛陵花，真如命婦侍群婢。殷勤手植經十年，兩度相依良有緣。花時便作西川夢，此生合署海棠顛。香霏閣比昌州守，名友相應賞名友。人間富貴幾能逢，莫負花前一尊酒。

槐影軒

小軒鎮日畫簾垂，掃地焚香檢舊詩。午夢乍醒青滿榻，雨餘槐影入窗時。

杏園

遠山一角夕陽殘，撲面風吹徹骨寒。春色不知何處是，杏園村外幾回看。

白龍邱望麥

烏騅嘶過白龍邱，麥隴春苗沃雪柔。堤樹人煙三百户，家家歡望兩岐秋。

【校】三百户，十卷本誤作『三百尺』。

智伯墓

晉陽宮殿已成塵，終古荒墳傍水濱。畢竟愛才知國士，趙亡無復報仇人。

題鹽山鄧春圃明府琴夜焚香圖

燕南政績口碑香，到處陰留手植棠。可是希風趙清獻，一琴一鶴漫相將。

林收暝色月朣朧，獨坐園亭萬籟空。一曲流泉初罷後，泠泠雅韻入松風。

石邊睡鴨吐龍涎，裊裊秋林起暮烟。此際心情真似水，應同彭澤契無絃。

百里同張單父琴，十年落落幾知音。何當煑茗清秋夜，共話風塵澹泊心？

【校】詩題，底本目録作『題鄧鹽山春圃明府琴夜焚香圖四首』。

題余竹泉槐陰獨步圖

石壁雲氣生，飛泉落如雨。小築傍清溪，蟬聲在高樹。南柯一夢醒，槐陰日正午。閑步出深林，凉風盪炎暑。

題余竹泉停琴聽雪圖

寒透茅齋酒欲醒，清琴彈罷韻泠泠。開窗望斷溪橋路，萬樹梅花一草亭。

題胡樹亭春雨歸舟圖

一篙春水碧溶溶，縹緲雲山隔幾重。七十二沽沽上路，綠楊陰暗野煙濃。

客心長繫水雲鄉，驛路風吹野草芳。正是養花天氣好，一帆春雨渡錢塘。

空濛雲氣濕春衫，路近江鄉數翠巖。白髮倚門心更切，應從天際認歸颿。

秋日有懷王畹香

小院凉生早，端居自嘯歌。宦情中歲減，詩思入秋多。細雨薜蘿長，青天鴻雁過。伊人空有夢，萬里隔關河。

【校】詩題『王畹香』，《海門詩選》作『王鐵齋履泰别駕』。

立秋日招宿塘秋雯小酌達曙有作

竹篠銷炎暑，平明酒未醒。不知秋氣至，落葉滿空庭。

七夕

隱隱微雲暗别浦，小院齋心看河鼓。不同婦女望金梭，但乞明朝洗車雨。是日祈雨。

九日正定署齋招裴宿塘農部沈秋雯編修屠韞齋别駕章憨園上舍小集

移官依舊傍滹沱，賺得園亭共嘯歌。碧沼紅橋如有約，黄花白雁肯虚過。塵心早向浮雲盡，秋思還同落葉多。佳節喜逢新舊雨，銜杯莫問夜如何。

九日同宿塘秋雯韞齋憨園小酌分韻并寄方損齋同年

滹沱風急怯登臺，小閣招携共酒杯。青眼肯將塵吏看，黄花應爲故人開。正冠笑比龍山會，擊鉢慚無蕭子才。却憶去年今日約，方干何事不重來！

【校】方干，底本誤作『方于』。

重陽後三日招厓韞齋家太初裴宿塘沈秋雯莊博齋朱晴厓章憨園延青閣小酌

曉氣初收積雨痕，鞠花叢裏又開罇。衙齋雅有園林趣，文字能蠲簿領煩。水郭聲聲征雁過，山樓淰淰宿雲屯。延青快聚延秋侶，塵世升沈莫漫論。

秋杪正定署中贈別裴宿塘同年

秋深曉氣寒，況當陰雨逗。落木下蕭騷，簾幕涼颼透。曲沼荷葉殘，小院黄花瘦。歲月易推遷，征鴻驚節候。兀兀胡欲醉，應爲離人驟。偉哉度支郎，文光應列宿！接翅昔同飛，氣味如蘭臭。北溟六月息，下邑肯來就。鹿巖開鹿洞，桃李滿園秀。小試燕許筆，邑乘正差謬。更有西清侣，謂沈秋雯編修。昕夕同研究。香比班馬醲，淵如董賈茂。放失盡網羅，卓然成奇構。兩載事編摩，丹鉛共清晝。棠院對牀眠，忘形情愈厚。移官滹水陰，經月猶稽留。豈不急青雲，劇戀十年舊。簡書促登程，欲留不可又。依依柳垂堤，蕭蕭馬鳴廐。携手賦河梁，勸盡南燕酎。

海門詩鈔卷十一　己未、庚申

合浦李符清仲節甫著

觀津祈雨詩爲楊米人大令作 有序

壬子歲，楊君令武邑，旱甚，訪知衡水有老農楊能祈雨，延之來設壇。作高臺十三級，老農立其上，焚香誦經，官民禱壇下。三日雨大沛，歲得有秋，作詩以紀其事。

赤日不動當空懸，烈風扇虐燒原田。平禱盡如龜坼兆，大尹暴露祈蒼天。雩壇焚香請民命，不信高穹呼不應！欲求靈澤起焦枯，天遣奇人佐仙令。忽傳衡水來老農，能掣飛電驅神龍。崇臺高築十三級，呼吸直與天門通。老人誦經立其上，官民拜禱邀靈貺。不用書符與暴尫，黑雲堆起如奔浪。雷聲隆隆雨脚射，倒捲明河向空瀉。三日甘霖遍四郊，萬人拍手占多稼。衆稱奇術神且明，頓使歉歲成豐亨。老農下壇忽大笑：『豐歉人心能感召。吁嗟吾術安足論，皆由宰官風教敦。若非誠意格蒼昊，惡得澍雨沾千村！』

題章鏡齋望雲圖

春暉麗晴光，迢迢暎千里。長空凝白雲，靄靄照遊子。海燕翔北風，塞雁飛南岡。豈不懷故巢，戢翼謀稻粱。人子遊既遠，迴望川原緩。幾日歸鑒湖，蘭陔春宛宛。

四月送方來青觀察出使伊犁

揚鑣萬里出邊城，持節諮謀使相營。塵海難平是波浪，英雄所重在勳名。龍沙路遠春風緩，羌笛聲高落日横。帝簡奇才奠西極，封侯不獨羡班生！

冀北屏藩建節麾，感恩曾受十年知。重來自遂都人願，此去偏深故吏思。塞下曲成酬壯士，囊中詩好課佳兒。時公子侍行。多情更似關門柳，一路依依不忍離。

六月十二日雨後與楊二雲珊小飲正定西園池上雲珊詩先成即次其韻

澍雨當初霽，西園日沉夕。樹木結層陰，簾捲遠山碧。芰荷冒小池，竹篠翳奇石。庭院生微凉，如蘸澄水帛。時乘簿領閑，共尋談笑隙。賞奇與析疑，議論風生腋。塵緣得幽趣，俯仰各自適。汝士真天才，杰句壓元白。沉醉卧迴廊，不知誰主客。齋壁列新詩，泥雪留鴻迹。

六月過慶都訪趙鑑泉同年招飲小滄浪觀荷花時令弟酉樵同年在座率成四截句

雨後青葱一望遥，關門過客馬蕭蕭。我來欲和滄浪曲，曉度城東鐵甕橋。鑑泉新建鐵甕橋於九龍河口，酉樵書碑。

三泉潛與九龍通，亭傍中天啓聖宫。載酒偕遊尋舊約，捲簾香透芰荷風。

從來循吏要通儒，百里先看文教敷。衙散生徒來問字，絃歌今日是康衢。鑑泉新建康衢書院於堯母廟西。

奎文高閣聳文峰，城上新建奎文閣。馬耳晴看翠色濃。安得清才傳好景，謝家詩句比芙蓉！

七月七日立秋喜雨同楊雲珊作

小閣醉初醒，夢迴清簟冷。微風透疏户，葉落梧桐井。雲氣漫長空，倒漾碧池影。飛雨洗園林，甘澤遍四境。農夫慶有秋，小宰傚天幸。驛路羽書馳，雖報秦蜀警。時豐民氣和，妖氛自然靖。況今滹沱濱，三伏波浪靜。豈似昔年秋，怒濤千萬頃！蕭閑捲簾坐，清談違簿領。晚晴看雙星，銀河澄夜景。

七夕立秋大雨

凉飇騎月洗炎氛，併作迎秋乞巧文。天上雙星塵世雨，陰晴衹隔一層雲。迢迢銀漢不勝情，梧葉初飛凉意生。小閣香濃宵夢遠，隔窗風雨送秋聲。

七月奉檄回束鹿任留别正定紳士

一載辛勤宰鎮州，瓜期今又及新秋。送迎差免郵亭累，輪轉難紓蔀屋憂。每過高門尋舊德，愛招佳士共清遊。整鞍欲别難爲别，猶爲河聲嶽色留。

九日雨與雲珊約登高不果小飲署中望麥樓作此

已負登臨約，聯吟共倚欄。菊松三徑遠，風雨一樓寒。白髮愁中見，青山夢裏看。銜杯酬令節，好盡故人歡。

【校】詩題「九日雨與」，《海門詩選》作「庚申九日雨與楊」。

秋夜與戴懷谷小酌話舊

百里畿南早致身，蹉跎同是不如人。燈前對菊休惆悵，晚節花香不在春。

十一月王九見大從嶺南來過訪鹿城旋別入都賦贈四律并呈楊二雲珊

海嶠逢奇士，風塵夢裏尋。七年纔握手，三絶最傾心。落落交情淡，巖巖道氣深。停車十日飲，聽雪古槐陰。

汝士才無敵，君來二妙俱。分題爭擊鉢，把酒共圍爐。狐鬼資譚柄，雲珊善談狐鬼事。煙雲入畫圖。盧前名並盛，此客此間無。

歲寒三友在，翦燭話南樓。才薄甘龍尾，名高並虎頭。行裝輕萬里，著作足千秋。正是占星聚，《驪駒》動别愁。

此去金臺近，人傳市駿來。兒童爭識面，卿相盡憐才。明月隨鞭影，飛雲盼雁回。長安春信早，應憶嶺頭梅。

旌表節孝徐母殷太孺人事略題後

洞庭山高湖水清，山石磊磊波晶瑩。吁嗟徐母巾幗英，四十二載單且煢，苦節孅行莫與京。母氏曰殷推高閎，少習詩禮大義明。曰歸于徐百兩迎，潔修蘋藻垂璜珩，舅姑色喜笑語盈。洗手廚下成湯羹，如賓鴻案琴瑟聲，雙飛彩鳳相和鳴。儒生適館憑舌耕，所入至薄無餘羸。持家健婦操權衡，纖縑出易香稻秔。有粟滿釜酒滿甖，太和萃聚歡柴荆。無何凛冽降雪霙，清門一旦憂患攖。孝子泣父血淚横，卧疾三載中怦怦。女媧莫補天西傾，期以身殉泉臺行。欲决不决心轉驚，堂有老母懷有嬰，更無人與爲養生。矢節爲重從死輕，仰事俯育隻手撑，寒暑操作心不更。教子就傅學業成，子復生子承宗祊，三棺手葬營先塋。嗟母苦志何精誠，中庭孝笱雜杜蘅。癘疫遠避多祥禎，節孝能與日月爭。天子下詔來褒旌，門前綽楔光崢嶸。令子有學器量宏，能文與我常酬賡。服官捧檄來滄瀛，板輿戲綵娛母情，春暉靄靄明雕甍。母節母教傳八紘，濡染大筆煩名卿，覃溪師作傳，昆明錢侍御澧題後。彤史列傳鐫瑶瓊。譬之雅樂陳《韶》《韺》，一洗凡耳聲瑽琤。《易》象否塞逢泰亨，危崖歷盡道砥平。相期拜母進壽觥，競作歌頌傳春城，播之金石千秋榮。不特興感蚩蚩氓，并勵士夫忠與貞，昭垂百世揚休名。

題薛藜樵松泉圖

松風萬壑雲濤響，中有詩人契幽賞。照眼珠光獨冠群，坐看瑶草揚清芬。出山人本山中客，裙屐風流暎泉石。才思横飛萬頃波，襟懷直立千尋壁。真悔風塵負薜蘿，廿年駒影隙中過。幾時載踐名山約，好倚長松共嘯歌？

自題畫蘭

左徒祠畔留三日，賈傅宅邊看幾叢。欲買扁舟泝江漢，黄柑斑竹又秋風。

題解鐵樵焚香撫琴圖

芭蕉雨乍晴，梧桐月初上。園林夜氣清，幽人結遐想。我家海門陰，栖遲足偃仰。秋風池館凉，携童納夕爽。焚香撫鳴琴，畫壁衆山響。燕趙二十年，風塵苦鞅掌。何時賦《遂初》，泉石寄清賞？輸君物外遊，披圖亦神往。

庚申春日寄懷谷正定

廿年塵海最相親，舊尹何如今尹新！夢雨堂前春草緑，捲簾應念種花人。

鹿岩曲

白龍邱上柳絲長，雙鳳橋邊草色芳。惆悵出關音信渺，南池小立看鴛鴦。

初夏遊廣福寺題壁

不到禪關已二年，來聽説法證因緣。殘紅落盡新陰結，惟有天花散客前。

同殳雅堂王封寺看花花已謝戲成一絶

看花偏未見花枝，不是花遲是客遲。還喜郊原堪並轡，麥風梅雨入新詩。

六月十五日喜晤張船山太史

豈是今初見，常於夢裏尋。畫圖先識面，曾以小照索題。杯酒乍論心。才望邱山重，交情潭水深。却忘刀筆吏，還自托知音。

【校】詩題，《海門詩選》作『喜晤張船山問陶檢討』。

題金孝廉載園秋雨讀書圖

舊感茫茫嘆索居，見君圖畫益愁予。廿年蕭寺猶留夢，那得閑身更讀書！

看到題名意惘然，蓬山何處問神仙！謂家介夫編修。一燈秋雨連牀話，回首蓮池十二年。

都門與康龍山工部話舊

會面真如蜀道難，新聞舊感集無端。鯨鯢枉自翻波浪，松柏終能耐歲寒。泗上鶯花常憶別，天涯詩酒此追歡。多君世德於今少，兄弟功名半六官。謂夢芸吏部、蘭皐兵部。

【校】詩題『都門』，《海門詩選》作『秋初都門』。

九日同陳遠香方符束殳雅堂俞南溪暨露園弟兒姪輩鹿城南樓登高

重陽同上鹿城樓，習射聯詩亦勝遊。是日校民壯射。獨雁斜過雙柳樹，黑雲低護白龍邱。雙柳樹、白龍邱，附郭村名。親朋對菊應開口，鬢髮如霜漸滿頭。却喜豐年禾黍積，四郊和樂不知秋。

五十初度

四十九年豈盡非，二毛已及壯心違。吏能免俗多消福，老不如人未得歸。賜葛恩深難報稱，六月二十三日，以卓薦入覲，蒙恩賜黃葛二端。遊韶夢遠尚依稀。余昔年夢遊韶石山，有『上到峰頭更有峰』之句，久尚無驗。堂前誰勸延齡酒，喜見孫枝競綵衣。己未、庚申，連得兩孫。

題王勉齋尋春圖

飄飄丰格似神仙，寄跡燕南二十年。應是故園歸未得，夢中風景畫中傳。

携童郊外踏芳春，花柳沿溪景色新。倚石自吟桃葉句，勉齋新納侍姬。掉頭不看倚樓人。

追題張子畏觀察秋山歸騎圖 有序

觀察諱惟寅，南皮人，丙辰進士，歷任監察御史、福建汀漳龍道，卒於官。

中外宣猷詎等閑，歸心何事感秋山！終虚張翰思鱸膾，應見遼東化鶴還。黍雨甘棠留海國，繡衣霜簡重朝班。遺型題遍名公筆，欣向圖中識笑顏。

海門詩鈔卷十二　辛酉

合浦李符清仲節甫著

雜詩八首

豫章在衆木，七年葉始別。稗麥生麥田，辨待穟初茁。良莠本不同，一時難遽決。交久見義氣，世變識忠節。

南海有蟲魚，噴墨蔽其身。漁者每蹤跡，自匿反自陳。世人用智術，得禍常相因。何如任所適，渾然全天真！

元龜能食蟒，飛鼠可斷猿。以小而制大，豈在形質論！善養浩然氣，彌綸塞乾坤。如水之有源，如木之有根。

雕木病越度，鑄金疾躍冶。越度與躍冶，良工安施也。養質以成器，尤悔自爾寡。卓哉古君子，執雌而持下！

舟不覆龍門，而覆於夷壑。車不摧太行，而摧於近郭。所畏福自生，所忽孽自作。謹小以慎微，坦然有至樂。

河邊攀折柳，波浪激其根。泰山千丈松，身無斧斤痕。豈人有德怨，其所居者然。君子惡下流，擇處乃爲賢。

火非風不然，風撲火則滅。舟非水不行，水入舟則没。得失互相倚，古今理一轍。持盈而保泰，凜凜懷前哲。

昔人繪縑素，一壑或一邱。每入好事手，寶之若琳璆。及遇佳山水，掉臂不肯留。賤真而貴僞，毋乃失天游。

辛酉三月招同謝復齋陳遠香殳雅堂陳星垣嚴春巖章禮門露園弟王封廣福寺看丁香花

雨餘天氣清，共踐尋春約。沿溪柳色新，滿徑梨花落。下馬叩禪關，迎賓舞獨鶴。樹木生輕陰，當階翻紅藥。嘉植從宛陵，臨風舒紫萼。坐久淨塵緣，繙經上高閣。莫孤物外遊，聯詩還對酌。寺鐘促客歸，晚煙起城郭。

暮春王封寺看花示見明上人

去年看花春已去，花落紛紛留不住。今年看花花半殷，花枝低亞僧寮間。載酒同遊盡嘉客，聯吟不覺日沉夕。君不見，鹿城老吏久不還，相尋喜有生公賢。十年五設賞花筵，花兮花兮良有緣。

題沈賓谷别駕柳西把卷圖

最愛鴛湖水竹居，服官又傍小長蘆。清才自有傳家業，手把《河渠》一卷書。尊人曾任清河觀察。

半窗新緑溪邊柳，一桁斜陽郭外山。難得塵區清勝地，竹牀籐枕閣齋閑。

題楊孝廉正因夢蓮圖 名朝位，夢前身爲蓮華峰僧

誤落紅塵四十年，蓮華峰頂悟前緣。苾芻院裏留摩衲，菡萏池中記鐵船。富貴當場原是夢，英雄末路半歸禪。白雲深處茆庵在，回首拈花意惘然。

題張白也蓮亭聽曲圖

盈盈一碧淨奩波，坐挹香風透綺羅。開遍芙蓉三百頃，新詞教與侍兒歌。

六月大雨滹沱河漲鹿城西北七十村俱浸滂惻然有作

五月憂旱燥，六月憂淫雨。連綿豈天漏，安得女媧補！官舍無完瓦，十已傾四五。晨炊釜須懸，夜卧牀移處。城市車馬稀，居民晝閉户。側聞滹沱溢，上游莫能禦。西境達東境，浩浩如江渚。田廬半飄蕩，那復問禾黍！雖然百里内，受灾幸未溥。我爲司牧人，一夫懼失所。嗟爾七十村，何術以安撫？兀坐生煩愁，鬢絲添幾縷！

小晴即事

積雨喜初晴，簷際鳥聲樂。微風透疏簾，一院槐花落。

晴夜

陰淡已兼旬，今宵雨初歇。西窗不下簾，坐待樓頭月。

題張寄湖參軍湘南行旅圖

于役勞勞尚有圖，吟魂應戀洞庭湖。黄陵我亦曾經過，斑竹叢中聽鷓鴣。

蒼茫嶽麓滿煙嵐，澤畔行吟逸興酣。何事趨公同策蹇，濮陽風雨比湘南。余有《濮陽策蹇圖》。

黄門遺愛有棠陰，先生高祖給諫公，曾觀察荆南。小憩看碑未歇心。蒲圻縣港口驛，董華亭有碑書『歇心處』三字。收拾湖山歸畫障，新詩如對楚猿吟。

立秋日感懷

獨樹初飛葉，凉生小院中。艱難過暑雨，容易得秋風。薄宦隍中鹿，微吟砌下蟲。何能安寢餗，四野有哀鴻！

【校】詩題『立秋』，《海門詩選》作『辛酉立秋』。

秋夜呈張仙圃同年

雨過蒼苔遍，空庭屨跡稀。蟬憑高樹噪，螢傍小樓飛。月上呼燕酒，凉生怯夏衣。聯吟消俗慮，客館漫思歸。

九日風雨同張小宋同年小酌

陰霾佳節竟虚過，小院開尊共嘯歌。正續『滿城風雨』句，不圖敗意事偏多。是日適有案牘。

不信年荒菊也無，一枝空對壁間圖。壁上懸鄭板橋墨菊。六年離緒挑鐙話，霜鬢蕭蕭兩故吾。

秋杪和張小宋同年古槐書屋題壁元韻

雨雪爭秋暮，兼風迫曉林。空庭收葉滿，孤館入寒深。舊夢留陳榻，新愁動越吟。古琴猶在壁，一寫别離心。

琉球刀歌 并序

嘉慶己未，綿州家墨莊太史奉命出使琉球，册封中山國王。辛酉春還朝，貽余寶刀，并賦長句，作此答之。

昔日孟勞不可得，世間凡鐵無顏色。神物何能阻遐遠，寶刀來自琉球國。傳聞鑄時合金精，沐日浴月質始成。一朝躍冶欲飛去，虎兕遁跡虬龍驚。先生奉命琉球使，破浪乘風行萬里。還朝不愛陸賈金，壓裝只有刀而已。琉球國王情意投，餞别直登天使舟。手持寶刀再拜獻，云刀可寶餘難儔。携歸贈我述其故，遺詩索我和長句。是時夜靜天宇高，憑軒拂拭光摇摇。寒芒百道射霄漢，七星離舍回斗杓。古云鋪練不足比，直是海水翻銀濤，我雖孱弱神亦豪。君不見，書生下馬能草檄，書生上馬能殺賊。關西小醜爾莫笑，看爾殘魂泣刀鞘！

題傅璞菴二尹松泉清聽圖

長松泛圓濤，流泉發清籟。幽趣得未曾，偶與靜者會。君本淡蕩人，觥觥無俗態。身入塵網中，心超萬緣外。妙手詎繪形，兼能貌真意。輕衫納晚凉，苦茗消微醉。平頭亦可人，抱琴悄然至。我謂古君子，所貴志能遂。在山與出山，其理本無二。君看藍田丞，寧破哦松例！

杜梅溪起官來直補新安尹旋請就教職格於例不果却寄

初服重沾冀北塵，出山仍是入山人。官卑共受詩名累，交久應知道誼真。王式來時非本意，陶潛歸去豈無因！莫將進退嗟維谷，舊雨還欣會面頻。

【校】詩題，《海門詩選》『直』作『直隸』。杜群玉輯《如見所思集》録此詩，詩題作『辛酉夏拙生起官來直補新安尹今年春拙生有退志不果聞之却寄一首』。

雪夜同友人旅舍話舊

獵獵風沙急，圍爐暫勒寒。交憐舊雨少，夢到故山難。薄宦成雞肋，浮生羡馬肝。多君藥石意，沽酒且爲歡。

【校】詩題，《海門詩選》作『戊午冬杪雪夜同裴宿塘顯相户部旅舍話舊』。

王貞女詩 并序

貞女王秋坪觀察之愛媛，余姻親莊栗堂運同之子婦也。未嫁莊生歿，貞女誓不改適，栗堂聞之迎歸，以哭夫致疾，未幾卒。

貞女瑯琊王，清門嫻禮儀。幼許字莊氏，兩小未結褵。父爲觀察舅運使，問名納采加儷皮。誰知鴛鴦鳥，雄没惟存雌！一解。莊生翩翩正少年，玉樹中折吁可憐。兇訃來到門，貞女聞之，掩袂涕泗漣。生已許作莊家婦，豈以既死忘所天！生當奉君舅，死當下從地下黄泉。二解。未嫁夫死，文載《禮》書。斬衰而吊，既葬而除。貞女豈必不知此，至性所激《禮》可踰！三解。從一而終，之死靡悔。耳中但記莊生名，此外何曾有連理，妾心已作枯井水！四解。阿舅大歡喜，歡喜復酸辛。備禮迎歸，是日觀者填通津。憑棺哭夫婿，上堂奉晨昏，貞女今稱未亡人。五解。婉娩温恭，幽閑窈窕。未事先姑，克和邱嫂。六親仰之，女師女表。六解。人謂貞女，宜享修齡，豈知貞女不願生！百年一瞬總歸盡，松柏凋矣留餘青。七解。生不同室，死則同穴。夜臺庶可慰蕭瑟，雖死之年猶生日。吁嗟乎，貞女烈婦合爲一，我爲歌之永貞烈。八解。

黄節母詩 姓韓氏，黄吟川學博祖母

落落霜前竹，鬱鬱雪後松。深根與勁節，造化安能窮！賢媛勵冰操，其志與此同。賢哉韓夫人，高節真可風！盛年相夫子，婉娩徵德容。方期永白首，伉儷諧絲桐。誰知命不猶，竟作孤飛鴻！藁砧已長逝，遺孤方幼沖。夫人教兼養，畫荻而丸熊。艱辛四十載，茹荼喻苦衷。婺星夜忽沉，正論垂臨終。謂此非爲名，守節理本庸。豈必膺殊錫，綽楔誇穹隆！但望後世賢，讀書綿吾宗。有孫官學博，多士荷陶鎔。平生負至性，江夏推黄童。遂因一命貴，得邀兩代封。煌煌天語大，燦燦泥金濃。夫人志畢伸，孝孫情斯通。我抒桑梓敬，表揚秉至公。上以告史氏，下以質幽宫。

題趙州薛吟軒刺史樂志圖

人生出而仕，得失總難期。失志者爲順，得志者乃時。卓哉賢刺史，此理能深知！入官三十載，聲名畿輔馳。雖曾經蹉跌，定力能自持。終見趙璧返，五馬行一麾。乃於急流中，忽起勇退思。謂官既入手，如魚上釣絲。謂身既衣錦，如雉采紛披。初志既得遂，有山胡不歸！我交誼氣篤，不以勢分移。早思尋邱壑，垂老同栖遲。塵綱不得脱，徒誦歸田詩。

題畫芙蓉

一枝長向畫圖看，不倩東風廿四番。有客停橈歌采采，秋江無際暮雲寒。

海門詩鈔卷十三 壬戌

合浦李符清仲節甫著

樂府六首

罪地脉

蒙恬築長城，連連萬餘里。邀功暴黔首，阿意悦天子。塹山堙谷不可罷，役夫半死長城下。三世爲將，道家所忌。何況秦人實寡恩，有罪無罪胡足計！蒙毅還禱，帝載轀涼。二世既立，扶蘇已亡。將軍握兵三十萬，秦人殺之如刲羊。吁嗟乎，蒙氏誅高高未死，怨毒於人真甚矣！恬守邊，高侍側。恬不誅，高不釋，此事如何罪地脉！

厠中鼠

厠中鼠，爲犬苦。倉中鼠，居大廡，人生要能審所處。一朝得志取卿相，奈何乃與趙高伍！行督責，殊不經。夷三族，具五刑，阿意求容終無成。雄雞自斷尾，所願不爲犧。富貴苟已極，税駕安能知！出東門，牽黄犬。逐狡兔，興不淺。回首顧中子，涕泣知難免。嗚呼何不審所處，得毋見笑厠中鼠！

垓下歌

四面楚歌驚入耳，夜半英雄帳中起。帳中起，對酒歌。蓋世氣，全消磨。騅不逝，涕滂沱，虞兮虞兮奈若何！錦衣平日不曾濕，數行獨爲美人泣。垓下歌，聲未已，鴻鵠又聞漢天子。四皓携來羽翼成，誰能遣此兒女情！兒女情，心獨苦，吾爲楚歌若楚舞。

信誑楚

滎陽城下東門開，黄屋左纛漢王來。重瞳瞋目按劍坐，齊呼萬歲聲如雷。東門開，楚軍守，漢王乃出西門走。女子被甲二千人，誑楚者誰紀將軍。將軍當日竟燒死，將軍後嗣胡不聞！絳灌紛紛竄若鼠，獨有將軍敢誑楚！死生成敗非所知，令人却憶逢丑父。

出跨下

信能死，請刺我。不能死，出跨下。出跨下，何足道，粲然一市人皆笑！剖符向故里，危矣屠中兒。用作楚中尉，報復一何奇！當年熟視良有以，忍恥故能就於此。殺之無名亦可鄙，何況少年乃壯士！君不見，英雄失志辱泥塗，縱出跨下何傷乎！君不見，英雄得志空千古，安能生與噲等伍！

相君背

武涉已去，蒯通乃前。相君之背，貴不可言。君不見，種蠡張陳事可哀，時乎時乎不再來！勇略振主身必危，足下持此將安歸！策士逞雄辨，那論漢與楚！誰識王孫不背恩，蒯通竟以佯狂去。高鳥盡，良弓藏，猛士何勞守四方！鐘室奇冤豈天意，此時悔不用通計！

【校】雄辨，《海門詩選》作『雄辯』。

壬戌春初傅曉山明府之官福安路過鹿城出蓮塘清曉圖索題即以贈别

芻尼喜噪僮僕呼，門前朝停故人車。正好論心成小住，官程又迫匆匆去。手携畫卷索我題，開卷照眼紅參差。笑拍君肩看君影，憑君指點圖中景。垂楊蹴地環迴廊，芙蕖出水摇清香。輕衫小坐凌秋曉，初日未上烟茫茫。水中高閣簾櫳淨，美人當窗理明鏡。掠削雲鬟别樣嬌，花光人面相輝映。傾城名士合有緣，新詞誰爲歌《采蓮》？看他窈窕人如玉，解道風流吏是仙。君今出宰無諸國，地北天南兩睽隔。還君此圖爲君歌，離情渺渺誰最多！他日展圖念知己，『莫忘作歌人姓李！』

再送傅曉山

紀群交誼最情親，愛爾才華迥絕倫。只有蓬萊堪位置，如何也現宰官身！

俸錢日日凛脂膏，撫字催科敢謂勞。莫信尹何工製錦，知君原自有牛刀。

六千里路悵離群，南望仙霞隔暮雲。他日扁舟過九曲，相煩問訊武夷君。

風物聞同故土宜，宦游無事動鄉思。計君到日當清夏，正好輕紅擘荔支。

三月王封廣福寺看花

走馬尋春醉幾回，放衙又報寺花開。拚將兩鬢都如雪，博得年年一度來。

【校】詩題『三月』，《海門詩選》作『壬戌三月』。

五日蔣師退大令因公至鹿城去抵博陵寄示十二絶率答

文章經世有家傳，來結風塵翰墨緣。莫道曩時無半面，神交已在廿年前。

曾約天中度節來，輕車一夜爲君回。棠陰共話雄黄酒，日午光生琥珀杯。
論畫能過老畫師，先生真是不予欺。獨從氣韻求神品，黄鶴山樵管仲姬。
法書真贋總難憑，漫説羲之與少陵。千古手傳惟用筆，名言心折趙吴興。
紅燭高燒夜四更，詩情曲韻兩縱横。座中正有周郎在，看爾匆匆唱《渭城》。時周湘芷大令在座。
明珠十二妙無雙，才不如君意已降。最愛『月明風細』句，由來詩派數西江。

題文安張八愚大令烟波垂釣圖

春烟淡淡春波起，一桁青山淨如洗。中有扁舟垂釣人，風簑雨笠狎春水。案上文書如亂絲，手批口答無已時。思君不見見君畫，使我怳恍神先移。君家本在鴛湖住，夢中常繞湖邊路。獨向生綃憶舊游，紅桃緑柳銷魂樹。燕南車馬多塵囂，與君五斗同折腰。手版朝朝趨道左，一聲《欸乃》誰相招？閑情特爲翻新樣，煙水蒼茫寫空曠。君亦應嫌簿領煩，我心久在江湖上。君不見，嚴陵先生思逃名，釣臺下瞰桐江清。鎮日長吟山水緑，繡嶺錦峰看不足。高士多從鷗鳥群，人生難得神仙福。我欲爲君歌可夫，春風回首獨踟躕。何時得遂垂綸願，空有遐心付畫圖！

中秋前一日同杜梅溪沈慕堂招徐酉山小酌保陽寓館蔣藹船繼至即席和梅溪元韻

酒痕燈影記當年，舊雨重逢詎偶然！廿載名場憐我拙，千秋詩筆問誰傳！相看白髮身猶健，共勵青雲志益堅。況復蔣侯解高唱，五君同詠亦前緣。

中秋招同杜梅溪徐酉山陸費小愚過葉石亭蓮花池寓齋翫月分體

人生即百年，中秋幾明月！況以塵事牽，故人嗟闊別。何期幽境中，共度團圞節！蓮池蓮已謝，池水湛深碧。樓臺既縹緲，廊榭仍曲折。老鶴立枯樹，一唳聲清越。青天淨如洗，皎皎一輪潔。相携上高亭，俯仰天地闊。勝地當清宵，更與良朋適。杜老興不淺，葉公好尤劇。城北美髯翁，高吟振林樾。士龍卧藤陰，吃吃笑不絶。蔣侯與沈郎，相望隔咫尺。待沈慕堂、蔣師退不至。勝因阻重深，蕭辰感超忽。紞紞街鼓催，露氣侵筵席。歸及滿盈時，莫待清光缺。十六日卯時月蝕。

中秋後一日杜梅溪沈慕堂徐酉山蔣藹船葉石亭畢曉山周湘芷陸費小愚至保陽寓館小酌復偕往蓮花池翫月和梅溪元韻

敢道才名似謫仙，狂歌也復愛當筵。已過佳節仍邀月，況是名園别有天。良友縱談情磊落，修篁入座影娟娟。連宵頗覺清閑甚，酬唱同揮十樣箋。

題饒烜圃同年柑酒聽鸝圖

漢陽城郭望中迷，垂柳條條覆大堤。携得洞庭春色在，閑時來聽楚禽啼。

百囀如簧到耳中，雙柑斗酒倚輕風。如何于役賢勞客，也有高情學戴公！

題蠡吾尹丹厓大令撫琴調鶴圖

頰上三毫神髣髴，眼中故人呼欲出。喜心翻倒笑拍肩，細看乃是丹青筆。髯翁瀟洒兼風流，高情不與俗吏儔。放衙散服適吾適，一杯苦茗聊優游。丹桂香濃碧梧瘦，疏簾半捲紅窗透。曲欄迴合映秋花，剪髮雛奴侍左右。金風颯颯吹短襟，科頭據石疑高吟。階前看舞羊公鶴，肘後閑横單父琴。髯翁與我交最久，索我題詩向畫首。我亦勞勞簿領身，開圖羡煞圖中友。生能行樂即爲佳，獨向風塵得好懷。此日寄情同六一，他年清節擬乖厓。

贈張雋三　名晉，山西陽城人

落落張公子，耽吟太瘦生。不同犀首好，反被灌夫名。《山右詩存》録雋三詩，小傳有「使酒罵座」之語。雋三不善飲，偶醉即静坐不語，傳言殊失實。契合緣文字，孤高見性情。槐陰方適館，莫遽憶陽城。

【校】《海門詩選》題後注「名晉」作「晉」，「契合」作「氣合」。

九日

伏雨闌風曉院凉，天憐佳節放晴光。侵晨風雨，向午放晴。山城無菊供吟賞，倩畫階前秋海棠。時招吴鑑堂、殳雅堂、羅海峰小酌署齋，適砌下有秋海棠，屬葉桐君作畫，張雋三題句。

秋暮曉起同羅海峰大令張雋三茂才植棠院小坐即事

蕭散秋氣深，曉坐露華冷。園林木半凋，寒花點殘景。撫琴爇水沉，讀畫煎奇茗。喜對素心人，清談違簿領。

寄楊雲珊威縣

佳菊誰同賞，蕭條動别愁。凉飈生古樹，冷雨滴殘秋。小住忽經月，微痾應已瘳。相尋時有夢，莫爲和詩留。

【校】詩題「寄」，《海門詩選》作「秋暮寄」；「凉飈」作「凉颸」。

彰德陳研香别駕以詩見寄率答

廿年上谷憶前遊，千里書來慰别愁。落紙煙雲真健筆，驚心風雨忽深秋。故人何日重携手，新笋而今已出頭。謂玉山司馬。剩有相思寄漳水，溯洄時復到中州。漳水舊經東鹿。

元龍意氣老逾雄，仲舉聲名滿鄴中。檄草千言曾倚馬，詩成十卷愧雕蟲。自嗟薄宦餘華髮，每誦奇文盪素胸。銅雀臺荒南望杳，蒹葭遥映夕陽紅。

初冬植棠院海棠開花同羅海峰小酌

衙齋小住亦摶沙，霜鬢相看感歲華。且認春回同一醉，海棠十月又開花。

題趙渭川郎中四百三十二峰草堂詩集

君是羅浮住，翩翩蝶影斜。草堂無隙地，三百樹梅花。作吏不諧俗，吟詩成一家。飄然謝塵網，歸夢到煙霞。渭川由安陽令，迴避陝西，入貲爲郎中，不赴選歸里。

【校】北京故宫博物院藏此詩手跡扇面，詩題作『題趙渭川四百三十二峰草堂詩鈔』，『君是』作『君向』。尾署：『甲子五月廿五日，梧門先生同蓉裳農部招飲陶然亭，出素箑屬書，録近作二首呈正。海門李符清。』另一首爲《癸亥秋暮曉行即事》，在此詩後。詩題『趙渭川』，《海門詩選》作『趙渭川希璜』。

除夕前二日家春嶺明府之官黔中見訪鹿城留同度歲即席賦贈

南北年來宦轍分，相尋歲暮雪紛紛。七千迢遞趨羅甸，八口艱難隔楚雲。春嶺眷屬，留寓沔陽。塵世幾逢如願事，衙齋同擬《送窮文》。新春又作河梁别，且喜辛盤酒共醺。

海門詩鈔卷十四

癸亥

合浦李符清仲節甫著

寄康龍山員外

少小交親漲海邊，相尋淮泗又幽燕。謾論石室千秋業，已墮風塵十八年。

晤趙渭川郎中保定

年年筆札寫離心，執手還疑夢裏尋。鄴下句傳楓葉冷，崔信明曾爲安陽令。燕南吏老海棠陰。東鹿署齋海棠，余初宰時手植。才居人後應藏拙，詩到君前不敢吟。却笑風塵情況似，白頭羸我是抽簪。

大風行

二月二十二日風，飛沙捲地迷長空。猛如萬馬摧鐵陣，急如百川爭朝宗。衙齋几席掃不淨，驚塵滚滚穿簾櫳。初起窗紙尚留白，漸暗竟與中宵同。欲把判筆不辨字，閉眼兀坐文書叢。隙影偶爾一明滅，仿佛電火舒天中。午未朝食乃秉燭，四客携榼來相從。殳雅堂、張儁三、羅海峰、家芳圃也。寒具爛蒸半砂礫，對嚼牙齒相磋礱。我家還珠浦上住，泠然萬籟皆清容。豈無颶母拔屋木，懺溷若此殊未逢。作吏始識風塵苦，安得歸卧芙蓉峰！

改官開州留別東鹿四首

相親何論隔天涯，與我同栽一縣花。竊詡交情無宦習，最難寮友半年家。廣文盧踈林、二尹章禮門、少府裘菊溪，俱有年誼。舟懷共濟波空緑，人到臨歧日又斜。三疊《陽關》心已醉，當筵莫更勸流霞。

有緣三向此邦來，局促慚非百里才。未必鳴琴同單父，也曾交友得澹臺。風牽楊柳銷魂樹，香浥梨花送客杯。努力莫忘崇令德，離亭携手重徘徊。

論文每在簿書叢，耿耿青燈映壁紅。多士有情爭立雪，宰官無術愧扶風。即看桃李春長在，差喜珊瑚網不空。他日成名望吾黨，漫嗟分手去匆匆。

撫字催科那易論，問心安敢負君恩！情同桑下經三宿，獄愧堂前折片言。代我有才工製錦，字人何德稱攀轅！移官真似辭鄉井，渺渺離愁愴夢魂！

蔣心餘先生携二子遊廬山圖爲季子師退作

西江名山匡君廬，峰巒縹緲神仙都。西江名人蔣太史，蠟屐清遊携二子。紀遊作圖兼作詩，一家大筆爭淋漓。同時題詠盡豪翰，墨光隱躍蟠蛟螭。季子與我交最厚，一官同向風塵走。暇日開圖屬我題，名山名人落吾手。開先瀑布五老峰，三峽横亘眠長虹。煙嵐疊疊略可數，山與先生各千古。君不見，昔時坡老曾探奇，未聞過邁親相隨。意中只記右軍語，此樂不令兒輩知！先生才豈亞坡老，季子自比斜川好。徐凝惡詩何足言，坡老掀髯定傾倒。先生於今歸道山，山靈寂寂無好顏。披圖我欲問匡俗，倘與先生常往還。

【校】吾手，《海門詩選》作「我手」。

上巳前一日之官澶州過清豐一味菴看海棠作

碧雞坊裏情常在，謂《西川海棠圖》。束鹿巖邊手自栽。更憶濃陰曾小憩，白頭何幸又重來！

十丈紅雲映晚霞，紫丁香間紫荆花。樓頭風景渾如夢，十七年來客返家。

署齋題壁 有序

余丁未歲攝清豐宰，奉檄濬陶北河，策蹇歸過澶州，梁柱峰刺史留宿。今來作牧，而柱峰已下世數載矣，感成一絶。

策蹇衝泥過濮陽，廿年情事感茫茫。誰知得雨堂前客，來卧元龍舊日牀！

【校】嘉慶《開州志》卷八《藝文·詩》録此詩，「來卧」作「又卧」。

夏五同唐采江殳雅堂仇筆山張新厓遊瑕丘作

嘗讀《檀弓》記，瑕丘勝地傳。我今來作牧，高躅想名賢。一望川原闊，周圍水木偏。同遊非俗侣，此樂似當年。

【校】詩題，《海門詩選》作「癸亥夏五同唐采江晟殳雅堂顧塤仇筆山遠英張新厓應棨遊瑕丘作」。嘉慶《開州志》卷八《藝文·詩》録此詩，詩題作「癸亥夏同友人遊瑕丘作」。

題蔣師退詩鈔却寄

紗窗瑟瑟嫩凉生，一枕蛩聲夢不成。却引君詩向秋月，清光相對到天明。

【校】詩題「蔣師退」，《海門詩選》作「蔣師退知讓」。

秋分同友人游瑕丘

秋郊夙駕雨初零，禾黍纔登野半青。選得名賢行樂地，共迎南極老人星。四望平原百里遥，秋分萬木未全凋。溪邊景物真如畫，有客携童過小橋。清絶澶州水木區，城限枉自詠西湖。城内有西湖，多遊詠，今成溝渠。嘉賓勝地交相得，擬寫《瑕丘雅集圖》。

【校】嘉慶《開州志》卷八《藝文·詩》録此詩，「共迎」句後自注：「見《史記》。」「清絶」作「共説」，第三首無自注。

中秋前一日從大名郡城還開州是夜五鼓過清豐訪吴山輝大令小酌玩月即别

馳驅三百里，礰碌夜繼日。荒村雞亂啼，霜華照車轍。已届十五晨，還看十四月。一様清光滿，莫更辨圓缺。叩關訪令尹，披衣直排闥。尋詩人未眠，把酒清興發。舊事與新聞，劇談真刺刺。升沉自有定，陰晴難預決。今宵不可知，及時賞佳節。曉鐘促歸鞭，醉中又小别。

【校】詩題「大令」，《海門詩選》作「藴珍明府」。

秋曉即事

曉行秋林外，驚鴉啼復飛。木葉落馬首，霧氣侵人衣。古寺鐘聲斷，晨汲僧未歸。呼童自烹茗，倚樹看朝暉。

【校】北京故宫博物院藏此詩手跡扇面，題作「癸亥秋暮曉行即事」，「烹茗」作「煎茗」，尾署：「甲子五月廿五日，梧門先生同蓉裳農部招飲陶然亭，出素箑屬書，録近作二首呈正。海門李符清。」另一首爲《題趙渭川四百三十二峰草堂詩鈔》。

客夜

挂壁孤燈暗，愁多夢自驚。候蟲如有意，戚戚到天明。

對鏡

薄宦空匏繫，飄蕭鬢已秋。曉臨青鏡照，事事上眉頭。

哭四弟德成

爾本田舍翁，不易離鄉里。忽然念阿兄，萬里來相視。聚首未經年，一病遂不起。阿兄撫膺痛，阿嫂泣不止。諸姪晝夜啼，異地那堪此！憶昔少失怙，家政賴爾理。余無内顧憂，挈眷幾輔仕。嗣余宰津門，哀哀喪先妣。今惟庶母存，年已七十矣。書來促爾歸，育爾最憐爾。兩弟雖侍養，年少不足恃。叔子官金陵，第五在湘沚。時時望爾去，詎料爾已死！爾性素孝友，身宜受福祉。天道竟難論，爾乃至於是！爾年近五旬，兒長有孫子。今遵爾遺言，耕讀而已耳。嗟余久宦游，不能庇同體。鹿巖哭伯兄，澶淵傷季弟。在原感鶺鴒，潸然時出涕。仰望南雁孤，故國寒煙裏。抆淚寫五言，聊以當銘誄。

【校】《海門詩選》詩題「德成」作「德成拔清」，「年已」作「年將」。

題制府顏尚書平猓黑圖

碧雞關前墮天狗，羽檄交馳驛路走。軍威凌厲振滇南，我公奉命殲小醜。蠢兹猓黑何其愚，跳梁不顧干天誅！洪爐一鼓燎毛羽，頃刻荆棘成坦途。僰婦蠻奴盡驚詫，王師真是從天下。王師無戰惟有征，軍中僕射如父兄。露布高懸報天子，南人從今不反矣。輕裘緩帶又何人，羽扇綸巾亦如此。畫師不愧良工良，英姿颯爽神飛揚。展圖敬觀氣先懾，絹素髣髴聞風霜。君不見，伏波將軍號矍鑠，銅柱標名識遠略。此日同欽文武才，他年定上麒麟閣。

【校】詩題『制府顔尚書』，《海門詩選》作『顔尚書惺甫先生』。

題馬秋藥光禄抵掌八十一吟集後

絶妙文心絶妙詩，案頭青史任紛披。自裁花樣當機織，如見彈丸脱手時。

華嚴樓閣現非難，字裏行間忽改觀。博得楚王思故相，不妨優孟假衣冠。

巧製真成集腋裘，亦工諧謔亦風流。眼前莫笑雕蟲技，此手應修五鳳樓。

鬥險爭奇興益豪，如從天半戛雲璈。已驚似舅何無忌，更羨超宗有鳳毛。令甥、嗣君有和章。

明太祖畫像歌

真人崛起略可數，漢高祖與明太祖。隆準龍顔載史册，千秋奕奕欽神武。有元末季國祚移，群雄割據如布棋。潛龍却蟠皇覺寺，神筊一擲風雷馳。阿誰手裁三尺帋，紙上貌出真天子。虬髯大耳神飛揚，首戴烏帽衣赭黄。即今圖中對越處，其氣已足吞八荒。滄海桑田久更變，真容留與後人見。空堂夜静風蕭騷，衆星錯落明月高。真氣還能驚户牖，魑魅遁跡群靈朝。吁嗟乎，長陵孝陵一抔土，玉魚金盌埋千古。當年創業何艱辛，帝王應運自有真。區區固不論形貌，即論貌亦非凡人。君不見，鬚長過腹登大寶，頭偏畢竟緇衣老。卷圖好爲什襲藏，應有風雲護天表。

【校】烏帽，底本原缺『帽』字，據《海門詩選》補。

海門詩鈔卷十五　甲子

合浦李符清仲節甫著

三月初十日同徐酉山刺史劉春亭明府城西看牡丹時花未盡開

一味庵花看已遲，前約清豐看海棠，以花謝不果。城西又及牡丹期。看花須看花初發，莫待花開極盛時。

北地當春不當春，桃蹊柳陌祇風塵。小園也有湖山趣，一琖梨花欲醉人。時王太音茂才以梨花酒相餉。

【校】嘉慶《開州志》卷八《藝文·詩》録此詩，詩題『三月』作『甲子三月』。

上巳日遊瑕丘即寄唐采江明府

出郭晴當上巳辰，半尋勝蹟半尋春。春光自比秋光好，却少吴淞潑墨人。采江曾畫《瑕丘圖》。

遠觀山色上高樓，又度橋看曲水流。料得澶州成故事，年年修禊在瑕丘。

題丁郁兹四十七歲小照

我愛丁敬禮，詩才猛如虎。我昔在都門，與君晨夕處。尊酒賞奇文，聯牀聽夜雨。亭亭玉立姿，堪與神仙伍。俠氣薄雲天，秀□映眉宇。豈蹈蜉蝣譏，衣裳誇楚楚！爾時意氣豪，肝膽兩傾吐。謂可登玉堂，通顯應無阻。那知溷風塵，孤負好毛羽！閶闔呼不開，小謫到畿輔。同見宰官身，屈指幾寒暑。因之長聚首，歡笑無猜沮。每向簿書間，清談揮玉麈。昨寄畫像來，一幀張堂廡。喜心忽翻倒，坐對如相語。圖中無一物，落落自千古。衫履何清閑，似欲謝簪組。一官等浮漚，於我終無補。我與我周旋，養此靈明府。近示維摩病，又復嘆終窶。酸鹹好自殊，身外何足數！君詩足傳後，君志本軒舉。廬山真面目，俗子那能睹！但以形貌觀，毋乃失之腐。大造勞我生，我固難自主。並我相俱忘，大造奈何許！捲圖仰天笑，一空了煩苦。

題蔣師退四十七歲畫像

身不能馳萬里路，封萬户侯，凌煙圖畫垂千秋。又不願乘下澤車，騎款段馬，一生自比悠悠者。男兒百爲百不稱，中年得官作縣令。看君意氣凌雲天，羨君吐屬妙語言。愛君文筆實奇麗，知君家學傳淵源。即今年已四十七，手版隨人腰久折。回憶少時倜儻擊劍兼論文，人人買絲願繡平原君。邇來豪情俠氣雖未減，盈頭已見華髮新。君之容貌不必相者相，不妨寫向霜縑上。試看落落乾坤間，獨立蒼茫神愈王。後不見來者，前不見古人，不著一物淆吾真。明鏡非臺樹非樹，此中妙諦爲誰陳！我昔知君君知我，欲往從之輒相左。萍蹤忽合塵海中，輪蹄礰碌還相同。揭來展圖出相示，鬱鬱似有不平意。把君之臂看君圖，我能道君心中事。君不見，唐馬周，鳶肩火色莫與儔。功名五十遇明主，君少三歲夫何愁！人生行樂亦大好，富貴百年盡草草。陸賈千金止飽兒，蘇秦六印惟驕嫂。短轅低首君莫悲，與君痛飲傾千杯。作歌爲君題卷首，拔君抑塞磊落之奇才。君知此意應大笑，捲圖萬事勿復道！

次何相文兵部用東坡韻見贈即以留別

日光艷艷射華棟，新醅潑乳浮春甕。主人留客客不辭，門前暫卸朱絲鞚。羌予量不勝杯勺，敢道百觚猶未痛。羡君才似金在鎔，下筆快如盤走汞。林間百鳥任啁啾，那及高岡一鳴鳳！昔年相慕苦未識，如今握手真如夢。一官深愧保障難，好詩贈我珠璣重。人生聚散本前定，情懷難遣臨歧送。春明門外日脚底，盧溝橋上車塵動。此後相思可奈何，嗚咽《陽關》笛三弄。

【校】日脚底，疑當作『日脚低』。

題戴壽泉春水居圖

春波門外水泠泠，踠地長條映緑汀。蟹舍漁莊連卜築，遠山一髮向人青。移家依舊傍鴛湖，八尺魚竿興不孤。髣髴棹歌聲在耳，風流合署『小長蘆』。馬足車輪亂客愁，軟紅塵裏暫勾留。江鄉風景勞歸夢，寫入横圖當卧游。高捲疏簾倚曉風，虚舟渺渺欲浮空。何時一棹江南去，斗酒雙柑訪戴公？

爲管刺史道民題南北讀雪山房圖

阿翁曠代才，聲華藉都下。山房顔『讀雪』，竹木秀而野。我昔留京國，知交頗不寡。傾心惟哲人，問奇携杯斝。風義兼師友，晨夕臂常把。十年歸道山，臨風淚空灑。刺史繼聲譽，行空若天馬。南歸不忘親，舊廬念梧檟。乃闢半畝宫，復蓋三間厦。竹初老名宿，兩圖一手寫。位置何清幽，絶少緇塵惹。揮麈談妙義，萬斛明珠瀉。杜陵有草堂，高歌振屋瓦。瀼東與瀼西，持較何殊也！披圖重太息，熟視不忍捨。因對肯堂人，益思作室者。

中元夜宿安肅縣訪玉露居主人已久下世感成

星軺小住近黄昏，訪舊城西祇廢園。凉月泠風橋上立，看燒燈焰作中元。

過圓津菴

廿年車馬逐風塵，欲歇勞心一問津。壁上詩篇多偈語，此中俱是過來人。

池内白蓮塵不染，石邊翠竹影俱清。高亭小憩萬緣静，衹有午鐘時一聲。

秋日清豐一味菴示紳耆

佛閣前題在，停車續舊游。海棠猶障日，園柳已驚秋。老鶴迎新客，耆民戀故侯。晚鐘歸意急，還爲勸杯留。

九月五日郊行即事

野曠秋收後，風高木落初。四郊青入畫，三日曉驅車。近節黄花瘦，遥天白雁疏。行行非覓句，袖有治河書。

秋郊行

豆花雨灑秋郊匀，秋麥遍種青如春。新釀初熟賽田祖，村村和樂無愁民。禾黍纔登百室足，來兹麥美可預卜。今年人歌去年哭，滚滚黄流上白屋。人歌人哭總難期，飽食當思鮮食時。耕田鑿井有由致，順帝之則不識知。不見去秋河決霜後雨，癸亥九月十四日，黄池河決，霜降後五日也。宵旰經營勞聖主。畚鍤十萬爭築堵，一掬金錢一抔土。

【校】自注「十四日」，《海門詩選》作「十四」。

九日同陳竹湖刺史楊柱峰延荔浦兩明府何椒谷孝廉瑕丘登高

名賢勝蹟有高臺，九日登臨望眼開。岱嶽雲生龍未蟄，澶淵水冷雁初來。青松影入游僧榻，黄菊香飄座客杯。好景却憑誰寫出，驚人語乏掞天才。

【校】嘉慶《開州志》卷八《藝文·詩》録此詩，「香飄」作「香浮」，「却憑誰寫出」作「落誰詩句裏」。

登瑕丘歸示張雋三

每逢重九便題詩，況值良朋雅集時。地有樓臺憑眺久，天將風雨怕歸遲。茱萸酒薄成微醉，鴻雁聲高動遠思。爲問閉門張仲蔚，也曾把菊詠東籬？

【校】詩題「登瑕丘」，《海門詩選》作「九日瑕丘登高」。

秋日即目

荒城十里半菰蘆，紅樹參差入畫圖。雲裏一聲鴻雁下，始知城内有西湖。

秋日放歌示張雋三

跌宕名場二十年，半爲俗吏半爲仙。詩難割愛刪仍録，交爲多情絶復聯。剪燭閑窗蟲戚戚，開尊小院菊鮮鮮。座中喜有凌雲客，共結風塵翰墨緣。

輓丁郁兹

從古文人嘆數奇，傳來凶信半驚疑。可憐病榻分襟日，即是良朋永訣時。死有千秋寧寂寞，家無長物費支持。傷心空欲呵天問，杳杳重泉總不知。

回首京華憶舊游，廿年宦海復同舟。衆中分韻看飛將，席上銜杯號醉侯。才調問誰三輔最，簿書困爾一生愁。妻孥八口嗟何託，千里魂歸恨未休！

屋梁落月尚思君，生死誰知一旦分！結習未除書宛轉，詩篇相屬意慇懃。難忘官閣燒紅燭，遥指桐鄉哭暮雲。爲報九原丁敬禮，故人今已定君文。

彭亡鳳落是耶非，讖語如今到令威。歲在龍虵徵噩夢，日斜庚子泣空幃。仙人例合騎鯨去，舊邑還應化鶴歸。白馬素車勞悵望，臨風一慟淚頻揮。

【校】銜杯，底本原缺『銜』字，據《海門詩選》補。

雪後從郡城還開州道中有作

雪霽出東郡，漫漫認路遲。詩清驢背得，土潤麥心知。欲渡呼舟子，深寒盼酒旗。不須愁日暮，明月待歸期。

海門詩鈔卷十六 乙丑

合浦李符清仲節甫著

出郊

陰雨生春寒，溟沐郊原足。小晴出郭門，池柳泛新緑。野園無名花，桃李不嫌俗。沿村省麥田，芃芃慰司牧。

【校】嘉慶《開州志》卷八《藝文·詩》録此詩，「溟沐」作「霡霂」，「小晴」作「初晴」。

題高澄齋騎蟾渡江圖

蟾蜍蝕明月，欲奪嫦娥藥。跳蕩不自惜，淪謫付海若。何來此應真，飛錫赤兩脚？跏趺坐其背，竟作渡江筰。斜睇若相識，膜拜驚錯愕。知君有曠懷，幻此作行樂。袈裟已披身，三大劫何著！此膝已穿蘆，有頂可巢鵲。看彼腥吻張，吐氣日光薄。想見西來意，葳蕤天花落。狂當舞木叉，餒應餐乳酪。髻珠道人來，拍掌笑聲作。偪仄人世間，有如春蠶縛。擾擾仕宦場，何足供一噱！君具天人姿，金篦刮眼膜。尾閭注滄海，視之不一勺。嘆此座下蟾，勝彼雲中鶴。山木正蒼蒼，極目江天廓。

戚城謁仲夫子墓

食禄焉逃難，高賢此結纓。一抔墳在戚，千載氣爲城。古鬱松楸色，悲凉鳥雀聲。我司籩豆事，瞻拜敬心生。

謁柳下惠墓

昔聞柳下風，今官柳下里。惟介故能和，我我復爾爾。遺碣表墓門，俎豆春秋祀。興起百代人，何況桑與梓！

題張新厓松溪買夏圖

『買夏欲論園』，我愛坡公語。之子有同心，畫此小淵渚。急雨長魚苗，驚風墮松鼠。落日下群峰，長溪界平楚。瀟洒美少年，得勿宗之侶？科頭坐緑陰，自然滌煩暑。人生苦偪仄，難得逍遥處。清絶此園林，松溪在何所？我願駕輕舟，相隨入浦漵。

福厚菴員外招飲春怡園題壁

好友歡同聚，名園許暫過。匠心勞位置，塵境得巖阿。之子簪纓胄，高情薄綺羅。焚香消永晝，此樂定如何！

憑欄一以眺，樓閣杳參差。好鳥有閑意，幽花無俗姿。波澄魚在鏡，林密樹交枝。渺渺江湖思，勞人那得知！

竹裏烹茶客，籬邊賣酒人。眼中饒野趣，此外即紅塵。略彴横如畫，峰巒淡不真。意行忘近遠，小憩坐花茵。

怪石如高士，虚房儼畫船。主人發清興，邀我醉華筵。斜日映金碧，長吟當管絃。題詩留石壁，莫負好林泉。

中秋前一日晉州道中雨夜夢張雋三陽城却寄

風雨瀟瀟夜，秋鐙客思閒。人羈鼓子國，夢繞析城山。酹唱千秋業，艱難八口還。雋三夏五携眷歸晉。可能仍北轍，尊酒破愁顔。

【校】《海門詩選》詩題『中秋』作『乙丑中秋』，頸聯無自注。

秋至鹿城輓張峰青太守

畿輔耆英間世生，乍聞兇問涕縱横。二千石治民歌母，十八年交我事兄。斗酒隻雞平日約，素車白馬故人情。餘園杖履依然在，空聽西風落木聲。

題家墨莊兵部出使琉球圖

旌旆紛前導，帆檣列上游。身披一品服，出使大琉球。天水光相射，魚龍舞不休。書生揚遠烈，何必羡封侯！

題家墨莊兵部歸槎圖

東方雲海空復空，用蘇句。海日照曜扶桑紅。魚龍爭前護使節，一槎出没波濤中。我朝聖德邁千載，聲教不遺海中外。先生奉命封琉球，乘槎直到天盡頭。禮成從容報天子，仿佛當年博望侯。臣心如水神所察，忠信不畏滄海闊。橐裏曾無陸賈金，手中衹有蘇卿節。還時自寫《歸槎圖》，天際真人風骨殊。高詠中流氣磅礴，百怪潛影群靈趨。青山隱隱落眼底，回首重洋幾萬里。一帶層城雉堞高，多少官僚候天使。先生莫賦《歸去來》，枕流漱石非吾儕。須信此身是舟楫，即今還要濟川才。

重陽前五日易州道中同葉石亭明府作

易水寒傳擊筑歌，五花臺畔曉經過。山盤龍虎風雲壯，地鬱松楸鸛鶴多。訪舊秋城增感慨，尋碑古寺重摩挲。旗亭預酌重陽酒，共對茱萸憶薜蘿。

【校】詩題「葉石亭」，《海門詩選》作「葉石亭鈞」。

九日崇效寺訪菊有懷馮魚山比部却寄

佛閣中秋月，中秋過鎮州，登佛香閣望月。禪房九日花。匆匆逐佳節，渺渺隔天涯。此地同携酒，當時最憶家。名山耽著述，曾否夢京華？

【校】詩題「九日」，《海門詩選》作「乙丑九日」。耽著述，底本原缺「耽」字，據《海門詩選》補。

秋暮寫懷

一聲雲雁正南飛，萬里鄉心悵未歸。久宦已同秋菊淡，故人漸比曉星稀。杜梅溪、丁郁兹，相繼謝世。駸駸哀樂中年感，鼎鼎勳名始願違。擬把頭銜當招隱，還珠亭畔返初衣。

【校】自注「杜梅溪」，底本誤作「杜海溪」。

都門喜晤劉松嵐觀察同年即題退思草堂圖

古寺同風雨，分馳廿八年。相逢不相識，鬚鬢各蒼然。日下才名重，遼陽治績傳。如何官舍裏，瀟洒此林泉！

補過方無過，虛堂好退思。鼎彝皆古意，花石亦新知。地劇案無牘，官清囊有詩。苔岑同臭味，肯放酒杯遲！

【校】詩題『都門喜晤劉松嵐』，《海門詩選》作『初冬都門晤劉松嵐大觀』。

題金瑶岡侍讀一百二十本梅花書屋圖

昔我羅浮尋烟霞，山坳小憩師雄家。春風彷彿入香國，繞屋三百樹梅花。自從北度大庾嶺，冥冥十丈迷塵境。南枝開落空夢思，水邊橋畔疏無影。瑶岡舍人瑶島仙，與我交親三十年。圖梅一百二十本，見之鄉思怦怦然。花間人立真玉照，遮莫巡簷索花笑。花兮人兮兩清絶，爲問幾生修得到！梅外無樹畫有詩，中丞題句殊新奇。陳春澂中丞，有『梅外更無樹，畫中如有詩。吴江楓落後，寒夜雪深時』之句。寒宵把酒數開卷，雪光花影同紛披。江南春滿松陵路，如此園林佳且住。種植何須效昔人，橥八百株橘千樹。

【校】《海門詩選》詩題『金瑶岡』作『金瑶岡芝原』，『昔我羅浮』作『羅浮昔往』，『三百樹』作『三百株』。

張時泉殤兩幼子詩以慰之

人生失意事，每在得意時。時泉方發跡，忽喪兩佳兒。相隔僅一日，豈其誤庸醫！爲善弗獲報，天道安可知！繄余春二月，連折兩孫枝。掌中珠頓碎，日夜斂雙眉。對食口欲嘔，聞樂心即悲。我今尚不釋，胡以慰君爲！要知有定數，似續分速遲。君年纔五十，精力尚未衰。探環傳在昔，徵蘭看侍姬。毋切伯道傷，西河當戒之！

涿州旅夜有感

勞肩暫息覺身輕，漫把炎凉論世情。似我衹宜置邱壑，幾人無難到公卿！莊周解識浮生夢，羊祜空懷不朽名。惟有閑愁消不得，頻呼村酒下寒更。

【校】詩題『涿州』，《海門詩選》作『冬初涿州』。

除夕前二日正定道中

心懸八口寄澶淵，身似江湖不繫船。風雪滿天行跡少，尚驅車馬逐殘年。

【校】詩題『前二日』，《海門詩選》作『前一日』。

除夕正定喜傅竹猗先生至同宿隆興寺

金雞詔下衆心歡，迎候常山歲已闌。要得親知重聚會，未遑兒女話團圞。秦關歸騎勞逾健，蕭寺連牀夢亦安。真是今宵如願事，一尊同醉五辛盤。

鏡古堂文鈔

鏡古堂文鈔

合浦李符清仲節甫著

平原君論

司馬遷謂平原君貪馮亭邪説，使趙陷長平兵四十餘萬，邯鄲幾亡，爲未睹大體，余竊非之。夫秦虎視六國，欲并吞之，趙即不爭上黨，秦豈能須臾忘趙耶！澠池之會，秦人以氣壓趙王，非廉頗定逾期即立太子之謀，嚴兵相備，相如欲濺以頸血，以抗其威而折其氣，趙惠文幾何不爲楚懷王也！秦君臣陰謀詭計，思喋血於邯鄲之下，豈待爭上黨哉！

且上黨趙之西界也，跨太行而據其巔，秦得上黨，以太行爲城，雄瞰俯視，旦夕可以蹂躪趙境。上黨士民既欲歸趙，救之是也。當是時，趙力既不能以抗秦，又不從約燕齊魏楚諸國，申大義以救上黨，諸侯已群惡其貪，而妬增其强，謂如滅中山故智也。是故救上黨是也，爭上黨非也。

況既横挑强秦，又不能專任良將。以廉頗之老成持重，信反間而易之以虚名無實之少年趙括。《易》曰：『長子帥師，弟子輿尸，兇。』況以弟子帥師哉！幸應侯妬功，掣武安之肘，趙之不即亡，幸也。故韓非子以爲秦之失計，在不乘長平之勝以取邯鄲也。向使趙能以救韓大義，布示燕齊魏楚諸國，合智謀勇力之士，糾精鋭以西向。而韓背城借一以内應之，雖白起之善戰，必捲甲而去，山東之氣，爲之一振。平原智不出此，懷貪心以利人土地，用虛憍新進以代宿將，斯其所以未睹大體，而信陵之所謂『徒豪舉』者也。

得戰國之縱橫，參西漢之氣息，識解既超，議論亦正，非特標奇異也。宿塘。

上黨爲趙西界，自應合從以救之。平原懷貪心，與秦相爭，故有長平之禍。其失處，尤在以趙括易廉頗也，文能切中病根。至筆力雄健，氣息渾厚，直逼西京。樂善注。

『爭』字斷得倒，易廉頗而用趙括，是本症。『不從約』一層，特爲『爭』字覓反案耳。文中輕重分明，大旨仍不出史公『利令智昏』四字，疏通而證明之，遂成一篇極確極快文字。才人之筆，哲匠之心。峰青。

有知人論世之識，方許評議古人，方許從古人評議中評議古人。太史公以平原翩翩佳公子，而不睹大體，未嘗不惜之。得此摘發，其於爲人何如耶！盧踈林。

當日只爭一不得不打之劫，遂致步步失勢。文乃通盤計算，無一閑子，足令古人心服，後人首肯。碧莢拜讀。

【校】《海門文選》『趙力既不能以抗秦』作『趙力既不能抗秦』，『而韓背城』作『韓亦背城』，『雖白起之善戰』作『雖白起善戰』；『非特標奇異也』句後，有『要其獨勝處，在參之太史以著其潔』；『宿塘』作『劉石菴先生』，『樂善注』作『受業沈樂善讀』；無『易廉頗而用趙括』五句；『大旨仍不出史公』作『大旨不出史公』，『哲匠之心』作『哲匠之心也』，『峰青』作『馮魚山』。

前韓信論

韓信鐘室之禍，雖成於吕后、蕭何，實起於張良躡高祖足時。高祖當困滎陽、成皋間，信方破齊，不引兵相援，遽欲自王，高祖心實憾之忌之。因項羽未滅，恐一旦變生，無與羽敵者，姑爲隱忍。及楚已亡，而於自將征代時，又恐信内亂，故授意吕后、蕭何，相機殺之，以絶後患耳。不然，吕后雖悍，蕭何雖專，敢擅殺一開國功臣哉！

即高祖聞信死，何無一言罪之也！且信辟左右與陳豨語，誰聞之者？信果欲反，不於楚、漢勝負未定，蒯通進説之日，而於天下已集之後，信愚不至此！司馬遷所敘傳贊，中多微詞，早爲信明冤矣。惟稱信矜能伐功，不知學道謙讓，居常鞅鞅怨望，亦有取禍之道焉。

近日，博野尹汪雪還札來，云淮陰謀逆一事，千古冤獄，前人雖有公論，絶少明文，屬著論爲之湔雪。因於簿書之暇，走筆書此，聊以塞責。丙辰十二月十三日，雪牕自記。

《東坡志林》文字，是熟於世故人情後，乃得信筆説去，無不周到。此作置之《晁錯》《留侯》諸論間，真一範子模出，更勿説神似也。傅東溪。

鍾伯敬、史懷以信之死，出於吕后、蕭何之意，此論又勘入一層，以爲高祖意也。建議精闢，尤爲允當。簿書之暇，尚爲古人雪冤，此宰官真不負『神明』之號矣。張船山。

子房躡足一層，探驪得珠。以下曲折著論，寓奔放於節制之中，較眉山諸作，猶爲過之。汪雪還。

鳥盡弓藏，古今同概，幸則爲雲臺麟閣，不幸則爲鐘室冤哉！一經揭破，沛公故是忍人。方損齋。

文如老吏斷獄，抉人隱微，於高祖一面寫得透，淮陰之冤，不辨自明。前人爲之剖白，未有如此醒豁。王畹香。

王懋公評淮陰未嘗叛逆，乃吕雉一時詭言，只此一語，冤獄已明，史公未便鑿鑿辨晰。如兹論明確透快，遂令其事爲千載信史矣。盧竦林。

明能燭微，快可剪水。至文境之宕逸，直入廬陵之室。梁吉泉。

韓、蘇之文，各自名家，此亦獨成一子。裴宿塘。

俯仰千古，自抒偉論，堪與《韓非》《留侯》諸篇並傳。胡次卿。

【校】文題，《海門文鈔》《海門文選》作『韓信論上』。『傅東溪』，《海門文選》作『傅竹猗先生』。

後韓信論

韓信之未嘗叛漢，於臨禍時悔不用蒯通計，而信之矣；高祖之忍於殺信，於葅醢彭越、黥布諸功臣，而益信之矣。然而信雖有將才，而無遠識。當其自齊徙楚，易王而侯，既襲奪齊軍，復僞遊雲夢以執之，鳥盡弓藏，其機已見。

信處危疑之地，既不得如趙陀之避地南粤，又不能如田横之挾五百人逃之海上。使能深自斂抑，恪守臣節，或可偕子房之與赤松遊。乃『多多益善』之對，自矜其能，復中高祖之忌，而『生與噲伍』一言，尤速之禍也。何也？噲之見信，跪拜稱臣，非戲信也，其平日爲所統制，心猶畏憚耳。信不知謙讓，與爲結援，而怨懟傲慢之氣，遽形詞色。

夫信與噲同爲列侯，而羞與伍，其意不過介介於失齊楚王，其言已咄咄逼帝矣。且噲亦壯士，信既羞與伍噲，不更羞而轉怒乎？吕后，噲親也；蕭何，噲友也。其同謀殺信，安知非噲等之媒孽使然哉！《詩》曰：『既明且哲，以保其身。』信其愧斯言矣。

前論『愚不至此』一言，已斷定淮陰之不反，結以『不知學道』拖起。後論如『多多益善』之對，『羞與噲伍』之言，洵爲不學道也。文能獨發其病源，而筆亦斬釘截鐵。張峰青。

此篇議論最爲嚴正，更難在簡而透，無明人論史習氣。淮陰在隆準前，自是遜一籌，非甘心以鹿讓也。趙陀地位，尚可退步，淮陰更無避法，然當日屈強之態，必有如驂乘刺背者。觀綿蕞立制之先，諸功臣使酒睨柱，可想馳逐時梗概。雖無三齊自王一層，能偕子房與赤松遊哉！傅東溪。

機軸子心，又一蹊徑。裴宿塘。

『有將才，無遠識』一句，洵爲淮陰定評。末段論吕后、蕭何爲樊噲親友一層，尤爲讀書得間。賴翕亭。

戰國時，盆成括見殺於齊，孟子謂『未聞君子之大道，適足以殺其軀』。史公贊稱淮陰不知學道謙讓，所以有鐘室之禍，誠爲知言。此論識見既超，筆意更簡老明快，是效曾、王而窺其奧者。胡次卿。

漢高祖之忌淮陰，一在三齊自王，一在將兵之對。吾師前後兩論，俱能中其禍根。文筆曲而直，簡而透，在老泉、半山之間。受業楊天敘識。

信之將才有餘，而識量不足。破齊遽欲自王，量小也，識闇也。使信無此病，安見其不可代秦而帝耶！此病一爲高祖勘破遂覺，用之殺之，皆指揮裕如矣。嗚乎！英雄人生於亂世，事英主，膺大任，苟無學問之道，以詳審其間，幾何不若信之沉冤而死哉！三復斯文，感嘆不置。張船山。

【校】文題，《海門文鈔》《海門文選》作『韓信論中』。心猶畏憚耳，《海門文選》作『心猶憚之耳』。

韓信論解

客有詰余曰：『子之爲《韓信》前後論，所以推明其得禍之冤，并原其取禍之由，似也。由前言之，是信之終不反，而漢之殺之爲已過矣；由後言之，是信之恃功怨望，而漢殺之不爲過也。吕后之殺信，果高祖之授意歟？蕭何始舉之，終殺之，何意耶？』

余應之曰：『信之不用蒯通計倍漢者，自以爲功多，漢必不相負也。及奪齊楚王後，心已悔之，不待鐘室臨刑時矣。陳豨事雖莫須有，然其負氣鞅鞅，終亦必反。高祖自僞遊雲夢，執信歸，早慮及此。久懷殺信意，即不明言，吕后已逆知之矣。且吕后殘刻過於高祖，觀彭越已遷於蜀，吕后遇之潼關道中，尚誘回洛陽殺之。况平日忌信，過於彭越！無論陳豨事之真僞，殺之有詞，則竟殺之矣。蕭何知信才足以滅楚，故進之以興漢；自信失王，亦恐其不自安而反。或咎進信者，因吕后欲殺信，遂和之以自脱耳。總之，信不過一才將，誠不達人臣大體。然漢滅楚定天下，信功居多。既無道以處之，殺其身，復夷其族，漢待信，亦過刻哉！』客唯唯而退。

得此解，乃使前後兩論，如珠聯璧合，相需而不相離。用筆斟酌，渾融無跡，則全自《史記》得來，所謂『參之太史，以著其潔』。正是『潔』字要善會。傅東溪。

兩論後有此解，如牟尼一串矣。至文筆之妙，是從《左氏》《史》《漢》脱化，非胚胎於唐宋八家者。楊米人。

卓然自作一體，開揚發越，知其根柢者深矣。裴宿塘。

總結前後二論，亦平允，亦圓足，必不可少。張船山。

三藝眼高於頂，力大於身，持論亦極平允。具此卓識，使千古陳人，俯首地下。敬服敬服！韋靜山。

【校】文題，《海門文鈔》《海門文選》作「韓信論下」。子之爲《韓信》前後論，《海門文鈔》作「子之爲《韓信論》」。《海門文選》「則竟殺之矣」作「竟殺之矣」，「傅東溪」作「裴宿塘」，「兩論後有此解」作「有此一論則前兩論」，「楊米人」作「孫淵如」，「總結前後二論」作「總結前二論」，「張船山」作「唐采江」。

誅馬騰論

鉅人大儒一筆削，而萬世以爲標準焉。然而有因舊史之記載，不核其實，加人以大惡，而莫爲之湔雪，如誅馬騰之類是也。且夫以「誅」書者，必其人之有極惡大罪，而不可末減者也。不知騰之誅，得罪於漢帝耶，抑得罪於曹氏耶？

當其時，即有欺君罔上，弁髦王章，大逆無道者，獻帝寧得而誅之耶？如得罪於曹氏也，是漢室之孤臣也，曹欲篡漢，而剪其所忌者也。謀欲扶漢，不濟則死，以「誅」書之，其冤抑痛恨，而號無告訴，天理何以長存，人心何以不死哉！

嘗考騰伏波將軍之裔孫，漢之勳戚也，其見忌於曹氏也，與伏完、董承等。騰果得罪於漢室，書之以

『誅』，騰又何辭！如見忌於曹氏，則宜書之曰：『曹操殺西凉太守馬騰。』循名責實，天理順，人心安矣。嗚呼！蜀人入寇，涑水氏且因之。紫陽以正統歸漢，而附注魏、吴於其下，千古之特識也。惟誅馬騰之義，綱則大書，而目亦未列其被誅之由。且歷千餘年，而雷同附會，泥魏史爲成案，而不察孤臣烈士之苦心，此則吾之大惑不解也。無惑乎亂臣賊子之肆横妄殺，接跡於千萬世而毫無所忌也。

持論既正，用筆亦堅卓不群，正如漢庭老吏，不比諸公局促若轅下駒矣。姻愚弟馮敏昌拜手。

不是好議古人，無非求其至是。紫峰弟垣。

此案仍沿舊史，想紫陽偶未改正，明眼人拈出，千載含冤，至今始雪。珥筆夫豈易言！此論宜達之史館，一正沿誤也。至其氣吐虹霓，筆挾風霜，忠激悲憤，勃勃紙上，可與韓公《張中丞傳後序》并傳。張小宋。

直捷明爽，得此永成鐵案。年姪梁惠祖讀。

【校】曹欲篡漢，底本誤作『曹欲纂漢』，據《海門文鈔》改。《海門文選》『得罪於漢帝耶』二句，作『得罪漢帝耶，抑得罪曹氏耶』；『嘗考騰伏波將軍』作『考騰伏波將軍』，文末無『無惑乎亂臣賊子』二句；『姻愚弟馮敏昌拜手』作『洪稚存』，『紫峰弟垣』作『弟虚谷李如筠』，『年姪梁惠祖讀』作『趙味辛』。

陸機論

陸機，吴世將子，且吴戚也，兄弟改節事晉，已大慚留侯報韓之義矣。其縻禄於典午氏也，值賈牝淫逆，綱常滅絶之時，既無索靖之先見，又不能偕張翰以勇退。成都王頴昏庸，非定亂之才，而孟玖輩又從而陰蠱之。即使機將略如先遜、抗，知遇任用，亦不過周孝侯之徒，以身狥耳。斷不能建樹大功，於天造草昧，禍亂方興之始也。

顧乃感戀私恩，督逆師以抗天子威命。嗚呼！使機一戰克捷，滅此朝食，手刃晉惠，報命逆頴，成助命功，天下後世，謂陸機爲何如人！况乎威重不能以統馭震懾偏裨，如穰苴之斬莊賈；臨陣禦敵，制勝决策，又不能如淮陰之驅市人以戰。進退倉皇，師徒敗衂，所謂二陸奇才，果安在哉！雖無孟玖之蝎譖，機亦何所逃其咎哉！吁，此浮靡詞華之士，無裨補於人之家國，大抵皆然也。

二陸詩文，本自靡靡不振，非命世之才也。河橋一戰，尤覺孟浪，此論豈爲過苛耶！魚山。

嚴而核。紫峰。

著論要一齊倒，此真論得倒也。筆勢磊落蒼茫，望之無際，似坡公海外文字。嵩陽愚弟傅碧荻。

【校】《海門文選》「值賈牝淫逆」作「值賈后淫逆」，「成都王頴昏庸」作「彼成都王頴昏庸」，「况乎威重不能以統馭震懾偏裨」作「况其威重不能統馭偏裨」；「魚山」作「翁覃溪先生」，「紫峰」作「方損齋」，「嵩陽愚弟傅碧荻」作「勞鏡浦」。

潘岳論

潘岳、石崇謟事賈謐，岳復附賈后，陷懷愍太子，以階晉亂，所謂美而狠者也。孫秀收崇與岳，俱殺之，天網恢恢，渠可畏哉！終負阿母，愧耶悔耶！

潘之爲人，自未可稱。然河陽種花，板輿奉母，俱爲詩文家所美，則亦有足惜者也。結語似微含此意。馮魚山。

簡而有味，得《史》《漢》論贊風神。張小宋。

高祖母吴太淑人家傳

太淑人姓吴氏，符高祖文夫公元配也。父湛如公，富甲廉郡，御僕嚴。明末土賊横行，僕引寇刦之，兄弟振行、振起俱遇害，家百口，無噍類。時太淑人携曾祖健菴公歸寧，適在難中。健菴公年方九歲，賊刃其額，旁一賊曰：『此李氏子也，其家素積善，毋戕之。』賊始釋。太淑人裹其額以帶，奔避竹林中，黎明賊去，難始脱。文夫公時以監司握兵他邑，聞變歸廉，搜得賊，戮於湛如公舊第，聞者快之。及文夫公捐館舍，太淑人親課健菴公讀書，夜紡績，勤勞備至。戚里有不能婚嫁者，傾貲以贈，無吝色。癸巳廉大饑，太淑人易簪珥以周貧困，全活無算。卒年九十有四。

符清謹按，吾族自始祖迄高高祖，五世單傳。至高祖文夫公，始有兄弟六人，而兩房無嗣。文夫公僅生健菴公一人，遭外氏之難，宗嗣不絶如縷。自非祖積德累行，何能於百餘年間，子孫繁衍數百人也哉！

純淨得體。吴白華先生。

不蔓不支，所謂『參之太史，以著其潔』者。樂善識。

筆法緊嚴，胸羅諸史。裴宿塘。

立言有體，歷落參差，迥無俗韻。張峰青。

義士趙雨亭傳

乾隆丁未，余攝清豐宰，與大名尹葉曉山友善，因得與其戚趙雨亭交。嗣余移署滿城，適曉山緣事戍邊，雨亭偕往，路出方順橋，余餞之。酒三行，賦詩贈别，雨亭慷慨高歌，意氣壯甚。歲癸丑，余由粤還直補官，過桐訪之，雨亭已鬚鬢斑然矣，而豪俠之氣，猶見於眉睫間。酒次，爲余道出關事甚悉，余高其義，因爲之傳。

雨亭名瓏，安徽桐城人，前都憲鈇，其遠祖也。少讀書，性倜儻不羈，輕財重然諾，有古俠士風。丁未歲，過表甥大名尹葉君暘署，甫逾月，暘緣事戍伊犂，戚友蒼黄星散，奴僕脱身去。暘父母老且病，痛子孑身投荒，日夜憂泣。雨亭毅然曰：『與人共安樂，而不與同患難者，非義也。玉門關果不能生度耶？余雖老，尚堪一行。』遂偕往，躍馬鳴鞘，略無難色。至伊犂，將軍愛暘才，置幕中，甚得所，雨亭始告歸，曰：『汝居此安，余且歸，復汝父母。當再來，終不使汝寂寂萬里外也。』歸一載，暘母卒，雨亭慮暘聞訃哀毁，復往慰之。至關外，聞暘隨將軍移駐塔爾巴哈台，改轅而北。將軍聞雨亭至，降階執手曰：『義士果來矣。』敬禮愈重。由是雨亭之名，大著關外。將歸，將軍厚贈之，俾同貢馬者行，重其義也。

先有葉椿者，暘族孫河州牧中之子也，以監糧事，久戍伊犂。雨亭再出關，椿母以金託寄。伊犂在烏魯木齊西，塔爾巴哈台在烏魯木齊北，相距遠甚，音問阻絶。雨亭歸，路出呼圖壁，遇巡檢陳君栻，陳亦皖人，因迹椿，始知椿死伊犂久。雨亭曰：『椿家無三尺童，白頭老母，日望其子歸。今椿死遠域，旅魂飄泊，情何忍！且余既挾若貲來，當携若柩歸。』因與陳君貸貲助費，迂道八千里，載其柩，以歸於桐。

李仲子曰，文中子有言：『以勢交者，勢傾則絶；以利交者，利窮則散。』自古慨之。雨亭以垂白之年，往返五六萬里，以急戚黨之難，收恤孤弱骸骨，以歸故土，豈非趨勢慕利者所竊笑爲至愚耶！然古今之忠孝節義，大率智者所不爲，而愚者爲之也。噫！難矣。

詮次有法，筆更矯健不群，蓋駸駸乎入《史》《漢》之室，而得其奧者矣。裴宿塘。

讀之如見其人，如見其事。筆力過人，尚屬餘事。樂善注。

謹嚴峭潔，直入昌黎之室。張峰青。

敘次簡雅，摹寫逼真，此化工，非畫工也。石徛弟張元輅識。

筆下颯颯，英爽之氣逼人，寫肝膽士，故應如是。唐宋而後，議論之文日富，而記傳傑篇寥寥。蓋搆景會象，義至神生，非若馳騁恢詭，易於磅礴恣意也。海門此等作，實能瓣香龍門、扶風，所不同者形貌耳。傅東溪。

【校】《海門文選》「甚得所」作「甚想得」，「裴宿塘」作「法時帆」，「樂善注」作「張峰青」，「石徛弟張元輅識」作「楊蓉裳」，「傅東溪」作「謝薌泉」。

節孝楊母李恭人傳

正定太守秋圃楊公，前守保定時，符清曾爲屬吏。嘉慶戊午秋，符清調署正定，復得常侍左右，公餘輒爲言祖母李恭人節孝甚悉。一日，手恭人事略，命符清爲傳。自慚寡學少文，固辭不獲，因取而次第之，庸以補入太守家乘，且以俟史官採入《列女傳》云。

恭人姓李氏，江南通州人，贈朝議大夫楊公瑞麟配也。父相，官陝西松山營守備。年十八于歸，二十三而寡。生一子成龍，官浙江處州府知府。楊氏爲山西寧武舊族，贈公父北溟公，仕至直隸提督軍門，署直隸總督。當贈公歿時，軍門鎮滇南，姑王夫人在里，恭人號慟不食，欲以身殉。既而瞿然曰：『翁遠宦，姑老子幼，死將誰依！』遂强起，治喪如禮，嗣奉王夫人至軍門任。

軍門旋調鎮正定，恭人侍王夫人後行，涉險阻。時值炎夏，王夫人衰老，苦眩暈，過楚，蒸熱尤甚，恭人率徹夜扇涼，不少懈。抵署，王夫人泣謂軍門曰：『無此媳，吾不能於萬里外相見也。』未幾舊疾作，恭人日夜侍側，凡飲食抑搔，下訖澣濯溲溺之役，無不躬親之。王夫人尋歿，後數年，軍門自署總督任致仕，歸亦歿，恭人皆號慟欲絶，如喪贈公時。

初，贈公之歿也，處州公甫三歲，且羸弱。忽攖危疾，恭人抱之流涕，稍倦假寐，仿佛聞神人語曰：『此節婦孤兒，不可令死！』已而病果起。比長，就外傅，督責甚備，不稍假詞色。每夜分，紡績課兒讀，一燈熒然，以故處州公少時，即循循如成人。年稍壯，值山東鹺務需員，即命効力，曰：『吾非望汝禄養也。汝家世受國恩，可不思自効耶？』處州公後補永利鹽場大使，迎恭人就署，以勤慎爲誡，見日所理事無廢，方色喜就寢。歲時祭祀，輒隱痛終日。

年六十八，得喘疾，自知不起。時處州公侍榻前，顧之曰：『汝父疾革時，汝方在襁褓中，乳媪抱汝立於側，汝父摩汝頂，泣曰：「是三歲兒，乃楊氏一綫也，惜不能見其成立矣。」吾耿耿是言，三十年來，懼負汝父志。今幸汝登仕籍，吾又抱孫，見汝父於九原，復奚憾！』言訖卒。贈公有妾趙氏，生子不育，遺命聽去留。感恭人之德，不忍去，亦相依數十年而歿。恭人以子處州公貴，封孺人，累贈恭人。乾隆七年旌表，入祀節孝祠。現任直隸正定太守濬文，恭人孫也。

詮其事，如聞鄭善果慈母之言；讀其文，不減歐陽公《瀧岡阡》之表也。愚弟裴顯相讀。

情深文明，敘次處，極得古傳體。侄梁惠祖讀。

重修家譜前序

人之有祖也，猶木之有根，水之有源也。木無根則枯，水無源則竭，人而不知有祖，是無根源之人，安得而不枯且竭哉！以爲吾祖遠矣，不可得而見，而吾祖一人之身之所分者，尚可得而見也。乃其始爲期功緦服之親，及其後，有覿面不相識，且不知其所從來者。夫至覿面不識，而不知其所從來，是無祖矣。嗚呼！此家譜之所以重也。

吾祖自正德癸酉由閩來廉，垂二百八十餘年，傳十三世。而八世以前，名代之可考者，賴伯祖酣亭公之作譜也。迄今又近百年矣，宗枝日繁，析居異地，或亦漸有覿面不相識者。古者三世不修譜，謂之不孝，是譜之修，符何能已哉！讀是譜者，俾知所覿面不識之人，其所從來，皆本一人之身也。知其所本，而不生尊祖敬宗睦族之心者，尚可爲人哉，尚可爲人哉！

前後迴合，亦有結搆之文。魚山。

語語皆從血性中流出，文之有關于風教者。郭書城。

不須深言，正得人人心坎中語。文則合老泉、六一爲一手。傅蔚亭。

【校】《海門文選》「符何能已哉」作「符清何能已哉」，「魚山」作「翁覃溪先生」，「郭書城」作「范滋畹先生」，「傅蔚亭」作「莊蒼霖」。

重修家譜後序

蘇老泉《族譜引》云：『讀吾譜者，孝弟之心，可以油然生矣。』吾近觀世俗中坐擁厚貲，徒爲子孫計。子孫之婚嫁，則誇多門靡，衣食則御肉曳綺。及其於父母也，遇生辰則座無留賓，值死喪則門無吊客。或草率掩土後，終其身不復上邱墓者。兄弟吾所同生也，乃以纖微財産，視若仇讎，竟至爭控數十年，不兩傷不止。嗟夫，是何厚於子孫，而薄於父母兄弟也已！既薄於父母兄弟，而轉責兄弟、子孫之厚於己，豈不悖哉！

夫俗之敝也，父借耰鋤，慮有德色；母取箕箒，立而誶語。此賈生之所太息也。《唐棣》之詩不云乎：『雖有兄弟，不如友生。』蓋傷之矣。故讀是譜者，使知吾父母所自出之人，尚宜敬之，而况吾父母也；兄弟所分出之人，尚宜念之，而况吾兄弟也。故曰斯譜之修，不惟敬宗收族，亦以勸孝弟也。

語語血性，唤醒憒憒不少。愚表姪黄奇圖識。

直爲世俗頂門下鍼，亦凌厲，亦痛切。張峰青。

讀之惻然有隱。紫峰。

藹然孝弟之言。裴宿塘。

【校】張峰青，底本誤作『張青峰』。《海門文選》『愚表姪黄奇圖識』作『金聽濤先生』，『張峰青』作『吕叔訥』，『裴宿塘』作『弟滋園于培』。

欒母王太安人慤思録序

余癸卯登順天賢書，與飛泉欒君爲同榜友，都中往來，未深悉其家世也。及庚戌夏，余宰津門，與飛泉過從甚密。飛泉爲人醇謹篤行，有古儒者風，鄉里重之。而文名尤著，余校童子所得士，多出其門。嘗爲余言：『飛泉少孤，事太夫人至孝。太夫人雅有才識，兼通詞章，飛泉生平學問，出於慈訓者居多』云。余間爲詢及，飛泉輒泫然出涕，每以太夫人期其科名甚切，而不克親見爲憾。因持《慤思録》一册示余。余受而讀之，具述太夫人言動行事，則見其事姑嫜，相夫子，儼然《少儀》《内則》也；睦姻族，御婢使，儼然《史箴》《智囊》也。夫古之賢母，如留賓授經，晝荻和丸之類，皆能内行純備，言行可風。至其復能以慈母而兼嚴師，使其子卓然自立，成名於後世。如太夫人者，真可與陶、韋、歐、柳爭烈矣。至其本性情以間爲詩章，又太夫人之所諱，而不欲以此見者也。

語有之：『修德者獲報。』飛泉遵太夫人之訓，文行矯矯，而能掇取巍科，當立見其黼國家，揚名譽，大足爲太夫人慰。今且汲汲然録其嘉言懿行，而思所以不朽其親，是真能率其慤然孺慕之誠也已！以余爲年家子，問序於余。余宰官也，採風徵行，是宰職也，因欣然誌之。

【校】欒立本撰《慤思録》，卷首冠是序，尾署：『乾隆庚戌中秋，年愚姪合浦李符清頓首謹序。』

翛然往來，讀之使人矜平躁釋。魚山。

瑚海詩鈔序

余侍保定太守傅竹猗先生最久。每讌見，輒道其幕中有暨陽陳瑚海先生者，學問淵古，尤深於詩。

間舉其一二名句，嘖嘖贊不去口，余竊誌之，而未見其人也。乙卯，太守嗣君曉山成進士，文名噪一時，溯其淵源，則出先生之門，余尤亟欲見之。乃秋鴻社燕，竟未得卜一面緣，心嘗耿耿。今年春，趨公至上谷，於太守座中，見有一蒼顔白髮者，亭亭如喬松古柏，蕭然於塵壒之外，心異之。詢於太守，太守囅然曰：『是即君所嘗欲見之瑚海先生也。』因訂交，且請其著作。先生出詩集若干卷，屬序於余。余風塵中人也，安知詩！然以少年結習，亦嘗肄業及之矣。

夫詩基《三百》。漢魏風骨，晉宋已莫能傳。齊梁間麗則麗矣，乃寄興都絶，至李唐復覩正始之音。宋金元明，代有繼起，而去《雅》寖遠，土鼓沿而爲路鼗，鳥跡流而爲篆籒。第志其學，不可不探其道；探其道，不可不詣其極。是詩雖有古今正變之不同，而未有不以道爲權衡者也。

今觀先生所作，積健爲雄，具備萬物，洋洋乎海風碧雲之概，流露行間，真所謂吞曹、劉而壓元、白，與道大適者矣。然余獨惜先生之懷抱利器，艱於遇合，不得出其藴蓄，以歌咏太平，追蹤《雅》《頌》。奔走南北，坎坷頓躓，發爲風人之音，詩人少達而多窮，其信然也哉！

昔韓退之稱孟東野曰：『作詩三百首，窅然咸池音。』又爲之太息曰：『天將和其聲，而使鳴國家之盛耶？抑將窮餓其身，思愁其心腸，而使自鳴其不幸耶？』先生固今之東野也，而昌黎則不可概見矣。余既序其集，益服太守知人不謬云。

氣息深醇，文情駘宕。端莊流麗，兼而有之。樂善識。

起結照應，可謂神明於法。裴宿塘。

醇樸古茂，寄興遥深。張峰青。

氣息淵懿，純乎典則，的是盧陵敘梅聖俞詩集文字。劉高矚敬讀。

通貫中有精純之實，造詣可知，誦之僵走。弟三晉注。

【校】《海門文鈔》無『心嘗耿耿』四字，『是即君所嘗欲見』作『是即君所願見』。

丁郁兹詩鈔序

余曩留京師，於孫淵如觀察、吕叔訥廣文寓中，讀郁兹唱和詩，如秋濤夜生，春卉曉艷，心賞不已，因介二君訂交焉。嗣余出宰畿輔，郁兹旋令中州，各以憂去，中間不通音問者十年。余復補束鹿，適郁兹亦起官南宫，寓書於余曰：『吾不喜得名邑，喜與君密邇，可以商確詩文耳。』每以公事過境，即出所爲詩，誦聲琅琅徹户牖。時余多病，不能久談，惟與郁兹談，病若失也。惜全稿未曾竟讀。

戊午秋，余調攝鎮州，延舊好楊君雲珊，課兒署中。雲珊爲郁兹内弟，往南宫携全集來，相與吟誦，輒擊節贊嘆。郁兹詩天才横溢，下筆如萬斛泉涌，汩汩不休。其生平泛大江，遊楚鄂，南涉吴越，西極秦隴，北至齊梁燕趙間。復與海内名士大夫訂僑札之好，故文章詩歌，皆有奇氣，是其得江山之助，友朋之益居多。

夫以才華若此，固宜登玉堂，依禁近，發爲《雅》《頌》，播於聲歌。乃昆季俱先後登館閣，而郁兹竟不得成進士，僅以乙科宰縣，復抑鬱不得志，且以微罪去官。昔人云：『詩窮而後工。』郁兹詩不因窮而工，及工而轉窮，豈詩人少達之説耶！暇日因與雲珊擇其尤雅者，釐爲二卷，共若干首，於全集中不及什之二三，而郁兹之性情學問，可以概見。郁兹今年僅四十餘，天懷恬淡，當不以窮達動於中，其詩應日益進而未已，將續鈔焉。

抑揚爽朗，跌宕昭彰，醇厚似西京，風神如六一。詩集弁此，可謂二美具矣。愚弟楊元錫拜讀。

深於詩者能序詩，於此益信。愚弟裴顯相讀。

【校】《海門文選》『愚弟楊元錫拜讀』作『楊雲珊』，『愚弟裴顯相讀』作『王鐵齋』。

寶昌聯吟序

銅梁王鎮之先生，詩學宗昌黎、昌谷，自牓其書屋曰『寶昌』，畿南士大夫仰之如山斗焉。壬子二月，余將還嶺南，先生時遷宣化司馬，寓上谷。前一日設祖席，並招蓮池山長家介夫編修，寶坻尹楊米人，豐潤尹夏鷺汀小集。席上約爲七言古詩，拈得『料』字，未逾時，先生詩先成，余同介夫、米人詩亦成，相與朗誦，歡笑竟夜，各扶醉歸。平明，余將秣馬，米人復用前韻投送別詩一首，鷺汀詩擬翌日成之，而余已南行，不及待矣。

丙辰秋杪，偶撿舊篋，得諸詩成帙，迴環展玩，覺五年前文酒之歡，恍如昨日。而先生觀察天雄，往來省會；米人雖憂歸桐城，將還直補官，俱可以時聚首。惟介夫於今夏，竟以母喪哀毀，卒京邸。介夫素爲詩，亦酷擬昌谷，與余唱和久，意氣尤篤，乃以少年詞館，遽爾赴召玉樓。故交零落，而文會盛衰之故，即與聚散相因，俯仰今昔，感慨係之。時蔚亭傅君以公事寓鹿城署，閱之曰：『此雅集也，諸詩俱有二昌風格，是真可寶，宜刊之，以傳一時韻事。』余唯唯。爰付剞劂，并記顛末云。

聯吟『料』字詩，嶔嶔突兀，詭譎怪變。此序乃以澹潔逸宕出之，正如五岳矗矗，不可少此輕雲籠罩耳。敘次處，亦特見手法。傅東溪。

風水相遭，自然成文，而敘事之簡潔，文情之宕逸，在六一、半山之間。姪自新謹識。

亦纏綿，亦慷慨，情之所至，婉曲傳之，固不獨於提束補卸見長也。賴翕亭。

情篤摯以纏綿，致夷猶而淡宕，朗吟數四，餘味曲包。兄張峰青。

銅梁王鎮之觀察玉脂詞敘

詞者何，詩之餘也。古樂府，《三百篇》之餘也；五七言古詩，樂府之餘也；五七言近體，古詩之餘也。詞起於六朝，顯於唐，盛於宋，微於金元。其流派有二，曰秦、柳，曰蘇、辛。秦、柳婉約，而蘇、辛以宕激慷慨變之，近於詩矣。詩以風骨爲主，蘇分其詩才之餘者也，辛則并其詩之才之力，而專治其餘。

吾師鎮之先生，詩宗昌黎、昌谷，亦分詩才之餘爲詞。其豪放處，直摩蘇、辛之壘，間有嫵媚之作如秦、柳者，非其質也。余弱冠時，頗喜填詞，及攻舉子業，遂廢之，然每讀古今名作，輒爲手鈔秘枕。鎮之師《玉脂詞》二卷，余鈔存笥篋中十年矣。今春謁師於上谷，杯酒話舊，偶論及此，索觀之，赧然曰：『此稿久失，不虞君之爲余存也。』及還天雄使署，復撿得十三闋寄示余，余續入卷末。雖吉光片羽，而慢令中或如七寶樓臺，眩人眼目；或如天風海雨逼人，讀之令人色舞神飛。直可凌轢唐宋，俯視金元，與諸名家並傳藝林。郵復於師，并綴數語於卷端。

結搆天然，丰神掩映。裴宿塘。

只兩大段文字，兩大段俱用影托法，而後段又用前段冒起。此間架結搆之妙，中間正有無數曲折，無窮變化，無限含蓄。而文品之高，尤在有逸氣。盧踈林。

妙在中間承接處，熟于緩急擒縱之法，淡淡着筆，遂使首尾通靈。兩段文字，猶如羅浮兩峰，縹緲離合，斷而仍聯。其中幽溪古洞，叠翠層螺，色色俱佳，固自別有邱壑。張峰青。

沉雄巨麗，尺幅中直如蘇海韓潮。樂善識。

筆力峭拔，酷似子厚集中小序。天敘識。

敘次簡潔，不蔓不支，是柳柳州小品一則。徐屺山。

【校】《海門文選》「詞起於六朝」三句，作「詞作於六朝，述於唐，盛其雜於宋」；「其流派有二」句，作「其流派有三，曰姜、張」；「秦、柳婉約」句前，有「姜、張清婉」句；「吾師鎮之先生」作「銅梁鎮之先生」，「鎮之師《玉脂詞》」作「先生《玉脂詞》」，「今春謁師於上谷」作「今春謁於上谷」，「郵復於師」作「郵復於先生」，「裴宿塘」作「蔣師退」；「色色俱佳」二句，作「別有邱壑」；「張峰青」作「杜梅溪」。《海門文鈔》「余續入卷末」作「余因續入卷末」。王鎮之《銅梁山人詞》載此序，「秘枕」作「珍秘」，「鎮之師《玉脂詞》二卷」作「鎮之師詞二卷」，「此稿久失」作「此稿失久矣」，「余續入卷末」作「余爲續入卷末」；「與諸名家並傳藝林」三句，作「允宜付之剞劂，以與秦、柳、蘇、辛諸家，並傳藝林。郵請於師，師許之，并綴數語以弁首。嘉慶丁巳，海門李符清謹敘」。

保定傅竹猗太守六十雙壽序 代王鎮之觀察師

嘉慶二年長至月，爲保定太守同年竹猗先生壽六十，德配朱恭人亦於是月四十齊慶，諸同寅稱觴介壽，屬序於余。余與先生，同舉壬午鄉試者也。余前守保定，先生時刺祁州。及余備兵大順廣三郡，先生復守大名，意氣既篤，共事最久，知先生無如余者，其敢以不文辭。

竊惟《洪範》九五，福一曰壽。孔安國曰：『人有壽，而後能享諸福，故壽先之。』韓非子云：『全壽富貴之謂福。』福者，非徒一身之華膴已也。若妻不足以稱燕喜，子不克以紹箕裘，不可以言福。壽者，統壽身壽世之謂也。古者三不朽，立德、立功、立言。不朽者，壽也。若先生，可謂福壽兼隆者歟！

先生性端重，寡言笑，素以孝友著，尤敦氣誼，以誠以信，始終不渝。少年力學，爲名諸生，舉於鄉，爲名孝廉。屢爲甌越郡縣山長，俱以先行後文相鏃厲，有鵝湖、鹿洞風規。筮仕時，分校晉闈，解首出其門。修《遵化州志》，正訛補缺，勒成完書。開晚香堂課後進，一時登賢書，捷南宮，無遺棄者。此先生學問文章之所見端也。

至於以德性爲設施，本學問爲經濟，有非俗吏之所爲者。其宰山西之山陰、大同也，值亢旱，依《春秋繁露》法，禱雨立應。邑河北村落，去縣治遠，民苦桑乾之險，因建倉於岱岳鎮，以便輸將。謁先師廟，殿廡傾圮，即捐廉修整，黌序重輝。玉河水勢淜湃，逼城垣，特建河神廟，河流順軌。又水有資民灌溉者，爲築養泉亭，使民知井養不窮之義，遂膺卓薦。其牧磁州、祁州也，磁爲入直首境，供億殷繁，絲毫不累閭閻。祁饑，議蠲賑，悉親行檢覈，不假胥吏手。其刺遵化也，鄰邑生蝗，蔓延滋害，先生率屬搜捕如法。是歲告蝗災者十餘邑，而北平獨不爲災，奏入，上嘉許之。

其守大名也，河朔民情頑悍，夙稱難治，蒞任後，寬嚴並濟，遠近肅然。值漳、衛漫溢，躬履勘監賑，無一夫失所。今年春，保定守缺，制府以先生廉能素著，奏調領袖十郡。適遇勁旅南下楚蜀，軍鑲過境，先生不張皇，不疏略，率屬經理，所部帖然。通省有疑讞，多賴平反。由斯以觀文翁之化蜀子弟，富鄭公之賑貸青州，鄭淮南之雨隨車，馬伏波之蝗入海，復見今日。所以樹崧喬之望者此也，所以開熾昌之緒者此也，以故内助稱賢，克家有子。

元配陳恭人，鷄聲佐讀，鴻案相莊。嗣君曉山進士，生數齡，瑶環瑜珥，頭角崢嶸，懽然繞膝。更惟繼配朱恭人，德懋蘭儀，光生槐蔭，相夫勖子，繼美閨幃。曉山紹其家學，少年聯掇巍科，而氣度沖和，已徵偉器。門以内雍雍肅肅，幾莫測其所以蕃祉之由矣，其殆《漢書》所云『能豐子孫之祥，致老壽之福』者乎！

且南粤瀕大海，五嶺挺秀，山川磅礴鬱積之氣，代鍾偉人。如張文獻、邱文莊、海忠介諸名臣，固光昭典册。即余所及侍鄭退谷制軍，亦由畿輔牧令起家，洊歷大府，政績文章，在人耳目，先生同里也，姻婭也。以先生之學識吏治，立見繼起封圻，後先輝映，功業當更有進。是其不朽者自在，又豈獨享大年，昌厥後，繼繼繩繩於勿替已哉！夫六十杖鄉之年也，由是而杖國，而杖朝，以至期頤，齊眉介祉，綵衣盈前，正有大書特書而不一書者，則以余言爲權輿也可。

周匝妙不失之瑣碎。吴白華先生。

敘次老當，氣味醲郁，蔚然臺閣鉅製。受業沈樂善謹識。

交不深不真，學不富不麗。讀此序，知非酬應之作。裴宿塘。

九天之雲下垂，四海之水皆立。徐碩三。

鴻文無範沯於川。盧踈林。

黄河之水，一瀉千里，却有龍門砥柱，一路撑持，洋洋乎鉅觀也。張峰青。

筆筆凝重，却筆筆變。此胎息《左》《國》，參之《穀梁》，以厲其氣者。天敘識。

【校】《海門文鈔》「樹崧喬之望」作「立傳世之業」；「正有大書特書」作「正有大書」。

新息宗母張太夫人六十壽序

乾隆丙戌，新息汪龍岡師宰合浦，識拔余於童子試。余甫十四齡，龍岡師幾以劉嵩陽之待張肖甫，楊邃菴之待家崆峒者待余。時宗兄敦復在署，與余序譜系，爲昆弟交，葢敦復之母，龍岡師元配張孺人之同堂妹。敦復嘗爲余略述太夫人之事實，曰母幼嫻女訓，性質聰慧，年十餘，歸其尊甫嘉會先生。

當是時，太翁燦菴府君，太母范太君，止生嘉會先生一子，愛之甚，亦愛太夫人甚，夫婦承歡膝下，愉愉如也。嘉會先生英年雋品，龍岡師器重之，甫弱冠，賫志歿，太夫人甫二十三，翁姑俱衰疾。太夫人育二男二女，躬勞瘁，奉老撫幼，茹苦甘淡，厲清操而持家政，孝節兩崇，才德並茂。俾男昏女嫁，李氏不墮先人緒業，以光大其門户者，母力也。敦復以家計廢學，太夫人意常悽然，日夜課其孫以詩書，飭毋外務，俾乃祖乃父之志弗克成，親得目睹之爲慰。余諗之龍岡師、敦復兄之辭質而信。

自龍岡師歸里，音問不通者幾十年。余以丁酉選拔，赴都校録《四庫全書》，癸卯秋，幸登京榜。龍岡師季婿鄭君玉渠，亦舉於中州，甲辰春，隨公車至都，持師手札，并述敦復子景韓，年方弱冠，入邑庠，即以高材補弟子員。歲八月，爲太夫人設帨辰，息侯大興宗前輩曉亭公旌其閭，戚友等奉觴，囑余以祝嘏辭。余與敦復同宗昆弟，太夫人猶吾母也，不敢以不文辭。

方子望溪之志其族娣高孺人曰：『倘使爲男子，節操志事當何如！』望溪，吾師之師也，敢書此言，以爲太夫人壽。敦復兄年方未艾，奉母訓子，禔躬篤祜，又當何如！言不過物，愛至望深，故不以頌而以規。龍岡師嘗述望溪所指授古文義法誨余者也，敢溢美以阿於宗耶！

多筋少肉，亦可謂蛟龍蟠拏。魚山。

淡而彌永，《震川集》中之作。張小宋。

道出所以能壽之故，便非溢美。宿塘。

杜姬雲仙吟香樓詩序

桂林黎君春台，余同年友也，同官畿輔，以兩粵桑梓，誼交尤篤。嘗誦其姬人雲仙效梅村詩，雅淡有遠致。丁巳春，余趨事上谷，春台以姬詩草見示，暇時展誦，中有以韻勝者，有以格勝者，絶無粉黛習。余過春台，姬出見，舉止端祥，神情散朗，大有林下風。聞其母夢園中梅樹花盛開，上有女子衣紅，折一枝擲之，寤而生姬。姬生五歲，父授《孝經》《内則》，及唐宋元明詩，過目輒不忘。九歲知韻語。幼即好梅，因於宅後搆一小樓，署曰『吟香』，朝夕焚香讀書，非父母命，不下樓也。當花開時，每於月夜憑闌，凝視若有所思，姬其花之神耶，梅之仙耶？

昔潘炕姬、趙解愁，其母夢吞海棠花蕊而生，有國色，善新聲，姬其猶解愁耶？然以梅較海棠，風格相去遠矣。姬賦質幽閑，嫻《女誡》，識大體。集中間有勉春台教士愛民之作，是才而賢能，詩其餘事也。

居常喜服布素食，甘淡泊，其亦猶梅之性歟？姬籍山陰，歸春台年十五，今十七。

以傳體爲詩序，古法也。筆墨娟秀嫣媚，而格韻清遠，可謂姬傳，亦可謂梅傳。傅東溪。

宋廣平鐵腸石心，不能吐婉媚辭，然觀其文，而有《梅花賦》。此敘序詩耶，抑序人耶？吾以爲其趣在梅。裴宿塘。

【校】《海門文選》『折一枝擲之』作『折一枝贈之』，『然以梅較海棠』作『顧以梅較海棠』，『傅東溪』作『張小宋』，『裴宿塘』作『楊夢蓮』。

重修東鹿縣志序

志者，史之一體也。《周禮》『小史掌邦國之志』，注謂若《周志》《鄭書》之類，即《國史》《一統志》也；『外史掌四方之志』，注謂若魯之《春秋》，晉之《乘》，楚之《檮杌》，即《通志》，郡、縣《志》也。邦國之志，歷代有之，而州縣《志》，則宋以前無聞。若唐《十道志》《元和志》，皆統天下言之，非專志一州一邑也。自宋《長安》《臨安》諸志作，以後而吴郡、建康府有專志矣，合肥、無爲州縣有專志矣。蓋志者，記也，所以示不忘也。州縣雖志一隅，然積之則爲《通志》，又積之則爲《一統志》，故未可聽其闕略焉。

束鹿舊志，没於滹沱，其存者，有前令劉君崑、李君文耀二本。余自戊申歲承乏兹土，去李君之修者，已三十餘載。比甲寅再至，又逾數年。我國家厚澤深仁，畿輔之被化尤渥。不惟人材輩出，忠孝相望。即如滹水南徙，邑城易甎，皆宜詳載。况余兩任八年，於疆域財賦，風土人物，悉之尤稔，更不敢不亟爲採輯，以信今而傳後也。

適裴宿塘農部讀禮保陽，來爲鹿巖堂長，而沈秋雯太史亦以請假故，來鹿見訪。因相與商確，共襄斯舉，於春仲開局，八閲月而告竣。昈爲十門，舊志之缺者補之，訛者正之，凡未經採録者，以次編入。於地理河道，以及祠宇之廢興，學校之典禮，下至昆蟲草木之微，皆博徵載籍，溯委窮源，似非專志一縣者所應有。然李敏達《通志》，陸清獻《靈壽志》，已肇其端，拓而充之，或可以備稽古者之參考。若準田賦，則絲毫必謹；志人物，則寸善必書。《職官》《選舉》，悉本舊《志》；續增《藝文》，則嚴爲選擇。各門中條分縷晰，一以導揚聖朝涵育滋液之德，視前二《志》，有不相侔者矣。且志即縣之史，非特文獻所存，亦司牧者之圭臬也。出宰一邑，而山川道里，因革損益，茫然不知。譬欲濟渡而不問舟楫，倀倀乎靡所適從，將何以順俗成化，臻於上理耶？是書成，而後之心殷民瘼者，展卷瞭然，知所借手，則余與裴、沈二君編輯之功，不無小補云爾。

是書余亦共編摩，而未能言其意。得此，愈可無言矣。愚弟裴顯相讀。

坐而言者，起而行。固知有仁人之心，始能爲仁人之言也。侄梁惠祖讀。

【校】光緒《保定府志》載此文，「鹿巖堂長」作「南池堂長」，「來鹿見訪」作「道過鹿巖」；「然李敏達《通志》」二句，作「然李敏達公《通志》，陸清獻公《靈壽志》」；文末有「嘉慶三年，歲次戊午秋九月」二句。

身世金丹敘

《身世金丹》一書，毘陵楊省齋觀察所輯成刊行者也。中載神聖先儒名訓，及其先人靜山殿撰格言，雖博採廣搜，總不外勸善懲惡而已。聞楊氏自殿撰公而下，擢巍科，入詞垣者四世。其他昆季，以甲乙榜歷華要者，不可勝紀，蓋積厚流光，由來久矣。省齋樂善不倦，知凜承有自也。

余與省齋從姪雲珊交善，每稱道此書，未得展讀。近晤舊交胡明經次卿，言陳君槐齡得是書於泲上，以楊氏所鋟版在江南，購求不易，因集群力刊成，廣行於世，屬爲弁言。余竊以人性有善而無惡，惟聖賢爲能全其善。中人以下，多溺於聲色利欲，善日没而惡日著矣。動以禍福，示以果報，或知遷善而窒惡焉。則是書之行，其有裨於風俗人心者，豈淺鮮哉！故樂爲之序。

敘事古潔，氣味醇厚，八家中極似柳州。愚弟楊元錫讀竟識。

涉身處世，外此其奚求！愚弟裴顯相讀。

玉川書院增置膏火地畝記

丁未冬十一月，余攝宰滿城，即詢邑之玉川書院，僅存修金地數十畝，而膏火無資，思所以爲諸生計而未得也。會有張生志於學，樂輸銀二百兩，且念置地可垂久遠，隨於城之西北，置地三十畝，爲諸生膏火之資。事甫畢，而余將之任束鹿，諸生請余爲記。

余思書院爲作養人才之地，滿邑雖蕞爾區，而西北山勢起自太行，綿亘數百里，抱陽、郎眺諸山，盤鬱雄峙。東南一畝泉，溯源渝水，會流奇村，曲折千里，以達於海。山水雄秀，故英俊往往挺生其間，此前代張北平、燕公諸賢所以繼起也。

余自下車後，公餘每集諸生而講課之，其中英姿秀發，或恂恂端謹，俱可期以遠大。每以資斧不繼，不克卒業，甚非所以鼓勵人才，奬掖後進也。余思廣其學舍，置地百餘畝，以爲諸生攻苦之藉，以差事絡繹，未逮素志。今僅置地數十餘畝，於事亦無所補益。然由此設法增置，漸漸恢擴，未始非此事爲之權輿也已。

孟子謂爲政不難，管子謂下令如流水之源。今之宰邑者，若能於書院加意，亦孟、管之遺意也。文已見及此，故爲附書。魚山。

尺幅中無限煙波。蔚亭。

修理學校，培植人才，凡爲官長宜然。但不能作此文者，恐不能行是事。賴翕亭。

重修滿城抱陽山定慧寺記

滿城介燕趙間，多名山，而邑西之抱陽山爲最勝。兩山如抱，東南向陽，故名『抱陽』；以蕃花木，亦名『花陽』。自山足達山門，凡七折，中有歇足盤山門，内石平如掌，寬數畝，旁有石廊百步，曰『百步廊』。廊側有竇倒懸，曲盤光澤，若蚌胎然，曰『明珠竇』。有石洞數十處，山腰一洞，傳爲唐張燕公讀書堂，有門有牀有几，皆石也。

山左巨壁𡒄㢝，泉聲滴瀝，曰『青龍潭』，尤爲奇蹟。水自石中出，滙爲潭，色清可鑒，味甘洌，旱燥不竭，嚴寒不冰。有祠，祀靈溢、英澤二神。舊傳因旱禱雨，見二青蛇立飲，異而祀之，至今遠近禱雨者輒應。中即定慧寺也，建自隋開皇時，至宋景德重修之後，遂淪湮。迄明成化間，僧圓顯復葺爲叢林。

余於乾隆戊申年宰是邑，羽書之暇，每登是山。見洞壑之幽，泉石之美，群鳥翔泳，四時樹木不彫，爲畿南異境。顧其寺規模狹隘，半就傾圮，殊不足以稱斯山之勝，欲廓大而修葺之。適邑之楊生志伊，家於山下，慷慨從事。余因捐俸爲創，因高就下，曲成佳搆，逾年而工成。内可以開講幄，集生徒，媲蹟於嵩陽、嶽麓，以希風於張北平、張燕公諸前哲，蔚起乎一邑之人文，當不同尋常之丹崖峭壁，僅資游屐登眺已也。余尋任鹿城、津門諸邑，猶乘間屢至焉。辛亥冬，將還嶺南，復偕邑之人士，躋兹山絶頂之華嚴菴，信宿而去。夫三宿桑下，猶戀戀焉，余能無意乎？

丙辰冬杪，楊生至鹿城，請曰：『兹寺成於公，猶待公記之，以垂久遠。』余因不忘始事之意，述重建之由，以告後之繼修者。寺舊名『定惠』，今名『定慧』，雖不知所自改，而因定生慧，亦大乘之宗旨云。

前幅寫景，碎金散玉，鑲嵌玲瓏。其中頓折變化，光怪陸離，神與古會。入後放開眼界，曠懷千古，復饒抑揚唱嘆之音。結更古趣。張峰青。

極簡老，極精密，極豪宕，極輕靈。卷舒自如，筆高手妙。姪自新讀。

筆致簡實，如至正、洪武間，宋、劉諸公小記。王畹香。

用山川志筆作記，難在描繪歷歷，而不傷風致。傅東溪。

予家距此山僅數十里耳，憶童子時曾一至，而未能領略其妙，繼雖屢欲往而不果。讀此作，不啻神遊其境矣。裴宿塘。

記雖爲抱陽山作，而所以作記之意，則爲民祈福，振興文教耳。行義達道，不忘民瘼，異日宰天下，當作如是觀也。至於敘次歷落，頓挫入古處，的是真歐、柳。受業胡承祖讀。

重修束鹿縣城隍廟記

鹿城之城隍廟有二。一爲銅像，在舊城西街，鄉人時修葺之。一在今縣治西北，自明天啓六年，前令宋公創建。迄國朝以來，楊公、沈公、王公，三歷增修，規模稱宏敞焉。余以乾隆五十三年宰是邑，下車謁廟，見堂除廟廡，半爲風雨所蝕，遂捐俸搆材鳩工，擇邑紳士之能者董其事。於是飾其舊者，增其新者，廓而大之，視前之所修，更焕然壯觀矣。工甫竣，余調任天津，未遑紀之也。

越四年，復宰是邑，偕斯土之父老子弟，復覩所謂焕然壯觀者。而講彰癉修悖之義於斯廟，俾吾民之循循於法紀彝倫之中，修五教，親九族，以致其禋祀。而享年豐，降福之休，洵非偶然也。

或問於余曰：『鬼神於人，何與乎？冥司之説，信何如也？』余曰：『噫！子不知鬼神獨不觀之人乎？天地之大也，人與鬼神共居之；天下之人之紛紛也，亦人與鬼神共治之。先王之以神道設教也，非以誣民也。風雲雷雨屬之天，而有司之者矣；山岳川瀆屬之地，而有主之者矣。司之於天者，稱以師焉；主之於地者，視以公侯焉。公侯稟天子之命，以治於明；鬼神亦稟天地之命，以治於幽。欲天下之無治，不可得也。後世守土日增，政令日繁，於是有郡州縣之官焉，即有郡州縣之神焉。郡州縣之官，稟天子命，以治於明；郡州縣之神，亦稟天地之命，以治於幽。欲天下之無治，不可得也。然則城隍之神何據乎？曰，有其邑，則有城有隍；有城隍，即有城隍之神。亦猶有其地，則有其邑；有其邑，則有其官。鬼神，因人而有者也。今余之新斯廟，非獨以神道設教也，亦以爲宰是邑者之宜聰明正直而壹者也。邑宰稟天子命，以治於明；城隍亦稟天地之命，以治於幽。欲斯邑之無治，不可得也。』

曰：『後世稗官異史，言城隍之神，有可以人爲者。有補有調，有署篆，皆鑿鑿可據，其信然乎？』曰：『此儒者不必言，而傳説言之有其理，則有其事。信之於理，即信之於事可也；信之於明，即信之於幽可也。』因或之問，并論之，且書之碑，俾知余之再至於此，復得與斯民之循循於法紀彝倫，更講明彰癉修悖之由，有以自信。而臻康和之福者，則亦洵非偶然也。

精闢酣暢，似蘇長公集中文字。紫峰。

得史公《禮》《樂》諸書序義，而文則宋儒議《禮》得意之筆。蔚亭。

重修束鹿縣慈雲寺碑記

束鹿城市鄉鎮，道釋之宫，以累百數，而廣福、慈雲爲之冠。廣福寺在縣治北三十里之王封村，建於康熙三年，崇閎巨麗，規制恢宏，士女信向焉。慈雲則權輿於宋，直邑城南門内，原名大悲寺。明成化中，增建大悲閣，奉妥大士像，高六丈餘，邑志所云『佛閣晚鐘』即此。國朝乾隆二十六年，前令李君文耀復捐金修葺，改名『慈雲』，其規制與廣福埒。邇者三十餘年，風雨剥蝕，殿閣垣墉，傾圮殆盡，寒煙敗草，瓦礫盈階，栖鳥雀而牧馬牛者久矣。

余戊申歲履任後，過其地，顧而嘆息，即有意修復，以學宫、城隍廟工未訖，不遑而止。甲寅再涖兹土，幸年穀屢豐，河流順軌，因捐俸爲邑人倡，而邑人亦醵金左右之。遂鳩材召匠，諏日重修，屬邑紳張君嗣房董其役。凡像設之陊剥者，榱桷之蠧敗者，土石之頽者泐者，靡不新之。又增建配殿三楹，客堂六楹。佗若栖禪之所，演法之堂，旁及齋寮廚庫之屬，大細略備。修除黝堊，莲金設色，凡九閲月而告厥成。

於是煥若改觀，而廣福之崇閎巨麗，視此不逮矣。邑紳士因請曰：『是不可無文以紀其事。』

余曰：『是役也，豈惟是惑於施報，種福田，祈福利云爾哉！蓋有會於慈雲之説，而以爲吾民也。聞之「如來慈心，如彼大雲，蔭注世界」。揆其旨，亦欲世之士女，胥爲善良而已。今寺雖在闤闠中，市廛賈區，鱗次櫛比，無山水之勝，如保定之靈雨，正定之隆興，足爲士大夫遊覽。然而鐘鼓魚版，梵唄悠長，日在庸俗耳目間。或藉以警其媮惰，激發其齋心，以向善不倦，將如來之蔭注在此；而余慈惠斯民之心，亦在此矣。』爰敘其興修本末，俾刻諸石，其捐貲姓氏，則列於碑陰云。

讀此文，其殆『法雨起於悲心，慈雲飛由觸石』之謂矣。裴顯相讀。

有其心，行其事，公一舉而神人胥安。文亦雍容婉暢，藹如其言。侄梁惠祖讀。

重修康王廟記

北閘之有康王廟也，舊傳香爐自空中飛來，因祀之，虛誕不足信。然神靈顯應，闔坊之崇奉也久矣。自乾隆八年，吾祖菊亭公暨里中耆舊修建後，迄今五十年，風雨剥蝕，日就傾圮。且規模狹隘，不足以肅觀瞻，即無以顯威靈。

余以宦遊，離鄉一紀，供奉久缺。壬子夏，以守制歸來，瞻拜之餘，即存修建之意。會同里舊好，以改造相商，遂薄捐百兩爲創，而吾宗及里中諸公，亦踴躍捐輸，匝月而工成，神之靈也。因記顛末，俾後之繼修者有考焉。

辭達而止，亦見斟酌。魚山。

濮陽策蹇圖記

乾隆丁未春，余攝清豐宰，奉檄濬長垣之陶北河，直達山左菏澤境。率役夫千人，眠食河干，兩閱月始蕆事。歸途值大雨泥濘，車不能進，僮僕留視行李，余携一役乘馬行。馬跛，遂策蹇驢，着芒鞋，戴草笠，取道濮州，遇逆旅人滿，與負販者同宿簷下。僻道無旅店，於荒村市餅以食，三日始達清豐，得得入城。至大堂下，隸役呵止，余不顧，直入内署，署中人見之駭然，審視，乃相與圍繞匿笑。余盥洗畢，攬鏡自照，亦不識爲故吾矣，因成絶句一首。庚戌於津門，倩沈君延年寫照，黄君吟川補圖，以志于役之苦云。

雲上風疏，情景如繪。視孟襄陽灞陵橋上，別具風流。樂善注。

改建大宗祠碑

北河之宗祠，先爲曾祖健菴公建也。公生三子，析産時，以歸德鄉數百石租田，營造宗祠。餘爲祀田，三房分管，收息祭祀。方行十餘年，而衆議欲棄遠就近，分售後，竟不能再置。

符亦以遊宦，久不家食。壬子夏，以憂歸里，謁祖之餘，省視祠中屋舍，多就傾圮。詢悉無田不祭者，已十餘年，不勝悚愧。竊思祖宗之賴有子孫者何爲哉！若子孫俱貧乏不能自存，使祖宗祭祀缺供者，無論已。乃族中衣食稍足者有人，身登仕版者有人，此皆祖宗積累之貽，竟使春秋失祀，不能食子孫之報，爲子孫者，何以爲心哉！且爲人子孫，不能報其祖宗，而轉欲食子孫之報，有是理乎？符爲此懼。

伏念幸膺一命之榮，實承數世之澤，木本水源，敢忘所自！極思大建祠宇，廣置祀田。但力尚有待，先捐薄資，將正廳拆蓋重新，左右增設廂房四楹，偏室二所，及二門、大門磚墻。復捐出祀田若干，爲春秋上祭及上冢之費。雖息微不足以給用，然略引其端，族中之有力而敬祖者，尚大有人也。

又思吾始祖自閩來廉，垂二百八十餘年，傳十三世，而五世以前，俱單傳遞。喬谷公始生六子，復有兩支絶嗣。今四支子孫，不下數百人，在吾廉亦稱巨族。乃始祖至六世，厥無宗祠，所以同族遠支，竟有慶吊不通者，甚非親親之義也。且《禮》有大宗，而後有小宗，爰與合族尊長公議，改爲喬谷公宗祠。凡所同出子孫，皆得入祀，敬祖先，亦以聯宗族。自兹以往，雖千萬億子孫，皆知本一人之身所出，而孝弟之心，可以油然生矣。今修建工竣，謹誌顛末，并勒祠規於壁。

事自可傳，文亦相稱。魚山。

朗然明白。字句外，自惻惻動人。蔚亭。

敦本聯族，其所望於孝子慈孫者，悉是現身説法。此余親見其事，故深服其文。賴翕亭。

從兄德盛墓碑

余少從兄德盛五歲，自束髮受書及出就外傅，前後十餘年，俱受提携，共風雨，未嘗朝夕離也。歲丙申，余叨選拔，兄亦於是年試郡庠優等，補增廣生。時余計偕入都廷試，兄慨然曰：『吾與弟幼相依，俱有遠志，今獨看弟翩翩北上也。』

己亥，余校書館局假旋，而兄已遘瘵疾，卧牀褥。余視之，自知不起，執余手曰：『生死數也。吾之得見吾弟，死無憾矣。惟親老子幼，不能盡子道父道，又未能以文章報國，遽至於此，此不能無憾耳！』相與欷歔流涕不已。尋卒，尚在殯，而余復匆匆還都，每以遠行不得爲兄卜兆，且痛且愧。

越十餘年，余任天津，以母憂奉櫬歸里。撑塋至青山嶺，弟姪輩指坏土爲兄墓，泣拜之餘，視墓木已拱，而碑碣未豎。急歸，謂姪占香曰：『墓碑者，所以記名代，垂久遠也。墓而無碑，日久雖子孫亦不知其祖、父矣。』占香瞿然，遂覓石，請余爲志。嗚呼！吾幼與兄同術業，同甘苦，壯不得與同遊。歸而兄且卒，又不獲執紼以葬，念臨終之言，悲痛在心。今十餘年，始得識兄墓而拜之，且誌焉。兄其有知，宜亦可以少慰也已。

兄諱蔚清，字德盛，二伯父煥軒公四子也。性孝友。少穎悟，艱於童子試，年二十七，始補弟子員。三十補增廣生，連試棘闈不售，志益鋭。生平敦士行，不干外事。善制藝，精書法，與三兄邑廩德潤，俱有文名。年僅逾壯，遽捐館舍，聞者惜焉。銘曰：

有水長碧，有山長青。鬱鬱佳宅，以妥文章之靈。

纏綿往復，文外有神。魚山。

情真語摯，不減古人。奇圖識。

至性語不多，讀之令人淚下。郭書城。

只信筆敘來，多少悲痛，斯爲至文。張峰青。

觀此，可以知其人之性情，文固不可以僞爲也。紫峰。

【校】張峰青，底本誤作『張青峰』。

吴太姻翁肇烈墓志

公諱成周，字肇烈，彦純公次子也。天資潁悟，至性過人。英年補弟子員，屢躓棘闈，遂肆志山水間，以讀書課子自娱。生平砥節勵行，直道正辭，交不諂上，愛不瀆下。其處閭黨間，不苟阿附，然遇疾苦災難，多方調護，不惜捐貲以周恤之。居親喪，克盡禮節，昆季友愛，至老不衰，居恒未嘗議分財産。

嗚呼，以余觀世人，平居出入里巷，飲食游戲，相與極歡。及遇小厄，輒掉臂不顧，此趨利忘義之徒，固無足論。若夫自負士君子之行，睦婣任恤，共人之樂，分人之憂，鄉黨嘖嘖稱道。至家庭骨肉之間，重田産，私馬牛，因小利自相戕賊，弗念天顯誼，伊獨何哉！如公之行誼，可謂難矣。公長君聲魯，娶余次姊，余屬葭莩子弟，素奉典型。會自北旋，公已長逝，因聲魯屬余爲志，因略述其梗概焉。

感喟淋漓，動與古會。魚山。

較昌黎、柳子厚墓銘，簡峭而味更腴。蔚亭。

【校】《海門文鈔》「弗念」二句，作「弗念友于誼，抑又何哉」；「因聲魯」二句，作「因聲魯屬余爲墓志，略述其梗概焉」。

馮母陳太孺人墓志

予髫年試童子第一，而吾友正宇馮君越年試亦冠軍，俱出邑侯新息汪龍岡先生之門，相得甚懽。後從姪𥞊香娶正宇女，又屬婣婭，情愈篤，故備知先太翁守菴公積行勤施之報，與正宇名譽之立，皆陳太孺人助之勖之。

嗣予遊宦畿輔十餘年，及任天津時，丁吾母憂，於壬子夏奉櫬歸里，驚悉太孺人凶問。適正宇又排纘内行，屬爲墓志，符清讀其狀，而有感曰，河上之歌有云『同病相憐』，余與正宇之謂也。夫悲者不可以纍歔，憂者不可爲嘆息，聞正宇之哭其母，能無潸然承睞，以痛吾母乎！吾痛吾母，安可銜哀執筆而銘其母？然吾與正宇誼同昆弟，其母猶吾母，其又奚辭！

按，太孺人姓陳氏，儒士肇球公季女也。賦性温淑，勤儉寡言，精女紅，兼通書史。年二十，歸太翁守菴公。公少孤，未及事舅姑，而伉儷甚篤。庀内政，識大體，操井臼，潔供具，遇祭祀以虔，處妯娌以禮，太翁得無内顧焉。中年産三子，不育，力勸太翁娶張孺人爲副室，無猜忌心，尤人所難。張孺人生正宇，甫七齡，而太翁遽遘疾，太孺人日夜侍湯藥。及捐館舍，痛幾絶，欲自裁，忽圓光如斗，自梁墜，金光滿地，太孺人始悟先人之以遺孤託也。遂與張孺人黽勉家政，篝燈宿火，以課正宇，稍涉游戲，則督責不少假詞色。正宇弱冠即入膠庠，能以温良端謹稱於鄉里間，母之教也。

正宇成立時，太孺人已增置田産二百餘畝，且命焚宿券，以恤窮乏。務施與，以周鄉鄰，貽謀既遠，食報自長。所以壽享期頤，芝蘭秀茁。長孫翼早歲冠軍，蜚聲庠序，竚奪巍科，榮膺寵誥，有由然矣。以予所悉太孺人壼德懿行，尚不僅此，謹就其所較著者志之。銘曰：

順義之行，皎如星日。貞烈之操，堅如金石。山盤如環，水繞如織。以妥魂靈，佳城鬱鬱。積厚流光，以貽燕翼。

自出機杼，堪稱合作。魚山。

【校】賦性温淑，底本誤作『負性温淑』，據《海門文鈔》改。榮膺寵誥，《海門文鈔》作『榮光泉壤』。

從嫂謝孺人墓誌

嫂姓謝氏，伯父煥軒公長子德明兄之元配也。子雨香、杏香，隨余任久。嘉慶己未冬，恭遇覃恩，應得東鹿縣知縣封典，貤贈煥軒公並伯母林孺人，以申猶子之誼，將遣雨香齎勅命，歸告於墓。時杏香投効河工，議敘分發東河，前在工所丁嫂氏艱，不克歸。今同雨香歸里終制，嫂先葬，未樹碣，請余誌之。嗚呼，余於嫂氏內行，悉之詳矣。

昔先大夫與煥軒公同居舊宅，余方髫齡，時依嫂氏左右。嘗語人曰：『小叔器宇不凡，異日必亢宗也。』嗣余以選貢計偕入都，校書館局。癸卯登京兆賢書，出宰畿輔，嫂聞之色喜，以爲前言不謬。壬子夏，余奉母諱歸里，十餘年始得相見，嫂年逾五十，猶康健，喜慰特甚。余復官直北，戊午歲，突聞嫂氏凶問，驚悼之餘，回憶疇昔愛重之意，不覺涕泗之橫集也。嗚呼，嫂長辭人世矣，音容不可再見！而壼德懿行，卓然可傳，即非姪輩之請，余亦何能已於言哉！

按，嫂氏家世，爲福建福州巨族。父黄聖公，官碣石營都司。性端静，嫻女訓，年十七于歸，伉儷殊篤。事翁姑孝，處娣姒和，族鄰咸重之無間言。越數年，林孺人卒，時德明兄居長，諸兄皆未成立。煥軒公以家事繁，不暇顧，賴嫂氏調護鞠養，相依如得母也。迨煥軒公繼娶章孺人，事之謹，人以爲難。

癸巳，兄以疾棄世，子女俱幼，呼號動天，欲以身殉。章孺人慰之曰：『爾從夫泉壤，畢乃志，其如若翁年衰及諸孤何！』遂抆淚治喪，葬畢獨處一室，訓諸子嚴，主持家政，權出入，賴以小康。辛丑，煥軒公即世，盡哀盡禮。歲丁巳六月，章孺人疾革，嫂屢遭大故，哀慟過深，而心血盡矣，遂於是冬遽攖篤疾不起。嗚呼！嫂氏苦節數十年，方以含飴弄孫，登耄耋期頤，今遽至於此，冥冥彼蒼，誠不可問矣。然杳香姪以少年膺一命，或從此騰驤仕路，以顯揚嫂氏之隱德，未可知也。銘曰：

鬱鬱佳城，青青松檉。猗嗟淑人，存順歿寧。百世千秋，皆曰此李氏賢母之貞塋。

不惟有昌黎之筆，亦幾類孟縣之事矣。宿塘。

懇惻動人，委婉詳明處，極似廬陵。愚侄梁惠祖拜讀。

書張王墟吴氏兄弟搏虎事

吾邑張王墟，多大岡複嶺，地幽阻，産介獸，居民掘土取之。乾隆己丑歲，吴氏兄弟仲叔季持器入山，發未及穴，虎突至，搏仲，齧其肩，口半張。叔以鋤擣其喉，鋤柄短，手入虎口，虎齧手，叔踣。季惶，急挺鍬柄，連擊虎背，骨折弗能奮。季益力疾擊，鍬柄折，虎伏地吼，震林木。季力竭，手柄喘虎旁，仲叔負痛匍匐號。村人糾衆趨視，見季與虎交困，前搏虎，虎驚起，血淋漓，踉蹌曳尾遁叢莽中。會日暮，衆莫能踪，舁季歸。後數日，邑侯汪公龍岡過其地，召視創，且詢人虎相搏狀，感其篤兄弟義，給貲療之，復免其徭役焉。

《記》曰：『兄弟之讐，不反兵而鬬。』吴氏子不事詩書，值倉猝變，能併力以鬬猛戾之獸。虎雖兇，亦摧折，威弗逞，正合不反兵之義，所謂『人性皆善』，『率性謂道』者以此。嗟夫，軀命與人世間一切外物孰重？兄弟急難，捐軀不顧，草莽椎魯者能之。或以外物而骨肉相殘賊夷傷，弗念天顯誼，伊獨何哉！豈嗜欲之毒人心，顧慘于於菟耶！

敘事能使真性情躍然紙上，樹義能令大道理溢於楮間。裴宿塘。

敘次處，情致如生。後段醲郁古厚，直入西京。樂善注。

觸手生春，煞有關係。抑揚感嘆，妙得絃外之音。張峰青。

儁傑廉悍，妙用斂筆，後半與張南邨《萬夫雄打虎傳》，意匠相似，而遒緊過之。陳瑚海。

前段寫虎寫仲，寫叔寫季，寫村人一時擾亂，震動山谷。而情事歷歷，如在目前，直與《史記》荆軻刺秦王事同妙。乃在海門，不過提筆直走耳，怪哉！傅東溪。

此余弱冠時讀書邑署，汪龍岡師爲余言者，迄今三十年矣。曉起海棠初開，招宿塘農部、秋雯編修，過植棠院小酌，偶談及此，遂援筆書之，以告世之爲兄弟者。戊午三月上巳，符清記。

段段安閑，此有運斤本領，不徒以下字酌斟爲能。弟三晉注。

【校】相殘賊，底本誤作『相戕賊』，據《海門文鈔》改。《海門文選》『骨折弗能奮』作『虎骨折弗能奮』，『裴宿塘』作『伊墨卿』，『樂善注』作『康夢雲』，『張峰青』作『熊夢菴』，『陳瑚海』作『王心言』，『傅東溪』作『馮魚山』，『弟三晉注』作『蔡省甫』。

寶坻尹楊米人不易居詩集跋

楊君米人八歲能詩，有『寒月隱梨花，輕風落香雪』之句，人比之王桐花。年方冠，朱笥河先生按試桐城，賦『鷺翥則露』詩，有『此中天似水，昨夜月初明』之句，亟賞爲得唐賢三昧。及壯遊南北，與名士夫倡和，才名噪甚，二十三歲，刻《衍波亭初稿》二卷。嗣筮仕畿輔，與余及杜梅溪、倪樸園諸同人，爲風塵中文字交，而與余誼尤篤。

憶壬子春，余將還嶺南。時王鎮之觀察招米人，同家介夫編修集寶昌書室，爲余祖行，相與即席賦七言長句，竟達旦，余遂爲愴悢出東門去，其交情可想見也。此鈔迺初稿以後，至未仕以前作，吾師覃溪先生序之，極爲推許，雖近舉漁洋，而意不執乎是。蓋漁洋得唐賢三昧者也，以米人之能瓣香漁洋，實米人之能瓣香唐賢也。米人其與漁洋並傳不朽哉！

米人詩故自可傳，斯文亦相得益彰矣。魚山。

雅而雋，在集中另一體。蔚亭。

【校】文題，《海門文鈔》無『寶坻尹』三字。

楊米人考具詩跋

考之具有二。具於内者，經史子集是也；具於外者，册中所詠是也。無内具者不必考，無外具者不能考。米人具淹博之才，屢考不售，何也？爲此詩者，其有感耶？余應考二十年，一行作吏，此具遂廢，然每讀是册，未嘗不怦怦動也。其即米人作詩之意歟？

簡勁中自饒頓宕之致，極小品能事矣。賴翕亭。

跋後作跋，始知筆弱；考後言考，愈覺具難。裴宿塘。

米人都門竹枝詞跋

歐陽文忠公詩云：『大哉滄海何茫茫，天地百寶皆中藏！』京都人海也，無人不有，無物不有，無事不有。其大與海同，然非才大如海者，不能狀之。米人《竹枝》百首，凡京都之人之物之事，無不曲繪其狀，其才大也。昔漢班固、張衡皆賦都邑，唐李庾亦有兩都之賦，然閎深艱鉅，何若米人以雄奇之筆，寫俚俗之詞爲近人耶？古人有云：『以世眼觀，無真不俗；以法眼觀，無俗不真。』知言哉！

立言有物，此所以佳。白華先生。

不能以官樣文章，發揮藻麗，至以諧語出之，負此海多矣。得此跋，可與觀海。楊瑛昶注。

包一切，掃一切，經籍之光，流於既溢。受業沈樂善謹識。

學海文江，得心應手。裴宿塘。

納須彌於芥子，尺幅中包孕無窮。張峰青。

【校】文題『米人』，《海門文鈔》《海門文選》作『楊米人』。《海門文選》，文後有評語：『皆口頭語，一經拈出，遂成奇文，《退之集》中每有之。白華先生』；『其氣甚雄直，亦饒遠情，尺幅具千里之勢。倪樸園』。

書烏家莊事

余別業在烏家莊。乾隆辛卯，余籍諸生，方弱冠，營先君墓田於莊側。佃户劉某逋莊租懼逐，毒其母以誣。既而以爲母自毒寢，官令葬，劉兄弟舁之山，白日忽黑雲起，雷轟然，棄鋤踉蹌歸。如是者再，不敢葬，暴骸骨。劉猶據莊，忽火，僅存四壁，欲營，復微雨，傾如平地。劉無依，徙他所。其子樵，爲虎所噬，虎繼至其家，攫弟以去。居山隈，溪水暴漲，劉夫婦眷口悉淹没。嗚呼，劉知毒母以害人，孰意雷監其上，虎伺其旁，水火蕩其居，父子兄弟死無噍類，而於人不能害也，可畏也哉！

咄咄怪，足以儆世。吴白華先生。

文不過百餘字，而事之曲折畢繪，是寢食《史》《漢》者。裴宿塘。

寂寥短篇，噴薄極大。弟三晉注。

事奇文亦奇，《柳州集》中得意之筆。樂善識。

提筆以『逋莊租』十字立案，陡健古峭，左氏家法。以下忽雷忽火忽雨，忽虎噬，忽水毙，凡五轉，筆筆靈變，字字遒古。入後一段，如『群山萬壑赴荆門』，純是韓、歐氣息，言有盡而意無窮。張峰青。

敘次處光怪陸離，奪人心目。末段一結，如萬壑朝宗，猶具奔騰澎湃之勢。受業楊天敘謹識。

書左傳節録後

李仲子曰，嗟乎！淫亂之國，敗亡何速也，著於《春秋》者，可覩矣。君臣父子之間，其禍尤烈哉！撿録於篇，俾覽者懲焉。

史公小贊。張石徛。

一部《東萊博議》，不可無此斷制語，蓋《春秋》微旨也。蔚亭。

海門經義

海門經義序

翁方綱

予與海内士大夫劘切論文，自廣東始。時予年甫及壯，負軒軒不苟許可之氣，舉所夙聞於前輩者，一旦而盡欲發抒之。若坊間一切高頭講義，時墨揣摩之習，大聲疾呼，嚴切禁戒。爾時不無苦其苛者，今追憶之，亦未嘗不自謂鄰於過甚也。

厥後從事校讐者數年，遍讀從前未見之書，益與通儒樸學，上下其議論，而終以制舉義爲難之難者。蓋此事根柢經訓，融會古文義法，而教人自爲，勿詭勿襲，心之精微，筆所不能傳也。既而于役大江，東西往復，屈指前後所得工文之士，如曩時震澤曹子、金谿周子、蠡吾徐子者，皆嘗共几商訂，析其分寸豪釐。顧欲選定其文爲之序，而皆不可得矣。

今年春，始得快讀合浦李子載園之文，切理饜心，期無負於題事，颯颯乎斯可謂之文也。自予按試廉郡時，識李子於髫年。及予典京兆試，而李子復以經義獲儁，然猶未能盡識其平日精詣，至於如此。乃使予三十餘年來，篋中感舊之思，尚論先民之愫，仍於當時手植之林遇之。江船之詠，榕陰之夢，胥來叩節，淵淵作金石聲。將懸國門之金，召劂氏而進有屬焉，吾不能不竚望於欽州馮子之詩矣。乾隆五十九年，歲在甲寅夏四月望前二日，北平友人翁方綱書。

海門經義

合浦李符清仲節甫著

詩云於戲前王不忘一節

引《詩》而原不忘之由，前王之於民深矣。蓋前王之親賢樂利，新民極功也，雖欲忘之，夫安得而忘之！傳者引之，以爲民者與國家相爲終始者也。

我有民而我新之，而新之事適至如是而止，不知新之道非至如是而止也。意必有與斯民相浹於無窮者乎，則我周之隆乎？夫后稷始基靖民，十五王而平之，十六王而居之，至於嗣王即政，列辟駿奔，而文、武亦既没矣。於是美盛德之形容，告成功於天下，而終之曰：『於戲，前王不忘。』何其長言詠嘆，而予人以無盡之思也！怙冒之德，身被者式歌且舞矣。

顧前王不忘者，則固時之已可忘，而因重而誌之者也，此豈徒頌孔邇，紀永清之所能畢其説乎？忠孝之思，對越者愀然如見矣。顧前王不忘者，則非人之自不忘，而特上而本之者也，又豈徒思居處，接形聲之所能盡其義乎！則意所謂新民之極者，其在此乎？

且夫前王至今日，幾何年矣，其間之君子小人，亦不知歷幾傳矣。而上焉得其道，依然開國而承家也，禮樂仍豐、鎬之遺，本支皆磐石之固，誰爲爲之，而賢焉親焉如此。下焉得其欲，依然沐浴而咏歌也，日用安耕鑿之質，農桑裕衣食之源，孰爲致之，而利焉樂焉如此？封建井田，皆前世已行之陳迹，而運以緝熙執競之精意，則窮變通久，即尋常之河山疆理，而皆有不敝之精神。則夫飲和食德之各得其所者，豈能昧其所由來也！盛衰隆替，皆國家氣運所必經，而賴此神宗聖祖之留貽，則淳固敦龐，即消磨於夷厲宣幽，而猶是太平之日月。則當日之覲光揚烈，而致其繹思者，其鼓舞又當何如也！

蓋其量十世，其量百世，道法著爲治法，第云淪肌浹髓，猶屬當年感化之常。故卜世三十，卜年七百，天命應乎人事，乃知一道同風，未盡人主藏身之固。古之君子，其不苟於民如此也，後之新民者，亦可知所用矣。

淳意發爲高文，浸淫於漢魏者既深，乃得有此恬腴穠郁之氣。管韞山先生。

倚天拔地，仍的實不磨，制義必如此，乃爲有功經傳。裴宿塘同年。

氣味似劉克猷。蔣鈍菴太史。

員聲有力，振采欲飛。顔心齋同年。

沉浸濃郁，含英咀華，可與國初徐作并傳。王介堂太史。

注力末句，全以神運，沉浸濃郁，含咀不窮。洪稚存太史。

詠嘆淫泆，其味深長，得此乃與題句相稱。彭素村同年。

激而發之，鍊而存之，其古在氣息，不在字句，猶存正、嘉前輩風力。張葯房太史。

詠嘆末句，是歐陽記事得意之筆，正不徒以醲厚見長。家虛谷太史。

君子賢其賢而親其親小人樂其樂而利其利

制有可推，貽自前王者遠矣。夫賢親樂利，苟有未至，則君子小人，亦何必追念之！故惟前王爲止至善云。

嘗思創制有不易之程，而前人之所留，即後人之所守。守者之神專而確，留者之誼篤而尊，有合而相証之衡焉，非惟其迹存，其理亦豁矣。如前王，吾不及追其制也，而嘗於君子見之，於小人又見之。夫人身處卑賤，仰戴聖明。以爲吾愚也，吾疏也，非喻以禮焉不足賢，非優以胙焉不獲親；吾鬱也，吾艱也，非風以教焉鮮可樂，非均以業焉將安利！而環而待治於前王，患圖之而不衷諸道則誣，酬之而不綜其全則狹耳。

以今所傳，訓謨典物幾何書，侯伯子男幾何族，敦樸易良幾何俗，佃田宅里幾何經？舉而質諸前王，必有愀然於舊澤之幾湮，前徽之漸弛者，至善云乎哉！然而顧命猶陳大訓，宜民更念舊章，爭長特恃宗盟，稱師仍標賜履，繄誠何賢而何親？賓蜡時譜淳風，射飲備徵休運，授衣尚承遺令，力穡非遠先疇，繄誠孰樂而孰利？則燦燦聲靈，其謨烈顯承之軌乎？渺渺帶礪，其鎬、洛建樹之屏乎？曖曖村墟，其仁讓交歡之景乎？畇畇原隰，其芣苢薄采之觀乎？

君子曰：『舊有《典》，意可師也，維其賢。』小人曰：『昔有教，情可愜也，維其樂。』君子曰：『奠有邦，志相恤也，維其親。』小人曰：『畝有穫，酺相資也，維其利。』以是而思前王之貽茲於後也，理從格致而精，慮緣誠正而密，法良意遠，誼美恩明，有用極之模，有建中之準焉。所謂『新民止至善』者，其孰有加於此！

氣息深醇，風格猶上。王介堂。

古茂淵穆，宏我漢京。馮魚山先生。

奇古亮拔，兼李習之、孫可之兩家之勝。家紫峰同年。

盤旋四，其字不懈，而及於古。虚谷。

亦奇亦法，曠如奥如。汪雲壑先生。

只屈曲取四其字耳，古光靜穆，神采陸離，良由漢魏卷軸，淪肌浹髓之故也。張研溪先生。

識見大，格法古，神氣遠，《荆川集》中高格也。裴宿塘先生。

楚書曰

《傳》引《楚書》，將以証不外本之説也。夫楚豈知平天下者！而其書則合於平天下之説，故《傳》者繼《康誥》而引之。

嘗觀春秋時，列國之以《書》見者，亦不一矣。鄭人貽《書》而公壻質，晉人貽《書》而舊好絶，此非詞章之鑿鑿可覩乎！然作《書》而無裨於天下後世之人心，雖華夏之文章可略；作《書》而有關於國家政治之大道，雖荒服之詞令不可遺。論平天下者，所爲繼《康誥》而再述《楚書》也。

今夫楚，亦安得有《書》哉！疆土僻在荆蠻，久著膺懲於中夏。所以《尚書》記言，而藍縷篳路，未聞載諸簡編，可知猾夏不恭，鮮例其詞於典謨訓誥。諸姬盡爲蠶食，徒逞强悍於夷區。所以輶軒採取，而漢水方城，未嘗登諸篇什，可知南風不競，亦難列其編於《曹》《檜》《邶》《鄘》。雖然，莫謂楚無《書》也。昔者王孫圉聘於晉，趙簡子鳴玉以相，一時問答之詞，則有足述者。且夫《楚書》之作，非一朝一夕之故，其由來者漸矣。鬻熊爲王者師，而立説抒詞，尚可被流風於後裔。雖況夫重黎牲幣，君上日思禮賢；祈招德音，臣下亦勤補衮。薰蒸漸習，遂能矢正論以折服鄰封。雖周鼎有問，亦多不順之詞，而片語堪師，要難因人而並廢。莊、穆爲諸侯長，而戢戈櫜矢，久思馳文誥於中原。況夫軍中操縵，纍臣尚習乎南音；城下退師，司馬能明於大義。風流餘韻，遂能申緒語以屈懾名卿。雖徽號有請，恒來僭越之議，而一言中道，自堪節取以相參。而吾由是嘆楚之僅有是《書》也。

蹊田之牛可奪，鄭伯之羊可牽，貪戾爲心，惛然莫省。吾恐行人應對，幾難泯習見而著嘉言，兹何壇坫敷陳，悉該要道也。柱下藏其遺文，國史載其良訓，而片言足録，實端得失好惡之原。子胥亡而莫留，郤宛戮而莫恤，老成見棄，感嘆殊深。吾恐使臣贈答，應難諱故事而善詞章，兹何數語應酬，動關治體也。訏謨昭於上國，嘉訓紀於荆邦，而臚言以稽，實握治亂安危之本。試述其詞，以爲平天下者，不外本而内末之一証。

藻采紛綸，而緯以清思，運以灝氣，故爾卓然名貴。蔣鈍菴。

風華掩映，有筆有書。鄧懋堂夫子。

題無剩義，筆有餘妍。顔心齋。

幽燕老將，忽變爲裙屐少年，乃知文人不專一家。周紱堂。

運用盲左，彩色絢熳，妙與章旨大有關會，絶非漫買胭脂。何數峰。

色難有事弟子服其勞有酒食先生饌

以色言孝，當不僅作勞養觀也。夫色於何生，以之爲難，世固尚有勞與養之説焉，子且欲與並參之。

且人子事親，大抵皆不願爲其難焉者，即親亦不盡責之以所難。顧所樂窺於其子之處，又每不可以易言，則凡子之所効，與子之所奉，其數亦略可稽也。子問孝，其知人有常儀乎哉，抑亦别有深情矣。

夫人之情，根於心而即生於色。摘人子之心而問焉，曰：『爾宜若之何？』彼有是心而曰然，彼非有是心而亦曰然，心轉不難矣。然周旋左右，而一堂和順之氣，獨藹然其可親，則内非强持，外無矯飾，此際之呈露匪虚也。執人子之色而喻焉，曰：『爾宜若之何？』彼有是色而可爲是色，彼未有是色而亦可爲是色，色仍不難矣。然婉轉庭除，而寸衷流播之私，獨盎然其可掬，則莫爲而爲，莫致而致，此中之藴蓄方深也。嗚呼，兹非其難者哉！

顧色則非第以色見也，色在而操几杖以從，奉槃匜以進，爾顔之和悦，時形於奉令承命之餘。色在而醴羹惟其所欲，膳飲必周於游，爾止之懌怡，時呈於籩豆几席之下。蓋當其勞也，而勞有色焉；當其養也，而養有色焉，亦孰非其難焉者。然而世固亦有是勞也，曰耕山漁澤，其齋夔底豫之基乎！而吾且爲効其餘力以從焉，則載驟載馳，亦謹循乎父召無諾之節。而世且亦有是養也，曰察貳廉空，其視聽形聲之準乎？而吾且爲具兹備物以進焉，則一飯再飯，亦幾篤於潔爾晨羞之文，非所謂『有事弟子服其勞，有酒食先生饌』者耶？

夫商嘗學《詩》矣，『楊柳』『雨雪』之馳驅，聞以稱簡書之藎臣，不聞以稱瞻依之令子；『釃酒』『乾餱』之陳列，聞以滋友生之懽樂，不聞以滋二人之宴衎。蓋所謂色者在是而不在是也，孝亦爲其難者而已。

上句固須實發，下二句却自貶斥不得，一着議論，便侵題界，且併於理有碍。文之接搆融洽，曲盡匠心，筆筆具有凌雲之氣，尤覺飛舞不群。魚山。

章法天妙，抒軸予懷，而悱惻至性，時流露於筆端，所謂『仁義之言藹如也』。治弟高喆讀。

不難於發揮上句，難於安頓下截，文之斟酌，至盡其妙，而篤摯纏綿，令人味之無極，則又不僅關乎學也。姪景韓識。

深曲有味，可以觸發性情，用法之工，猶其末也。紫峰。

結構具見匠心，而全體渾成，絶非俗手。鈎挽斡旋之法，知其腕力已造古人。虛谷。

用法而不爲法，用虛實鈎貫，備極自然。張研溪。

前評曲盡其妙。介堂。

每作文苦無所入，如坐卧此文三日夜，遇題便得罅隙，存此以磨鈍根。君至性過人，故語語從肺腑中流出，讀其文，則知其人矣。宿塘。

哀公問曰何爲則民服一節

欲服民者，正乎其爲君而已。蓋賞慶刑威之謂君，舉錯之際，固民所視爲向背也，可不謹與？且治民而無以服其心，則雖欲行一事而不能。

夫民非皆賢人君子也。而其心之不期而同然者，自非聖明之至，常無以要乎其當，夫是以治之易而服之難。哀公問服民，而子以舉錯之説進，舉錯者，君所自爲之事也。其恩怨得失，尚未即及於民，而以爲民之服不服由之，何也？是非之公，人主所與天下共之者也。

顧直枉之實，爲人主者，日接於愛憎毁譽之變，有貿亂不能自見者矣，而民何與焉！直則知直，枉則知枉，權所不屬，則蒙蔽之端不至，而其見真。直枉之分，爲人主者，牽制於親疏遠近之勢，有顛倒不能自主者矣，而民何私焉！直則欲舉，枉則欲錯，中無偏主，則適莫之念不生，而其情正。而有如上已從而舉之也，已從而錯之也。

佑賢黜惡，我自行其鑒識之素，非相爲謀，而民已快然於我后之明，明則服矣。揚清激濁，我自審乎臨馭之宜，非相爲賜，而民已曉然於朝廷之公，公則服矣。不然，而賢否一淆，乖違立致。謂民之愚之可以名實眩也，而不知其情之萬無或爽也。謂民之賤之不關黜陟事也，而不知其情之刻與相繫也，則斷斷其不服也。

秉彝好德之性，雖叔季之亂不能亡，而三代直道之真，雖君上之威不能奪。是以古之君子，爵人與衆共，刑人與衆棄，不以舉錯爲一人之私，而絜其矩於輿情。窮理以致知，慎德以去蔽，不以舉錯爲一日之事，而原其道於學問。夫然後好民所好，惡民所惡，有以大服天下之心也。

一篇正、嘉文字，如諸理齋、傅錦泉之頡頏乎震川者。管韞山。

融會精理，而以淳樸之氣出之，深得兩漢胎息。張葯房。

氣味深醇，賈疏董策。王鎮之先生。

去膚存液，煉氣歸神，得此等文，懸之爲式，定可轉移風會。王介堂。

無一筆不抉題之髓，後四行尤補題之腦矣。格高氣古，所不待言。温篔坡。

讀得書多，養得氣熟，探喉而出，動關要義。紫峰。

根源盛大，極渾灝，極沉實。使張南城見之，尚當擱筆，何況餘子！虛谷。

井底蛙猶能窺井，海上鷗乃無自測水矣。此則翱翔千仞，遠而無所止極。枕中秘隆、萬者，仰而視之，曰『子無乃稱』。裴宿塘。

浩浩落落，胎息於古人。後更如探源宿海，俯視積石、龍門，皆下流矣。大士先生集中短篇，每有此意境。彭素村。

巧笑倩兮美目盼兮素以爲絢兮

賢者具述《逸詩》，有不忘素絢之詞焉。夫笑倩目盼，言夫素也，而即以爲絢，子夏所爲記憶不忘耳。以爲儒者讀書，固不必牽義拘文；而詩人賦物，亦間有因辭害意。蓋《詩》以言志也，志之所指，則永歌之；永歌之不足，則引而伸之，旁而通之。要使詞之所寄者，兩相需而不相悖，兩相判而不相淆，其大較也。乃商嘗讀《逸詩》，而竊有述焉。

曰『巧笑倩兮，美目盼兮』。夫『倩』『盼』者，以云『素』也，笑不期於巧而自巧，目不期於美而自美，得於天者，本無假借矣。擬之曰『倩』曰『盼』，形求惟肖，如遇不雕不琢之真焉。口無意於倩，而笑呈之；目無意於盼，而美肖之。成於質者，本無緣飾矣。稱之曰『巧』曰『美』，寫物惟工，如見闇然淡然之質焉。

《詩》言『素』則誠『素』矣，然『素』之所資者，非所謂『絢』也乎？夫有『素』無『絢』，何由相得而益彰！爲『素』爲『絢』，斯能分形而各著，所謂兩相需而不相悖，兩相判而不相淆者此也。乃《詩》則合『倩』『盼』而連詠之，曰『素以爲絢兮』。

夫清揚婉孌，言『素』而專言『素』也；朱幩翟茀，言『絢』而專言『絢』也。而《詩》則若以『絢』即根夫『素』，而『素』即該夫『絢』，合錯出之形，而渾而同之，其詞固已章章矣。衣錦褧衣，言『絢』而兼言『素』也；顔如渥丹，言『素』而借言『絢』也。乃《詩》若以『素』也而『絢』目之，『絢』也而『素』統之，泯分著之象，而比而合之，其言已鑿鑿矣。

商嘗三復之，即其文以求其意，而意以弗貫也；即其意以觀其文，而文轉弗屬也。夫子其謂之何？

氣機活潑，格局井井。題甚難，似此足稱佳搆。馮魚山先生。

述而弗斷。下『何謂也』三字，留得住。馮琅圃先生。

空靈藴藉，如羚羊掛角，香象渡河，有神無跡。王介堂先生。

不粘不脱，匡鼎説《詩》。虚谷同年。

最是語氣難留得住。似此輕行浮彈，不落重墨，官知止而神欲行，具見良工心苦。張芥舟同年。

直提『素』字，直落『素』字，兩筆不特急清題界，亦且盡掃蕪詞。餘只淡淡寫來，而卜氏疑誤之情，固已如繪。錢裴山同年。

靠實發揮，使全章神理軒豁呈露。而語氣渾然，於題位不溢一絲，故是大家神力。裴宿塘同年。

季文子三思而後行子聞之曰再

思苟必宜於三也，則再反嫌其疏矣。夫文子以善思聞，而何并以三思聞也？子示之以再，非欲借以定思之準哉！且天下事，未有不以謀先焉，而可與訂厥成者。故軍國之圖，有與俱立，而惟善謀之人爲特傳。士君子溯往蹟而追前模，正未嘗不欲參以議，而略示以就裁之説也。

今夫人有不曰『如之何，如之何』者，夫子已早心憂之，而欲人之篤於思也久矣。然思之形無從見，而思之用亦無與程。思兼三王，以施四事，於元公有聞焉！乃人不及踵其行，亦並不及按其思，而其思之精且密者，卒莫之傳。以是知人情之貿貿而行也，亦多緣以不思之故，顧所傳則又在思矣。思何以見，曰『以行見』；行何以思見，曰『以三思而後行見』。夫其行維何，其思維何，豈無可據實以相參者！而乃第渾舉而稱之，若事猶歷歷如在其目中，情猶耿耿，欲質於當境，無他，事邇則人樂以迹相附，時近則人因以賢相高，如季文子是其人也。雖子之聞之，能獨不以爲善思者哉！

然以文子爲善思，而文子見；以善思爲必若文子，而善思者或不見。何也？人盡不思，而文子乃獨思焉，宜文子之以思傳也。人盡宜思，而必欲若文子之三思焉，豈傳其思者之特以三聞也，而子乃瞿然矣。從其思以言思，雖百思而可，僅該之以三；對乎不思而言思，即一思而可，即進之以再。其初思之而曰思，其轉思之而曰再；其略思之而曰思，其精思之而曰再。思之不專，而或不必其再思之不審，而亦或不必其再也。言思而至於再，其若文子之三思乎哉！其不必盡若文子之三思乎哉！夫子雖非必執是以咎文子之三思，而求肖乎文子之三思者，亦寧曰不可！

題不能作斷語，文乃虛與委蛇，而全神悉在箇中，自是作家。原評。

靈境獨闢，清光大來。鈍菴。

夫子自爲不思者説法，不爲駁斥文子也。『三』字『再』字俱放活，妙極理解，讀者參之。魚山。

一氣噴薄，得意疾書，而於題位不差累黍，尤見運斤成風之妙。介堂。

吞吐『再』字，大河前横，不但思精，亦由語妙。虛谷。

如題散結，蕭然泊然，而立義精深，可補傳注。宿塘。

【校】大河前横，底本誤作『大阿前横』。

孟之反不伐

表魯大夫之不伐，欲爲居功者訓也。夫孟之反於清之一役，其功大矣，而夫子乃特以不伐表之，尤微矣哉！今夫濟國事以功，居功以讓，吾觀古今人臣非有功之難，有功而不自多其功之難；亦非不多其功之難，不多其功，而猶恐人之或知其功爲尤難。乃間考我魯近事，而得一人焉，曰孟之反。

今夫孟氏之族，視三家爲最微，微而忽乘以過人之目，則人必忌之。夫攖其忌者，非保家之道也。然因是而第以畏事爲避嫌，抑誕矣，惟有抑然自下之思而已。孟氏之先，又視三家爲多賢，賢而復承以得衆之形，則衆必附之。夫多所附者，非寧國之模也。然因是而竟以蹈危爲養晦，抑誣矣，貴有欿然自視之意而已。以觀之反，何如也？

然吾嘗遍考列邦之間，其有功而伐者多矣。鄢陵捷而功掩七人，平陰勝而鳴先二子，其詡詡自多者，無論已。即或深沉不露，而功名衆著之地，不能善自引退焉，則矜己之心，猶未泯也。石投人而欲賈餘勇，矢貫手而特標朱殷，其沾沾自喜者，更無論已。即或語言不肆，而勳勞相屬之頃，不能深自晦藏焉，則傲人之意，猶未化也。

若孟之反，則學問所不及推，而於功名之期，略覘其意旨，遍似讓能讓善，獨攝神明於淡泊明志之交。爵位所不及顯，而於樹立之迹，微會其形聲，祇覺若無若虛，獨消畛域於指顧驚人之目。夫晉文之入也，有不言禄者矣，然彼固猶有遺憾也，而不若早渾於當境者之爲深；齊搴之戰也，有能讓功者矣，然彼固祇以善後也，而不若獨結於寸衷者之爲粹。之反之不伐，吾於奔殿一事見之矣，不可爲有功者法乎！

筆力矯健，籠罩下意，立論不同泛響，且恰與之反身相合，更自細切不浮。魚山。

如此小題，亦以儒雅出之，諸葛名士，固應爾爾。紫峰。

落花無言，人淡如菊，文品最貴。虚谷。

緊切之反，又注定下文。不是他人之不伐，不是别事之不伐，此之謂『清真』。介堂。

一氣清空如話，可爲鈍根人疏瀹性靈。宿塘。

用之則行

期於行而即行，非第以行見也。夫道以行爲期，行以用爲决，謂將必一於行耶！語顔淵曰：『吾人之所共乘者，時耳。時未可乘，先時者，躁也；時既可乘，後時者，滯也。』蓋嘗思人生有一適意之遭焉，在人者爲用，在己者爲行。

用在人而用無定也，無定而忽有定，蓋將以啓人之行也；行在己而行有定也，有定而實無定，蓋亦以待時之用也。然而用固難言矣。虚文以招致，非用也。或者以舉國之政奉之，其斯爲用之乎？衆人以相畜，非用也。或者以三代之英待之，其斯爲用之乎？則怦然而動矣。

謂本無必行之意，而適逢其用，斯行焉，其行轉任人而不任己。世固有懷才欲試，即不用，而仍繫心於行者，是其於功名之途甚急也，而兹衹俟其用之自至也，其於行無心也，則瞿然而興矣。謂素有大行之志，而幸有可行，斯行焉，其行雖在人而亦在己。世固有知希爲貴，即見用，而猶高蹈不行者，是其於民物之懷甚恝也，而兹衹如其行之本願也，其於用適合也。

離乎其用以觀，方以用爲難必之期，而時當其用，則即以行應之，所謂樂則行之之義也；離乎其行以觀，亦以行爲難遂之事，而時當其行，則即於用決之，所謂可仕則仕之理也。何也？其用之則行者，即其舍之則藏者也，惟我與爾，庶其有是也夫。

單句題作兩截做，此先輩法也。馮魚山先生。

節短韻遒，而義理自足，以此學嘉、隆體格，庶非枯木朽株之比矣。管韞山先生。

無一筆平，無一筆直，極自然，極渾成。張葯房。

清言如綺，魏晉風流。張研溪。

得環中而游象外，極似隆、萬間名作，此題佛頂圓光也。鈍菴。

筆有智珠。介堂。

聖賢身分寫得出，則字前後左右俱到。行義達道，泛語不掃自盡，故佳。虛谷。

不着一毫聲色，而題之員相自出。前路平提用行，接比單頓，用之中比，接落則行，兩路夾發。後比分收用行，應起處，章法密緻已極。至本寫足，對面自到，與斤斤講關動者，意見有上下牀之隔。兄萩園。

高古正大，如岳峙淵渟，可程可法。宿塘。

順逆相生，虛實并到，文格在石簣、思白之間。陳遠山。

子在川上曰

即所在而有會心焉，因言以見意矣。夫子在川上，特偶然耳，而會心不遠，豈遂忘言哉！嘗思水之象主動，聖人之心主靜。惟靜可以觀動，而流行之境與湛定之懷，適相感動於斯須。有不禁因言以宣者，如子在川上是已。

今夫終古之淵然者爲川，萬理之湛然者爲聖。川不與聖遇，而其淵然者自若；聖不與川遇，而其湛然者亦自若。夫豈必在川而後見吾夫子哉！說者謂聖人有取於水，其瞬存而息養者，無自爲見端之地，遂必欲於川乎會之，此滯乎在川之境以論聖也；抑或謂聖人難已於言，其研幾而極深者，早存夫欲白之懷，遂不覺於川乎發之，此泥乎在川之言以觀聖也，而不知其皆非也。

吾夫子任天而動，前乎此而子未在川也，後乎此而子不在川也，舉一時之在以爲準，而時止時行之全體寓焉。吾夫子無行不與，前乎此而有言，何不可作在川觀也？後乎此而有言，未必與在川異也。即偶感之言以爲訓，而惟幾惟神之意藴藏焉。是故川自存於千古，在衹屬於一時，可一時而亦可千古。川之由來者漸也，而至聖之精神，與爲迎而不與爲相，此又適逢其會哉！子自出於無心，川乃成於有象，以無心而忽觸有象，子之托興者遠也。而當前之流露，與目謀而自與心謀，何待擬而後言哉！觀於逝者如斯之嘆，子之見於川者深矣。

直將聖人心境，從川之理趣上標出。『在』字『曰』字，俱看得渾淪活潑，手眼獨高。馮琅圃先生。

潔淨精微，先正遺軌。饒烜圃。

滿紙空靈，不沾色相，要自從聖人心境認出，非止蒙莊筆妙。紫峰。

文不滿五百字，而涵蓋萬有，讀之千百遍，尤津津有餘味，是謂真古文。宿塘。

觸手拈來，盡成妙諦，圓通活潑，已覺明鏡非臺。虚谷。

聖心川流，渾合無間，只此五字，已和盤托出。作者會心不遠，想見拈花微笑時。高喆。

舜有臣五人而天下治武王曰予有亂臣十人孔子曰才難不其然乎

論才於所有，聖人早信其難焉。蓋才必爲所有而始見也，自舜迄武皆然矣，難之爲説，子能不感於書而信之。且天下事，皆非庸庸者之所能爲，而能爲之者，又必有人焉。特從而收之，則遇合之占出其中，運會之辨即出其中，而千古所不能忘，抑亦聖人所不勝惜也。

今夫經綸宇宙，訂萬世所不及訂之圖；馳驟勳名，平一世所不及平之患。而使共相望於千載者，其惟才乎！結繩以前，間有其人而不足徵也。删書以來，平土教稼，弼刑明倫，厥有五人，夐乎尚已。嗣是則惟秉鉞之佐，分陜之猷爲最著，而見於《泰誓》，遂有『亂臣十人』之稱。蓋史氏之紀載，而不參以詞，抑亦不知有所感焉否也。

孔子者，生於衰周之末，而去武已遠，去舜爲尤遠也。既不獲附禹、臯而顯，更不及與旦、望爲儔。而是時之天方似，欲舉前無倫比，後鮮匹敵之才以屬之，其誠以爲才與？然而曠觀古今，人盡有感；屈指倫物，昔曾有言。蓋不知其情之何所觸而已，竊謂之難也，雖孔子亦豈能以易之！

且世患不見所謂才耳，才既生矣，而何又輒以爲難耶？曰未生不可爲有才，既生亦仍不可爲有才，觀夫典之所載，而釐一職焉。曰：『惟汝諧命一官焉。』曰：『唯汝往知天下之治，治於五人，而五人者，則惟舜爲克有之。』至武王，而乃直曰：『予有焉，使彼五人十人者，或寄聲名於靈甫雄陶之列，或忝湮鬱於山巖薇蕨之踪。』以視今日之友教宗邦，轍環泗上，曾亦何異焉者！而以舜若彼，以武若此，以孔子則尚不知其爲誰有也。其然其然，可勝悼嘆乎哉！

窮通覘一身之遇，猶可平心以謝其迍邅；消長繫群物之觀，斷難屏跡以遊於寂寞。吾身不出，而艱危之運竟莫與持，才將終淪於萎；吾生何爲，而幹濟之圖卒莫與就，才祇仍擬於虛。近而質之，十人之爲武有也，幸也而難也！遥而企之，五人之爲舜有也，幸也而亦難也！是故古語之所謂難者，迄於孔子而益信。

健筆凌雲，清言霏屑，《史記》合傳筆法。蔣鈍菴。

鎔題處，獨見心裁。王介堂。

古而逸，儲同人摩鹿門之作。鄧懋堂夫子。

把握在手。從叔半村夫子。

以『才』字爲主宰，以兩『有』字爲斡旋，筆法離奇，動與古會，令讀者樂其結搆之精，忘其經營之苦。何數峰。

人之言曰爲君難

引人言以對魯君，有取於責難之義也。夫人言原不獨爲君發也，而夫子則取其爲君難之一言焉，斯述以告定公乎？嘗思天降下民而作之君，君也者，其所以爲之之故，原未嘗必與人言也。然君雖不必與人言，而人往往有偶言焉而適中。

夫爲君之分，則有足爲，爲君述者，求興邦於一言，雖不可若是其幾，豈遂無此一言哉！謂此一言也，關乎國家之大，非稽之典謨訓誥之内，不能得其要歸，此泥夫古以求言也；謂此一言也，係乎化理之原，非出之賢人君子之口，不能中其體要，此又執夫人以求言也。

臣今者不必遠稽之古，亦不必過擇其人，惟即流俗之傳聞，具見其言關主德焉，言者何曰『爲君難也』！夫君操一國之權，欲致聲色，則供之者立應矣；欲求貨利，則給之者立至矣，君亦何難爲之有！

而人言若曰：『是不難也，是荒於爲也。』苟慎以爲之，則雖不邇聲色，不殖貨利，而萬幾庶事之日相督責於厥躬者，正靡有已也，豈不難與！抑君制萬民之命，欲行勸賞，則福由我出矣；欲申刑罰，則威自我作矣，君又何難爲之有！而人言若曰：『是亦不難也，是輕於爲也。』苟謹以爲之，則雖勸賞不僭，刑罰不濫，而百官庶民之日相仰給於一人者，正未有窮也，豈不難與！

天下事，難莫難於無爲之之才，而至於君，即有才堪肆應，而舉國之中，且有日出萬幾以試其才者焉，而況夫才之不及也。《書》曰：『克艱厥后。』人言其見及此哉！天下事，難莫難於無爲之之智，而至於君，即或智堪遠照，而四境之内，且有變幻百端以蔽其智者焉，況夫智之未深也。《詩》曰：『不易惟王。』人言其見及是哉！進觀其爲臣不易之言，亦以臣之當責難於君故也。君其知此一言乎？

蒼勁盤折，處處帶定『人言』，斯爲探驪得珠。管韞山先生。

伸縮處，得古文操縱法。蘇雲川太史。

實義以逸氣爲包蘊，故自掃淨一切堆垛之習。『難』字從『爲』字寫出，『爲』字從『君』字勘入，而一一歸入『人言』，理透脉真，細意熨貼之作。周書倉先生。

題中無剩義，題外無長語。介堂。

隆、萬之法，天、崇之才，兼擅其勝。葯房。

爲『一言』立竿，層雲相盪，一線穿成。宿塘。

題中字，處處叫醒，以少許勝人多許。鈍菴。

此文已用楷書抄出，編入讀本中。紫峰。

入手從『一言』進題，甚得解。中比起説『君』字，轉説『人言』字、『爲』字，收到『難』字。末比起説『難』字『爲』字，轉説『君』字，收到『人言』字。股股法變化，且確是此七字題文單句，不能移易，而題氣亦不溢一絲，此中鋒筆也。姪顥香識。

公叔文子之臣一節

臣也而大夫，爲同升者誌也。夫僎之始而臣，卒而大夫者，與文子同升也，故誌之。且國家所以少可用之才者，非無才也，才之可用者，往往出於卑賤之中，而人不知。即或偶見知矣，而忌刻中之，資格復拘之。故高材有不遇之嘆，朝廷有遺賢之憂，其弊皆由乎此，若公叔文子於大夫僎一事足述焉。

僎者何，文子之臣也。臣則何以曰大夫，僎賢而升之也；孰升之，文子升之也。雖然，僎誠賢，當未爲文子臣時，曷爲無升之者？曰，僎大夫才也，州黨莫之登，公卿莫之舉，故屈而臣於文子。惟僎能竭忠於所事，惟文子能不忽乎其下。嗟乎！士固有懷琬琰以就煨燼者，僎幸矣。僎遇文子，所謂『得一知己，可以不恨』者矣。

抑吾聞之，仕於家者，出鄉不與士齒。僎懷奇負異，不能自奮清途，乃屈而與臺隸伍，才雖可用，其如臣之賤何！且自諸侯微，大夫侈，莫不收羅豪儁，布置心腹，凡所拔識，皆欲爲己盡力。文子即賢僎，僎不且以臣老乎哉！雖然，僎大夫才也，文子曰：『屈僎於家，而僎不得展其長，僎之辱也；屈於家，而君不得資其用，尤非國之福也。臣雖賤，而僎不可抑；我誠需僎，而公不可忘。』於是衛之廷，乃儼然有大夫僎升矣。

文子大夫也，僎而大夫，則與文子同升矣。與者逼辭也，同者敵辭也，此與文子位之逼，勢之敵者，非他，人固文子之臣也，固向者奔走而服役之者也。而文子若不知其嘗臣之也者，若不知其相逼相敵也者，而僎亦遂得旅進旅退，以安然爲大夫於公也。然則曷不曰文子與之同升，成文子之志也？能薦僎者，文子也；能大夫僎者，公也。世之卿大夫，每薦一士，必曰：『此予之力也。』文子恥之。其升僎也，若曰：『僎之能也，君之明也，我何力之有焉！』故曰與僎升，則升出於文子之詞；曰與文子升，則升不出於文子之詞。是以爲文子之志云爾。是以君子不多僎，而多文子之能舉善也。

愈頓挫，氣愈厚；愈宕漾，神愈遠。一重一叠，邱壑無窮，尤於伏案處見史法。韞山。

敘而不斷，恰已就書法中層層標出。精義立論，尤與《穀梁》爲得其秘。魚山。

清疏淡遠，不落言詮，而眼光四射，的是此題合作。鈍菴。

文心如剥蕉抽繭，層出不窮，却都在空中舒卷，屈蟠頓挫，顧盼非常。介堂。

議論風生，烟雲滿紙，音節動與古會。非貌爲《公》《穀》，以詁題了事者。虛谷。

盜取進賢爲公等，公共作料，略有筆路，亦儘可令海上人逐臭如狂，但恐順流東行，未免爲大方所笑耳。奇峰迅舉，精氣内含，一叱千人自廢。宿塘。

題前一一挈清，以下循題位置，毫不費手，此先正定法也。議論波瀾，尤覺與古爲化。受業張兆齡謹識。

君子謀道不謀食　憂貧

謀道者無外憂，學專而心純矣。夫道與食，君子不誤謀者，亦不兼憂之也。雖道中有禄而不貧，亦何嘗紛其學哉！且夫人莫不皇然各有所圖也，而本末異焉，本末異而得失亦分焉。然本末之故，惟君子爲能知之，而得失之故，君子實未嘗計之也。

蓋君子之自修也，其結念之微，早惕然致辨於理欲之界；而其願力之至，自殷然專注於性命之途。殆謀道也，三代以下之士，學以爲人，故其謀雜焉。君子則學道爲己耳，爲己者其謀專。而道外之物，不足以易其業，彼温飽何計也！兼善天下之日，功及於物，故爲謀遠焉。君子則道方獨善耳，獨善者其謀更約。而道外之事，不足以奪其守，彼口腹何及也！蓋謀道不謀食也。君子之不謀食如此，則君子宜不得食矣，則君子之爲謀或過矣。

雖然，世之宜得食者，孰有如慮餒而耕者哉！彼其力竭南畝，已非不稼不穡者之冀取禾廛也。及其歲樂西成，自不類乘馬從徒者之安坐而食也。其得食也，固宜然其中，即不盡餒也，而餒者固比比然。若夫學者從事於道，修禮以耕，講學以耨，止恐吾學之不殖將落也，止恐吾學之不勤而隕穫也。然而斯人者往往用世矣，禄在其中矣。夫觀於學之得禄似謀食者，之不如君子之謀道爲得計矣。然若以得食爲計，則天下之謀食而不得者，將盡易其途以謀道，是謀道轉爲謀食之捷徑也，是所憂乃在貧也。且天下之慕謀道而得食者，將皆假其名以謀食，是謀道又爲却貧之良策也，則所憂仍不在道也。

而君子則謀在道，學在道，故其憂亦止在道。空山風雨中，其隱衷可自問也。雖寵貺頻加，不以吾道任其功；即萬一韋布終身，亦不以吾道任其咎。其不謀食，不干禄，故不憂貧。簞瓢陋巷間，其困窮不改樂也。雖大烹之養，有以償吾於道外；終不以身家之計，紛吾於道中。蓋其謀道之心，固如此矣。不然，一念求道，一念求食，不知道失而食亦失，終無得禄之理。以長此貧也，是轉不如農人之望歲猶有穫矣，豈不愚哉！

其轉落撇捩，往往見歸、茅遺法，而筆力又出入於正希、大力之間。管韞山先生。

首尾如危峰對峙，中間則略彴斜通，題式已妙絕文式矣。經營慘淡，位置天成，前輩惟徐思曠有此章法。魚山。

循題三折，轉捩自如。桐陰。

層層鞭辟近裏，筆勢如神龍夭矯不群。鈍菴。

隨題屈曲，知體認者皆能之。出落轉捩迴繳，字字清老，則非寢食于大家不辦。葯房。

一氣舒卷，水到渠成。介堂。

看得『禄在其中』句，是鞭辟語。其氣不竭，其言大醇。虚谷。

字字皆題中精藴，無一語虚設，所貴於經義在此。宿塘。

君子不可小知而可大受也一節

才有各當，用之者宜早辨也。夫君子小人，各有能不能也，惟於小知大受之間，辨其可不可焉。則觀人之法得，而用人之道亦當矣。且天下非無適用之才也，乃國家日用天下之才，輒無以收用才之效，豈才之違其用哉！

所以用之者，非其道也，何則？天地之生才不一，有君子，有小人；而斯人之器量亦不一，有小知，有大受。二者可分求，不可兼求也；可專責，不可誤責也。此其中可不可之數，惟在觀人者有以辨之焉。

蓋君子之才，有立其大者矣。夫立其大，自不遺於小，則能受者詎無見知之處！但知之而量不足以盡，故不以知顯也。不以知顯，而其所受者愈以宏矣。若小人之才，則衹成其小者耳。夫成其小，亦偶見其大，雖見知者或有可受之時。但受之而器不足以載，故難以受任也。難以受任，而其所知者僅以著矣。所以兵農錢穀，人人共知之地，君子有時見絀於小人；而遺鉅投艱，人人難受之頃，小人終共推乎君子。使用之者而各乖其才也，其君子片長莫展，其小人臨事徬徨，廢人廢事，國家將何以收指臂之效？惟用之而各當其才也。

其君子論道經邦，其小人分猷效職，群策群力，朝廷將見有師濟之風，然尤在乎觀人者識之精耳。古今來所以遺天下之才，僨天下之事者，大都以君子爲小人，以小人爲君子也。

意有餘，而約以出之，善之善者。管韞山先生。

剪截卮詞，獨存矜慎，尺幅中有汪洋浩瀚之神。吴樸園先生。

簡潔而不流於薄，勁直而不失之剽，必傳之作。張菂房。

一氣磅礴，古鬱蒼深，胎息兩漢。潘毅堂。

刊落浮詞，獨標精義，非熟於十七史，不能道隻字。馮魚山。

義皆正大，語無纖埃。如率更書法，有介冑不可犯之色。饒桐陰。

具上下千古之識，而緯以精思，鑄以健筆，那得不拍案叫絶！蔣鈍菴。

陳言務去，精光大來，當作先輩名程讀。顔心齋。

包一切，掃一切，淳意發爲高文，前輩中惟厚菴先生有此風格。王介堂。

亦有知以少勝者，對此恐萬馬皆喑也，才有庸儁，相後何止三千里！裴宿塘。

子曰躬自厚而薄責於人則遠怨矣

責於人而不例以躬，怨即弭於其所爲教矣。夫所責於人者教也，而非曰必如其躬之厚焉。雖至愚亦寧得而怨之，且持世而祇期釋憾於人心，其躬何如也！然要無不從所相責之端而起。夫繩人而不律以其躬爲不篤，繩人而必律以其躬爲不宏，二者宜皆爲怨府矣，則非反乎其不情之目而示之以情焉不可！

今夫躬者人之倡，人者躬之對也。人豈欲有所責於人，而不先問諸其躬者哉！然而怨所自生，或即在此矣。天下雖有甚美之物，而持以餉人，伊何其不早自飫也！天下雖有甚不美之事，而舉以惕人，伊何其不早自尤也！故純懿之經，賢哲之行，往往有爲提撕所不忍緩，人亦轉至反唇以相稽者，竊亦由此。

然君子有不慮是者，非以斯人爲可薄而遂概置之，正非以斯人爲宜厚而必深求之也。道德之數，備舉以自程，而施之陶甄，則每握乎中養不中，才養不才之思以相誘；功庸之衡，高據以自飭，而參之辨論，則第準乎大用大效，小用小效之格以相規。見者揆諸其躬，而覺纖疵之偶蒙，未嘗必苛人於其細也。一眚之莫揜，未嘗必摘人於其微也，則內以飭躬於罔間，外以誘人於無窮，而厚薄分焉。誠亦奚怨之有，蓋遠之之以是矣。

雖然，入世而至期於遠怨，時可知也。乃從古聖賢，有必藏身以恕，而喻人以誠者，道豈易乎其爲重周輕約之旨哉！是故君子務焉，而大則於以正己而率物，小則於以窒憤而息嚚。

氣味深醇，熊、劉嗣響。韞山。

淡淡數筆，而題無剩義，其氣格蒼嚴雄直，得之昌黎。宿塘。

洗淨鉛華，獨標名雋。介堂。

是一『恕』字圓光，涉世者宜奉爲名言。虚谷。

氣靜而深，味淡而永，文格在文止思曠之間。研溪。

既稟稱事

以食償事，王者有稱之之道焉。夫既稟者，所以食其事也，然非稱之，則食與事之相浮者多矣，王者所以慎之於省試之後。

今夫爲下者，必有以奉乎上；在上者，必有以養乎下。此其常也。乃吾觀《冬官》一書，皆言考工之事，而禄養之制未詳，何哉？誠以禄無一定，亦視其工以爲準而已矣。日省月試者，省試其事也。王者不虚以取人，用其手足者，償其口腹，而稟人稍食之典興焉。王者亦不輕以與人，予以升斗者，權以輕重，而稿人誅賞之法行焉。故有其事也，以既稟食之；有其食也，又於其事衡之。

且夫事有巧拙勤惰之不同，而食亦有多寡厚薄之互異。士之受禄也，以其等相倍，至於養工，亦視乎上士、中士、下士之例以爲準。勤巧鈍拙，分其類以予之，而厚與薄兩無相混。農之謀食也，以其人遞增，至於報功，亦取乎上農、中農、下農之律以爲衡。力勤怠惰，如其量以償之，而多寡不至倒施。

蓋國家持平之道，雖小不遺。即一官府賞給之微，居然論定後官，位定後禄之至意。朝廷僥倖之防，無微不至。雖飭材賚予之末，皆本有功不負，無功不濫之常經。夫食不稱則苟且者多，而事轉無濟；稱其食則精良者奮，而事乃有成。勸百工之道如此。

宏整精鍊，先輩名程。管韞山先生。

筆有廉悍之氣，比於武事，乃用矛以入齊師時也。馮魚山先生。

去膚存液，語語官禮之精。虚谷先生。

體堅色淨，骨重神寒。高喆。

漱芳瀝液，精實不磨。蔣鈍菴。

精鍊得注疏之腴，詞不煩而義已彌洽。顏惺圃同年。

詞約理豐，骨堅神栗，故能以少許勝人多許。王介堂。

高簡之文，難於精確。中後皆用此例法，可謂字字謹嚴。陳觀樓先生。

讀此文，便想見成周氣象。裴宿塘。

久則徵

誠至必徵，於其久見之焉。夫誠非有心於徵也，而既由不息而久，則有自然而徵者矣，中庸所爲遞推之。今夫有諸内必形諸外者，凡物類然，而誠尤不可揜也。然要必推本於始終無間之神，斯可進驗其表裏如一之象，自有相因而致者焉。如至誠，豈非不息而久者哉！

一理之淵涵，原自無微而不徹，至誠凝之以宥密，將通群倫之性命，而統彌其隙，乃獲以寸衷參闔闢之符。一心之包蘊，原自無境而不周，至誠充之以理道，將通萬有之經綸，而早裕其源，寧轉以衆著而窒推行之目。吾知其久也，必於其徵者見之矣。

徵有由始，晬面盎背，四體先有暉吉之光，而後禮樂政刑，翕然皆貞元之充塞；徵有其漸，威儀動作，一身先有顒若之觀，而後規模綱紀，沛然皆精氣之瀰淪。久與徵，殆亦猶有殊觀與？而非也。

徵與形有別。一誠之流播，著於身者，衹是行能之順正；著於世者，具見事業之充周。至於久，而凡統以性者，吾自率其性之大常。而通則有與俱通，復則有與俱復，通復即皆其所徵之緣也，人固早統其所徵而名矣。徵與效亦有別。一誠之推，暨感而應者，猶是處境之契；孚積而流者，具見真機之洋溢。至於久，而凡所洽以天者，吾自守其天之罔間。而神則不期而神，化則不期而化，神化即皆其所徵之迹也。徵亦衹如其久而見之矣。

久難名而徵亦難名，見爲徵仍第見爲久焉而已；久無盡而徵亦無盡，見爲久即並見爲徵焉而已。夫然而其所爲徵也，不又可得而悉推之乎？

實從『久』處做出『徵』來，即下文『悠久』之義亦透。理實氣空，伸紙疾書，了無障礙。虛谷。

思沉力厚，爲此題獨闢蠶叢。大力、文止，猶當退舍遜之，何論餘子！高喆。

識解臻絶頂，而以平淡出之，百家騰躍，盡入環中，斯爲制藝極則。宿塘。

吾欲觀於轉附朝儛遵海而南放於琅邪

齊君自明所欲，初亦僅以觀示也。夫於轉附朝儛曰觀，於海曰觀，於琅邪而亦曰觀，觀云乎哉！抑別有欲焉。景公意謂，寰宇皆有情之區，而或不及通之以情，使兩間總無一去軫來蹤之迹，蓋窘於步而亦將域於神矣。

吾齊爽鳩氏之墟也，岱峙其東，海環其外，封内百二十城，而耳目不及一周焉，逸矣！人將謂吾何？雖然，有欲焉，將以考一十二州之版圖，倣七十二君之封禪，義固有所不得，時亦有所不能。子大夫素號善諫，寧不當惟吾欲之是懲，而兹非謂然也。則觀焉而可，然而奚觀與！爲思人君之懷先德也，莫如時拜其墓下；人君之規民風也，莫如時覲諸車前。

轉附吾太公之所以營邱壟也，朝儛吾桓公之所以寄松楸也。而四徼九合，表東海以稱雄者，去今幾世。遂使吴人越子，蕩摇我邊鄙，而至氣凌夫泗潁，劍及於琅邪。嗚呼頓矣，能不爲觀以震之。且夫人君之克有爲也，惟不自逸而已，卒乘吾素所簡蒐也。

封畛吾素所規畫也，選勝而紀登臨，不如瞻依陵寢之爲切也；披圖而稽聲教，不如流覽城邑之爲親也。請爲子大夫告曰：『吾欲觀於轉附朝儛，遵海而南放於琅邪，可乎不可？』然而未盡所欲也。

古茂，如讀《史》《漢》世家一則。研溪。

遠山一角。介堂。

卷石勺水耳，亦具山川之勝，令人流覽不盡。遠山。

尤工遠勢古莫比。虚谷。

荆川爲之，不能加毫末於此矣。宿塘。

王曰善哉言乎二節

善王政者貴能行，不徒以多疾諉也。夫齊王雖善王政，本無欲行之心耳，豈好貨好色足病乎！觀於古之同民者之所以王可知矣。昔孟子在齊之與王論政也，多因其疾以藥之，好樂則進以同民，好勇則請以務大。無如其終不能行，是以疾日益而不可愈也。

今聞文王之政亦然。使王果有志圖治也，必因而深求夫通欲類情之方，以自奮於行；細考其與聚勿施之實，而自果於行。安在西岐興王之業，不可復見於齊哉！而何以僅聞其一稱善已也。

夫一爲稱善而已，則無欲行之志也明矣。故孟子雖以行詰之，而王終以有疾辭也。一則曰吾好貨矣，再則曰吾好色矣，吾不能行矣。嗚呼！王豈以疾之能妨於行乎？亦未知善用其疾耳。吾觀文王之先有能行王政者，莫如公劉、太王；而有好貨好色之疾者，亦莫如公劉、太王。然我周建數百年之王業，開明堂而朝群后，基即始於此者，何也？能以其疾與民同故也。

今試即《大雅·公劉》之詩而細繹之。以言積倉，則居者有也；以言餱餦，則行者有也。此皆公劉推其好積貯之心，與民相謀於平日者矣。不然，倉皇啓行之際，張弓矢，負干戈，方虞口腹之不給，而何以囊橐之充裕如此哉！

又即《大雅·綿綿》之詩而詳推之。問其怨女，則内無有也；問其曠夫，則外無有也。此皆太王推其愛厥妃之心，與民相給於平時者矣。不然，當戎馬播遷之餘，率水滸循岐下，寧有室家之足計，而何以唱隨之各得如此哉！

君子觀於公劉、太王之好貨好色，與百姓同，而知我周之所以王也，然則王之好貨好色可知已。夫好貨好色而皆與民同，是即王之能行王政，是即王之能善吾孟子之言也。將見臨淄、即墨間，亦可以開明堂而朝群后矣，豈不善哉！而何爲終不能行也？

提掇控駕，俱有筋節，非隨意描寫者，所可望其項背。管韞山先生。

紆餘卓犖，古節古音。王介堂。

層梯叠浪，界畫空明。桐陰。

挈定何爲不行句，通綰全題，運掉處，自覺筋摇脈動，備極使臂使指之觀。魚山。

渾灝流轉，氣丈萬千。普齋。

西山送爽，秋水爲神，文之以雅潔勝者。鈍菴。

横風疾雨，半山老人稱意書。虚谷。

文到自然處，乃變化不可方物。宿塘。

駿偉雄快，蘇長公筆意。素村。

於出落處見精神，於渾灝處觀氣息，潔淨精微，堪與已山太史作並傳。新息婭景韓謹誌。

泄柳申詳不及子思

觀所以安賢士者，而知安大賢之術疏矣。夫泄柳、申詳尚不易安，而况子思也哉！客爲孟子計，何見不及此！且古今待士之禮，有以處中材，而後有以處國士。蓋人即非大賢，而所以待之者，不客或薄，則所以爲大賢計者，愈不容以不周。

今試觀魯繆公所以安子思，而凡天下士之賢如子思，其所以安之者，胥視此矣。乃有賢不必及子思，而亦與子思同安於魯者，其時則若泄柳、申詳。夫士君子取法貴上，其卓然自命之概，未有不以大賢待其身，而肯爲降格以就者。使有爲泄柳、申詳慮者，道達繆公誠意一如子思，則二子之身與子思同其安，豈不甚善！乃夷考當日，其所以安二子者，亦已不及子思。而二子之身，猶相與低徊流連，不忍舍去，彼豈安其所不能安哉！則以猶有人乎繆公之側故耳。夫以泄柳、申詳視子思，誠有間矣。而謀所以安其身者，非是則斷有不可。況賢如子思，則所以圖其安者，烏得不稱其量而善其施哉！

蓋謀士之安，有寧溢分而無不及分，有寧過情而無不及情。今以待子思者待泄柳、申詳，在天下第以爲好賢；而以安泄柳、申詳者安子思，在賢人則已爲降格。何者？誠以爲子思慮，不得不爾也。然則子之爲長者慮，從可想矣。

夫今日之齊王，即當日之繆公。吾意子惟朝夕王側，盡其維持調護之方，如所以安泄柳、申詳者，而不必有此留行之舉，齊宿之言也。乃既貿然而來矣，且誦言於吾側矣，則意者銜命而來，致殷勤，道款曲，思維挽於末路，則所以安長者，其猶安子思意乎？何見不及此，而徒以不入耳之言，來相勸勉哉！

夫以待子思者待長者，則泄柳、申詳有不足言，而吾身之安與不安，且於子乎卜之也！獨奈何不善爲長者地，乃更爲長者尤哉！子可以休矣。

循題赴節，按轡自如，動中桑林之舞。韞山。

一氣屈曲盤迴，如題直下，而雲濤萬頃，似昌黎文字。宿塘。

手揮目送，一片神行。鈍菴。

放筆爲直幹，起伏純乎古文。虛谷。

以疏古之筆運其法，隆、萬諸公，有此匠巧，而無此大方。裴山。

上既截去子思，下復歸宿子思，泄柳、申詳段間贅，中間殊費安頓。妙即借作不及子思，論頭則不須另起罏鞲矣，製局之妙，具見匠心。行文一味清古，遠絶時蹊。稚存。

爲天下得人者　心哉

以得人仁天下，二帝之用心可觀矣。夫治天下者，當用心於得人也。然必如堯、舜之爲君，始稱仁耳，此所以難也。且夫人君賴以經理天下者，惟此憂天下之心耳。然有憂天下之心，要必擇夫分憂天下之人，而後其利天下爲更溥，此唐虞之世所爲治極隆盛者。其心之所憂得其要也，如分財教善，亦可謂之忠與惠矣。然其區區用心於分財教善者，尚非治天下之要術也。蓋治天下莫如仁焉，而仁天下莫如得人焉。苟人不得，則服休無以任，服采無以分，雖大君有痌瘝之心，而天下終無以蒙其福。惟人既得，則百揆有以敘，庶績有以熙。雖天下當昏墊之日，而人君自有以廣其恩。嗚呼，仁哉！然吾嘗曠觀古今之爲君者，而嘆治天下能得人者之難也。因以嘆治天下能仁天下者之難也，其惟堯、舜乎？

堯之爲君，法乎天者也。天以仁天下爲心，而堯也得其人而代理之，萬禩仰昭明之化，四表蒙光被之休，其仁如天矣。舜之爲君，紹夫堯者也。堯以仁天下爲心，而舜也得其人而分治之，平成者在天地，風動者在四方，其仁協帝矣。蕩蕩乎，民無能名也。然其所以蕩蕩者，非堯自爲之也，堯得舜以代爲之也。巍巍乎，有天下而不與也。然其所以巍巍者，亦非舜自爲之也，舜得禹、皋陶以共爲之也。得其人而天下治，而知堯、舜之所以用心，爲得其大矣。

乃世之論堯者，徒稱其以天下與舜爲難，論舜嘗亦徒稱其以天下與禹爲難。而不知堯、舜之所以難及者，乃在得人也，何也？以其仁也。治天下而不能仁，不幾誤用其心哉！

看題如一句，行文如一筆，當自熟讀有明三百年程墨得來，近人不講於此久矣。管韞山先生。

一片天機，如翻水成，而按之自有脉絡貫輸之趣，此汩汩然來候也。馮魚山先生。

握『仁』字貫穿全題，即將用心打入，爲天下得人。似隆、萬人機趣，仍似正、嘉人風力。錢裴山先生。

其逸韻得之龍門，其腴味得之東漢，真古文化境。史竹圃先生。

如雷霆作聲，萬物振聳。裴宿塘先生。

精心結撰，元氣渾淪，可謂『毫髮無遺憾，波瀾獨老成』。王介堂先生。

如常山之蛇，擊尾首動，擊首尾動，運用處妙不可言。饒桐陰先生。

提綱挈領，一片神行，以古文爲時文，而造其閫奥矣。蔣鈍菴先生。

如讀滄洲畫卷，但覺元氣淋漓。家虛谷先生。

綀索清，結搆密，魄力雄。姚曉園先生。

一氣鼓盪中，具有梯棧鈎連，雲山吞吐之勝，奇構也。郭書城先生。

既竭心思焉 三句

仁天下有道，因心以立政而已。夫使竭以仁心，而不繼以仁政，尚未足以仁天下也。聖人盡其心而繼以政焉，斯其效之所由致乎！且夫治天下以仁，存仁以心，行仁以法，法與心遞盡，而治成矣。嘗觀於聖人之制作，而得其仁天下之大端焉。

蓋其以心通天下之情，必先天下而憂之，而後委曲周詳，可以範圍焉。而不過以思窮天下之變，必統天下而圖之，而後宜民善俗，可以曲成焉而不遺，是則聖人之用其心思於天下若此。然而深宫寤寐，雖致經營之苦；而明廷敷布，未見德意之施，則亦徒善之説也。又安能使海内乂安，仁風翔洽，俾德澤流於後世哉！此不忍人之政，聖人所以繼之於其既也乎！

强教悦安之理，籌之内者熟矣。然其所以籌諸内者，要必有以達於外也。天道王制，盡其爲民司牧之才，而後見其經畫天下者爲至大。正德厚生之意，立其體者裕矣。然其所以立厥體者，要必有以推諸用也。井田學校，盡其爲民教養之責，而後見其圖謀天下者爲已宏，而吾穆然於其天下焉。經制定則利濟溥，政行于天子之國，而列國翕然被德矣；綱紀成則惠保著，法立於祖宗之朝，而奕世恬然受福矣，仁覆天下矣。

由是而制器尚象，百工亦受其裁成，昭德象，功九成，且見其協奏。聖人立法之善如此，而遵之者寧有過耶！

古穆淵懿，猶見化、治遺型。周書倉先生。

高老名貴中，具有細針密縷，所謂通篇自爲開闔者。置之《荆川集》内，幾無以辨。陳琬同先生。

妙筆似大蘇，文格似荆川。裴宿塘。

老筆紛披，精神團結。蔣鈍菴。

雄深淵雅，潔淨精微，是集中最上乘。王介堂。

的是隆、萬風規，其格堅於金石，其神栗於冰霜。虚谷。

循題作三截格，輕重詳略，斟酌盡善。每節各有精切不磨之論，得力尤在前路。反跌一段，通體精神俱振，骨節俱靈。馮魚山。

約結矜錬，體最貴而言大醇。張葯房。

西子蒙不潔則人皆掩鼻而過之

美之不可終恃也，借鑒焉宜知自惕矣。甚矣，人即美如西子，苟蒙不潔，已難免人之掩鼻過也如是，是可不知自惕哉！且人所貴乎生質之美者，非謂有其質，而繼此之美不美不必計也。苟繼此不能增之，而反以失之，則雖天下古今之所群奉爲至美者，亦不足以邀人世之顧盼，况下此者哉！

夫天下古今之所群奉爲至美者，莫西子若也。使論美者不極之絶世之品，則當後起之暴棄，而人反因以自誣，以爲吾之美有未至，無怪乎以一眚之累見擯也。即論美者不震以衆著之名，則當晚節之挫折，而人反因以自恕，以爲吾之美有未知，無惑乎以一朝之失見棄也。吾且即以西子論，且更以西子之蒙不潔論。

在西子之得天既優，以爲疵累偶加，應不足蔽其全體，秉質既異，以爲潔清稍玷，豈遂能掩其生平！而不知妍媸之態，在己既變於崇朝；斯愛憎之情，在人自改於瞬息。則人於此，猶若向之目逆而送者乎？吾見其掩鼻而過之矣。

夫同是西子耳，始則睹者爭先，今則去焉若浼，何人情之頓異也！然非人情之異也，西子自異西子也。抑同是人耳，始則好好色如恐不前，今則惡惡臭如恐或後，何待西子之忽變也！然非一人之偶變也，人人之心俱變也。

雖物之尤者，人愛之恒深，亦惟昭質無虧，斯欣慕始難釋耳。乃一旦自甘廢棄，即愛我者，其能强附乎？即其追維往昔，未嘗無憐憫之心。而扼腕欷歔，思昔日之西子，愈鄙今日之西子也。我知西子於此，其亦黯然悔也。

況望之歸者，人忌之必甚，苟此度不改，斯指摘無從生耳。乃一時不自防檢，則忌我者隨即詬病也。迨至衆口交譏，反致咎於世情之薄。而捫心内叩，既非當時之面目，其能免此日之窘辱乎？我知觀西子者至此，其亦悚然懼也。

嗟乎！媚俗非君子之爲，自好原根本性；尤物豈端人之鑒，世態亦足靜觀。世有矢志清修，不知厚自珍惜，一旦身污名辱，物議沸騰，反遜智於妾婦也，豈不悖哉！

筆路清新，思致綿密。其得力總在大家矩矱，故能洗盡鉛華。管韞山先生。

語語半面全神，如此方不唐突西施。虚谷同年。

言下棒喝，筆筆驚人。史竹圃先生。

『欲覺聞晨鐘。』王介堂先生。

通體警痛，後路令爲西子者心折。鄧懋堂師。

文氣疏古，從龍門各傳得來。裴宿塘同年。

只起二比翻論，着眼題首二字，固已得竅而導，一往警動，發人深省。莊蓬嶠同年。

由君子觀之一節

大賢爲富貴利達者發其羞惡之心，而以齊人例觀焉。夫以乞道求富貴利達者，其可羞可泣，與齊人一也，尚可令君子觀耶？且羞惡之心，人皆有之，及其湛溺而喪之也。蓋有身爲士大夫，而其行至爲婦人女子所不能堪，反詡詡然自以爲得意者，可勝道哉！

有識之士所由慨於廉恥道消，爲之目擊而心悲也，如所稱齊人之行，辱亦甚矣。此雖凡民猶羞之，而况於榮顯當世者乎？雖然，顯者亦豈得而鄙齊人哉！齊人之苟賤無恥，固挾一可以富貴利達之術，而特不善用之者也，何則？今之富貴利達者，其處勢與齊人異；而其所以求之者，則即齊人之術也。齊人有富貴利達之具，而不免於乞富貴利達者，用齊人之道而遂爲顯者，則甚矣。

齊人拙，而富貴利達者巧也，而其實究何以異哉！故以顯者爲榮，而誇耀於妻妾者，齊人之見也；以顯者爲榮，而庶幾其一來者，齊人妻妾之見也。謂富貴利達之人，爲愈於齊人者，是與齊人及齊人之妻妾同其見者也。由君子觀之，呴藉叱咄，即噓爾蹴爾之意氣，趦趄囁嚅，一蒙袂輯履之情形。故人必苟賤無恥如齊人，而後可以乞人；必苟賤無恥如齊人，而後可以求富貴利達。彼其妻妾寧非人情，而亦何忍其良人之若此哉！

然而齊人之妻妾羞且泣，富貴利達者之妻妾，未嘗羞未嘗泣者，何也？瞷不瞷之異也。行莫醜於辱身，悲莫痛於傷心，此其可羞可泣之狀，固時在於君子之目中，而知其妻妾之苟一見之，而必出於此也。夫匍匐墦間，分甘不過一飽；曳裾王庭，快意不過一時。而鄙情贅行，內則貽羞於家室，外則爲端人正士之所不齒，所得無幾，而遺臭無窮也。嗚呼，其亦可哀也已！

太史公作列傳，每借古人自抒，一則議論文境似之，氣勢亦直欲逼龍門。韞山。

此段論頭乃充類至義之盡語，題首五字，霹靂當頭，文乃披露盡情，大足喚醒瞶瞶。魚山。

以刻摯之筆，繪指點之神，五夜鐘聲，當頭棒喝。鈍菴。

沉着警痛，題本發露，非此不稱。介堂。

振聾警瞶，語語從經史鎔成。宿塘。

盡情極態，不爲若輩更留餘地。雖無尺箠與寸刃，口吻排擊含風霜。虛谷。

着意在題，首末二句，只以數語寫照，更不爲窮形盡相之詞，乃醒世而非罵世也。不如是，便非聖賢立言本旨。姪自新謹識。

聖人之行不同也

即行以觀聖，有不可概論者焉。甚矣，求聖人之同則可，求聖人之行之同，則不可也。尚論者，其無徒泥其行哉！

且夫世之論古人者，每執一古人之成迹，以求其合，而稍有不相謀者，則竊竊焉議之矣，不知古人固自有所以爲古人者在。而其事迹之所見，亦衹聽其適然，不必截然盡出於一，何不取前聖後聖而曠觀之也！蓋聖人之爲聖人，固有其所能自定者，亦有其所不能自定者。夫其所不能自定者，行是也，何也？行每因乎其時者焉，時之所值，而機不善轉，無以見聖人之妙用。行又視乎其地者焉，地之所處，而執而不化，亦無以見聖人之微權。故夫時不同者，行亦不同，行以時變也；地不同者，行亦不同，行以地限也。

今試取數聖人之行而核之。彼行之而時有可乘者，易之於此，而地所不遷者，易之於彼，而其時又異矣。乃論者觀其彼此之參差也，且爲之惘然惑而無容惑也，此正可以知聖人也。今又取一聖人之行而考之。其前行之而與時地相值者，迨其後而時與地已變矣，行之而時與地相違者，較之前而時與地又一變矣。乃論者觀其前後之異致也，遂爲群然疑而亦何疑也，此正可以覘聖人也。是知聖人之行，有不能同，亦不必同，謂行有可同，而故爲不同，此乃矯世戾俗者之所爲，非所以論聖人。

蓋聖人之行，聖人所以予天下後世以共見之端，非不欲共出一途，以免不知者之訴病也。然而時與地之相守，聖人亦無可如何者矣。使行不可同而强爲同，此又渾俗和光者之所爲，亦非所以論聖人。蓋聖人之行，聖人所以予天下後世以相質之真，固無事合出一轍，以邀流俗之鑒原也。所以時與地之各適，聖人亦隨遇安之已矣。進觀其遠近去不去，亦古今考鏡之林也，何必盡同！

筆鋒迅利，發必疊雙。魚山。

讀『也』字颺得開，撲得住，一眼注定，潔身通體，以深雅出之，精氣聚而粗穢除，在此題爲詣極之作。紫峰。

空際取『也』字之神，以虛運實，天衣無縫。虛谷。

霜皮溜雨，黛色參天。韞山。

一片烟波，生色處，筆墨都在空際，此司馬子長之神，惟永叔似之者也。宿塘。

『行』字看得清，『也』字愈放得闊，清微淡折，善學嘉魚。愚表姪黄奇圖拜讀。

雅淡清真，確似隆、萬間高手。彭應麟僭讀。

智譬則巧也一節

申智聖之説，而知至聖獨全於智焉。夫孔子固智聖兼備者也，而其所以爲聖之時者，由獨全於智耳，觀於射之事知之矣。

且古今來獨生孔子之聖，固一群聖之鵠也。然其所由至於鵠者，固自有神明之機運於其始，而後以精進之氣赴之，遂能造乎其極。而專言精進者，絀也。吾以聲振之，始終條理，明孔子之聖與智，猶未盡其説也。

試取智聖而譬之。天下有同一事，在人祇得其概，而彼獨得其精者，所謂巧也；亦有同任一事，在人猶歉然不勝，而彼獨綽然有餘者，所謂力也。而孔子之智，極深研幾，舉聖之成於終者，預能決之於其始，凡天下之至巧者，莫踰此矣。孔子之聖，任重行遠，舉智之計於始者，俱能定之於其終，凡天下之有力者，莫踰此矣。

今夫巧力之兼備者，其唯射乎？嘗見夫三耦四耦之地，奮縱送於釋掤鬯弓之先，而不前不後者，群曰至矣；采侯皮侯之間，運機妙於志正體直之下，而無偏無倚者，群曰中矣。夫射固以貴中，而因貴至也，苟不至，何以能中！是至固命中者之所圖也，而吾謂此猶力之所能焉。力之所能尚可及也，然射固求至而更求中也，苟不中，何貴其至！是中乃能至者之所急也，而此非力之所能矣。力所不能，斯獨得也，觀於射於百步之外者，則孔子之聖可知已。

孔子之聖，中也，非僅至也；巧也，非徒力也。彼三子者，力有餘而巧不足，能至而不能中，所以獨讓孔子爲至正之鵠與？學者觀至聖之獨全於智，可知入道之方矣。

如題轉折，不事鈎棘，而義藴曲達，此唐荆川之行所無事者。隆、萬以後，安得窺此秘妙！魚山。

巧力至中，是二是一，如題出落，恰合語氣，文亦巧力兼至。葯房。

題外不添設一筆，題中亦不欠缺一筆，渾成靈妙，正、嘉的派。素村。

整齊嚴肅，卓然典型。介堂。

一氣清空，如吸曉露。虚谷。

天造地設，規圓矩方。宿塘。

往應之曰一節

齊事理之分，而禮之重見矣。蓋兄必不可紾，處子必不可摟，則禮必不可廢也。且凡人之情，口欲綦天下之味，目欲綦天下之色，而聖人制爲禮以防之，天下遂莫不欣然以從其教，此豈無所恃而然哉！惟深探其本，然後知禮之常尊於天下者，實托於人心之所不容已，而不得持一偏之説以詘之也。

夫以重者伸食色，而以輕者抑禮，任人豈不知天下之禮，有什百於禮食親迎者，而其説止於如是。彼固以餘地處食色，而不知己以餘地處禮也，則所以往而應之者，豈患無詞哉！守禮之過，不過於不得食，不得妻，而食色之廢，至此而已極也。狥食色之過，必至於紾兄之臂，摟人之處子，而禮之潰裂至是，而乃無以復加也。

人未有不欲得食者，然使詔於天下曰：『爾其無拘乎食之禮，苟必至於不得食，雖紾兄之臂而奪之食可也。』則天下之人，必有所不安矣。人未有不欲得妻者，然使詔於天下曰：『爾其無拘乎色之禮，苟必至於不得妻，雖踰東家墻而摟其處子可也。』則天下之人，又必有所不安矣。何者？身命可捐，而兄必不可以紾；嗣續可廢，而處子必不可以摟也。

雖然，我曰兄不可紾，任人曰可紾；我曰處子不可摟，任人曰可摟。苟逞其一偏之説，亦何所不至者，然我知任人必有所不能。何則？寧不得食而必不紾兄，寧不得妻而必不摟處子，此非人之所爲，天之所爲也。人有不安於無禮之心，先主因而達之，文而飾之，爲之賓主，百拜以隆其儀，爲之飲食齋戒，以厚其别。至於事勢之窮，或有所通變，以達其權。而其大節之所在，則雖以天下貪饕淫泆之夫，極人情之所難堪，而終不至於行我心之所不安，以頹然自放於禮之外，此固先王所恃於天下也。是故禮之與食色，孰輕孰重，吾不暇與任人辨，亦還問之任人而已。

使任人即我説而思之，即不得食，而兄可紾乎？即不得妻，而處子可摟乎？使任人謂兄可紾，處子可摟，則雖曰禮輕於食色可也。然吾知任人必有所不能，然則禮之爲禮，不居可知也哉！雖然，禮固嚴於紾兄臂，摟處子，亦斷不可廢。夫禮食親迎，蓋齊乎輕重之分，則未至於不得食而不禮食，未至於不得妻而不親迎。其與紾兄臂，摟處子，固均爲人心所不安也。然則禮固無在不重也夫！

詞鋒犀利，筆力縱横，追步在眉山父子之間。介堂。

眼明筆快，格老機圓，不必矜奇，而分際俱到。鈍菴。

千迴百折，一機遞引，如遊絲之裊晴空。魚山。

黄河如絲天際來，以氣勝，亦以識勝。虚谷。

是陳大士學蘇文字。杜槑溪同年。

依題布格，其中波瀾摺叠，涉筆皆靈。摩詰畫純乎天機，固非人力可到。宿塘。

層層掀翻，句句敏雋。淡蕩動雲天，玲瓏映墟曲，真絶世風神。何數峰。

有事君人者一節

舉人之最下者，庸臣之面目見矣。蓋人以事君爲名，必其不能不事君者也，何怪其孜孜於容悦與？

且人亦何所不有哉！上之極於不可知，而下之至於不忍言。顧既有其人與其略而弗道，不如因其實以著其名，使千古庸碌之臣，悉以類聚乎其中，而其品地亦可見矣，則如事君人者是。

夫君亦人所同事也。顧或秉道爲化，裁道在則，君之從違弗計矣。而是人者，則知事君而不知有道也，或與國爲輕重，國利則君之喜怒弗恤矣。而是人者，則知事君而不知有國也，所患者得失也，而事是君，得失之權，是君操之，非爲容於是君，而何以有得而無失也？所慮者寵辱也，而事是君，則寵辱之柄，是君主之，非爲悦於是君，而何以有寵而無辱也？

人莫不有性情而爲容悦，即是人之性情也。如脂如韋之骨，本賦於天，一事君而阿匼之態，已不移而具也，亦其胸懷所自得者便耳。人莫不有學術而爲容悦，即是人之學術也。長君逢君之才，久成於習，一事君而傾諂之技，直取懷而予也，亦其平昔所講求者熟耳。

是故所事非必一君，而容悦之方甚多。能舉我之所爲，上隨乎是君之意旨，而與爲轉移。是君闇，則乘其所闇以市權；是君明，則投其所明以固寵。忠佞皆其變態，而總以遂其持禄養交之一念。且容悦之術既工，並能舉是君之心志，下聽乎己之所爲，而與爲固結。進聲色，則可使是君之貞者蕩；謀功利，則可使是君之約者侈。主德惟其顛倒，而祇以便其保妻子求富貴之私圖。蓋其事君無他欲，欲容悦耳，不容悦而何貴事君！其事君無他能，能爲容悦耳，不爲容悦，而何以事君！是事君則爲容悦者也，其斯爲事君人而已矣。

吁！若是人者，卑污苟賤，道德非所論矣，奉令承教，亦何賴焉！然而古今所有，此輩常多也，可勝慨哉！

吴道子畫地變相，此殆尤其傳神之筆。刻酷描摹，筆意大類趙高邑。韞山。

鑄鼎燃犀，物無隱貌，神無遁心。介堂。

見地真明，故言之簡括粹精乃爾。文格之古，又其餘事。宿塘。

不放鬆『以』字『爲』字，還使巧宦心情如繪。虚谷。

是君者君不一君也，則爲者爲無二爲也，如此方寫出容悦心腹腎腸來。然君從何處看得此無人態耶？葯房。

孟子曰有爲者譬若掘井 及泉

以掘井喻有爲，宜致惕於不及泉者矣。夫有爲者之若掘井也，必以及泉而始見，不然將遂聽其不及泉與？且夫天下事無大小，皆無不緣所爲而推焉，以爲則有其爲之之功，爲則有其爲之之效耳。然人惟樂睹其效，而始樂溯其功，因並轉據其人，以覈之曰有爲。今之人，豈一無所爲哉！人之有所欲及也，而爲之之意起焉，意篤而將必援所及之數，以程所爲。抑以人之不獲遽及也，而爲之之力迫焉，力勤而將即緣所爲之數，以覘所及，其非若掘井乎？顧井之得名也以泉，掘井之爲期也以及泉。泉非掘不出，則功在於掘；井非泉不成，則效在於泉。故掘之至九軔可也，不至九仞亦可也，以及之爲程已耳。使不以及之爲程，而以掘爲程，且以掘之九軔爲程，則掘之未至九軔者，雖及泉，亦不得謂之井乎？是井轉在掘，而不在泉也。掘井者豈其然，有爲者亦豈其然？

是故掘井者所期在及泉，所慮即在不及泉也；有爲者所期若欲其及泉，所慮即若恐其不及泉也。然而井之不可不及泉也，人皆知之；爲之不可不若其及泉也，人未盡知之。何也？明於小而闇於大也。

文似昌黎《雜説》，而精悍之氣，兼似柳柳州。魚山。

削膚存液，鍊氣歸神，尺幅中有峰迴路轉，水到渠成之勢。鈍菴。

尺幅耳，筆力亦復曲勁拗折，如蒼松鬱鬱澗底。韞山。

製局遒緊，用筆精鋭，水心稿中佳作。介堂。

犀利無前。研溪。

豫章翻風白日動，鯨魚跋浪滄溟開。宿塘。

在人　癸卯順天鄉墨

人能載道，周道所以常昭也。夫人既生文、武之天下，而道本爲文、武所修明，則人豈有自外於道乎！是道之不墜者，固大有在矣。且夫世之盛也，以道治人；及其衰也，以人傳道。此古今之大較也。況夫人既爲昭代之人，而道更屬明備之道，自必有相維相繫，而罔敢失墜者焉。吾言文、武之道未墜於地，蓋以道固有在也。道有升降而無古今，使非藉夫古今不變者，而實以麗之，則道幾虞其中息；道有隆替而無遐邇，使非因夫遐邇不絶者，而固以存之，則道安必其勿衰。夫古今之所不變，遐邇之所不絶者，人也，則人在而道不與之俱在乎！然而道非由損益而極其備，則無以範天下人之步趨；道非由乘時而秉其權，則無以定天下人之恪守。

使進今之人，而語以羲皇以前之道，必有能傳不能傳者矣。蓋其制多缺略，斯人之精神不存，即間有遠紹焉以爲參考之具，而豈其人人悉載之也！惟我文、武世德作求，殫兩聖之聰明，建中和以立極，則天下之人生其後者，孰不仰惟穆考，率時昭考，而切是訓是行之思也哉！又使進今之人，而問以夏、商已革之道，亦必有能説不能説者矣。蓋其時既變遷，斯人之耳目不屬，即間有旁搜焉以爲通變之端，而豈其人人同歸之也！惟我文、武當王者貴，定一朝之法物，統貴賤而範圍，則天下之人生其時者，孰不以覲耿光以揚大烈，而凜遵道遵路之志也哉！

蓋人不變，道亦不變。緝熙敬勝之旨，在當日豐、鎬之間，所爲見知聞知者，無論已。今雖值運會遷流，而《雅》《頌》所載，猶人人有仔肩之任焉。則是人也，謂非棫樸菁莪之化所遺留，而固不得也。人不絕，道亦不絕。顯謨承烈之垂，即延及成、康之際，所爲善繼善述者，亦無論已。今雖經後人板蕩，而《官禮》所傳，猶人人有表章之責焉。則是人也，謂非四友十臣之儔所流衍，而亦不可也。試觀賢不賢之分識，則道在而夫子之學亦在矣。

道是文、武之道，人是文、武之人，『在』字自然的確十分矣。妙在不占識大識小地步，車馳馬驟，部伍自嚴。原評。

金和玉節，鳳舞鸞翔，神彩飛而清光溢，深情俯仰，逸韻遄飛。虚谷。

從『在』字着眼，識見獨超，而架構森張，筆力夭矯。兼詞潔氣清，一洗虚鋒漲墨之習，是仰宗嘉魚而得其神髓者。本房加批。

雖愚必明 癸卯順天鄉墨

明不限於愚，可爲擇善者決焉。蓋愚與明，甚懸殊也，然能百倍其功，則其明可決矣，此夫子以困知之效動哀公乎？

嘗思大道之昭，著於兩間也，而愚者不知焉。非愚者之不可進於知，彼固自以爲知之萬不可以幾及，遂惽然自阻，而不力瀹其心思。此愚者之所以終於愚也，若果能己百己千之道者，則無慮是。

今夫道之所藉以知者，惟明尚焉，此固與愚相去遠甚者也。乃愚者之質雖鈍也，而心目中常懸一明之之境，以庶幾其企及，而因端竟委，既不憚爲飫聞饜見之煩；機雖滯也，而意念間時切一明之之願，以有迫而求通，而欲信仍疑，幾不勝其衡慮困心之苦，乃臣於此即爲之預決其明焉。蓋天下操之自人者不可必，而操之自己者有可必。明也者，生於己者也，又何待已至於明之時，而始定之也哉！

彼夫一善之微，必有其理，愚者當之，有不知其所以然也。乃沉深善入，不以徑路既絕，而暫輟其尋求，則容寂意消，幾難自轉。而心精之湧溢者，不難一息千里也，非紆迴而後得其見於物者倍真耶？萬善之賾，必有其歸，愚者窺之，有不識其本同然也。乃蒐討無窮，不以群疑並興，而莫爲之推擴，則蔀封障蔽，匪決其藩。而理解之砉謋者，夫將四顧躊躇也，亦辛苦而僅償其附於心者益固耶？

匹夫不識詩書，而積誠以通，常穆然見性天之始。忠孝鬱積之餘，雖樸鄙椎魯，而必不可誤納於畸邪。是知有覺之良，不以愚者絕其理也，而况漸漬之以日月之就將也。群藝安知學術，而專精以悟，常罣然見神志之凝。庖斲卑凡之事，苟淬發熟操，而無不可漸通於原本。從知得心之效，不以愚者阻其階也，而況切劘之以道德之崇深也。合觀夫柔者之可進於强，則己百己千之功，其可不自盡也哉！

精純温利，百鍊鋼化爲繞指柔。韞山。

理解清真，筆力勁挺。魚山。

一掃詞障，透瘦精瑩。觀樓。

實實抉出愚所以能明之理，『必』字精神湧現，非徒鈎摹虚神，可以移置下文也。文之力厚才雄，應稱卓絶。本房加批。

舜禹益相去久遠 癸卯順天鄉墨

統計三聖爲相之年，其相去非無故也，甚矣舜、禹、益之不能從同也。統觀其歷年施澤之間，其相業之相去，爲何如哉！今夫聖人以相同之德，處相同之位，其設施焜燿，寧至相懸之甚哉！獨至居位之遲速短長，身履者亦若無如何。而後之人分而觀之，復合而計之，而其分量之懸殊，亦大略可覩矣。

舜、禹之爲相，其年多於益之相禹，而施澤於民者，因以異焉。度其德則並有升聞之實也，而日月之降殺，約以十年，讀史者瞠目以觀，而參差立見。考其位則同處百揆之任也，而星次之睽離，各將一紀，論世者屈指以計，而分數迥殊，蓋其相去也實甚。

且夫聖人之作相也，不以寵利居成功，亦豈以遠權避賢路！但使君臣一德，而利澤施於海内，康濟洽於民生，共享萬年有道之長，勉竭遲暮涓埃之報。舜、禹、益當同此心也，而益獨不終所願。

若是謂攝相總師之日，舜、禹尚在中年，而神明壽考之君，復長以相庇，此其所以能久遠也似也。亦思終陟元后，其齒皆非少壯乎？則與益相去者，特以唐虞在位之久，而遂見贏焉。此欲減其時而不能，彼欲增其時而不得，三聖人亦各以無心安之而已矣。謂作虞掌澤以來，益已親承二后，而勵翼贊襄之力，至是亦稍衰，此其所以未能久遠也似也。亦思就國侯封，其身尚在康强乎？則與舜、禹相去者，特因夏后在位之淺，而遂見歉焉。彼壽與位值而覺多，此壽與位違而覺少，三聖人亦如將俯首聽之而已矣。

舜任益之時，不後於任禹。然分以爲治水之佐，則年有餘；專以爲宅揆之臣，則年不足也。吾不惜益受任之不延，而轉惜踐祚之不早耳。益事舜之日，又多於事禹。然合論兩朝之良弼，則日甚長；專論一代之功宗，則日甚淺也。吾恨不分舜之齡以畀禹，且恨不并皋陶之薦以畀益耳。合觀其子之賢不肖，皆所謂天也，而論者且以是爲適然，豈不惑哉！

論奇而正，筆健而雄，古茂之氣，溢於行間。注眼『天』字，英思偉論，石破天驚。本房加批。

凌空激宕，奕奕有神。觀樓。

知止而後有定定而後能靜靜而後能安安而後能慮慮而後能得 甲辰會試薦卷

止有由得，可即知以遞驗焉。蓋知止者，得止之由也，定靜安慮，不有歷歷可驗者乎？今夫大人在上，而明德新民之學，已造其極焉，非猝致也。此中有淺深漸及之境，其端在於能知其效，歸於能得。顧至善之止，有求其得而不得者，何也？不知之也。

是以君子有求知之功，以造於能知之域。深觀夫天人性命之蘊，而在己之所以繼善者，有以詳察其是非邪正而不惑；灼見夫帝王化理之原，而在人之所以兼善者，有以辨別其純疵美惡而無疑。所謂知止也，夫而後庶可以言得止矣。雖然，端之既啓，固可連類以推；而境有相因，要非一蹴而至。學問中大抵如斯也，况大人之學乎！則見知之真者，異端不能紛也；中有主者，妄念皆不復萌也。神之恬者，外物不能侵；體之適者，隨在皆無窒也。由定而靜，由靜而安，由安而慮。夫至於能慮，則由知入行之幾也，尚患其不能得哉！

以言夫己，則明乎己之分；即盡乎己之分，斂之一心，有以建中和之極焉。以言乎人，則明乎人之量；即充夫人之量，達之四海，有以成位育之功焉，而後能得矣。要非知止不至此，由此以觀，則明德新民之得所止者，固非積累而成也。有知以握其幾，而定靜安慮之相承相引於其間者，自一一可以靜驗矣。故言《大學》者，必自知止始。

不漏不支，卓乎先正名程，江陵、石簣而後，鮮有其匹。范滋畹師。

詞約而理豐，味淡而神遠，置之厚菴集中，不知誰瑜誰亮。管韞山。

題兼理法，言機局者，患其空掉；徵實解者，苦其晦蒙。似此鍊氣鎔神，虛實兼到，是鑪火青純之候也。非得力於前明石簣諸公，詎易辦此！本房加批。

李符清詩文補遺

李符清詩文補遺

大風度香爐峽

大風竟日夜，舟滯香爐峰。蒼厓黑雲積，暮雨陰溟濛。怪石屹中流，舟楫一綫通。衆挽緣危棧，詰曲難停蹤。英哉虞夫人，千秋廟貌崇。松檜結慈雲，旌旗飄靈風。落帆一瞻拜，出險與夷同。人生行路難，所恃惟神工。崎嶇尚萬里，念之心忡忡。

【校】《載園詩鈔》「屹中流」作「踞中流」。二卷本「與夷」作「夷與」，「神工」作「神功」。

送邱蒔園同年從事華亭

經年人海共藏身，蘭譜誰如氣味親！未向梅關迴遠夢，還從蓮幕傍才人。去時車馬驚殘雪，到日鶯花趁早春。聞道隴山風物美，好憑鸚鵡寄聲頻。

雪中訪筠谷

一日不見君，真似三秋別。叩門人未起，獨立階前雪。

簾鈎四首

曲盡瓊枝巧漫誇，慣依冰簟影交加。金塗翡翠留張氏，網斷珊瑚賽石家。書閣篆縈香不散，畫樓人捲日初斜。玉梯横絶應同詠，好好題詩手自叉。

圓巖缺月未分明，象箆犀釘雅擅名。拗得桂枝雙照好，挼來湘水十分清。幾摇雨脚簷前亂，半勒風條户外平。燕子翩翾穿未得，曲張依約睇還驚。

屈戍窗虚認未真，銀繩寶蒜錯璘豳。不教荇藻驚魚下，爲愛桐花挂鳳頻。吴女笑時藏去巧，蜀姬傳處座逢春。懸知曲送封侯骨，可是前爲明月身。

三折輕波一桁羅，樓臺窈窕抱雲多。腰圍幾瘦憐才子，眉黛初彎映素娥。金帶草痕階畔起，玉梅花影帳中過。夜來清韻傳鳴珮，忍憶尊前《捉搦歌》。以上七首，見首都圖書館藏鈔本《海門詩鈔》卷一

【校】二卷本詩題作『簾鈎』，僅録前兩首。窗虚，底本作『虚窗』，據二卷本、吕星垣輯《簾鈎倡和詩》改。

和王少林司馬學圃齋黄薔薇元韻

蔓影繁條迴出墻，雞苗新茁雨中黄。彎山貼額嬌宫様，絳帕蒙頭學道妝。鬟戰瓣香蜂浪蕩，翅翻房粉蝶披猖。東平暝色休相妬，啼笑俱難是樂昌。

幽姿綽約畫應難，曉日亭亭小石闌。金屑一團雲不散，麴塵堆徑露初乾。漫愁緑刺防鷽駐，欲照丹心畏蠟殘。淺服淡粧情自定，麗春同眷未同看。

簾開瞥見數枝横，嫩白嬌黄一笑生。玉躞映來新韻好，金題翻處緑陰成。錦承條脱情偏重，煙起熏爐氣倍清。我亦有緣曾倚檻，蜜蜂相對更添酲。

曲檻迴廊面面通，姚黄魏紫許相同。微塵不捲香風軟，冷露潛侵寶月朧。詞是色絲人共羡，詩曾奪

錦事成空。可憐沈約緣聯句，瘦比花黄小院東。

【校】姚黄魏紫，二卷本作『姚家花様』。

答成自堂見贈原韻

頒到詩緘盥手開，清詞滿幅意環迴。名流字得飛鴻勢，宰相門多吐鳳才。先生先人，兩代相國。吟對青山呼月上，笑看瓊樹倚雲栽。鯉庭昔並《霓裳》詠，接席同傾白玉杯。

亭院招遊逸興揚，共論金石趣偏長。千秋著述推前輩，三徑花枝識舊香。自有豪情懷海岳，漫無奇句挾風霜。緑窗月照先生筆，萬丈光騰接混茫。

【校】詩題，二卷本作『次韻答成自堂見贈二首』。『萬丈』句，李如筠夾批『句湊』。

明珠窩

我本合浦人，弄珠漲海畔。豈意抱陽山，山窩如老蚌。雲宿影迷離，日射光燦爛。徘徊百步廊，一步一回看。

【校】李如筠眉批：『十字寫景似謝靈運。』

題王少林司馬藉山讀書圖

金門射策騁驊騮，漢水神明政更優。才望官聲俱震世，一時爭識白江州。

玉書今藉鎮河西，重辱高軒過保黎。時以除道之役，寓武清保黎莊。春雨一鐙連夜話，披圖如在鳳山栖。

【校】全詩共四首，正文卷三已録前兩首。

戊申春道過保定縣示紳士

試宰始新鎮，鉛刀每自羞。士多鄒魯彦，民是葛懷儔。訟簡莎庭静，官閑竹閣幽。我來懷舊雨，兩日此淹留。

白龍潭

石潭稱勝境，乘暇一躋攀。馬躍三重澗，人凌萬仞山。險同探虎穴，喜得識龍顔。倚壁成高詠，徘徊未肯還。

送裴宿塘同年之滿城

黄葉燕山道，蕭條秋正深。飛鴻鳴遠塞，匹馬入寒林。登覽日色暮，蒼茫雲氣陰。重陽送風雨，知汝有清吟。

【校】李如筠眉批：『氣味絶佳。』

九日過臨洺關

三秋千里唱刀環，細雨黄花過故關。驛路虚逢重九節，漫將馬上作龍山。

送鄭哲堂觀察之任蘭州

聲播畿南十五年，陽春到處速郵傳。隨車鹿獻臨淮瑞，集戟烏知仲郢遷。自是九重資鎖鑰，還看三輔待旬宣。扳轅卧轍留無術，五色雲馳露冕軿。

尺寸初容謁玉除，枯生偏入笑談餘。束芻未獻三騶使，十部何當一紙書！戟駐閶門笳角勁，鑣揚東隴莠稂鋤。銘旂勒鼎千秋事，此日難堪餞大車。

瑶亭道中贈秦松嵐同年

野寺心傾乍見時，一鐙秋雨共論詩。更憐廬墓留雲谷，圖畫千年識孝思。松嵐以孝聞，有《廬墓圖》。

夜雨漫成

五月憂旱燥，陰雲起暮林。涼生一夜雨，聲入萬家心。睡鴨垂簾換，來禽剪燭臨。蕭騷生百感，倚枕尚高吟。

題程賓槎少府一經舊德圖

伊洛垂餘澤，傳家秉一經。書繙林葉緑，圖寫故山青。作吏思無斁，遺編自有靈。多君懷舊德，我亦念趨庭。

以上十八首，見首都圖書館藏鈔本《海門詩鈔》卷二

宦遊十景

玉河泛舟

保定治北有玉帶河，南通趙北，北達津沽，千里堤邊，萬木蓊翳。公餘與同人乘小舟泛鹿𧿹，溯鷹嘴，泊垂楊下，不減右丞輞川風景。

六郎城外柳毶毶，千里堤邊草若藍。煙水蒼茫斜日裏，孤舟一棹似江南。

香泉瀹茗

深澤興化寺，即唐大忍寺也。側有井水香冽，曰香泉，陳海寧太常令此，因以爲號。余攝宰時，

井已湮塞，特疏鑿之，並搆小亭於上。暇日携童汲水，掃葉烹茶，獨坐其中，頗饒幽趣，不羨銷金帳中淺斟低唱也。

見説香泉憶海寧，午衙吏散上新亭。秋風紅葉頻來往，爲譜《茶經》並《水經》。

棠陰讀畫

清豊一味莽，有海棠雙株，高數丈，暮春花盛開，紅光爛熳。旁有紫荆掩映，余嘗於樹陰布席飲酒，並携都人所題陳渼碧《海棠圖》，與友人展玩。花枝綽約，花影飄零，迴憶紅雲亭畔，銀燭高燒，不勝天涯流落之感。

西川名種爭題詠，寫盡長安二月春。今我醉從花下坐，披圖如見此花身。

奇水垂綸

滿城山水清曠，田直北抱陽山，尤爲奇秀。治東一畝泉，源出滱河，伏流三十里，至奇村之南始見。方一畝，旁潤稻田千頃，流經靈雨寺，以達津沽入海。四圍多古木，池中荇藻交横，水深碧绿。北岸舊有亭，余新之，每單騎來遊，解衣亭畔，垂釣柳陰，風塵面目，爲之一洗。

十丈深泉一畝寬，小橋楊柳日盤桓。蓬塵未遂林泉志，偷向秋風把釣竿。

南池步月

東鹿有書院，曰南池。門外池水一带，中植芰荷，隔岸柳陰，人家掩映，雙横略彴通行人。時余延家紫峰主講席，公餘過訪，杯酒論文，劇談今古。興酣月上，同步草橋，水色天光，上下一碧，竟夜徘徊，不知東方之既白也。

池水盈盈漲舊堤，月明人度草橋西。同心幾得同良夜，好好題詩繼玉谿。

靈雨敲詩

清苑郭西靈雨寺，爲會垣名勝地。寺西有離宫，潑翠流丹，樓臺縹緲。憑高遠望，西山雲霞，宛然在目。余於羽書旁午中，與二三知交携酒登樓，聯吟琢句，依然書生結習也。

塵境最難逢勝境，同人豈易得詩人！午晴好税桑田駕，共譜新詞唱冶春。

海光縱目

天津北通京潞，西控滄瀛，陸走黄塵，淀連青海，吴楚漕艘，轉運百萬，爲畿輔巨鎮。治南海光寺，爲離宫，中有樓閣池沼花木之勝。登高拭目，煙水蒼茫，七十二沽，如螺痕可數。

三津風物似南天，徙倚高樓思渺然。七十二沽秋水闊，夕陽爭放打魚船。

沽上觀帆

津門千淀歸墟，百川赴壑，三女岩爲海口，即今大沽也。岸有亭，高秋臨眺，海氣洄漩，洋艘片片，如星辰之列天上，可謂奇觀。

蒼茫海氣接長空，蛟室蜃樓縹緲中。萬片風帆天上落，疑從雲際看飛鴻。

濮陽策蹇

余攝清豐時，奉檄濬長垣之陶北河，兩閲月始竣事。適大雨兼旬，車馬中阻，僮僕留視行李，自策蹇驢，由濮陽取道還清，短衣草笠，宿露餐風，頗不自苦。

河干兩月爲鳩工，風雨歸來車馬窮。一疋蹇驢三百里，無人知是李清豐。

紫塞聯騎

己酉秋，余同武邑尹杜梅溪，奉檄治瑶亭道路。梅溪有豪興，兼工詩，九日聯騎上新開嶺，登絶頂，飲酒高吟，聲動巖谷，觀聽者駭然。

塞垣蒼莽萬峰迴，並馬如登戲馬臺。吟到凌雲詩句好，誰知俗吏有僊才！

通籍五年，承乏七邑，濬河治道，奔走風塵。六月息肩，詩成十景，聊同紀事，藉遣愁懷。

【校】以上十詩，其一、七、八、九，正文已收録。第三首，李如筠眉批：『似不必存。』

留別郭茗仙廣文用見贈元韻

投簪且暫息勞筋，沽上逢君又別君。講席乍移還戀樹，晨羞雖潔悵瞻雲。三津宦迹空鴻爪，兩載交情比雁群。此日銜杯兼讀句，海天風雪袂難分。

贈裴禹川

曾傳佳句夢池塘，江左才名數雁行。一自沅湘人寂寞，遂令王粲滯襄陽。

湖海飄零衹一身，十年踪跡總如塵。生平壯志成何事，聊撿神方去救人。

辛亥十二月同王福庭同年及滿城諸紳士重遊抱陽山山中有龍潭明珠窩歇足盤張燕公讀书臺

兩山如抱向陽開，爲續前緣得得來。寒到空潭龍已蟄，光生古壁蚌疑回。三年鴻爪猶留雪，萬里萍踪數舉杯。歇足盤中今歇足，重來同上讀書臺。

辛亥十二月滿城諸紳士送至一畝泉作此留别

藻西三載又登臨，載酒同論遠别心。十丈清泠寒不竭，交情奇水問誰深？

留别楊米人

幾年翰墨結新緣，骨挾風華語欲僊。翽鳳豈終栖枳棘，文鸞應自嘯雲天。夢迴寒雪空惆悵，别向春風更黯然。最是多情楊孟載，相思人瘦落花前。

【校】二卷本『語』作『話』，『嘯』作『刷』。

留别姚石南

手握驪珠貢日邊，凌雲風致自翩翩。醇醪易醉人如玉，彩筆思飛月在天。杯酒客中吟夜雪，布帆江上掛春煙。離情未易禁三疊，珍重蟬宫斫桂僊。以上十七首，見首都圖書館藏鈔本《海門詩鈔》卷三

彭門再别康龍山

雲龍山雨洗塵埃，戲馬臺前匹馬來。小閣一燈尋舊約，離愁萬斛付春杯。十八年來墮軟塵，相逢已是鬢毛新。功名萬里成何事，惟有詩編屬故人。

【校】全詩共四首，此爲前兩首，三、四首正文卷五已録，題爲《彭城别康龍山二絶》。

上巳泊寶應訪樂志堂吴從事不遇留寄王少林太守

欲訪枚臯宅，停舟白馬湖。人遊曲水去，堂牓藉山圖。珂里多佳氣，潘輿想載途。錦衣雖足樂，竹馬候蒼梧。時少林將由務關奉太夫人還寶應，始同赴平樂新任。

揚州寄家虚谷

春雨離心日夜勞，廣陵回首薊門高。開緘不覺人千里，攬鏡偏驚我二毛。茆嶺擬栽彭澤柳，蓮池好種武陵桃。僊槎若返梅花國，莫惜雙魚慰鬱陶。

【校】頸聯，弘藝殘本夾批：「二句盡湊。」

平山堂雜詠

香車寶馬逐芳塵，共趁晴明去踏春。小雨連宵知有意，催開紅杏待遊人。

名園最愛緑楊灣，小艇紆迴去復還。共道看山登閣上，誰知閣内有奇山！

敲開古寺問前因，蓮性由來不染塵。莫上寶幢高處立，煙花看盡又愁人。

【校】原詩共八首，另五首爲正文卷五收録，題爲《平山堂雜詠五首》。

平山堂題壁

廿四橋邊酒乍醒，五泉亭過萬松亭。桃花未放梅花落，惟有長堤柳眼青。

鎮江逢姚姚峰明府

津門把酒共論文，上谷圍爐到夜分。芳草欲尋吴苑約，戴公山下恰逢君。

君從錦里城邊去，我自金山寺裏來。不是槎頭驚過客，故人交臂失于思。余與姚峰約到吴中盤桓。適姚峰有西藏運餉之役，舟過丹徒，偶立舟頭，余同舟友人見其髯甚美，邀余觀之，舉頭則姚峰也。相執大笑，檥舟快飲，竟日而别。

度羚羊峽寄萩園兄廉山姪

風雨羚羊峽，孤舟五月寒。幾疑秋氣肅，忽覺夏衣單。鸛鶴盤江寺，蛟龍據石灘。前程欣出險，五字報平安。

壬子五月南還至鬱林阻水宿文昌閣兩日有作

積潦如江海，行滕滞鬱林。桥頭欣有閣，小住當登臨。水郭多佳氣，寒山起暮陰。倚欄空悵望，把酒定歸心。

謁射螺祖墓還至那春飲陳氏山莊題壁

聞得宗人説，那春是舊居。睪然懷祖澤，幽矣愛君廬。繞屋千章木，横軒兩架書。有緣共杯酒，扶醉上肩輿。

癸丑春到武利訪勞鳳山以風雨不果後因積水舟滞江干得晤遂同至黄修亭齋舍話舊漫成四絶

廿年湖海悵離群，河畔維舟感暮雲。昨日訪君風雨阻，轉緣風雨得逢君。

鳳凰山下是君家，春到龍塘兩岸花。咫尺仙鄉空悵望，聊凴樽酒話天涯。還珠夜月清吟地，同是翩翩少壯時。中歲相逢須盡醉，歸來白髮恐離披。對床頻問夜何其，雨霽明朝又別離。離合無端成不寐，心情惟有故人知。

【校】詩題「同至」，底本作「同□」，據弘藝殘本補。

留別莊蓬嶠

西風瑟瑟又秋聲，鴻雁南來我北征。萬里離心增落葉，兩旬假館漫吹笙。纏綿譜誼兼親誼，密邇燕城與濟城。相約明春事鞍馬，莫徒珠海送人行。蓬嶠需次濟南，故促之。

勺芳園即事並呈郭書城呂爕堂毛雅堂

園林風定晝無聲，徙倚亭臺客感生。樹木濃陰秋未老，池塘漲漫雨初晴。香添睡鴨閑簾靜，帖撿來禽小閣清。半月盤桓心已洽，飛鴻又動別離情。

中秋夜戲呈郭書城

盼到團圞夜，依然是獨居。光侵芸閣冷，影入竹窗虛。倚檻看飛雁，臨池悟躍魚。芳園多嘯侶，把酒慰蟾蜍。

八月十七日莊蓬嶠招同諸友勺芳園玩月分得清字

雲斂晴空露氣清，玉輪初缺尚分明。一林落木争飛葉，八月寒蟲又變聲。對酒正驚前夜醉，聯牀還敘故人情。芳園酹唱逾金谷，詩就無須罰不成。

中秋夜勺芳園唱和沈朗園有桂花風露濕衣裳之句風韻不減新城奉贈一絶

舊雨聯床意氣真，秋風吟嘯不嫌頻。最憐『露濕衣裳』句，心折江南沈瘦人。以上二十二首，見首都圖書館藏鈔本《海門詩鈔》卷四

英德晤彭東郊談碧落洞之勝欲遊不果

見説雲華室，由來欲到難。憑君尊酒話，如策短笻看。

南安舟中寄懷保昌姚曉園明府

海内知名久，天涯結契深。曾江傳荔酒，庾嶺借棠陰。意氣敦同道，余與曉園，俱出康茂園師之門。文章愜素心。題詩寄南雁，惆悵爲知音。

雨過南康縣

暮雨秋江一棹來，石城樓閣畫圖開。風帆不落芙蓉岸，辜負虔州八境臺。

贛州阻風

秋杪冬之初，喧聲夜半起。砰訇春雷怒，奔騰逸馬駛。曉來推窗看，風出岸樹裏。孤舟泊城隈，吹過西沙觜。陰雨復淋漓，竟日滴不止。三老坐無聊，酣睡短篷底。計程已七日，行僅三百里。巉巖十八灘，方自儲潭始。滯同鮎上竿，險比虎履尾。區區章貢間，阻風又阻水。半生苦行役，何如家居美！請看田舍翁，高卧而已矣。

【校】首圖鈔本尾批：『微嫌率直。』

吉安贈顔愓甫太守同年

孤飛接翅上神州，風雪聯吟憶舊遊。北地我慚爲俗吏，西江君拜古諸侯。三千騎士前驅壯，十八灘頭粉澤流。一棹五雲洲畔過，爲聽輿頌暫停舟。

【校】原詩共二首，另一首爲正文卷七收録，題爲《吉安呈顔太守愓甫》。

癸丑十月舟過豫章留别龔辛農二尹

湖口帆檣來片片，隔江車蓋去童童。與君登眺看風景，却攬羈愁入閣中。

奚囊充溢宦囊空，坐憶桃根滯永豐。辛農妾尚留永豐。我已黄龍占喜氣，不須惆悵日哦松。

當年人海共藏身，那識微名是累人！三十六州空鑄鐵，粉坊徒夢海棠春。

松間凉月上秋屏，三疊《陽關》不忍聽。他日却思今夜會，孤燈聯榻聘君亭。

葉九坤生癸丑成進士簡用大尹需次汴梁旋聞訃歸里冬過桐城得晤感賦三絶

五年結契出風塵，海内論交有幾人！早信鵬程終萬里，一枝果占上林春。

泥金信已達庭闈，又見雙鳧汴水飛。捧檄欲酧娱老志，錦衣何遽變麻衣！

感同風木劇相憐，執手槐庭淚潸然。還念昆陽人望歲，龍眠山好覓牛眠。

癸丑彭城重别康龍山

停鞭又作賈胡留，幾日彭門續舊遊。石佛嵐光分石狗，黄河風色逼黄樓。江山舊是王侯地，詩酒翻添主客愁。握手旗亭商後會，金臺明月桂花秋。

【校】首圖鈔本李如筠眉批：『「石佛」一聯，纖而不純。』

徐州府署晤紫峰弟即别

彭祖樓邊夜色沉，挑燈小閣欲談心。停雲落月愁難訴，惟檢新詩與共吟。

揮手河梁又别離，莫愁無伴與聯詩。坡公自作文章守，海内才人聚一時。謂張柳州太守昆玉，並康龍山、吴星乙、蔣東岩諸君。　以上十五首，見首都圖書館藏鈔本《海門詩鈔》卷五

題漢壽亭侯印

漢室威名重，通侯寶篆尊。光芒爭日月，浩氣塞乾坤。保障非人力，經營答帝恩。丹文森九字，大義至今存。

勘棗强水災投宿宋寨贈吴茂才

積水真如海，孤帆帶雨來。紆迴投宋寨，仿佛到蓬萊。雞黍田家味，詩書國士才。挑燈同永夕，半是論時災。

癸丑春武利訪黄修亭

三春三日訪知音，繫馬同論久别心。山館最宜花下飲，薊門曾記夢中尋。大椿根植蓬萊島，叢桂香生翰墨林。鄙吝祇緣違叔度，那堪把臂又分襟！

病起

陰晴天氣暮春時，曉起臨窗檢舊詩。斗室養疴經半載，升堂治事待何期。久眠轉近匡牀厭，小倦還

憑濁酒支。愁極惟吟陶令句，『樂夫天命復奚疑』！

安平送别徐碩三明府

一鞭春雪赴春明，恰帶春風與送行。鳴鶴堂前還繫馬，柳絲猶短不勝情。

傾井

傳説三軍得水奇，攀開古井至今欹。蕪蔞豆粥滹沱飯，同是踉蹌河北時。

鴨河營晚渡

鴨緑溶溶泛鴨河，春風如剪剪春波。堤邊一帶煙籠樹，遥聽漁人鼓枻歌。

【校】二卷本眉批：『鴨緑江，名應酌。』

春日郊行 用鹿城八地名

東狼穴對西狼穴，前鴨河通後鴨河。鎮日尋春南北郭，桃園花比杏園多。 以上八首，見二卷本《海門詩鈔》卷下

丙寅春初自定州紆道訪家紫峰于垣曲陽蔣師退唐縣却寄

七日中山兩度經，輪蹄新歲未曾停。河冰決決流還白，路柳濛濛望欲青。廿載宦遊桑下宿，一春離思曲中聽。臨歧擬酌琴堂酒，也當關門送客亭。

【校】中山，《海門詩選》初刻本誤作『山中』。

由唐縣赴保定途中遇雪寄酬蔣師退

雪深不辨路，況復路多歧。逐逐問何意，懸懸爲所知。交堅投古硯，裝重得新詩。回望雲生處，應君憶我時。

從易州過淶水途中寄江抑堂淑棨刺史同年

一醉春堂酒，登車又北征。浮雲天半起，隔嶺判陰晴。路柳枯還緑，山泉出亦清。誰人知此意，回首望燕城。

曉發松林驛

月色朦朧隱戍樓，松林夜半策驊騮。雄心不作劉琨舞，又逐雞聲過涿州。

曉行和壁間韻

戍樓月落角聲殘，獨起摩挲七寶鞍。庭樹雅啼人欲去，燈光猶射劍光寒。

寄楊米人瑛昶司馬蔣蕅船明府

令威已化城頭鶴，杜老難逢飯顆山。丁郁兹、杜梅溪，相繼謝世。尚擬畿南重結社，蕅船無恙米人還。

暮春由都門還官保定晤蔣師退奉酬見寄之作

一麾衹説去幽燕，詎料難分翰墨緣！緑酒紅燈連夜共，新愁舊感一時捐。官貧却詡詩囊富，身怯還欽道力堅。恨不同馳南下轍，月明簫鼓泛吴船。維時余有吴門之役。

【校】詩題『暮春由都門』，《海門詩選》初刻本作『丙寅三月』。

初攬南行轡，層陰生晚涼。雨催梅子熟，風遞棗花香。怖鴿投村寺，閑鷗戲埜塘。征途有詩侶，吟和自茲忙。

清苑道中示張雋三

雨夕

雨勢欲竟夜，燈前客思長。不愁行役苦，恐與麥秋妨。

河間道中雜詩八首

落日風翻沙影圓，九河故道已爲田。班班聲裏輪蹄急，猶聽人謡姹女錢。

獻王陵在邑城東，古柏森森祀享崇。不比劉安度雞犬，《六經》深仗表章功。

玉鈎手握不輕開，博得君王望氣來。一樣帳中人不見，多情還有集靈臺。

城上輕雲欲化煙，阜昌腐鼠笑當年。莫嫌鏡裏無鱗角，羖攊如何得上天！

金城宫殿久成塵，孤負玄圭爲恤鄰。牛口豆雖留不久，也緣天命屬真人。

長樂恩榮安在哉，傳聞遺塚尚崔巍。阿孫别有逢迎術，一曲琵琶繞殿雷。

三策天人世所尊，傳經父子費評論。披幃展謁增惆悵，芳草無從問故園。

建塔相傳爲備邊，劫灰留證法王前。天風吹下玲瓏影，散入千家落照圓。

過德州喜晤孫淵如星衍觀察同至齊河取别

鬲津林外塵頭起，候騎飛迎三十里。登堂一笑華筵開，故人情重有如此。羡君吴會真英才，文章早歲登蓬萊。考據不數《集古録》，篆籀直逼岣嶁碑。胸懷灑落雲水活，口吻排擊風霜飛。一朝持節巡齊魯，凛凛列郡瞻風裁。十載别君如轉燭，三日縱談苦不足。鈐轄清晝發古香，圖書壓架皆琳瑯。少陵真蹟今歸我，我出示君君許可。六書八法鑒别精，到眼真贋如觀火。濟北道上還聯鑣，相看鬢髮俱飄蕭。旗亭真作平原飲，光陰過客徒勞勞。明朝又分南北轍，携手河梁黯然别。青山一髮望江南，相思獨看姑蘇月。

平原懷古

豪舉如君已罕儔，翩翩濁世自風流。曳裾尚覺三千少，快飲何妨十日留！下客處囊思脱穎，美人含笑罷登樓。買絲欲繡情空切，異代何緣得與遊！

揮戟居然勇莫當，俳優傲世亦何妨！曾經王母桃三熟，聊共侏儒米一囊。金馬當時稱大隱，歲星終古望東方。夏侯像贊顔公筆，展讀猶餘墨瀋香。

三分割據奮風霆，此亦高皇泗上亭。螻屈英雄憐髀肉，鴟張小吏服鞭刑。樓桑故里曾經謁，杜宇斜陽不忍聽。聞道邨翁嚴伏臘，訟庭空見草青青。

漁陽鼙鼓震咸京，指顧紛紛下列城。獨有平原能仗義，可憐天子不知名。太師那肯隨都統，汝輩還應識我兄。嘆息當年親舐血，如何垂老忍相傾！

晏城謁晏子祠

讀史遷書慕執鞭，行經故里共流連。如何祠廟仍湫隘，想見狐裘三十年！

登岱

振衣絶頂喜天晴，神秀真形畫不成。無字古碑應有意，巍巍蕩蕩本難名。

登泰山極頂

要看山背與山陽，絶頂披襟五月涼。日觀峰頭觀落日，天風浪浪海蒼蒼。

同家芳圃張雋三孫雲逵孫廷瑞金玉如趙靖之謁岱嶽廟

舊傳七十二登封，五嶽三公首岱宗。連日携朋尋古蹟，唐槐漢柏又秦松。

岱嶽廟飛來柏

冥冥白晝風雷馳，老蛟酣鬥精力疲。暫依古柏作逃藪，懸空化作青銅枝。盤挐尚奮掀舉勢，倔强不伏黴纏羈。潛搜冥索詎能見，賴有神力相扶持。我來仰觀舌上撟，是真天作非人爲。但恐一朝更飛去，天半出其鱗之而。

新泰道中曉行

日出未出晨氣涼，輕風度林棗花香。垂鞭蘧然續殘夢，鳥聲啼破煙蒼茫。

新泰道中示雋三

暑雨南行不告疲，探奇訪古有相知。披襟岱嶽壺天閣，延佇齊河晏子祠。量淺每防君賭酒，才高時爲我醫詩。吴中山水應相慶，待取先生絶妙辭。

紀夢 五月十六日夜在新泰鰲陽作

平陽雨竟夜，枕簟生微涼。蘧然化蝴蝶，栩栩還故鄉。言行珠浦曲，邂逅採珠娘。珠娘年十八，窈窕時樣粧。芙蓉爲裙衩，翡翠爲衣裳。頭上玳瑁簪，兩耳明珠璫。我前通殷勤，解佩以相將。佩中珠一斛，落地生寒芒。拾之盈兩袖，納之新詩囊。探囊取新詩，字字含珠光。還探囊中珠，珠入詩中藏。珠娘還索珠，珠失以詩償。珠娘佩我詩，衣飾爭輝煌。珠耶與詩耶，令人難測量。喔喔村雞鳴，竈下炊黄粱。

蒙陰道中示張雋三孫昀葵金玉如

到處探奇客路歡，南中山水足盤桓。也曾登岱曾觀海，敢説平生眼界寬。

苦雨嘆 五月十七日蒙陰鞏城驛作

滂沱一夜雨翻盆，朝來雲暗如黄昏。官程緊急不肯住，僕夫驅車愁出門。車輪沾泥行不得，況有峻坂無轍迹。半日蹣跚十里餘，纔到平川又山脊。山石磽确路屈盤，如蟻旋磨鮎上竿。車中顛簸還俯仰，行路竟同蜀道難！前車幸到鞏城驛，後車遠在蒙山北。陡然積潦漲沙河，一水盈盈兩岸隔。舊雨未歇新雨連，耳邊但聞蛙鼓喧。豈其累日苦炎熱，造化有意相周旋。我欲扶摇上九萬，手揖風伯吹雲散。淋漓雨脚霎時斷，揮鞭直到黄河岸。

後覆車詩

五百里山行，彳亍逾十日。泥深輪欲埋，石亂軸屢折。延緣如磨蟻，蹣跚若跛鱉。出山又入湖，湖路積潦溢。推挽煩郰民，占坎始得出。方謂險阻過，禍患生所忽。小溪横危橋，巉巉五尺闊。僕夫乃不戒，斜登竟蹉跌。一落一丈强，顛撲魂飛越。已分性命休，那計皮肉裂！何期車半懸，皮閣有石碣。遂破窗門上，大難乃竟脱。昔過三岔河，上堤車忽軼。倒壓經兩時，拳曲氣息閉。出險賴神明，逢凶得化吉。曷來十二年，又復蹈覆轍。君子戒垂堂，此豈保身哲！高卧田舍翁，相形孰得失？

沂州懷古

渡水登山得路遲，他鄉風物繫人思。解鞍一醉蘭陵酒，高詠吾家太白詩。

漢廷半是五經師，豈獨通儒數望之！疏氏《春秋》后氏《禮》，説《詩》匡鼎解人頤。

散金臺過動歸心，故址荒涼歲月深。自笑有金隨手散，歸時欲散已無金。

悦色揮金世亦多，秋胡妻竟自沉河。人憐孝婦含冤死，此本無冤死爲何！

申甫曾傳嶽降神，神峰間氣毓名臣。請看羽扇綸巾後，又有輕裘緩帶人。

扶植綱常萬古名，東蒙代有哲人生。一門忠孝誰相匹，顔後王前兩弟兄。

故里瑯琊路有碑，千秋書聖説羲之。我過古寺尋遺迹，洗硯池爲洗鉢池。

儀容英異氣深沉，應運徒猜宋主心。不是龍歸天上早，十年土價視黄金。

菖蒲何獨見花生，雲氣常依命世英。造遍南朝四百寺，佛光曾不照臺城！

瑪瑙埠前怪石横，芙蓉湖畔稻花生。斜風細雨臨沂道，無限低徊訪古情。

清江浦晤沈敘軒惇彝司馬即題其岱峰觀瀑圖

玉龍閑向山腰戲，濺沫噴珠作狡獪。祗期終古秘深巖，詎料一朝落人世！瀑布在傲來峰下，人跡罕到。

沈郎愛山窮搜羅，靈境獨闢山不訶。峰頭倒瀉作飛雨，清虚一氣含嵯峨。我昨登山未得到，山靈有知應我笑。轉疑此外别有奇，屐齒不及誰能料！古稱泰岱五嶽宗，包羅萬象開心胸。青蓮居士呼不起，夢魂已到匡廬峰。空堂忽訝波濤立，箕踞科頭任呼吸。畫工巧欲奪天工，今日開圖紙猶濕。

韓侯釣臺歌

君不見，淮陰侯，少年乞食淮上遊。手把長竿釣淮水，釣竿一擲重瞳愁。豐沛真人赤龍子，多少英雄同崛起。登壇乃獨驚三軍，出胯曾聞笑一市。南昌亭長真小人，爲德不卒何足云！歸來千金報漂母，丈夫快意始一伸。我來舟泊淮城下，徙倚臺邊獨悲詫。當年失計定三齊，不作真王何作假！吁嗟乎！璜溪白髮遇文王，載歸馬上看鷹揚。嚴陵獨釣桐江月，戴笠披簑守高節。惟有王孫真可憐，無端鐘室含奇冤。含奇冤，不須計。君不見猛士無人守四方，歌風臺上空流涕！

秦郵阻風

維舟甓社湖，茫茫烟水闊。不怨南風吹，我行當夏日。

高郵湖守風

露筋祠下泊扁舟，幾日淹留爲石尤。三十六陂煙水闊，不知何處是揚州！

邵伯晚泊

逆風捲帆行，人煙泊邵伯。斷岸晚蕭蕭，菰蒲有秋色。

口號

水行多阻風，山行多阻雨。不怕山水行，祇怕風雨阻。

雨中過揚州寄伊墨卿秉綬**太守**

平湖渺渺隔仙舟，惆悵湖陰兩日留。余阻風高郵湖陰，墨卿赴清江，舟行湖心相左。二十四橋誰載酒，斜風細雨過揚州。

揚州晤熊夢菴方受**祠部旋别**

每夢平生耐久朋，邗江何意共挑燈！金莖未解相如渴，風雨瀟瀟卧茂陵。隋堤依舊柳毿毿，聚散無端兩不堪。夜挂征帆瓜步去，「載將離恨過江南」。

揚州喜舍弟德徵來晤

七載河梁别，相逢詎偶然！升沉安末路，哀樂感中年。夢繞先人墓，心輕附郭田。支持同薄宦，還望子孫賢。

瓜洲夜泊

樹暝泊瓜洲，夜深人語響。殘月照江空，沙痕潮欲上。

瓜洲晚眺

月浸瓜洲渡，江空夜色幽。蟬疏因樹斷，螢遠入烟流。急柝南徐鎮，遥燈北固樓。金焦不及到，吟眺待深秋。

晚泊龍潭

朝乘急浪過江南，穩入新河午夢酣。兩岸鳴蟬聲不斷，一帆風送到龍潭。

同丁鑑湖德徵弟訪隨園感成四絶

騷壇早歲建三江，當代名流俯首降。成佛生天俱頌遍，祇須作譜續無雙。

霧閣雲窗入畫圖，就中柳谷最清娱。溪山一入才人手，總比尋常布置殊。

匆匆款曲記吴門，壬子春，余從津門還嶺南，過吴門，遇隨園于書肆，約異日過訪不果。每夢山房侍酒尊。余常夢持詩草，到隨園求選定。滿院緑陰閑坐久，於今真個到隨園。

覽勝還登最上層，樓頭指點有良朋。仙人已自歸蓬島，留得名園與秣陵。

石頭城晚眺

落日石城路，憑高思渺然。遥邨烏榜外，疏柳白門前。鐘磬林中寺，帆檣江上船。六朝遺跡在，金粉自年年。

同丁鑑湖劉簡田堃德徵弟遊清涼寺

萬木圍山寺，開軒入畫圖。彩雲芳樂苑，明鏡莫愁湖。久坐塵心淨，披襟暑氣無。不須譚往代，相對足清娱。

丁鑑湖堂僉判招同張雋三小酌隨登雨花臺歸憩吕仙閣

徑入高臺細草遮，醉餘登眺興偏賒。巖巖鍾阜千尋矗，渺渺岷江一帶斜。此日談心聯舊雨，當年説法散天花。偷閑更借黄粱枕，清夢雲房静不譁。

翠微亭

絶巘高亭古，追涼入翠微。徑斜還蠟屐，風急欲添衣。淺浦虚舟泊，遥林獨鳥飛。南都此名勝，憑眺未言歸。

謁方正學祠

篡字不能免，周公安可希！孤忠傷十族，大節在麻衣。墓對孝陵近，魂從木末歸。讀書真種子，瞻拜有光輝。

登雞鳴山寺眺玄武湖歌

曉登雞鳴山，小憩雞鳴寺。側身俯眺玄武湖，萬柄芙蓉蕩青翠。昔聞有明此建宫，天下圖籍藏湖中。當時洲上爲禁地，燈火不入防祝融。竭來湖作捕魚藪，曲渚菰蒲夾岸柳。小陂傳爲郭仙墩，異跡應煩神鬼守。重樓複閣無遺蹤，巋然一塔凌高峰。寺前虬枝最盤屈，山僧指是六朝松。六朝遺事略可數，轉瞬滄桑奈何許！辱井投身笑麗華，臺城餓死悲梁武。我來竟日此流連，空嗟蔓草同荒煙。惟有鍾山不改色，龍盤虎踞撑青天。把酒高吟不肯去，歸鴉入林天欲暮。四山冥合雲樹深，蒼茫不辨來時路。

宿棲霞寺

暮出金陵郭，幽棲夜半時。月移雙桂院，雲護六朝碑。石氣侵窗近，江聲到枕遲。明朝撥煙霧，探遍攝山奇。

遊攝山

攝山狀如繖，異草生林麓。中峰屹然立，群山皆俯伏。我從秣陵來，夜叩棲霞宿。晨起探靈區，林巒吐初旭。迂迴石徑深，繚繞雲房曲。轉過桃花澗，幽居森古木。偃仰九老松，曉風吹謖謖。名泉響清泠，珍珠綴白鹿。叠浪石最奇，雨餘瀉飛瀑。紫峰連白雲，幽境不一足。更上最高峰，千里具在目。金焦若培塿，長江似溝瀆。遥郵一髮青，平疇衆芳緑。昔聞明徵君，於此結茆屋。捨爲法王家，千秋想高躅。小憩優曇居，詩僧頗不俗。高吟雜清梵，鐘聲出深竹。流連不肯歸，落日偏相促。

【校】林巒，《海門詩選》初刻本作『林嵐』。響清泠，底本誤作『響清冷』。

登攝山最高峰

一望極千里，中峰萬壑尊。江船疑不動，埜樹欲無痕。龍虎盤鍾阜，金焦峙海門。平生盪胸處，泰岱與同論。

登攝山最高峰望長江放歌

攝山之高高插天，山路曲折蛇蜿蜒。我來振衣登絶頂，放眼直欲窮八埏。長江一帶繞山麓，風帆片片如飛鳶。南徐瓜步儼指掌，金焦兩點墮我前。回頭南望詫奇絶，金陵已許窺其全。群峰俯伏等奴隸，祇有茅蔣堪齊肩。風鬃霧鬣類奔馬，行空不受珊瑚鞭。雞鳴清涼非不佳，一邱一壑何足言！憶昨高躋泰山巔，九點已盡齊州烟。誰知斯遊更開盪，千里一目神悠然。遠樹如薺人若豆，置身天上非人間。荆關有筆貌不得，搔首但欲呼謫仙。平生能着幾兩屐，此行幸與山有緣。高吟劇飲携朋好，坐久欲下還流連。

寺鐘聲聲催客去，前林斜挂金盆圓。安得結茆最高處，山光雲影同周旋！日坐峰頭數江船，擾擾一任蒼蠅喧。

丹陽道中

一塔截江路，四橋通縣城。岸邊人語亂，知是暮潮生。

過奔牛鎮見牛挽龍骨水車偶成

落日過奔牛，奔牛挽龍骨。踏車須十人，挽車牛則一。牛奔水上田，牛勞人乃逸。木牛解運糧，卧龍有妙術。

以上七十二首，見《海門詩選》卷二

題蘇州周聽雲鍔太守詩集

清微最愛韋公好，廣大居然白傅宜。用漁洋句。當日大藩同典郡，此邦太守例能詩。山川名勝供吟嘯，文采風流仗總持。我頃南來欣把臂，香凝燕寢結新知。

箏琶屏却按雲和，風雅真能繼《九歌》。健筆直披衡嶽霧，雄才倒湧洞庭波。美人香草歸詩卷，紅樹秋山憶薜蘿。不是千金珍敝帚，一編無怪賞音多。

同陳百泉淦源別駕袁厚堂斯麟大令孫畇葵星衢僉判錢壽田鴻勳二尹遊靈巖山

縹緲靈巖列畫屏，山光水色倒空青。千尋翠嶂連吴苑，兩點煙鬟俯洞庭。走馬街前苔正滑，玩花池畔屧初停。不堪登眺重懷古，落日蒼茫下遠汀。

館娃遺址接琴臺，響屧廊空認劫灰。憶昔繁華盛歌舞，至今寂寞委蒿萊。美人已分沉江水，亂石何心覓硯材！惟有青山不改色，秋風結伴幾回來。

支硎山

支公跨鶴去，山尚以支名。石室栖身穩，寒泉徹底清。危峰天外影，梵唄定中聲。小憩法螺寺，長歌待月明。

題孫節愍公遺翰後 名臨，字克咸，號武公，桐城人

墨光黯澹枯不腴，詩篇鬱塞慘不舒。長江天塹已失險，江頭那得來舳艫！公詩中有『江上偏宜問舳艫』之句。一朝拔脚閩中走，何異麻鞵露兩肘！倉卒書生授監軍，阿誰大帥楊龍友。龍友立朝無足言，一死頗蓋平生愆。公之忠義本天性，商丘公子烏能賢！豈惟南八真男子，侍姬更解先公死。仰天一笑聲琅琅，孫三今日登仙矣。君不見，阮懷寧，當年亦死仙霞嶺，至今朽骨猶餘腥。我讀君詩淚如雨，拔劍燈前爲起舞。縱使今無片紙傳，大名公自垂千古。公詩當日早知幾，詎料南朝國事非！天子無愁臣狎客，方填《燕子》寫烏絲。

至常熟訪勞鏡浦觀察旋別

金石論交本夙緣，祖生終着一鞭先。江干執手還如夢，回首分攜二十年。

曾是中朝飾鷺車，東南嘉績寄儲糈。側聞下令如流水，十部何當一紙書！

抱陽曾記共躋攀，並馬聯吟帶月還。話到舊遊清興發，携壺冒雨上虞山。余宰滿城時，觀察曾同遊抱陽山。

山中名勝白蓮池，池上香風動客思。研北花南同結社，臯比時擁五經師。觀察曾主蓮花池講席，同人時往

倡和。

候蟲庭樹競秋聲，竟夕離人夢不成。正是難逢又難别，暮年兄弟最關情。

勞鏡浦觀察招同周笙間明府遊虞山

鳥目名山傍海隅，林巒蒼翠足清娱。招携爲趁新秋雨，看展南宫潑墨圖。

三峰絶頂宿雲重，謖謖涼風起磵松。萬籟寂時閑坐久，一聲高閣午時鐘。

石壁當軒似畫屏，澄潭竹樹倒空青。不須更説摩訶法，恐有蒼龍潤底聽！

破山山破是何年，常建題詩自昔傳。欲洗塵心向幽處，携茶共試竹香泉。

常熟訪吴緩棠峻基即題壺隱園

二十年來夢舊遊，相尋直到海西頭。園亭瑟瑟涼生座，分得虞山一半秋。

樹石因依饒畫意，溪山位置見文心。知君此是壺中隱，也許知交鼓棹尋。

題胡二尹兆楠醉楓圖小照

天公憐此秋景淒，不惜萬斛抛臙脂。酒人更愛楓林晚，雲白楓丹坐把盞。有時大醉發嘯歌，丹楓伴我酡顔酡。丹楓射入白雲裏，白雲愈白楓愈紫。圖中之人號醉楓，圖耶號耶將毋同。醉楓愛楓兼愛酒，飲酒看楓餘何有！小山叢桂不足慕，孤松盤桓亦寡趣。但願移封向酒泉，更教堂上生楓樹。

雨中過吴江訪徐石軒豫吉參軍不遇即題齋壁

吴江秋冷客心摇，爲訪幽居檥小船。庭樹迷離人不見，垂虹亭畔雨瀟瀟。

中秋八日王鏡泉大令袁敏堂鹾尹招同孫雲逵別駕吴梅梁選貢游西湖口占四絶

西湖秋水碧盈盈，三面青山一面城。朝看空濛暮蒼翠，果然宜雨亦宜晴。

曾記湖心醉幾回，招携又向雨中來。山靈也解娱詞客，放出晴巒勸酒杯。

望湖樓上共盤桓，今雨還如舊雨歡。雲外一峰真窈窕，好山當做美人看。

瑟瑟西風萬木秋，沿堤到處泊輕舟。南來跋涉三千里，博得湖山一日遊。

越日將還吴門馮春江二尹招同仁和巴立堂錢塘黄雨堂平湖路鳴千及王鏡泉諸明府重遊西湖又占一絶

昨日湖心亭醉雨，匆匆暮帶濕煙還。今朝共趁晴光好，補看前遊未盡山。

【校】詩題『路鳴千』，底本誤作『鷺鳴千』，據嘉慶十一年春《大清縉紳全書》改。

中秋前三日嘉興道中遇舒趣園都督歸舟旋別

本約西湖共泛舟，胥江月夜與同遊。余夏間送趣園歸里序，有『歸過吴越，相與玩胥江之月，泛西湖之舟』句。誰知兩地不相見，一笑相逢煙雨樓。客裏茫茫增舊感，尊前黯黯動離愁。偏君先策羅浮杖，余與趣園同畫《歸遊羅浮圖》。獨對吴山桂樹秋。

題松江鄭玉峰濟燾**太守塞上吟册後**

橐筆從軍日，靴刀殺賊時。兩川資底定，萬里看驅馳。翠羽叨殊錫，弓衣織麗詞。有緣欣握手，颯爽認鬚眉。

杜陵吟《出塞》，塞上未經過。行陣君親歷，山川記不訛。據鞍曾草檄，展卷想横戈。詞客躭風月，相形孰得多！

姑蘇懷古

吴歈聲裏聽匆匆，懷古蒼茫感慨中。廡下賃舂多隱士，街頭乞食有英雄。長洲水冷舟摇月，短簿祠荒雁叫風。落盡梧桐秋又老，不堪重問館娃宫！

戲贈鐵舟上人

鐵舟道人佛弟子，不拘佛法洞佛理。也嗜飲酒愛看花，興酣一揮了十紙。平生參破美人禪，屠門嚼得肉味美。徜徉四大盡成空，遊戲三昧聊復爾。秋風我泛吴門船，鐵舟過我相盤桓。欲請鐵舟下轉語，鐵可爲舟底作艫？鐵舟一笑開雙眸，有花有酒髠何求！此時忘佛並忘我，鐵亦非鐵舟非舟。近來衲子頗堪醜，蔬筍之氣十八九。焚香趺坐誦經卷，外若莊嚴中則否。鐵舟鐵舟勿復云，我欲爲爾加冠巾。鐵舟之鐵錯難鑄，奈何走入沙門去！君不見，在家可學忘家禪，如是我聞夫豈誤！但教我鐵可爲舟，不須更仗慈航渡。

八月十八日同百泉鐵舟醉楓石湖泛月歌

雨餘風恬秋水平，扁舟一櫂沿岸行。良辰勝友愜心賞，石湖湖上看月明。遊船十里紛無數，一齊摇入湖中去。裙屐花鈿門麗妍，琵琶簫鼓連朝暮。我欲縱逸興，散髮憑船窗。水光瀲灧鏡新拭，青山倒影皆成雙。蒼然暝色起天半，湖裏遊船不肯散。嫦娥似與遊人期，披拂浮雲露真面。玉帶之橋橋九孔，一孔一月光凌亂。滿湖柔艣劃水開，迸落波心月千萬。三李白，百東坡，當年清興還如何？此時拍手但狂叫，同人醉倒金叵羅。夜深霜濕船篷重，歸來還倩月相送。噫嚱吁！何時何地明月無，此景奇絕真難圖。高歌擊檝橫塘過，吟與詩人范石湖。

蕩湖船歌

金閶門外人聲譁，畫船如蟻聚水涯。沙棠爲舟桂爲檝，船上女兒顔如花。遊人便服披輕紗，乘興鼓櫂邀名娃，玲瓏窗檻珠簾遮。海山珍錯辦咄嗟，金錢浪擲同泥沙。歌聲競發不可辨，笙笛簫管箏琵琶。十枝春筍擘紫霞，但願君醉留妾家。人生快意有如此，有酒不飲胡爲耶！麗譙已聽鼓五撾，明星爛爛月影斜。閶門虚掩未下筦，歸舟銜尾聲咿啞。

題徐石軒豫吉參軍吴淞歸養圖

竹籬茅舍白雲邊，紅桃柳緑春鮮妍。誰剪吴淞半江水，中有一櫂歸來船。吴江參軍徐孺子，翻然辭官還故里。膝前愛着萊衣斑，宦場不戀朝衫紫。幾年色養依慈親，寸草聊欲酧三春。從知不抱終天恨，始信當年至性真。我昔同官向畿輔，南來握手歡相語。出圖示我屬我題，話及循陔淚如雨。男兒堂堂七尺軀，誰能反哺同慈烏！高堂朝夕空倚閭，甘旨屢缺定省疏。争名趨利胡爲乎，曷不視此《歸養圖》！

題單竹軒渠治中山水知音圖

伯牙鍾期呼不起，世上知音能有幾！抱得瑶琴何處彈，獨對高山與流水。山蒼蒼，水茫茫。白雲繞指寒意重，石泉一瀉秋聲涼。竹軒先生貌如玉，平生讀書兼讀律。一時名滿東諸侯，千里書函走相屈。

即今一官佐京兆，出處雖殊理則一。我再入吴定交初，示我《山水知音圖》。圖中之人古丈夫，如此豈類山澤臞！高才定應爲世用，奈何却嘆知音孤！我不解絃上音，頗識絃中理。紛紛盡是筝笛耳，古調不彈今久矣。君不見，淵明當日逸興深，壁間乃挂無絃琴。手揮目送已着迹，川水原自含清音。作歌聊博先生笑，倘復引我爲同調。多情山水自相關，無聲旨趣方爲妙。

楓橋别意

欲别難爲别，楓橋即灞橋。柳絲秋更弱，莫枉短長條。

題韻香仙史空山聽雨圖

靜室簾垂暮影斜，風翻落葉打窗紗。幽栖漫感秋蕭瑟，淅淅經臺是雨花。

渡江

渡江時節已深秋，尚得金焦竟日遊。夜半中流聽鐵笛，龍驤五百上揚州。

秋暮過丹徒靳蓮舟金鼎**大尹招遊焦山還登金山放歌**

我曾觀海登泰山，平生頗詡眼界寬。眼前豈乏邱與壑，意所不屬跡可删。朝來泊舟向京口，兩點金焦落吾手。焦可以隱金可遊，此語山靈應頷首。雙峰對峙浮江中，我欲破浪乘長風。放舟先向焦山脚，躋攀不用扶短筇。樓臺殿宇林木蔽，萬古但見青濛濛。日斜遊興殊未已，迴棹金山蠟屐齒。山僧款客何慇懃，銅瓶爲汲中泠水。玉帶摩挲暫延佇，北固南徐在眼底。寄奴帝業剩遺宫，蕲王戰蹟餘荒壘。懷古茫茫百感生，多少英雄盡已矣。丹徒令尹興亦豪，駕舟載酒同招邀。江南沈瘦人，妙解吹鐵簫。一聲入破江水裂，魚龍竊聽不敢驕。我時擊楫發狂嘯，興酣氣與霜天高。人生快意能有幾，登岱觀海亦如此。江山雖好難久留，忽忽興盡尋歸舟。隔岸燈光乍明滅，卧聽榜人棹歌發。跨鶴腰纏空爾爲，二分且看揚州月。

同張雋三家芳圃萬松門胡醉楓鶴亭弟遊平山堂

平岡蒼翠接陂陀，秋水粼粼漾碧波。六一先生餘韻在，二分明月此間多。吹簫橋畔人何處，讀畫堂前客共過。時詩僧小石出名畫共鑒賞。消受伊蒲清饌美，買山真欲傍維摩。

登揚州小金山看芙蓉有懷却寄

瓊花觀裏聽霜鐘，對月裁書墨未濃。惆悵秋江容易渡，小金山上看芙蓉。

過淮安有感

漸覺沿堤縮漲痕，孤城尚擁土爲門。日斜短棹木初落，風急長淮水易渾。高義豈難逢漂母，奇才幾見似王孫。天涯過客休懷古，滿眼哀鴻正斷魂。是秋淮徐水漲，災民滿道。

舟夜

風雨逼歸舟，蕭騷感暮秋。天寒懸遠道，夜永釀閑愁。桃葉秦淮渡，芙蓉江上樓。回頭空悵望，疑是夢中遊。

舟度惠濟牐險甚偕同人登岸步牐上口占

十日陰霾曉乍消，堤邊延佇客心摇。石稜險似黄牛峽，雪浪高如白馬潮。日影漸隨帆影轉，人聲還雜水聲囂。相看漫説艱難過，趙北燕南路尚遥。

宿遷縣

一線長堤夕照紅，鍾吾驛口滯征篷。地當海岱淮徐要，人有暗嗚叱咤風。下相城荒騅影逝，圯橋水冷履聲空。英雄仙客今何處，都付寒烟夕照中。

東平道中雪霽

曉出東平道，鴉飛雪霽時。詩清驢背得，土潤麥心知。僻路迷車轍，深寒盼酒旗。畿南三百里，歸意尚遲遲。以上四十四首，見《海門詩選》卷三

保陽寓館與杜槑溪夜話即以志别

璞是崑山出，珠從合浦還。何期兩地隔，相契十年前！薊北憐鞍馬，燕南憶管絃。風塵有爾我，肯受利名牽！

聚首曾無幾，分携倍黯然。老於詩律細，貧得政聲賢。雲樹三秋思，琴樽十日緣。何時重剪燭，風雨對牀眠？

憶海棠

春到枝頭爛漫開，繡幃深護避風臺。楊妃正穩華清睡，誰信漁陽鼙鼓來！

樊口蠻腰最擅場，聲名日下壓王郎。多才更有湘臯子，樂府新翻《渼碧行》。以上四首，載杜群玉輯《五家詩鈔》之《載園詩鈔》

登高歸途呈陳竹湖楊柱峰兩同年

細雨溼歸路，車塵淨不生。麥苗有喜色，樹杪作秋聲。無限登臨感，難忘故舊情。聯詩兼對酒，一笑破愁城。

登古戚城作

落日催歸騎，停鞭上戚城。此時猶雉堞，當日最刀兵。外圃羞蒙乘，高臺感結纓。我因成邑志，訪古動遥情。以上二首，載嘉慶《開州志》卷八《藝文·詩》

題裳華皇華記

共是珠江魚隊人，逢場也現宰官身。不須更唱《丁都護》，一曲《皇華》淚滿巾。漢水東頭白浪高，一時芳草入《離騷》。若教風送滕王閣，怎得雲中戛八璈！貫月槎浮近五年，非關博望太遷延。袖來一片支機石，煉向黔中補漏天。歸路匆匆唱《渭城》，江關愁絶庾蘭成。不圖溪服雲山外，粧點風流到小生！合浦李符清載園題句。蔡毅編著《中國古典戲曲序跋彙編》卷十三

津門竹枝詞

秋風瑟瑟枯荷涼，人道花時水亦香。七十二沽飛夢去，夢隨七十二鴛鴦。

鈴語西風箇箇清，老僧門外立新晴。桃花口訪桃花赤，悟到桃花定幾生。

西浦清歌罷采菱，北斜暝色又收罾。一星欲濕露初白，凉到前沽捕蟹鐙。北京保利國際拍賣有限公司

二〇一一年春季拍賣會圖録，暨法式善《梧門詩話》卷一

沁園春　跋因樹山房詩鈔

每讀君詩，輒嘆君才，鋭不可當。羨清新俊逸，獨標風雅；雄奇詼詭，欻變軒昂。齊晉山川，江南煙月，多少吟箋入錦囊。尤堪愛，是一枝彩筆，萬丈光芒。　高才不遇何妨，讓此日騷壇獨擅場。況功名富貴，半歸幻夢；飄零戹塞，難掩文章。誰是詩豪，君真健者，好向名山石室藏。非虚語，看行間字裏，浩瀚汪洋。

張太復《因樹山房詩鈔》卷首

陽城郭梅厓先生近體詩選序

人或曠世而相感，或同時而不相識，蓋有數存焉。梅厓郭君，陽城人，以名孝廉宰畿輔，歷官滄州牧。乾隆丙午、丁未間，余宰清豐、滿城，同官而未見也。初未知其能詩。閲數年，余牧滄州，州人每誦君《喜雨》詩，余傾倒焉，惜未見其全集。

嘉慶甲子，其嗣子金三，抱君之遺稿一册，來屬余爲序。時張子雋三、延子荔浦，君同邑人，以詩鳴，皆客余幕中，曰：『梅厓吾三晉名士也，全集素亦未見。』因共發而讀之。是時方早食，余把讀不輟，庖人停炙，僮僕執爵以俟。余手披口吟，二子者倚余肩，每至佳處，輒相與擊節嘆賞，他客皆瞠目視余，竟忘舉箸勸客。讀竟，笑謂二子曰：『人生爲詩，當其未没時，愛我者則獎譽之，憎我者則瑕疵之。至其已没，愛憎兩忘矣，而能使不識面之人，讀其詩，乃至忘食與飲，所謂「文章有神」者，非歟？』余因嘆與君同時同官，而竟不相識，乃竟如曠世而相感也，豈非有數存乎其間哉！

君喜爲近體詩，古體不多作。近體中五律尤工，有沉雄者，有挺秀者，其格律氣韻，得之少陵爲多。昔人有言：『四十字如四十賢人，著一屠沽輩不得。』君詩可以當之矣。余選得集中近體詩若干首，梓而傳之，九原有知，當必掀髯一笑，信賞音之不孤也。是爲序。

文之至者，無過據事本情，筆無停機，字不加點。然使澗懸直注，略少瀠洄，知無雋永之味，此《壯悔》之不足於冰叔也。此文妙處，在振筆疾書，仍有錯落嵚崎之勝。翁覃溪先生。

自『早食』一段以下，雖龍門寫生，無以過此，得不驚嘆爲神奇！吕叔訥。

於一機相感之中，直窮兩心相喻之樂。仲節先生平生以文章友朋爲性命，於此見矣。孫淵如。

兩洲小墅詩鈔序

詩至唐人，衆體始備，而門庭支派，後人各隨其好尚而祖述之，如山谷學杜是也。獨東坡不襲古人形貌，筆力所到，風骨皆仙。七言長句，尤獨樹一幟，遺山而下，無能爲役。余嘗論學唐宋詩者，當自王、孟入，不當自杜、韓、蘇入也。杜、韓、蘇三家，氣厚力大，如扶桑甕繭，抽其絲揮之而愈長；又如寸鐵天兵，非尋常之長鎗大戟，所能摧其鋒鋭者也。然從王、孟入，正自不易。王、孟斂才於無迹，使氣於無形，嚴儀卿謂『襄陽學問，下退之遠甚』，殆非知襄陽者。今讀筠莊先生詩，余益自信不謬。

先生詩，學王、孟者也。詞既雅飭，氣亦清健，在國初，可儷吴野人、徐東癡二布衣，應以必傳許之。或曰：『是奚若學新城、竹垞？』嗚呼，是亦未深考詩學之源流也。新城、竹垞，學杜、韓、蘇者也。假使先生奮其筆力，上摩杜、韓、蘇之壘，豈不能肖！然卒不肯舍王、孟以兼騖者，性有所近，學以成之，莊子所謂『鶴脛雖長，斷之則憂；鳧脛雖短，續之則悲』也。

先生令嗣雅堂，遊學燕南，交余最久。今將歸省檇李，敬出先生所著《兩洲小墅詩鈔》，屬余爲序。余頗怪今之學杜、韓、蘇者，以膚廓爲雄壯，以詰屈爲古奥，以率易爲自然。安得有學王、孟如先生者，清詞雅韻，力追正始也哉！雅堂歸矣，鴛鴦湖上，奉尊介壽，以余文敬白於先生之前，當必爲掀髯一笑也。

非寢食唐宋以來諸名家，不能洞見若此。作者心得，具見於斯。丁郁兹。

於古今詩學源流本末，瞭如指掌。杜梅溪。

【校】嚴儀卿，底本誤作『嚴羽卿』。按，《滄浪詩話》作者嚴羽，字儀卿。胡應麟、胡震亨、錢謙益等，多稱作者爲嚴儀，字羽卿，或明代别有誤本。

濮陽谷氏族譜序

族之有譜，蓋倣古大宗之遺意也。宋有蘇譜，有歐譜，皆足爲後世法。嘗見士大夫著書立説，思垂名於不朽，獨於本源之地，或未之講求，余甚惑焉。不觀之江河乎？今夫江河之大，浩浩萬里，其發源於岷山崑崙也，人皆知之。然使流波餘脉，日就淤塞，則必不能上溯夫岷山崑崙，而江河且有時以絶，余於《濮陽谷氏族譜》有取焉。

谷氏之譜，凡三續矣。嘉慶癸亥春，余牧濮陽，其裔某携其譜，謁余求序。余按譜有世系，所以明宗法也；有傳，所以紀事蹟也；有行述，有恩數，所以善繼述而彰前徽也；有文藝，有塋圖，所以存著作而重祭典也。終之以家範，守先人之良規也。譜以所知者爲始，法蘇譜也；歷三十年而一續，法歐譜也。谷氏在金元爲著姓，前明景泰間，有官至方伯者，其他科第，亦代不乏人。夫爲子孫者，能尊祖敬宗，敦本睦族，將見繼繼繩繩，源遠流長。溯河流之脈絡，得朝宗於崑崙、岷山，可以綿本支於百世矣。余故樂爲之序。

前後引喻親切，令人猛省。中間點次，亦簡亦詳，此行文到恰好處。宋芷灣。

氣盛則言之短長，與聲之高下皆宜。沈慕堂。

以上三篇，見《海門文選》卷二

【校】嘉慶《開州志》卷八《藝文·序》録此文，「獨於本源之地」作「而獨於本源之地」；「而江河且有時以絶」作「而江河且有時而絶」。「余牧濮陽」三句，作「余來牧，某携其譜謁余求序」。「敦本睦族」六句，作「不墮先業，將見源遠流長，繼繼繩繩，可以綿百世於勿替矣」。

重修楊忠愍公旌忠祠碑記 代

余昔陳臬蘭州，行部狄道，適金州牧葺明椒山楊公所建超然書院，余爲之記。嘉慶戊午，余奉命總制畿輔，凡宜祭神祠，諏吉展謁。保定，公故里也，西門外旌忠祠，明隆慶二年，從御史郝杰言所建，載祀典。我朝康熙壬申，郡紳魏一鼇倡修之，迄今百餘年矣，棟宇傾圮，無以妥侑神靈，余愴然久之。會己未冬計吏，得政行尤卓者若干人，相勵以事君治民之道。因論及公立朝大節並祠將廢狀，諸君奮然請修，鳩工庀材，不日而成，請余記事，余竊有感焉。

夫爲人臣者，寧爲良臣，毋爲忠臣。爲良臣不易，爲忠臣尤難。而時會所值，幸則爲稷契、咎陶，不幸則爲龍逢、比干。然忠良無二道，有捐軀報國之心，即有治世安民之略。考公之謫狄道也，期年間，開煤山以便民炊爨，引洮水以利民灌溉，延經師，置田畝，以與士講學，是其見端矣。若授之以國柄，安在不可以治狄道者治天下，從容朝廟，爲一代之良臣哉！

乃逆鸞傾搆，奸嵩煬蔽。馬市之諫，鸞雖敗露，而嵩權重任專。公亦知言之必死，但事勢敗壞已極，無一人敢言，公不得不言；無一人肯死，公不能不死。蓋公之不幸矣！然古所謂具臣者，無一言建白，無一節表見，富貴而名湮没，不可勝紀。果爲良臣，幸有建白，究無奇節。而公之浩氣丹心，百世下，雖庸夫愚婦，莫不言之痛心，聞之隕涕，其不幸實幸也。願以告世之爲人臣者。祠修於庚申三月，是歲五月落成，堅犖完美，視前規模增焕。其工費，除卓異諸君捐資外，凡紳民樂輸者，附碑陰，以昭嚮義云。

良臣襯忠臣，只是退一層法。而海邊碧斥，江上青山，遂如此波濤壯闊。望氣而驚者，幾忘其用法之奇。魚山。

絶大題，非此椽筆不稱，然統衡前後，有一冗字否？是云體大思精，淺人未易窺見。陳百泉。

發端狄道，點入保定，只知其敘事，忘其開出忠良二義，此因題之自然，以爲結搆。『文章本天成，妙手偶得之。』讀此益信。胡醉楓。

椒山先生忠義，何必縷贊！只寫得素位盡心，從容中節。意思出，則識力高人一倍；其文章醞釀深郁，又何止高一倍也！王介堂先生。

議論筆仗，絶無柔靡齷齪氣，斯爲稱題。顔心齋。

以治狄道者治天下，實寫得公心事出，不僅爲制府立言有序也。骨法蒼健，絶似昌黎。趙守田。

灝氣凌空，高談驚座，眉山集中極有斷制之文。傅曉山。

有議論，有筆力，却深合記敘體。不似他手徒誇馳騁，游騎無歸也。温質坡。

瑕丘記

開州古爲衛地，城南十八里曰瑕丘，即《檀弓》所載公叔文子與蘧伯玉同升處也。嘉慶癸亥暮春，余來牧斯土，公餘訪其蹟，遥望丘高數尋，巋然獨峙。至其限，林木交蔭，清流環繞，度以石橋，立寺門，四野空曠，千里在目。是日也，雲斂氣清，天無纖翳，西望黎陽大伾，樹石可辨，東南泰岱，亦在雲煙飄緲間。開境介中州，其地率平衍，無崇山峻嶺，大陵高阜，兹丘獨負土而起，誠勝境也。丘縱横十五丈，西附小丘，斜通略彴。中有宫有廟有樓閣，獨無文子伯玉祠，亦無游人憩息之所，意甚歉然。因建二賢祠於丘東，並搆層軒於小丘上，四窗洞闢，可以宴息遊覽，洵足樂矣。

昔文子曰：『樂哉斯丘！』伯玉曰：『吾子樂之，則瑗請前。』其意蓋有諷焉，以樂之私於己也。夫爲民牧者，當以民之樂爲樂，而不自樂其樂。余牧開半載，即遇河决，黄池漫溢東南境，民之田園廬舍，悉淹没。祗奉聖天子德意，撫綏而安集之，惴惴焉惟恐民氣之不和，民心之不樂也。

今者時和年豐，盜賊屏息。斯丘之亭臺花木增勝，昔時文人逸士，游詠其上而樂之；田父野老，樵夫牧豎，徜徉其間而樂之。則民之樂，即余之樂也。余既賦詩泐石，以志余之樂，而復爲之記。

淳懿淵古，俯仰揖讓，亦最中正和平。知其養福於斯民者大矣。傅曉山。

有正襟危坐之風，亦有油然與偕之趣。王心言。

本子輿氏偕樂之言，一唱三嘆，益使人味美於回。嚴二如。

牒東鹿城隍驅蝗蝻文

符清奉天子命爲鹿邑宰，神奉天命爲鹿邑神，固幽明同治者也。宰不能爲斯民禦灾，則爲不職；神不能爲斯民捍患，則爲不靈。符清三令是邑，前後十稔，賴神之庥，俱幸有秋，惟甲寅歲偶有偏灾耳。今夏淫雨兼旬，滹沱漫溢，西北境浸澇七十餘村，民失其業。某憂心如焚，不安寢食，已籲求大吏，請命天子賑恤矣。茲高阜村莊禾黍正茂，而蝗蝻倏發。倘至蔓延，殘害稼穡，則蝗災與水災並作，閤邑之民，將轉溝壑。符清不能保護斯民，不職之罪，固所難辭！而神奉天命，以默佑斯民者，其忍而不爲驅除耶！神忍而不爲驅除，非惟不靈，抑且不職，恐神亦將獲罪於天也，神其圖之。若因符清不德所致，則殃宜加符清之身，於斯民何與！神必有以處之矣，敢不蠲潔以待命。

盛水不漏，顛撲不破，必如此，方可通於神明。至其議論正大，筆鋒犀利，較昌黎《祭鱷魚文》，無愧色焉。孔東山。

廉悍簡質，老輩無前。受業胡紹祖讀。

此韓、柳互斅之體製。王靜擎。

宋開德府守臣王棣墓辨

開州城内金沙山，有楊棣墓。舊志稱，宋建炎中，楊棣守開德，適他出，其弟彭年代郡事，金人攻城，遂降。棣歸，盡殪金守卒，嬰城固守。金兵復大至，屠其城，兄弟皆死，葬州城東門内，名金沙山。《方輿紀要》《郡國利病書》《畿輔通志》，所載皆同。明萬曆中，知州沈堯中復建碑於墓前，深以楊公之名，史不及書爲憾。然余考《宋史·高宗本紀》，建炎二年，金人陷開德府，守臣王棣死之。是守開德而死者，乃王棣，非楊棣也。

又考《續資治通鑒》，建炎二年十一月，金人攻澶淵，顯謨閣學士、知開德府王棣率軍民固守。金人爲僞書至城下，曰：『王顯謨已歸，汝百姓何敢拒師！』軍民聞之，欲殺棣，棣走至南門，爲軍民踐死，城遂破。事聞，贈棣資政殿學士。王棣之死，史臣書之特詳。乃舊志所載，既訛其姓，復失其官，即殉難事蹟，紀載亦復失真，數百年來無辨者，以至《方輿紀要》諸書，皆相因沿誤。王公之不幸，亦載筆者過也。且當時褒忠之典，明明贈恤有加矣，而沈君猶云未聞於朝，以致不得紀之於史，何所見之陋耶！

嗟乎，表揚忠烈，守土者責也。王公之固守疆埸，効死無二，至今史册所載，炳如日星。乃邱墓之區，竟至姓氏混淆，官爵莫考，九原有知，何以慰忠魂於地下哉！余因爲辨其訛誤，以告來者。王公雖不藉余文以傳，而斯墓之存，其亦可以不朽也已。

仲節先生具才、學、識三長，所訂志乘，一遵史法。於先賢名臣，忠孝節烈之祠墓，考辨尤嚴，此種直可采入正史。吴荷屋。

自宋迄今，紀載之舛訛，一經宗哲辨晰，令人昭然發矇。王開德固感於九京，自顧耕石以下諸家，亦俱愧考据疏陋。黄仲子。

辨以特識，非此劃沙印泥之筆，亦不能達之。孫秋屏。

【校】嘉慶《開州志》卷八《藝文·辨》録此文，『其弟彭年代郡事』作『其弟彭年代領郡事』，『王棣之死』作『王公之死』，『無辨者」作「無能辨者」,「皆相因沿誤」作「皆相沿舛誤」,「亦載筆者過也」作「亦載筆者之過也」,「固守疆場」作「固守封疆」,「慰忠魂於地下哉」作「慰忠魂於地下也耶」,「不藉余文以傳」作「不必藉余文以傳」。

解鐵樵紅椒館印譜跋

篆刻之要有三,章法、篆法、刀法是也。經營位置,疏密適宜者,章法也;篆必師古,學有淵源者,篆法也;鋒力兼全,裁頓中款者,刀法也。三者備,篆刻之能事畢矣。

余於乾隆庚戌宰津門時,從解衣亭同年處,得悉鐵樵精鐵筆,求鐫銅印數方,至今寶之,但未窺全豹也。庚申夏五,余君竹泉從博陵寄示鐵樵《紅椒館印譜》,展觀竟日。見其字勢飛動,意到神行,密不過隘,疏不過寬,巧不傷纖,拙不傷笨。或正如山立,或奇如雲蒸,或續如蟬聯,或斷如斧劈,或細如蠆尾,或粗如虎鬚,或側如峰迴,或横如嶺抱,或朗朗如照玉,或纍纍如貫珠。其變化不測之狀,範圍於繩墨之中,神明於矩矱之外,所謂章法、篆法、刀法者,無一不備,進乎技矣。益信向之所聞者不虚,因跋而歸之。

言舉其要,亦即無所不到。其結體鍊骨,信可云潔淨精微。沈小如。

自來序印譜,諸家並溯典羅列,此可謂考,不可謂跋。兹篇探源窮流,直舉飛龍氏造字之遺意。凡讀秦漢以上古碑,咸當喻此,可與知者道也。康龍山。

「密不過隘」四句,直可爲千秋鐵筆矩則。覺周亮工《印人傳》内,無此精語。戴懷谷。

廉士戀恩詩册跋

事有出於甚公,而㥦於人之所甚私者,此其意初不相授也。而人之私我,乃不啻我之實有私於彼。於是乎詠歌以興，頌祝以起，雖欲禁格之，而有所不可。是故不私不足以爲政，私而不本之公，尤不足以爲政。

和圃先生之視學吾粤也，至公也，至明也，至廉且仁也，夫人而知之也。吾粤之士之心悦而誠服之，俎豆而尸祝之，闔省如一也，亦夫人而知之也。顧獨吾廉之士，於其將別也，作爲詩歌，一唱焉，百和焉，于焉喁焉，雖欲禁格之，而有所不可焉。觀其迹，若有涉於所甚私者，而不然也。

廉在粤之西南隅，山銅柱而水珠浦，數百里蜿蜒鬱積之氣，民得之而淳，士得之而秀。欣逢我國家文治百餘年，光被陬澨，廉之士涵濡沐浴，敦本行而治文章，蒸蒸日上，其遠異乎曩昔也固宜。夫不激者不揚，不導者不流。是故君子之爲政也，有教化焉，有利導焉，有鼓舞焉。夫政至鼓舞，神矣。先生以廉士之文之羸於其學所設之額也，於是乎特章入告，將割他郡之所羨額廉，以鼓廉之士，故廉之士德之。雖事偶格於成例而未得行，而廉之士德之，不啻其已行者，而歌詠之不已。夫蟋蟀以秋吟，蜉蝣出於陰，此感應之理也。騄驥倚輈於長陂，長鳴於伯樂，亦感激之情也。而天下之大，古今之遠，率無有議其私者。其所甚公者，固大著於人之心也。

某廉人也，幸得侍先生，而竊師事先生者益有年。作吏以來，滯迹畿輔，不及從鄉里學者之後，頌揚大德，而子弟輩又皆親受先生之裁成。謹著明公、私之辨，以推闡先生所以嘉惠吾廉之由，與夫吾廉之士所以戀恩之指，俾後之覽者，有所感發焉。

有遒緊處，有折宕處，有刻摯處，有雋永處，而一出之潔，的真歐陽氏學史公之文。劉青垣先生。

公、私二義，蟬聯折入。以下隨手生變，如春雲春波，從風生姿，不可意擬，此爲行文之化機。孫淵

如。 以上六篇，見《海門文選》卷三

修復先賢蘧子墓記

開州城南有瑕丘，即伯玉從公叔文子所升處也。其南五十里曰蘧村，相傳爲伯玉故里，墓亦在是，年遠湮没無識者。歲癸亥春，余來牧是州，州人始得墓踪跡，集金而封樹焉，請余爲記。

余嘗讀曹大家《東征賦》，云：『蘧氏在城之東南兮，民亦尚其邱墳。』李善注：『陳留風俗，傳長垣縣有蘧鄉，有蘧伯玉冢。』《長垣志》：『城南八里，有伯玉墓，列入祀典。』《府志》《通志》皆同。是伯玉墓應在長垣。又閱《三國·魏志》，中山王衮疾困，勅其官屬曰：『昔衛大夫蘧瑗葬濮陽，吾望其墓，常想其遺風。願託賢靈，以弊髮齒，營吾兆域，必往從之。』濮陽即今治，墓又當在州境，此二説者，宜何從焉？

或者謂曹大家爲東漢時人，去古未遠，子穀爲陳留長，長垣屬陳留，見聞應不謬。中山王衮去曹大家又百餘年，傳聞異詞，或有未確歟？然余考《魏志》，衮於黄初七年，由贊王徙封濮陽，太和二年就國，六年始改封中山，是衮在濮陽者凡四年，境内之事，考證必真。且其言曰：『吾望其墓，常想其遺風。』當時濮陽之有伯玉墓，尤信而有徵。視曹大家從洛至陳留，道出長垣，征車湓止，僅得之道路之言，爲足據也。

且古之賢人君子，遺跡之所存，後人傅會者多矣。即如州北戚城有仲子墓，仲子死於戚，墓宜在是，乃長垣亦有之。仲子嘗爲蒲邑大夫，墓在是，尚有説，而清豐、滑縣亦皆有之，載諸志乘。長垣之有伯玉墓，亦猶是也，因曹大家一言，沿誤至今。今州人獨能於二千餘年之後，求其邱隴而修復之，雖桑梓之地，先賢之靈爽實式憑之，亦州人景仰之誠心，有以感召之耳。

夫政教之本，在順人心而端趨向。以州人之慕賢貴德如此，將董之以教化，澤之以詩書，衛多君子之風，庶幾其再見矣乎！此固司牧者之所樂。予也因爲辨其疑似，而記其歲月。蘧村莊人捐資，以若干崇其墓，並建亭殿、廡門如制；以若干建祠於瑕丘，春秋祭祀，以州判官就近主之。余并爲是莊免其雜役，惟大役如舊，亦勸善之意云爾。

開州西文昌宫碑記

皇帝御極之六年，夏五月，以文昌帝君主持文運，福國佑民，崇正教，闢邪説，靈蹟最著。詔每歲春秋致祭，頒行天下，典至隆也。而開州之西文昌宫，適於是時創修。先是，紳士等於城東建文昌宫，其地空曠，縮版而隙度，塗塈而丹雘。望之偉而榱題，堅而瓴甓，翔而簷阿，嚴而階陛，焕然奪目。或曰，開舊有文昌宫在城西，其遺址尚存，宜復建之。黔南張君創其始，略具規模，以終養去。吴興孫君攝篆，復謀之，工未成，又受余代去。余自癸亥來牧，與紳士多方經營，又捐貲以勷之。今甲子春，工方竣，因求余文爲記。

余按文昌六星，距西北，去極三十四度半，曰上將，曰次將，曰貴相，曰司命，曰司禄，曰司權。在北斗魁前，其形如筐，《天官書》所謂『斗魁戴筐』是也。六星爲天之六府，六府者，《六經》之府也。其星大小均明，則王者致太平而天瑞臻；光芒潤澤，則文事修而萬物咸和。蓋國家之風化，上應天象，其理不爽有如此。我朝重熙累洽，教澤龐鴻，凡所以正士風，開文運者，莫不鋪張而揚厲之。況文昌帝君專禄命之權，司斯文之化，九州四海，可勿體聖天子之意，而虔其崇祀也哉！

或疑開城有二文昌宮，似近於贅，余以爲不然。昔東坡云：『鑿井得泉，水不專在於是。』夫神固無往而不在也，又何嫌乎東西哉！是役也，闔州紳民醵金數千金，功僅成十之六七，夾堤莊紳民繼任其事，功始克成。余因免其雜役，復泐諸石，以爲好義者勸也。以上二篇，載嘉慶《開州志》卷八《藝文·記》

嘉慶開州志序

開州古顓頊之墟，漢唐以來，蔚然稱名郡。州志始修於明嘉靖甲午，州人王家宰崇慶。繼修則萬曆甲午，州牧沈君堯中；崇禎己卯，州牧唐君鉉；我朝康熙癸丑，州牧孫君棨也。迄今又百三十餘年矣。歲癸亥，余來牧斯土，訪求舊志，惟孫本尚存，事蹟疏略，載述舛誤，慨然思有以補輯之。會衡家樓黄流漫溢州境，築堤賑恤無暇日。明年夏，恭奉恩命入覲，時老友天津沈蕺山侍御，朝夕過從邸舍。侍御學問淹博，余曩宰東鹿，曾延修縣志。因復以州志屬之，定凡例，分類目，還延同志數君子，分司其事。乙丑春，寄所裒集於侍御。

嗣余改官深州，還秩守郡，再入都，與侍御商確疑義，往復辨論，必詳必慎，以期信今而傳後。今年二月書始成，凡八卷，目八十有二，圖十有六，於舊志之缺者補之，訛者正之。如辨王棣之姓，表董琬之忠，正名宦鄉賢之錯誤，胥有關於風教者。而河渠形勝，古蹟陵墓，條分縷析，綱舉目張，大抵以《一統志》爲經，廿四史爲緯，參之以漢唐《會要》《元和郡縣志》《寰宇記》《方輿紀要》《通志》諸書。凡斯邦之掌故與民事之緩急，考證明確，較前志爲完備焉，爰就都中鏤板，歸藏州署。竊願牧斯土者，追王子贛之勇節，懷程明道之春風。生斯土者，景仰前修直節如汲長孺，文章如劉太史，經濟如董少保。俾循吏名賢，後先

輝映，是則余與侍御之志也夫。是爲序。光緒《開州志》卷八《藝文·舊序》

跋張太復詩

筆大如椽，才雄似虎，相其氣概，真堪推倒一世，此詩壇健將也。昔人云：『不讀萬卷書，不行萬里路，不可以言詩。』吾年丈兼而有之，安得不傳！張太復《因樹山房詩鈔》卷尾跋

張鍾秀餘園題記

峰青太守望重畿南，澤流山右。歸來林下，闢小園於第側，搆亭榭，蒔花木，讀書課孫以自娱。余公餘來從公遊，杯酒論文，頗忘塵俗。客有勸公再出者，公曰：『吾將於此樂吾餘年焉，且留有餘，以遺子孫，不亦可乎？』余曰：『善。』遂書以名是園。嘉慶《東鹿縣志》卷一《地理·園亭》

致李鼎元

去冬，承寄到大作，伏讀再四，各體工妙，深得風人諷喻之旨，佩服之至！歲杪，恐使節就道，故寄令郎札，未得奉出。新正廿五日奉手函，始知台旌尚未啓行。比想榮禧茂集，堂上萬福爲頌。閣下奉詔海外，衣一品衣，行萬里路，儒臣榮遇，至此極矣。海天吟詠，集中可增數卷，天下仰望風采，何異博望侯浮槎天漢耶！望間騶從出都，以弟僻處鹿城，未能於道旁祖餞，當俟元旋復命時，快讀新詩耳。弟十年作吏，治績全無，迺蒙大府垂青，列名卓薦，殊深慚赧，入都引見，當在夏初也。率泐，奉請台安，即送榮旌。不備。符清頓首墨莊先生閣下。二月二日。陳烈主編《小莽蒼蒼齋藏清代學者書札》

致法式善八札

承召，本不應辭。適二十三日，符請癸卯同年，兼恭請閣下暨諸相好，在才盛會館一聚。是以方命，並乞早臨爲榮。所收魚山諸君詩稿，篋中俱未有，容再寄耳。率請梧門先生升安。符清頓首。二十日。北京故宫博物院藏

符清頓首上梧門先生大人閣下。去冬捧讀鈞函，並賜石刻，正值符以勞倦抱恙，各憲暫調署一簡小之區，藉作數月調攝之計。今已定署趙州之臨城，擬於月杪赴任，知邀垂念，用敢縷陳。拙集俟校正刷訂後，謹當賫呈訓政。肅此佈謝，恭請福安，統希朗照，不戩。六月廿六日，李符清再拜謹上。日本東京國立博物館藏《國朝名人尺牘》

符清頓首謹啓時帆先生大司成大人閣下。試鐙日接奉鈞函，敬悉入春來文祉凝庥，深慰馳仰。承示《西涯》大作，回環雒頌，如坐春風中，事與詩俱傳不朽矣。符以樗櫟之材，過承拂拭，敢不益加策勵，以副雅懷！仲春恭逢臨雍大典，文教覃敷，閣下領袖群英，圜橋敬聽，真爲千古盛事！符風塵下吏，愧未能執經班末，親覩稽古之榮，翹望五雲，曷勝忭頌！

符舊有《策蹇圖》小影，此不過聊誌于役之勞，若蒙宗匠椽筆題句，便成佳話。特令從姪蘭香，賫赴台軒，當不以俗吏所爲，而吝珠璣也。蘭香舍姪，以廩貢在監肄業，忝列門墻，深荷教育。如題就，即發交爲感。肅此，恭請福安，不莊。正月廿四日，符清頓首謹上。日本東京國立博物館藏《國朝名人尺牘》

符清頓首謹上梧門先生大司成大人閣下。春間，舍姪蘭香入都，恭肅蕪函請安，並懇（中闕）似。符供

職如常，地方亦寧謐。秋初大雨，低窪處雖被水淹，禾稼尚無碍也。

符古文一道，本未窺堂奥，從前率爾操觚，得成百十首，旋即散失。近偶撿得十餘篇，及近作數篇，恐後遺失，故撿出付梓。從友人評點，以代胥鈔，非敢望信今傳後也。仰蒙宗工奬借，殊令汗顔。承示以宜仿宋槧，連篇鈔寫，不用圈點，極佩碩見。今僅呈上一帙，伏求椽筆删削，並祈選擇可存者若干首，俯賜敘言，以增光寵。將來擬另編，謹如尊諭，付刊爲妙。

恭悉大人近撰《典試録》，集國朝名賢榮遇，條制因革，搜羅採擇，集載精詳，成聖朝一代佳話，洵屬前無古人，後無作者。符知識粗淺，何敢妄參末見！然異日少有所知，亦不敢不敬獻芻蕘，以備採取也。肅此，恭請崇安，統希垂照，不備不莊。八月初三日，符清再拜謹啓。

日本東京國立博物館藏《國朝名人尺牘》

符前刻《詩鈔》係分體，今編年增減另刻，同《文鈔》共三册，統呈鈞誨。懇於詩文中賜一敘言，藉傳不朽，不勝榮幸！再，拙書墨刻一紙，乃友人新鐫者，並呈鑒正。符俗吏也，不忘書生結習，閣下能無哂乎？符再拜。附呈中秋節敬十二金，懇鑒存爲榮。符清頓首再上。

日本東京國立博物館藏《國朝名人尺牘》

符清頓首謹上梧門先生大人閣下。七月廿七日，得奉鈞函，知前札並寄呈拙刻《文鈔》，已邀鑒及。惟辱承奬借逾量，彌深顔汗！讀大作《續西涯雜詠》，沉浸蘇髯，而時出以己意，必傳之作，欽佩無極！愧符塵鞅歷碌，未遑學步邯鄲，稍遲當勉爲之，一呈誨正耳。

小婿梁生，學植本淺，偶令觀場。維帶來文書，格於例不合用，乃梁生素未更事，且性又愚拙，以此試事動費清神，委曲關照。感激之餘，轉增慚赧，尚希原恕也。

符於七月廿二日，忽有調署正定縣之委。自念鹿巖承乏，兩任八年，徒有美名，日增身累，本無可戀。惟正定爲九省通衢，差務極繁，符因前年以勞瘁致疾，後雖痊可年餘，而體氣孱弱，恐不耐勞苦耳。然事勢已定，衹聽其自然而已。現於七月廿八日卸東鹿篆，月杪有會垣之行，約於八月初十日以前，始可到正定任也。知廑錦念，特此奉聞，並申謝悃，肅請福安，不備。八月初二日，符清頓首再拜上。日本東京國立博物館藏《國朝名人尺牘》

承諭鐫刻科名故事二書，工費浩繁，自須廣爲勷助，以成美舉，符當竭綿力。去冬在保陽道中，差人致送年儀，因筆墨不便，未及加札，祈鑒恕。符清再頓首。

再者，符同郡同學羅潄友名簡文，現充鑲藍旗教習，屬在宇下。其爲人頗風雅，書法略有可觀。倘尊處有筆墨之事，儘可委辦，兼藉裁成也。符緣久病，賤體常致疲倦，竊得名醫在旁，覺爲有據。曾作札託羅潄友，自都中延醫，同來保府，約計程往返，不過七八日。或恐暑間泥濘，致稽時日，有誤館課，但未審可暫失假否？是否即諭來介，飭令到羅潄友處轉達。緣聞有同鄉賴某，岐黄甚精，然必得一妥友，方肯同來耳。如承推愛優，則符感激不啻身受也。符又啓。日本東京國立博物館藏《國朝名人尺牘》

符清頓首謹上梧門先生閣下。半年以來，因賑務倥偬，未得肅緘奉候起居，殊深歉仄。比悉榮問休暢，甚慰馳仰，近日著作定多，便望賜讀也。符奉職如常，自六月被水以後，辦理賑恤，晨夕靡寧。今三賑已竣，幸地方安靖，足慰垂念。年杪，薄具節儀一緘，聊表區區，祈鑒存爲榮。即候升安。十二月廿四日，符清頓首再拜上。日本東京國立博物館藏《國朝名人尺牘》

附录

附録一　李符清年表

許雋超撰

乾隆十六年辛未(一七五一)　一歲

九月,李符清生。

李符清《海門詩鈔》卷十一《五十初度》詩二首,其一:『四十九年豈盡非,二毛已及壯心違。吏能免俗多消福,老不如人未得歸。』前一題爲《九日同陳遠香、方符衷、殳雅堂、俞南溪,暨露園弟,兒姪輩鹿城南樓登高》詩,再前七題爲《庚申春日寄懷谷正定》詩,知嘉慶五年作,據推。同書卷十《丁巳初度》詩,前一題爲《九日古槐署齋席上呈張蘅臯、方損齋、賴翕亭諸同年,即次原韻》詩,應誕於季秋。

李符清《鏡古堂文鈔》之《重修家譜前序》文有云:『吾祖自正德癸酉(一五一三)由閩來廉,垂二百八十餘年,傳十三世。而八世以前,名代之可考者,賴伯祖酣亭公之作譜也。』合浦,廣東廉州府首縣,今屬廣西北海市。

乾隆三十一年丙戌(一七六六)　十六歲

本年,舉縣試第一,受知於知縣汪度涵,得聞方苞古文義法。

李符清《海門文鈔》之《馮母陳太孺人墓志》文有云：『予髫年試童子第一，而吾友正宇馮君越年試亦冠軍，俱出邑侯新息汪龍岡先生之門，相得甚懽。』又，《新息宗母張太夫人六十壽序》文有云：『乾隆丙戌，新息汪龍岡師宰合浦，識拔余於童子試。余甫十四齡，龍岡師幾以劉嵩陽之待張肖甫，楊邃菴之待家崆峒者待余。……方子望溪之志其族娣高孺人曰：「倘使爲男子，節操志事當何如！」望溪，吾師之師也，敢書此言，以爲太夫人壽。敦復兄年方未艾，奉母訓子，禔躬篤祜，又當何如！言不過物，愛至望深，故不以頌而以規。龍岡師嘗述望溪所指授古文義法誨余者也，敢溢美以阿於宗耶！』

按，乾隆三十一年秋《大清縉紳全書》廣東廉州府合浦縣欄載：『汪度涵，龍岡，河南息縣人。乙卯，三十年十一月選。』汪度涵爲雍正十三年（乙卯，一七三五）舉人，去歲十一月選合浦令，到任應在本年上半年。

乾隆三十二年丁亥（一七六七）　十七歲

本年，補諸生，受知於學政翁方綱。

李符清《海門經義》卷首翁方綱序云：『自予按試廉郡時，識李子於髫年。』廣東學政翁方綱乾隆三十二年閏七月二十六日《奏爲歲試情形》摺有云：『嗣於今年二月歲試廣州府，四月由省起程，歲試高州、廉州、雷州三府，七月到瓊州府。現於閏七月二十四日辦理歲試竣，各處文風，皆較臣上次科試，略有長進，詩帖雖聲律未盡諧合，而皆已能成篇。』乾隆三十三年八月初二日《奏聞科試情形》摺有云：『竊臣於上年閏七月辦起科試，至年底，考過肇慶、高州、廉州、雷州、瓊州、南雄六府，羅定一州。』本年廉州歲、科二試，李符清爲合浦縣試案首，例得入學。補廩日期俟考。

乾隆三十六年辛卯（一七七一） 二十一歲

本年，營亡父墓田於烏家莊。

李符清《海門文鈔》之《書烏家莊事》文有云：『余別業在烏家莊。乾隆辛卯，余籍諸生，方弱冠，營先君墓田於莊側。』按，《海門詩鈔》卷八《題安平丁東銘明府尊人遺墨》詩，有『我亦遺箴常自省，芙蓉紅淚尚流痕』句。知亦幼聞庭訓。

乾隆三十八年癸巳（一七七三） 二十三歲

四月，康基田知廉州，設法調劑鹺商。

康基田《茂園自撰年譜》卷上：『乾隆三十八年癸巳，四十五歲，在欽州。二月十九日，特旨授廉州府知府。四月十五日，卸欽州事，到廉州府任。廉地濱海瘠苦，太守兼領鹺務，前課多缺。余亟請調劑於制府李公侍堯，不許，且嚴檄禁追，另募殷商接充，令下，人心皇皇。余不得已，密召疲商數十人，諭以禍福，發庫貯備公銀萬兩借給，先期得價，皆踴躍急公。于是竈無不積之鹽，商有盈餘之利，期年而廉場七十二埠之虧帑，悉歸如額，制府始奇之。事詳文集中。』

乾隆三十九年甲午(一七七四) 二十四歲

本年,康基田開洩水渠,招商賈。建海門書院,增學舍,文風遂昌。

康基田《茂園自撰年譜》卷上:『乾隆三十九年甲午,四十六歲,在廉州。郡城距海僅四十里,地卑土薄,晨夕霧昏,春夏雨淫,人多中溼發瘟毒。向無洩水溝渠,余尋得故水洞於東南城下,設法疏治,洩城中積水,開通龍江入海故道八百餘丈。東關外,築廛舍二百餘間,復古衛民墟,以招徠商賈,訪東坡井亭故址,葺而新之。建海門書院,增立學舍,凡諸工役,余皆召父老,面授機宜,令民自爲之,不發牒徵夫,使里正累民。按,合浦自康熙以來,七十餘年,無登賢書者。自是領鄉薦,入詞垣者,不一其人。如馮敏昌、李符清、李馥香、陳邦泰、藍應元、賴景泰、陳宏猷諸君,皆一時英俊,聯袂並進,謂非地效其靈哉!』

張錦芳《逃虛閣詩集》卷三有《爲廉州人作康公德政頌》詩,乾隆四十二年冬作。

乾隆四十二年丁酉(一七七七) 二十七歲

夏,赴省城廣州,應拔貢覆試。

按,臺北故宫博物院藏山東學政錢載乾隆四十二年六月二十二日《奏爲報滿科考事》録副摺云:『今通省共拔得一百三十三名,日内循例在省取齊,會同護撫臣,定于七月初一日嚴行覆試一場,再即會同驗看,分别一二三等,發榜即日,會稿具題。』依例,李符清取爲拔貢後,應夏間到省覆試。時廣東學政爲湯先甲,本年十一月二十二日,與繼任學政李調元交代。十二月十九日,湯先甲病故於廣東曲江縣北上舟中。又，李符清本年秋是否應廣東鄉試，尚不得知。

乾隆四十三年戊戌（一七七八） 二十八歲

夏，應拔貢朝考，被黜。

韓崶《年譜》本年條：『五月二十二日朝考，欽命《四書》題「仲尼亟稱於水，曰水哉水哉」；論題「主善爲師」，詩題「詩書敦夙好」。讀卷官爲武進相國程文恭公景伊，大宗伯滿洲鍾公英，總憲涪州周文恭公。』按，徐凌霄、徐一士《凌霄一士隨筆》卷一《副榜無益優貢實優》條云：『拔貢朝考獲售，一等用七品小京官或知縣，二等用教官及佐職。優貢一等用知縣，二等用教官。如得一等，亦仕宦捷徑。舉人三科後始能大挑，一等亦不過知縣。』

《清實録》乾隆十六年十二月十四日條載：『定拔貢朝考選用例。諭：「各省選拔貢生，經朕降旨，以十二年舉行一次，計至癸酉年，即届選拔之期。惟是來京朝考，揀選引見，劄監讀書，或以知縣等官試用，或以教職即用，或以教職歸班序選，條例屢經更定。……所有選拔貢生赴部驗到，作何定限，及朝考録用，一切規條，俱應詳悉酌定，永著爲令，大學士、九卿集議以聞。」尋議：各選拔赴部，應以該年十月起限，雲南、貴州、四川、廣西、廣東、甘肅，限次年五月到部；湖南、福建、江西、浙江、湖北、陝西，限次年三月；江南、河南、山東、山西、奉天、直隸，限次年正月。其有患病事故者，許呈明咨部。朝考之法，除前項選拔補考人少，仍照向例在禮部考試外，其新選拔，應照擬定限期，分爲三次，由禮部奏請，欽點大臣，於午門内考試，擬定等第進呈。』是爲李符清初次晉京。

七月，呈明充《四庫》謄録，旋乞假歸里。

中國第一歷史檔案館藏直隸總督梁肯堂乾隆五十六年正月二十一日《題報東鹿縣知縣李符清丁憂日期事》題本有云：『（李符清）由丁酉科拔貢，朝考後，充補《四庫》館謄録。』《乾隆朝上諭檔》載：『乾隆四十三年七月十八日，内閣奉上諭：「本年選拔貢生，除引見分别録用外，其餘已經考試各生，如有情願自備資斧，在《四庫全書》館効力者，准其呈明充當謄録，即以到館寫書之日爲始，扣足五年，期滿照例核辦。欽此。」』

李符清《海門詩鈔》卷一有《戊戌七月，陶然亭同馮魚山編修、廉山姪，送葉崧庄、賴翕亭同年歸里，用杜工部題終明府水樓二首韻》《鬱林遇雨》《横州道中》詩。鬱林、横州皆屬廣西。馮敏昌《小羅浮草堂詩集》卷十七有《送李載園南還，口占一律》詩，繫於四十三年。馮敏昌本年四月成進士。

李符清《海門文鈔》之《從兄德盛墓碑》文有云：『己亥，余校書館局假旋，而兄已遘瘵疾，卧牀褥。余視之，自知不起，執余手曰：「生死數也。吾之得見吾弟，死無憾矣。惟親老子幼，不能盡子道父道，又未能以文章報國，遽至於此，此不能無憾耳！」相與欷歔流涕不已。尋卒，尚在殯，而余復匆匆還都。』抵里或已在乾隆四十四年春。

乾隆四十四年己亥（一七七九） 二十九歲

夏，馮敏昌來訪。

馮敏昌《小羅浮草堂詩集》卷十七《夏日至郡，館於李載園之碧雲堂，賦贈載園昆玉》詩，有『懷親先後返鄉園，求友迂回入夢魂』句。李符清本年秋是否應廣東鄉試，俟考。

冬，偕姪北上赴都，度歲湘潭。

李符清《海門詩鈔》卷二《度騎田嶺》《郴州道中》《湘潭舟中除夕》詩。

乾隆四十五年庚子（一七八〇） 三十歲

九月初九日，偕馮敏昌等訪菊崇效寺。

李符清《海門詩鈔》卷二《和馮魚山編修同遊崇效寺訪菊元韻》詩。馮士鑣《先君子太史公（馮敏昌）年譜》載：『乾隆四十五年庚子，三十四歲。是年二月還京，携五弟幼吉暉叔同往。……既至，散館以二等，奉旨授職編修，遂讀書中秘。重陽，偕李載園孝廉叔姪，暨幼吉叔，遊崇效寺訪菊。』李符清秋間抵都，充補《四庫》謄録生，本年是否應北闈，俟考。

乾隆四十七年壬寅（一七八二） 三十二歲

夏，偕馮敏昌督建廉州會館。

馮士鑣《先君子太史公（馮敏昌）年譜》載：『乾隆四十七年壬寅，三十六歲。是年在京供職校書。於四月初七，買置廉州會館地基，在粉坊琉璃街中。八月起上創建後座，十一月十九起中座，十二月起頭座。雖合郡捐費，而有無遲速之事，先君與李載園明府，竭盡心力焉。』

乾隆四十八年癸卯（一七八三）　三十三歲

九月，舉順天鄉試，出翁方綱門。

李符清《海門經義》卷首翁方綱序云：『自予按試廉郡時，識李子於髫年。及予典京兆試，而李子復以經義獲雋。』李符清《海門文鈔》之《新息宗母張太夫人六十壽序》文有云：『余以丁酉選拔，赴都校録《四庫全書》，癸卯秋，幸登京榜。』

馮敏昌《小羅浮草堂詩集》卷二十一《癸卯九日偕友人李載園，伯顥、文彝叔侄，暨舍弟幼吉過崇效寺訪菊，值海棠數樹雜開，因題寺壁》詩。

乾隆四十九年甲辰（一七八四）　三十四歲

四月，應會試，薦而未售。

李符清《海門經義》卷尾有『知止而後有定』一節，題爲『甲辰會試薦卷』，知曾應本年會試。

乾隆五十一年丙午（一七八六）　三十六歲

四月，以謄録期滿議敘，分發直隸，到省聽候差委。

中國第一歷史檔案館藏直隸總督梁肯堂乾隆五十五年九月二十四日《奏請以李符清調補天津縣知縣事》摺云，李符清『由乾隆丁酉科拔貢，充《四庫》館謄録，中式癸卯科舉人。期滿議敘一等，分發簽掣直隸，以知縣試用，題署今職，於五十三年八月到任』。直隸省會保定府，首縣清苑縣。

李符清《海門詩鈔》卷三《武清旅舍，徐安肅慎齋以和王太守鎮之、王司馬少林紺雲精舍之作見示，因次元韻》詩，『青驄曾繫酒樓邊，池館鶯花四月天』句，自注：『丙午四月，隨牒保陽，憩於安肅香露主人别館，并訪韋靜山。』

離都時，賴名伶陳銀兒資助，始得赴官。

張太復《秋坪新語》卷一《西川海棠圖》條：『載園之初入都門也，雖耳陳名，固未之識。一旦，友人偕造其寓，陳一見傾心，捉臂言歡，如舊相識，咄嗟命酒，珍錯畢備。飲酣，自起侑觴，曼態嬌聲，淺斟低唱，扇影燈光之下，掩映生姿，載園不禁爲之心醉。自是往來莫逆，每值梨園演劇，載園至，陳必爲致肴核，數下場周旋，觀者萬目攢視，咸嘖嘖嘆羡，望如天上人。……歲丙午，載園試宰直省，向因揮霍，負欠纍纍，竟難出春明。陳爲之廣張華筵，演劇於宜慶堂中，大招賓客，無不樂爲解囊，遂獲千金。又出己貲，代償債家數處，載園乃得脱然去。』蜀人陳銀兒名渼碧，京師宜慶部名伶，李符清倩人繪《西川海棠圖》，題詠甚衆。張太復亦乾隆四十二年拔貢，與李符清交好。

秋，署順天府保定令。

李符清《海門詩鈔》卷三《觀水行》《保定縣雜詩六首》《丙午七夕》《秋夜同廉山姪話舊》《保定縣西齋夜雨呈曾霽堂明府》詩。《觀水行》詩小序云：『保定縣北有玉帶河，頻年秋水汎漲，河北十五村，田禾皆爲巨浸，居民苦之。丙午閏月，余同主簿陳君泛舟勘閲，詩以紀之。』《保定縣雜詩六首》詩，其一有『午衙吏散槐陰靜，閑撿新詩寫硬黄』句，知服官不廢吟詠。

據乾隆五十二年秋《大清縉紳全書》，保定縣在京城南一百八十里，地丁銀一千五百五十兩，倉穀五千石，雜税銀十六兩，養廉銀六百兩，辦公銀百兩。保定令曾日景，廣東陵水舉人，五十一年八月選，尚未到任。

乾隆五十二年丁未（一七八七）　三十七歲

三月，署大名府清豐令，濬陶北河，兩閲月竣事。

李符清《海門詩鈔》卷三《保定縣西齋夜雨呈曾霽堂明府》詩，有『春深一夜雨，青滿六郎城』句，知三月仍在保定令任。後一題爲《濮陽道中》詩：『河干兩月爲鳩工，風雨歸來車馬窮。一疋蹇驢三百里，無人知是李清豐。』本年三月，清豐令仲貽桂調補首府清苑令，董薑籤掣清苑令，尚未抵任，總督檄飭李符清暫署。

清豐，在大名府南九十里。據乾隆五十二年秋《大清縉紳全書》，清豐縣地丁銀四萬六百八十一兩，倉穀一萬四千石，雜税銀五百二十五兩，養廉銀八百兩，辦公銀一百兩。

李符清《海門文鈔》之《濮陽策蹇圖記》文云：『乾隆丁未春，余攝清豐宰，奉檄濬長垣之陶北河，直達山左菏澤境。率役夫千人，眠食河干，兩閱月始蕆事。歸途值大雨泥濘，車不能進，僮僕留視行李，余携一役乘馬行。馬跛，遂策蹇驢，着芒鞵，戴草笠，取道濮州，遇逆旅人滿，與負販者同宿簷下。僻道無旅店，於荒村市餅以食，三日始達清豐，得得入城。至大堂下，隸役呵止，余不顧，直入内署，署中人見之駭然，審視，乃相與圍繞匿笑。余盥洗畢，攬鏡自照，亦不識爲故吾矣，因成絶句一首。庚戌於津門，倩沈君延年寫照，黄君吟川補圖，以志于役之苦云。』按，長垣爲直隸大名府屬縣，菏澤爲山東曹州府屬縣，濮州屬山東東昌府。黄掌綸號吟川，江蘇丹陽人。

十一月，署保定府滿城令。

李符清《海門文鈔》之《玉川書院增置膏火地畝記》文有云：『丁未冬十一月，余攝宰滿城。』滿城，在省城西北四十里。據乾隆五十二年秋《大清縉紳全書》，滿城縣地丁銀六千九百三十七兩，倉穀一萬石，雜税八十八兩，養廉銀六百兩，辦公銀一百六十兩，陘陽驛馬百十四匹。知縣李棠，福建永安人，乾隆五十年四月題。

另，據直隸總督劉峨乾隆五十三年五月初四日《奏爲大名縣知縣出缺擬以李棠調補》摺，五十二年十月，大名令葉暘以杖斃二命革職，尋以李棠署理，李符清即接署滿城令。

乾隆五十三年戊申（一七八八）　三十八歲

八月二十四日，准到保定府東鹿令任。

中國第一歷史檔案館藏直隸總督梁肯堂乾隆五十六年正月二十一日《題報東鹿縣知縣李符清丁憂日期事》題本有云：『（李符清）由丁酉科拔貢，朝考後，充補《四庫》館謄録，中式癸卯科舉人。期滿議敘，分發直隸，以知縣試用。題署東鹿縣知縣，奉部覆准，於乾隆五十三年八月二十四日到任。委署今職，於五十五年六月初二日到任。』按，吏部議准應在後，李符清稍前或已就任。

東鹿縣，在保定府南二百四十里。本年四月，縣令王殿光陞署順天府大興縣知縣，李符清接署。據乾隆五十三年春《大清縉紳全書》，東鹿縣地丁銀三萬五千七百三十兩，倉穀一萬八千石，雜税二百四十九兩，養廉銀一千兩，辦公銀一百兩。

本年，捐修東鹿城隍廟。

李符清《重修東鹿縣城隍廟記》文有云：『余以乾隆五十三年宰是邑，下車謁廟，見堂除、廟廡，半爲風雨所蝕，遂捐俸搆材鳩工，擇邑紳士之能者董其事。於是飾其舊者，增其新者，廓而大之，視前之所修，更焕然壯觀矣。工甫竣，余調任天津，未遑紀之也。』

又，嘉慶《東鹿縣志》卷三《建置·公署》載：『養濟院，在南門内慈雲寺西，凡十九楹。……（乾隆）五十四年，知縣李符清捐廉移建於此。』同卷《建置·壇廟》載：『河神廟，一在南門外，康熙三十五年，知縣陳德遠建。乾隆十二年，知縣陳文合重修，迄今歷有年所，漸就傾圮。知縣李符清現已重修，每歲春秋二仲月致祭。』

乾隆五十五年庚戌（一七九〇） 四十歲

六月初二日，到署天津府天津令任。

中國第一歷史檔案館藏直隸總督梁肯堂乾隆五十六年正月二十一日《題報束鹿縣知縣李符清丁憂日期事》題本有云：『（李符清）由丁酉科拔貢，朝考後，充補《四庫》館謄録，中式癸卯科舉人。期滿議敘，分發直隸，以知縣試用。題署束鹿縣知縣，奉部覆准，於乾隆五十三年八月二十四日到任。委署今職，於五十五年六月初二日到任。』

中國第一歷史檔案館藏直隸總督梁肯堂乾隆五十五年九月二十四日《奏請以李符清調補天津縣知縣事》摺有云：『惟查有束鹿縣知縣李符清，年三十七歲，廣東合浦縣人。由乾隆丁酉科拔貢，充《四庫》館謄録，中式癸卯科舉人。期滿議敘一等，分發簽掣直隸，以知縣試用，題署今職，於五十三年八月到任。該員才具敏練，辦事穩實，平日留心河務。本年天津地方被水，現委該員署理，數月以來，查勘被淹地畝，撫恤窮黎，俱能悉心經理，以之調補天津縣知縣，堪勝沿河要缺之任。惟尚未實授，且歷俸未滿三年，與調補之例稍有未符。緣要缺需員，謹遵人地實在相需之例，專摺奏請。』天津縣爲天津府首縣，知縣金之忠，陞署河間府河捕同知。據乾隆五十三年春《大清縉紳全書》，天津縣地丁銀八千三百三十二兩，米折穀八十石，倉穀一萬四千一百九十二石，雜税銀一千二百八兩，養廉銀一千兩，辦公銀三百兩。

光緒《重修天津府志》卷四十《宦績》載：『李符清，字海門，廣東合浦舉人，乾隆五十五年任天津知縣。重文學，能制强悍。』

秋，邀同年蔣攸銛來署閲卷。

蔣攸銛《繩枻齋年譜》卷上：『（乾隆）五十五年庚戌，二十五歲。秋，天津李載園明府邀閲邑試卷。』

按，蔣攸銛爲李符清鄉試同年，四十九年成進士，散館授編修。去夏丁外艱，客冬葬父滿城。蔣攸銛《繩枻齋詩鈔》卷二有《天津李載園明府同年署中聞雁》詩。所閲試卷，當爲天津縣童試之卷。

十月，以派役不慎受質，旋降級留任。

《乾隆朝上諭檔》載：『乾隆五十五年十月初九日，奉旨：「此案著軍機大臣，會同刑部嚴審，分別定擬具奏。委員嚴肇華，著革職拏問。天津縣知縣李符清，派役不慎，亦著解任，一併來京質審。奉天委員户部員外那霑，著交部議處。餘依議。欽此。」』李符清翌月得降級留任處分。

十二月二十七日，母楊氏在署病故，旋丁憂。

中國第一歷史檔案館藏直隸總督梁肯堂乾隆五十六年正月二十一日《題報東鹿縣知縣李符清丁憂日期事》題本，引李符清呈稱：『今有親母楊氏，年柒拾肆歲，迎養在署，因染患痰喘病症，於五十五年十二月二十七日在署病故。職係親子，並無過繼，例應丁憂，擬合出具親供，詳報查核。』

馮敏昌《小羅浮草堂詩集》卷二十八《李明府載園符清令母楊孺人輓詩》，次年春作。據詩中『孝敬隆華髮，仁恩逮小星』句，知李符清尚有庶母。又，據《海門詩鈔》卷九《傅東溪傷姬奉慰》詩，尾聯自注：『庚戌，余侍妾碧雲歿於津門。』知本年復喪妾。

乾隆五十六年辛亥（一七九一） 四十一歲

七月七日，客省城，次日赴天津，中秋在都門。

李符清《海門詩鈔》卷四《辛亥七夕家虚谷招至蓮花池小飲》詩，「來朝秋水待揚舲，欲向津沽問女星」句自注：「初八日買舟赴津門。」同卷又有《中秋夜都門别牛次原孝廉》詩。李符清至都緣由不詳。

十二月三十日，除夕，偕子璋香、姪顥香度歲津門。

李符清《海門詩鈔》卷四《辛亥除夕十詠》詩。其四云：「丁沽去歲同書悶，卯酒明朝自擁爐。遥憶篝燈人獨坐，金錢五夜卜征夫。寄内。」其五詩尾自注：「示璋兒。」其六「十二年來同度歲，年年潦倒在天涯」句自注：「示廉山姪。」

乾隆五十七年壬子（一七九二） 四十二歲

二月，携姪顥香奉母櫬南返，夏抵里。

李符清《海門詩鈔》卷五《二月南還取道彭城喜晤康龍山即别》《淮徐舟中同廉山姪夜話寄康龍山》《嘉興道中》《由天津還里度大庾嶺》詩，皆途中作。李顥香本年以拔貢任廣東瓊州府永安縣教諭。

李符清《海門文鈔》之《馮母陳太孺人墓志》文有云：「及任天津時，丁吾母憂，於壬子夏奉櫬歸里。」

十二月三十日，除夕，家人團聚。本年復改建大宗祠，倡修康王廟。

李符清《海門詩鈔》卷五《除夕兄弟子姪齊集，欽州潘氏姊，小江吴氏姊，亦歸度歲，喜誌一律》詩。

是日當一七九三年二月十日。

李符清《海門文鈔》之《重修康王廟記》云：『壬子夏，以守制歸來，瞻拜之餘，即存修建之意。會同里舊好，以改造相商，遂薄捐百兩爲創，而吾宗及里中諸公，亦踴躍捐輸，匝月而工成，神之靈也。』

乾隆五十八年癸丑（一七九三）　四十三歲

五月，服滿北上補官。

李符清《海門詩鈔》卷六《仲春謁射螺嶺祖墓遇雨宿村舍》《夏五北上，取道靈山，徐牧園明府招飲三海巖》詩。靈山縣，在廉州府北百八十里，知縣徐德謙（牧園），山東泰安人。三海巖，在縣西二里。李符清五十五年十二月丁憂，依例共二十七個月，本年四月服闋。

十一月二十日，抵直隸省城。

臺北『中研院』歷史語言研究所藏直隸總督梁肯堂乾隆五十九年二月初九日《題報東鹿縣知縣周世綮陞署滄州知州所遺東鹿縣知縣以委用知縣李符清署理》題本有云：『李符清，年肆拾壹歲，廣東合浦縣人。由乾隆丁酉科拔貢，充《四庫》館謄録，中式癸卯科舉人。五十一年期滿議敘，籤掣直隸，以知縣試用，五十三年題署束鹿縣知縣。五十五年六月内，委署天津縣知縣，十二月内在署任丁母憂，回籍守制。服滿赴直委用，於五十八年十一月二十日到省。』李符清官年較實年少兩歲。

乾隆五十九年甲寅（一七九四） 四十四歲

春，署天津府滄州牧，旋署東鹿令。

李符清《海門詩鈔》卷八《滄州喜雨》《滄州署中得雨偶成》詩。

嘉慶元年春《大清縉紳全書》直隸欄：『東鹿縣知縣加一級李符清，廣東合浦人，癸卯（舉人），五十九年三月題。……滄州知州加三級周世縈，河南祥符人，進士，五十九年二月陞。』民國《滄縣志》卷七《職官》，所載乾嘉之際知州，無李符清之名。《乾隆朝上諭檔》載：『直隸總督梁肯堂，題請以候補知縣李符清，署理東鹿縣知縣一本。現經吏部議，俟東鹿縣知縣周世縈引見准陞後，准其署理。臣等查東縣係繁難中缺，李符清係委用知縣請署知縣，與例相符，是以照例議准。謹奏。（乾隆五十九年）五月初二日。』按，據《乾隆帝起居注》，周世縈於六十年閏二月初六日引見，准陞署滄州牧，李符清准署東鹿令。

四月十三日，翁方綱爲《海門經義》撰序。

李符清《海門經義》卷首翁方綱序，署『乾隆五十九年，歲在甲寅夏四月望前二日，北平友人翁方綱書』。按，是本彙録李符清《四書》文，應刻於乾隆五十九年或稍後。牌記題『翁覃溪先生鑒定，石松齋藏版』。正文釐爲『大學、上論、下論、中庸、上孟、下孟、癸卯順天鄉墨、甲辰會試薦卷』諸節，篇末附諸師友評語。如管世銘、王綬、顏崇槼、蔣攸銛、馮敏昌、洪亮吉、張錦芳、汪如洋、李如筠、何青、錢楷、杜群玉、李于垣等，皆有評騭。

六月，東鹿縣境被水，委勘衡水縣災情。

李符清《海門詩鈔》卷八《勘衡水水災紀事》詩：『受水勘他水，舍田芸人田。平原成巨浸，棄馬還乘船。……行當謀賑恤，安居無播遷。』衡水，冀州直隸州屬縣，與束鹿相鄰。

本年，修繕束鹿縣學、慈雲寺。

光緒《保定府志》卷二十九《禮政略·學校》載：『束鹿縣學文廟在縣治東，始建無考，金天會中，知縣韓某重修。……乾隆六年知縣王天慶，十一年知縣陳文合，二十七年知縣李文耀，四十六年知縣楊彬各重修。五十九年，知縣李符清修。《縣志》。』

嘉慶《束鹿縣志》卷三《建置·壇廟》載：『慈雲寺，在城内南大街，原名大悲寺，宋時建。明正統間，邑人謝良捐地一區重修。……（乾隆）五十九年，知縣李符清捐廉，率邑紳張嗣房，徹底重新。』同書卷五《書院義學》載：『南池書院，在城内文昌宫側。乾隆三年，知縣王天慶建，有記載《藝文志》。二十四年，知縣李文耀重修，有記亦載《藝文志》，歲久圮。知縣李符清蒞任後，重葺學舍一新。』

乾隆六十年乙卯（一七九五） 四十五歲

二月初九日，由束鹿赴省，覆車祁州。

李符清《海門詩鈔》卷八《覆車》詩，小序云：『二月九日，從深澤夜渡祁州三岔口，僕夫不戒堤，傾車仰覆，余爲行李倒壓。氣悶半晌，忽車門洞開，始爲僕夫抱出，經時方蘇，恍惚夢境也。尋投宿村舍，口占二律以誌之。』

光緒《保定府志》卷四十九《職官·國朝》載：『李符清，合浦拔貢，嘉慶初年知東鹿縣。修葺學宮，捐建書院，撥田畝助膏火，延名師主講，文風丕振。邑乘殘缺，徵古採今，勒輯成書。百廢具興，釐然畢舉，至今稱道勿衰。採訪册。』

嘉慶元年丙辰（一七九六）　四十六歲

六月，權趙州直隸州臨城令。

本年六月二十六日，李符清致法式善札有云：『去冬捧讀鈞函，並賜石刻，正值符以勞倦抱恙，各憲暫調署一簡小之區，藉作數月調攝之計。今已定署趙州之臨城，擬於月杪赴任，知邀垂念，用敢縷陳。拙集俟校正刷訂後，謹當賫呈訓政。』見日本東京國立博物館藏《國朝名人尺牘》。又，馮敏昌本年五月十六日致李符清札云：『所堪深慰者，二兄尊體已得大愈，精神視前日復加增。』載國家圖書館藏稿本《馮魚山先生字册》。李符清客春覆車負傷，此時稍得恢復。臨城縣北至省城四百八十里，至京師八百三十里。養廉銀六百兩，辦公銀二百兩。

又，王汝璧《銅梁山人詩集》卷十七《保陽晤李載園、楊米人、彭芝峰，再用昌黎寄崔二十六韻寄懷索和》詩，本年春作於省城。同書卷九《題仙娥姚珊珊小影集昌谷句》詩，『憑仗東風好相送，長翻蜀紙卷昭君』句自注：『時李載園臨摹一幅見貽。』知李符清能畫。

本年，初梓行詩集。

李符清《海門詩鈔》上下卷，牌記題『南匯吴白華先生選定，鏡古堂藏板』。卷首冠吴省欽（白華）《海門詩鈔序》，嘉慶元年四月撰，吴時以工部左侍郎、經筵講官督學順天。後附翁方綱、洪亮吉、王汝璧、法式善等二十二家『海門詩鈔題辭』，計詩文三十八首。正文詩分體，上卷録五古二十二首，七古二十九首；下卷録五律六十二首，五排二首，七律八十首，五絶十五首，六絶一首，七絶一百八首。共收詩三百十九首，最遲作於乾隆六十年，是爲李符清詩集首箇刻本。據李符清致法式善札，刷印或在本年秋冬。鏡古堂，李符清書齋名。

嘉慶三年戊午（一七九八）　四十八歲

二月，主修《東鹿縣志》，十月書成。

《東鹿縣志》十卷，李符清修，裴顯相、沈樂善纂，嘉慶三至四年刻本。卷首李符清序有云：『余兩任八年，於疆域財賦，風土人物，悉之尤稔，更不敢不亟爲採輯，以信今而傳後也。適裴宿塘農部讀禮保陽，來爲南池堂長，而沈秋雯太史亦以請假故，道過鹿巖。因相與商榷，共襄斯舉，於春仲開局，八閲月而告竣。臚爲十門，舊志之缺者補之，訛者正之，凡未經採録者，以次編入。』又，是書卷三《建置》載：『天仙聖母廟，在北六十里吕彩村。明隆慶元年創建，國朝嘉慶二年，知縣李符清捐資增修。』

七月二十八日，卸束鹿篆，旋署正定府正定令。

李符清本年八月初二日致法式善札云：『現於七月廿八日卸束鹿篆，月杪有會垣之行，約於八月初十日以前，始可到正定任也。』見日本東京國立博物館藏《國朝名人尺牘》。李符清《海門文鈔》之《丁郁兹詩鈔序》文有云：『戊午秋，余調攝鎮州，延舊好楊君雲珊，課兒署中。』楊元錫(雲珊)，監生，直隸南宫令丁履端内弟。

光緒《正定縣志》卷三十三《職官》知縣欄載：『劉浩，山西吉州人，拔貢，(乾隆)五十九年八月任。李符清，廣東合浦人，舉人，(嘉慶)三年八月署。徐敦典，福建建寧人，貢生，四年八月署。』正定縣爲正定府首縣，時順天府涿州牧徐用書署冀州直隸州牧，正定令劉浩署涿州牧，李符清遞署正定令。

本年，梓行詩文集。

李符清《海門文鈔》，不分卷，牌記題『嘉慶戊午鐫，鏡古堂藏板』，卷首翁方綱嘉慶元年十一月手書序。正文分論、傳、序、記、碑、墓志、記事、跋，共文三十三篇。《海門詩鈔》十卷，牌記題『嘉慶戊午鐫，鏡古堂藏板』，卷首吴省欽嘉慶二年十二月序。詩編年，起乾隆四十一年，止嘉慶三年，共收詩四百二十四首。

又，李符清《鏡古堂文鈔》不分卷，牌記題『鏡古堂檢存文鈔』，無序跋，共文三十九篇。除眉批、夾批外，篇末有吴省欽、馮敏昌、張問陶、裴顯相、楊天敘諸師友弟子評語。其中《從嫂謝孺人墓誌》一文，有『嘉慶己未冬』字樣，應最早刊竟於嘉慶四年。

嘉慶四年己未(一七九九)　四十九歲

七月，回束鹿令本任。

李符清《海門詩鈔》卷十《七月奉檄回束鹿任，留别正定紳士》詩。按，清河令文調元本年九月調補正定令，七月當已抵正定接署。

本年，訂定丁履端詩集。

丁履端《郁兹詩鈔》二卷，牌記題『嘉慶己未，椒蘭吟館開雕』，共詩一百五十九首，截至嘉慶三年。卷首李符清《序》云：『戊午秋，余調攝鎮州，延舊好楊君雲珊，課兒署中。雲珊爲郁兹内弟，往南宫携全集來，相與吟誦，輒擊節贊嘆。……暇日因與雲珊擇其尤雅者，釐爲二卷，共若干首，於全集中不及什之二三，而郁兹之性情學問，可以概見。』尾署：『嘉慶四年，歲在己未七月，合浦弟李符清撰。』丁履端時以承審命案不實，革南宫令。《海門詩鈔》卷十五《輓丁郁兹》詩四首，其三有『爲報九原丁敬禮，故人今已定君文』句。丁履端歿於嘉慶九年，文集由李符清編定，或未梓行。

嘉慶五年庚申（一八〇〇）　五十歲

六月二十三日，引見，以卓異回任候陞。

《嘉慶帝起居注》五年六月二十三日條：『是日，吏部將嘉慶四年大計，山西巡撫伯麟保薦卓異官，忻州直隸州知州李會觀，曲沃縣知縣侯長熺；直隸總督胡季堂保薦卓異官，束鹿縣知縣李符清，大名縣知縣張極帶領引見。奉諭旨：「李會觀、侯長熺、李符清、張極，俱准其卓異，加一級，仍注册，回任候陞。」』

嘉慶六年辛酉（一八〇一） 五十一歲

六月，束鹿被水，蠲免本年應徵錢糧。

李符清《海門詩鈔》卷十二《六月大雨，滹沱河漲，鹿城西北七十村俱浸澇，惻然有作》詩有云：『我爲司牧人，一夫懼失所。嗟爾七十村，何術以安撫？兀坐生煩愁，鬢絲添幾縷！』

《嘉慶朝上諭檔》載：『嘉慶六年六月二十七日，奉上諭：「同興奏委員分解銀兩，給被灾州縣急賑一摺。……兹續據同興奏稱，該縣（寧河）與唐縣、束鹿、景州、青縣、靜海、懷來、元城等州縣，田禾均有被淹之處。著傳諭熊枚，即速查明各該州縣被灾處所、分數，據實具奏，候朕加恩。」……嘉慶六年七月二十一日，内閣奉上諭：「熊枚奏續報被水各州縣，分別灾分輕重，開單進呈一摺。内除勘不成灾各州縣外，所有續行查明被灾較重之寧河、唐縣、束鹿、景州、天津、靜海、鉅鹿、南和、雞澤、大名、元城、玉田、豐潤、柏鄉、武强、滄州、平鄉、清河十八州縣，著加恩將本年應徵錢糧，全行蠲免。」』

光緒《保定府志》卷三十七《工政略·壇廟》載：『（束鹿）滹沱河神廟，一在縣城南門外，康熙三十五年，知縣陳德遠建。乾隆間知縣陳文合，嘉慶初知縣李符清，各有修葺。』李符清修繕滹沱河神廟，當在水災之後。

嘉慶八年癸亥（一八〇三） 五十三歲

二月，陞大名府開州牧，三月抵任。

嘉慶九年春《大清縉紳全書》開州欄載：『知州加一級李符清，載園，廣東合浦人。癸卯（舉人），八年正月陞。』《嘉慶帝起居注》八年二月二十五日條：『是日，吏部議直隸總督顔檢題開州知州員缺，請以東鹿縣知縣李符清陞補一疏，奉諭旨：「李符清依議用。餘依議。」』按，去歲十一月，署開州事下江通判劉若璩（尚書劉權之之子），以玩縱行劫重案，奉旨革審。顔檢題本應在正月，吏部議覆直至降旨，已在二月。開州知州秩從五品。

開州在大名府南一百二十里，地丁銀七萬二千四百五十四兩，倉穀二萬二千石，雜税五十七兩，養廉銀一千兩，辦公銀一百二十兩，驛馬十匹。據光緒《開州志》卷二《建置·廨署》，知州署在城西北隅，李符清抵任後，改署中不愧堂爲敬事堂。又於州署東建行館，其豪爽好客如此。

李符清《海門詩鈔》卷十四有《改官開州，留別束鹿四首》詩。李符清《瑕丘記》文有云：『開州古爲衛地，城南十八里曰瑕丘，即《檀弓》所載公叔文子與蘧伯玉同升處也。嘉慶癸亥暮春，余來牧斯土，公餘訪其蹟，遥望邱高數尋，巋然獨峙。』載嘉慶《開州志》卷八《藝文·記》。

三月，聘張晉爲西賓，課其子璋香。

張晉《艷雪堂詩集》卷一有《癸亥春夜與李二峨璋香小飲，醉後有贈》《秋日載園刺史約同人遊瑕丘作》《移家澶淵呈載園刺史》諸詩。

九月十四日，黄河漫口，州境被水，率工堵築。

李符清《海門詩鈔》卷十五《秋郊行》詩，『不見去秋河決霜後雨』句，自注：『癸亥九月十四日，黄池河決，霜降後五日也。』

《嘉慶帝起居注》本年十月初三日條載：『又奉諭旨，現在直隸長垣、東明、開州三州縣，因豫省黄河漫口下注，被水成災，已飭令布政使瞻桂，携帶銀兩，前往辦理撫恤事宜。但時屆冬令，小民田廬儲蓄，猝被淹浸，饑寒交迫，朕心深爲軫念。著再派鴻臚寺卿通恩，候補卿姜開陽，馳驛前往該處，督同地方官，實力經理，務令惠澤及時下逮，災黎不致失所。』

咸豐《大名府志》卷五《河渠》載：『司馬堤，在開州東南，嘉慶八年，河南封丘漫口，黄水自長垣、東明，流入州境。知州李符清，州判李武曾，在司馬集捐僱民夫二千餘人，築堤捍禦，計長七十餘里，西北一帶莊村，得免水患。』又，李符清四弟是秋歿於州署，《海門詩鈔》卷十四有《哭四弟德成》詩。

十二月初七日，以堵禦有功，交部議敘。

《嘉慶朝上諭檔》載：『嘉慶八年十二月初七日，内閣奉上諭：「顔檢奏長垣、東明、開州三州縣，堵禦漫水，實心爲民之牧、倅等官，及急公好義之紳士，懇請加恩一摺。本年長垣等三屬地方，猝被水災，該牧倅、紳士等，率衆修築堤埝，防護村莊，撫恤難民，均屬出力。通判富英，知州李符清，知縣林煜堂，俱著交部議敘。候補直隸州知州徐用書，州判李武曾，亦著一體議敘。其文生員吕元弼、李德沛，著加恩賞給訓導職銜。監生馬空群、冷天增，著賞給巡檢職銜。武生范逢時、冷天魁，著賞給外委職銜，以示獎勸。該部知道。欽此。」』又，嘉慶帝翌年二月初七日降旨，當年地糧正耗，緩至秋後開徵。

本年，捐資續修文昌宮，新建奎星閣。

據光緒《開州志》卷二《建置·壇廟》載：『文昌宮，一在城内東南隅。……一在州署西南，康熙六年，知州孫棨創建。嘉慶五年，知州張極重修。七年，署知州孫樹本勸捐增建，工始興，旋卸任去。八年，知州李符清復捐資踵成之，有記，載《藝文志》。奎星閣，在西文昌宮前，知州李符清建。』按，李符清翌歲爲蘧伯玉墓加封樹，建拜亭三楹，旁列廊廡，繚以周垣。嘉慶十年，建二賢祠於瑕丘東，又建與樂軒三楹於小邱上。二賢，即公叔文子暨蘧伯玉。

嘉慶九年甲子（一八〇四）　五十四歲

正月，煮賑三月。以拿獲鄰省巨盜，奉旨送部引見。

咸豐《大名府志》卷四《紀年》載：『九年甲子，開州知州李符清煮粥賑民。』光緒《開州志》卷二《蠲賑》載：『嘉慶九年，饑，知州李符清賑民，自正月起，煮粥三月。』

《嘉慶朝上諭檔》載：『九年正月二十七日，内閣奉上諭：「顏檢奏，接據開州知州李符清禀報，督率幹役，在該州王助村地方，拿獲强劫鄰省盜犯張惠等犯一案。當即提犯，審訊明確，請將張惠斬決梟示等語。該犯張惠，膽敢隨同張大、李大等，白晝乘馬持械，行劫過路客商，自應嚴辦示懲，不必交部核議。著該督將張惠一犯，即行斬決。盜首張大、李大，業已畏罪自戕身死，仍著斬首，同張惠首級，解往豫省行刦地方示衆。知州李符清，於捕役稟知張大等形迹可疑，即親往督拏，將首夥巨盜三人堵截，不能逃逸，洵屬能事，著加恩送部引見。至捕役白忠等四人，随往圍拏，身受磚傷，著該督量加獎賞。其快役陳開添一人，被刀砍傷，並著從重給賞，用示獎勵。餘依議。欽此。」』

《嘉慶朝上諭檔》十年閏六月二十六日載：『臣慶桂等謹奏，爲遵旨會同審擬具奏事。前據直隸藩司裘行簡奏，南樂縣典史楊道純呈遞封摺，内稱顔檢誤國害民，罔上私行，列款訐告一案。嘉慶十年六月二十八日奉旨，楊道純著革職拏問，解送來京，交軍機大臣，會同刑部，嚴審定擬具奏。欽此。……又如南樂縣易文炳，開州牧李符清，俱係拏獲鄰境盜犯，辦理兩岐一款。據供，南樂縣拏獲山東逸犯胡四，通緝文内有搶劫拒捕字樣，與開州拏獲河南截劫盜犯，事同一例。乃顔檢一則批解山東，一則自行奏辦，並將李符清保奏，明係狥庇同鄉，有心提拔等語。查胡四係山東省通緝人犯，拏獲後，例應歸案；且擬結罪名，止係搶奪擬徒，加等擬流。與開州拏獲劫盜，例應斬梟者，迥不相同，顔檢自應分别奏咨，豈得謂之狥庇同鄉，有心提拔？』知顔檢提携李符清，直隸官場不無非議。

六月初一日，在京引見，以直隸州知州即用。

《嘉慶帝起居注》九年六月初一日條：『（吏部）又將拏獲鄰省巨盜之直隸開州知州李符清帶領引見，奉諭旨：「李符清著仍發往直隸，以直隸州知州即用。」』《清代官員履歷檔案全編》第二册，李符清條載：『嘉慶八年九月内，因在河工出力，又拏獲鄰省盜犯，交部議敘，以直隸州知州用。』光緒《開州志》卷四《職官・知州》欄載：『（嘉慶）八年，李符清，廣東人，舉人，修州志。十年，周履衢，貴州畢節人，拔貢。』李符清卸開州任具體日期俟考。

光緒《開州志》卷四《職官·宦蹟》載：『李符清，字仲節，號海門，廣東合浦舉人，嘉慶八年知州事。值衡家樓黃水漫溢州境，築堤賑恤，民被其德。九年，修州志，旋升任深州直隸州知州，猶携所裒集，郵寄津門沈莪山侍御，往復辨論。至十一年書始成，鏤板都中，終蕆其事。』出都時，朱鶴年爲寫《載書圖》，翁方綱、法式善題詩。法式善《存素堂詩初集録存》卷二十《送李載園回任題朱野雲畫〈載書圖〉後》詩有云：『世間讀書人，多爲名利誤。循吏茲報最，蕭然託寒素。生平慎積蓄，圖書實滿庫。斯須不遠離，藉以慰朝暮。』亦可知其所尚矣。

本年，邀沈樂善纂《開州志》。

李符清《嘉慶開州志序》文有云：『歲癸亥，余來牧斯土，訪求舊志，惟孫本尚存，事蹟疏略，載述舛誤，慨然思有以補輯之。會衡家樓黃流漫溢州境，築堤賑恤無暇日。明年夏，恭奉恩命入覲，時老友天津沈莪山侍御，朝夕過從邸舍。侍御學問淹博，余曩宰東鹿，曾延修縣志。因復以州志屬之，定凡例，分類目，還延同志數君子，分司其事。乙丑春，寄所裒集於侍御。嗣余改官深州，遷秩守郡，再入都，與侍御商確疑義，往復辨論，必詳必慎，以期信今而傳後。今年二月書始成，凡八卷，目八十有二，圖十有六，於舊志之缺者補之，訛者正之。』載光緒《開州志》卷八《藝文·舊序》。李符清宰天津時，拔識沈樂善於縣試，沈樂善時官監察御史。

嘉慶十年乙丑（一八〇五） 五十五歲

二月，補深州直隸州牧。

《嘉慶帝起居注》十年二月二十八日條：『是日，吏部議直隸總督顔檢題，深州直隸州知州員缺，請以開州知州李符清補授一疏，奉諭旨：「李符清依議用。餘依議。」』深州直隸州知州秩正五品。據嘉慶九年春《大清縉紳全書》，深州在京師南六百里，地丁銀二萬一千四百七十兩，倉穀一萬八千石，雜税三百五十五兩，養廉銀一千兩，辦公銀一百六十兩，驛馬五十匹。按，李符清去秋或已署深州牧。據《嘉慶朝上諭檔》，直隸深州牧陸香森，九年七月十四日引見，交軍機處記名；九年十一月十日，補授山西大同府知府。

李符清《海門詩鈔》卷十六《張時泉殤兩幼子，詩以慰之》詩：『繫余春二月，連折兩孫枝。掌中珠頓碎，日夜斂雙眉。』

九月，抵都，臘底度歲正定。

李符清《海門詩鈔》卷十六《重陽前五日易州道中同葉石亭明府作》《九日崇效寺訪菊有懷馮魚山比部却寄》《除夕正定喜傅竹猗先生至同宿隆興寺》詩。按，除夕詩爲十六卷《海門詩鈔》最後一首。據嘉慶十一年春《大清縉紳全書》，張孔源本年六月陞深州直隸州知州，李符清是時或已與張孔源交代。傅修字竹猗，廣東海陽人，嘉慶八年補授直隸按察使，本年六月革職。

《清代官員履歷檔案全編》第二册，李符清條載：『（嘉慶）十年三月内，補授深州直隸州知州。遵衡工例，捐陞知府，分發籤掣直隸。』李符清此行赴都，應與捐陞知府有關。

嘉慶十一年丙寅（一八〇六）　五十六歲

二月，在都引見，以知府候補。

《清代官員履歷檔案全編》第二册，李符清條載：『（嘉慶）十年三月内，補授深州直隸州知州。遵衡工例，捐陞知府，分發籤掣直隸。十一年二月内，發往直隸候補知府。』夾注：『嘉慶十一年二月内引見，似可。嘉慶十三年三月内引見，似可。』眉注：『嘉慶十一年二月内，發往直隸候補知府。患病。』時裘行簡總督直隸。據韓崶《還讀齋詩稿》卷八《保陽贈李載園符清同年二絶》詩，李符清次月已返直隸省城。

四月，作别顔檢後，于役江南。

顔檢《衍慶堂詩稿》卷三《李載園太守復來白泉，時有江南之役》詩二首，其一有『春光正留戀，夏景方徘徊』句。其二云：『君今已三至，拂簟供清娱。青山日相對，故人時與俱。謂傅竹漪廉訪。執酒共斟酌，送君游江湖。江湖亦自適，行矣毋踟躇。』顔檢嘉慶七年五月署直隸總督，十年六月革職，時以主事銜在西陵吉地效力。李符清赴江南公幹，具體事由不詳。

陳廷慶《謙受堂全集》卷十九《歲暮懷人》詩，其二十一《李載園太守》詩，『鄰女東來問西子，夢婆春去惜秋娘』句，自注：『夏秋來，太守自薊于役來吴，并遊西子湖，有書述及冶遊。』知李符清沿運河南下，嘗抵杭州。

秋，刻詩文選於蘇州，冬返直隸。

李符清《海門詩選》三卷，幕友張晉選。東北師範大學圖書館藏初刻本，卷首冠翁方綱、吴錫麒、張晉序，卷末周鍔跋。張晉嘉慶十一年七月《海門詩文選小序》云：『嘉慶丙寅，于役南來，南中士大夫無論識與不識，莫不願得先生之集而讀之。奈篋中所携無多，因命晉仿漁洋山人《精華録》之例，選其尤精者，得詩若干首，文若干首，梓於吴門，以應交遊之索。』録詩二百五十四首，截至嘉慶十一年八月。天津圖書館藏《海門詩選》補訂本，卷尾删去周鍔跋。正文卷末補近作十四首，皆由蘇北上途中作，録詩二百六十八首。最後一首《東平道中雪霽》詩，作於嘉慶十一年十月。《海門文選》三卷，録古文二十三篇，每篇有圈點、夾批、尾評。尾評人名號多改易，或以刊於蘇州，遂多藉重江南名士歟？

本年，與吴紹浣、錢泳，共賞杜甫、顔真卿真蹟於蘇州。

錢泳《履園叢話》卷十載：「顔魯公竹山書堂聯句詩真蹟，書于絹素，雄古渾厚，用墨如漆，迴非後人所能模仿。國初藏真定梁相國家，刻入《秋碧堂帖》者是也。乾隆辛亥歲，爲畢秋帆先生所得。先生殁後，圖籍星散，又爲揚州吴杜邨觀察所有。嘉慶丁卯歲，粤東李載園太守來吴門，携有杜少陵《贈衛八處士》詩墨蹟卷，其書皆狂草，如張長史筆意。而杜邨觀察適至，顔册亦在篋中，余因邀二君各持墨蹟，同觀于虎丘懷杜閣下。余笑曰：「顔、杜生于同時，而未及一面。今千百年後，使兩公真蹟聚于一堂，實吾三人作介紹也。」按《新唐書》，天寶十二載，安禄山反，魯公守平原，少陵避走三川。後魯公以元載謗貶湖州，在大曆初年，正少陵出瞿塘，下江陵，泝沅湘時也。』按，李符清嘉慶十二年並未再南下抵蘇，錢泳記載或誤。吴紹浣，字杜邨，江蘇儀徵人，乾隆四十三年成進士，仕至河南南汝光道。

嘉慶十三年戊辰（一八〇八）　五十八歲

三月，在京引見，旋赴直候補。

《清代官員履歷檔案全編》第二册，李符清條夾注：『嘉慶十一年二月内引見，似可。嘉慶十三年三月内引見，似可。』李符清時病愈起復。

秋，病卒於直隸。

劉大觀《玉磬山房詩集》（嘉慶刻本）卷六《輓李同年載園》詩：『斯人劇如此，能得不生哀！地速欲收骨，天何必降才！哭聲紛舊治，錢紙冷新灰。嶺上銘旌過，梅花未忍開。』本年秋作。劉大觀亦乾隆四十二年拔貢，時任山西河東道。

陳曇《鄺齋雜記》卷二載：『合浦李載園太守符清，起家縣令，任直隸東鹿縣。與同官杜梅溪大令群玉、蔣師退大令知讓諸公，常以詩相唱和。後李援例捐陞知府，需次省垣者數年。蔣大令奉差出省，在某縣署，夢中恍惚見一人，持一函投遞，面題「東鹿縣正堂封」。因拆閱之，則李載園手札也。内云：「師退足下，不復相見，能不悵然！愚再世爲雁門馮氏，門祚甚厚，頗勝前生。兹因公復過東鹿，事竣即將西去也。」又云：「在冥中，所見刀山劍樹，歷歷不爽，如某某皆在彼受無量苦，殊足警也。」閱畢而寤，曰：「嘻！載園死矣。」披衣而起，秉燭待旦，而訃至矣。其子二峨大令樟香與余善，爲余言若此。』據此，知李符清卒於直隸。

按，汪仲洋《心知堂詩稿》卷九，有《李二峨招飲，即席有贈》詩，本年六月作。若彼時李符清已歿，其子或不宜宴客。後一題爲《趙菊嵓招飲不往，賦寄》詩，自注：『名盛奎，直隸深州人。』李符清或即卒於深州。

附録二　檔案方志

題覆直隸省署滿城縣事束鹿知縣李符清接徵未完停陞罰俸藩司梁肯堂造册舛錯罰俸三個月

和　珅等

户部等部經筵講官，太子太保，議政大臣，領侍衛内大臣，文華殿大學士，管理吏部、户部事務，三等忠襄伯臣和珅等謹題，爲遵旨等事。

准直隸總督劉峨，將題銷乾隆伍拾貳年地丁奏銷案内，滿城縣前署知縣李符清未完不及一分，并陞任藩司梁肯堂造册舛錯各職名開揭，咨送查議，於乾隆伍拾肆年拾月初陸日，准吏部將原咨職揭，咨送查辦前來。該臣等會查得，直隸總督劉峨咨稱，查直隸省乾隆伍拾貳年耗羨奏銷一案，奉准部咨，以署滿城縣知縣李符清接徵耗銀既有未完，其地丁正銀，亦應按照接徵數目，另行開揭報參。并將前司造册舛錯職名，送部查議等因。

查滿城縣前署知縣李符清，接徵未完乾隆伍拾貳年捌釐伍毫地丁，正銀伍百捌拾貳兩柒錢捌分捌釐，前陞司梁肯堂誤核入前任知縣李棠名下，實屬造册舛錯。自應遵照部咨，將該前署縣李符清接徵未完捌釐伍毫地丁正銀，另行開參，同前陞司梁肯堂造册舛錯職名，一併開揭，擬合咨送等因前來。查先據直隸總督題銷直隸省乾隆伍拾貳年耗羨奏銷案内，滿城縣接徵知縣李符清，未完銀壹百肆拾伍兩陸錢柒分伍釐，開揭送部。經户部查該縣接徵地糧，業已全完，何以耗羨尚有未完？行令查報等因，題覆在案。

嗣據該督查覆，滿城縣接徵知縣李符清，未完地丁正項銀兩，前陞司梁肯堂，已核入該縣前任知縣李棠未完項下開參。復經户部以該縣接徵知縣李符清既有未完地丁正項，亦應按其未完分數開揭請參，何以核入前任知縣李棠名下報參？行令將該縣接徵知縣李符清未完地丁分數，另行開揭送部，仍將該藩司辦理舛錯職名，一併送部等因亦在案。今據該督劉峨咨稱，滿城縣前署知縣李符清，接徵未完乾隆伍拾貳年捌釐伍毫地丁，正銀伍百捌拾貳兩柒錢捌分捌釐，同前陞任藩司梁肯堂造册舛錯各職名，一併開揭咨送等語。

吏部查定例，地丁錢糧，經徵州縣官初參欠不及一分者，停其陞轉，罰俸壹年，戴罪徵收。又定例，官員造報各項文册舛錯者，罰俸三個月等語。應將接徵地丁初參未完不及一分之署滿城縣事束鹿縣知縣李符清，照例停其陞轉，罰俸壹年，戴罪徵收。係署事官，其應照例議結之處，俟復參案内，將卸事日期聲明報部，再行核議。造册舛錯之前任直隸布政使，今陞河南巡撫梁肯堂，照例於現任内罰俸叁個月。仍令該督，將該縣前項未完銀兩，速飭照數徵完，報部查核。此本係户部主稿，合併聲明，臣等未敢擅便，謹題請旨。乾隆伍拾肆年拾貳月初捌日。臺北『中研院』歷史語言研究所藏内閣大庫檔案

奏請以李符清調補天津縣知縣事摺

梁肯堂

直隸總督臣梁肯堂跪奏，爲沿河要缺知縣需員，恭懇聖恩調補，以資治理事。

竊照天津縣知縣金之忠，經臣奏請陞署河間府河捕同知，現已接准部覆，奉旨依議，欽遵在案。所遺天津縣知縣一缺，水陸交衝，五方雜處，商賈輻輳，管理河道堤工，政務紛繁，民俗刁悍，係衝繁疲難四項相兼最要之缺，例應在外揀調。臣與藩、臬兩司，在現任知縣内逐加遴選，非本任緊要，即人地未宜，實無合例堪調之員。

惟查有東鹿縣知縣李符清，年三十七歲，廣東合浦縣人。由乾隆丁酉科拔貢，充《四庫》館謄録，中式癸卯科舉人。期滿議叙一等，分發簽掣直隸，以知縣試用，題署今職，於五十三年八月到任。該員才具敏練，辦事穩實，平日留心河務。本年天津地方被水，現委該員署理，數月以來，查勘被淹地畝，撫恤窮黎，俱能悉心經理，以之調補天津縣知縣，堪勝沿河要缺之任。惟尚未實授，且歷俸未滿三年，與調補之例稍有未符。緣要缺需員，謹遵人地實在相需之例，專摺奏請。

合無仰懇皇上天恩，俯准即以李符清調補天津縣知縣，實於地方民事，均有裨益。該員感激鴻慈，自必益加奮勉。如蒙俞允，該員係對品調繁，毋庸送部引見，仍俟扣滿年限，另請實授。所有東鹿縣員缺，雖應歸部選，但直省現有應補人員，容臣另行揀員具題。再，查李符清任内參罰，除歷次辦差開復扣免，並已參未奉回咨不敘外，其餘並無應議處分，合併陳明，爲此恭摺具奏，伏乞皇上睿鑒訓示。謹奏。乾隆五十五年九月二十四日。乾隆帝硃批：『該部議奏。』中國第一歷史檔案館藏宫中硃批奏摺

爲天津令李符清革審事移會

吏部考功司

乾隆五十五年十月初九日，内閣抄出，奉旨：『此案著軍機大臣，會同刑部嚴審，分别定擬具奏。委

員嚴肇華，著革職拿問。天津縣知縣李符清，派役不慎，亦著解任，一併來京質審。奉天委員户部員外郎那霑，著交部議處。餘依議。欽此。』

吏部爲遵旨等事。考功司案呈，乾隆五十五年十月初九日，内閣抄出欽奉諭旨一道。除咨刑部，俟此案審明定擬後，知照過部，以憑核辦外，相應知照可也。須至移會者，計粘單一紙。右移會稽察房。乾隆五十五年十月廿五日，（吏部考功司）郎中宋。

臺北『中研院』歷史語言研究所藏内閣大庫檔案

奉天牛莊額運黑豆霉變一案李符清派役不慎降級留任事移會

吏部考功司

（吏部）會議得，内閣抄出大學士公阿桂等奏稱，據倉場侍郎劉秉恬奏，奉天牛莊額運黑豆，由天津轉運到通，查驗豆色霉變，豆石短少，恐有攙水盜賣情弊，請將委員、舡户人等交部嚴審一案，請將僉派不慎之天津道、縣，應交部分別察議。

通州州判陳春熙，職司起卸，查點豆石數目，係其專責。乃任聽該經紀挾嫌謊報，漫不經心，寔有應得之咎，應交部議處。坐糧廳吉綸、杜兆基，聽從官及經紀之言，既將各舡户稟請倉場，飭州監禁，該經紀誣報短少豆石之處，並未查出。倉場侍郎劉秉恬，雖奏称豆色霉变屬寔，但豆石有無短少，亦未查明，均有不合，應一併交部察議。奉天委員員外郎那霑，在津交兑豆石後，並不在舡押運赴通，業經奉旨交部議處，應聽候部議，理合繕摺具奏請旨。

又據夾片奏稱，通州知州雷應方，於軍機司員十一日亥刻鎖交應行解部質訊之犯，並不即時押送，至十二日未刻始行起解，有心觀望，寔屬延玩。業經奉旨，押令來京詢問，寔係該員遲誤之故，應仍令回任，請旨交部議處，合併奏聞等因，於乾隆五十五年十月二十日奉旨：『依議。欽此。』欽遵抄出到部。

查此案，署天津縣知縣李符清，於運通豆石，並不僉派妥役押送，以致剥舡豆石遭風潮濕，寔屬不應。應將署天津縣事束鹿縣知縣李符清，照例降二級留任。天津道喬人傑，未能慎選妥員押運，亦應議處，應將天津道喬人傑，照例降一級留任。通州州判陳春熙，職司起卸，查點豆數，是其專責，乃於經紀挾嫌謊報之處，未能查出。坐糧廳員吉綸等，並不確查，率行稟報。倉場侍郎劉秉恬，亦未查明，即行具奏，均應議處。應將通州州判陳春熙，照例降一級調用。坐糧廳吏部員外郎吉綸，刑部郎中杜兆基，均照例降一級留任。倉場侍郎劉秉恬，照例罰俸一年。委員那霑，於天津交兑後，並未查舡押運赴通，徑至坐糧廳衙門投遞交批，亦屬違例，應將奉天委員盛京户部員外郎那霑，照律罰俸九個月。至通州知州雷應方，於應行解部質訊人犯，並不即行押送，以至遲誤，亦屬不合，應將通州知州雷應方，照例降一級調用。

李符清有加四級，應銷去加二級，抵降二級。喬人傑有加三級，吉綸有加一級，杜兆基有加二級，應各銷去加一級，抵降一級，均免其降級。陳春熙、雷應方，俱有加三級，應各銷去加一級，抵降一級，免其降調。那霑有紀録四次，應銷去紀録一次，抵罰俸六個月，其罰俸三個月之處，注於紀録。

令吏部爲查議具題事。考功司案呈，吏科抄出本部題前事等因。乾隆五十五年十一月十一日題，本月十七日奉旨：『劉秉恬著罰俸一年。餘依議。欽此。』相應知照可也。須至移會者，計粘單一紙。右移會稽察房。乾隆五十五年十一月廿四日，（吏部考功司）主事吴。　臺北『中研院』歷史語言研究所藏内閣大庫檔案

題報東鹿縣知縣李符清丁憂日期事題本

梁肯堂

兵部尚書，兼都察院右都御史，總督直隸等處地方軍務，紫荆、密雲等關隘，兼理糧餉、河道，管巡撫事，臣梁肯堂謹題，爲報明丁憂事。

據署直隸布政使司布政使阿精阿，署按察使司按察使丁湘聲會呈稱，據署天津縣知縣李符清報稱：『竊卑職係廣東合浦縣人，由丁酉科拔貢，朝考後，充補《四庫》館謄録，中式癸卯科舉人。期滿議敘，分發直隸，以知縣試用。題署東鹿縣知縣，奉部覆准，於乾隆五十三年八月二十四日到任。委署今職，於五十五年六月初二日到任。今有親母楊氏，年柒拾肆歲，迎養在署，因染患痰喘病症，於五十五年十二月二十七日在署病故。職係親子，並無過繼，例應丁憂，擬合出具親供，詳報查核』等情到布政司，移會到按察司。除此際飭取同官印結，另行詳咨外，所有現任東鹿縣知縣，委署天津縣知縣李符清丁憂緣由，擬合會詳呈請題報等因，呈詳到臣。

該臣查得，東鹿縣知縣，委署天津縣知縣李符清，親母楊氏，於乾隆五十五年十二月二十七日在署病故。該員係親子，例應丁憂，據署布政使阿精阿，署按察使丁湘聲查明，取具親供，會詳呈請題報前來。臣覆查無異，除將該員親供咨送吏部，暨飭取同官印結，另行送部外，理合具題，伏乞皇上勅部查照施行。

謹具題。乾隆五十六年正月二十一日。開面：『吏部知道。』

中國第一歷史檔案館藏題本

題報東鹿縣知縣周世綮陞署滄州知州所遺東鹿縣知縣以委用知縣李符清署理題本

梁肯堂

兵部尚書，兼都察院右都御史，總督直隸等處地方軍務，紫荆、密雲等關隘，兼理糧餉、河道，管巡撫事，臣梁肯堂謹題，爲循例詳請題署事。

據直隸布政使司布政使鄭製錦，按察使司按察使索諾木扎木楚會呈稱，該本司等會查得，東鹿縣知縣周世綮，業經詳蒙奏請陞署滄州知州在案。所遺東鹿縣繁難貳項中缺，係陞調所遺，例得以委用人員請署。兹查有委用知縣李符清，年肆拾壹歲，廣東合浦縣人。由乾隆丁酉科拔貢，充《四庫》館謄録，中式癸卯科舉人。五十一年期滿議敘，籤掣直隸，以知縣試用，五十三年題署東鹿縣知縣。五十五年六月內，委署天津縣知縣，十二月内在署任丁母憂，回籍守制。服滿赴直委用，於五十八年十一月二十日到省。該員才具明幹，辦事勤慎，差委無誤，以之請署東鹿縣知縣，與例相符。仍照例試看，另請實授，擬合會詳呈請察核具題。至李符清係委用知縣，今請署知縣，銜缺相當，毋庸送部引見，合併聲明等因，呈詳到臣。

該臣查得，東鹿縣知縣周世綮，經臣奏請陞署滄州知州在案。所遺東鹿縣繁難貳項中缺，係陞調所遺，例得以委用人員請署。兹據布政使鄭製錦，按察使索諾木扎木楚會呈稱，查有委用知縣李符清，堪以請署，會詳呈請察核具題前來。臣查李符清年肆拾壹歲，廣東合浦縣人。由乾隆丁酉科拔貢，充《四庫》館謄録，中式癸卯科舉人。五十一年期滿議敘，籤掣直隸，以知縣試用，五十三年題署東鹿縣知縣。五十五年六月内，委署天津縣知縣，十二月内在署任丁母憂，回籍守制。服滿赴直委用，於五十八年十一月二十日到省。該員年壯才明，辦事勤奮，差委無誤，以之題署束鹿縣知縣，與例相符，仍照例試看，另請實授。理合具題，伏乞皇上睿鑒，敕部議覆施行。再，李符清係委用知縣，今請署知縣，銜缺相當，毋庸送部引見，合併陳明。臣未敢擅便，謹題請旨。乾隆五十九年二月初六日。開面：『該部議奏。』臺北『中研院』歷史語言研究所藏内閣大庫檔案

滄州前任知州李焵署任知州李符清欠銀全完請准開復題本

梁肯堂

兵部尚書，兼都察院右都御史，總督直隸等處地方軍務，紫荊、密雲等關隘，兼理糧餉、河道，管巡撫事，臣梁肯堂謹題，爲詳請具題開復事。

據直隸布政使司布政使鄭製錦呈稱，該本司查得，乾隆五十八年存退奏銷案内，滄州未完五十八年拾分存退正銀玖百兩伍錢伍分陸毫，耗銀玖拾兩伍分伍釐；又未完五十七年緩徵柒分壹釐伍毫捌絲，正銀伍百叁拾陸兩肆錢伍分貳釐玖毫，耗銀伍拾叁兩陸錢肆分伍釐；又未完五十四年緩徵肆分伍釐玖毫貳絲，正銀叁百叁拾肆兩伍分柒釐，耗銀叁拾叁兩肆錢陸釐；又未完五十六年緩徵原參叁分玖釐，正銀貳百捌拾柒兩叁錢壹分，耗銀貳拾捌兩柒錢叁分壹釐。前因奏銷時未據完解，當將滄州前任知州李焵，又前署知州莫謩，又前任知州李符清等經徵、接徵未完各職名，彙揭開參在案。嗣據該州將前項未完正耗銀兩，照數徵完，批解司庫，即經本司詳請咨部扣免在案。

茲奉部議，將經徵五十八年分存退餘絶租銀，初參未完捌分以上之滄州知州李焵，照例革職注册；

又李烱經徵五十七年緩徵租銀，初參未完伍分以上，應照例再革職注册；又李烱接徵五十四、六兩年緩徵租銀，初參未完叁分以上，例止降職徵收，已於未經限滿之先卸事，應照離任官例，於此貳案，每案以罰俸壹年注册。又接徵五十八年租銀，初參未完壹分以上之署滄州事束鹿縣知縣李符清，照例降職一級，戴罪徵收；又李符清接徵五十七年緩徵租銀，又五十四、六兩年緩徵租銀，俱初參未完不及壹分，於此叁案，每案再停其陞轉，罰俸壹年，戴罪徵收。該員係署事官，其應照例議結之處，均俟復參案内，聲明卸事日期，報部再行核議。又前署知州莫蓍，接徵未完五十八年，及五十四、六、七等年租銀，署印不及壹月，均例得免議等因，於乾隆五十九年十二月初八日奉旨：『依議。欽此。』欽遵。除俟李烱病痊之日，仍由本省詳請給咨送部引見外，本司覆查滄州未完五十八年，及五十四、六、七等年存退正耗銀兩，已據照數徵完，詳咨扣免。因部中已經題覆，未及扣除，今奉部議，自應照例題請開復。除將徵完銀兩，造入乾隆五十九年奏册新收報部外，所有滄州前任知州李烱原奉部議革職，及李符清降職停陞戴罪徵收各案，擬合詳請察核具題開復等因，呈詳到臣。

該臣查得，乾隆五十八年存退奏銷案内，滄州未完五十八年拾分存退正銀玖百兩伍錢伍分陸毫，耗銀玖拾兩伍分伍釐；又未完五十七年緩徵柒分壹釐伍毫捌絲，正銀伍百叁拾陸兩肆錢伍分貳釐玖毫，耗銀伍拾叁兩陸錢肆分伍釐；又未完五十四年緩徵肆分伍釐玖毫貳絲，正銀叁百叁拾肆兩伍分柒釐，耗銀叁拾叁兩肆錢陸釐；又未完五十六年緩徵原參叁分玖釐，正銀貳百捌拾柒兩叁錢壹分，耗銀貳拾捌兩柒錢叁分壹釐。前因奏銷時未據完解，當將滄州前任知州李烱，又前署知州莫薈，又前任知州李符清等經徵、接徵未完各職名，彙揭開參在案。嗣據該州將前項未完正耗銀兩，照數徵完，批解司庫，前據該司詳請咨部扣免在案。

兹接准部議，將經徵五十八年分存退餘絶租銀，初參未完捌分以上之滄州知州李烱，照例革職注册；又李烱經徵五十七年緩徵租銀，初參未完五分以上，應照例再革職注册；又李烱接徵五十四、六兩年緩徵租銀，初參未完叁分以上，例止降職徵收，已於未經限滿之先卸事，應照離任官例，於此貳案，每案以罰俸壹年注册。又接徵五十八年租銀，初參未完壹分以上之署滄州事東鹿縣知縣李符清，照例降職一級，戴罪徵收；又李符清接徵五十七年緩徵租銀，又五十四、六兩年緩徵租銀，俱初參未完不及壹分，於此叁案，每案再停其陞轉，罰俸壹年，戴罪徵收。該員係署事官，其應照例議結之處，均俟復參案内，聲明卸事日期，報部再行核議。又前署知州莫薈，接徵未完五十八年，及五十四、六、七年等年租銀，署印不及壹月，均例得免議等因，於乾隆五十九年十二月初八日奉旨：『依議。其因經徵租銀未完，議以革職注册之李烱，俟病痊之日，仍著該部帶領引見，再降諭旨。欽此。』欽遵轉行遵照在案。

兹據布政使鄭製錦呈稱，查滄州未完五十八年，及五十四、六、七等年存退正耗銀兩，已據照數徵完，詳咨扣免。因部中已經題覆，未及扣除，今接准部議，自應照例題請開復。除將徵完銀兩，造入乾隆五十九年奏册新收報部外，所有滄州前任知州李烱原奉部議革職，及李符清降職停陞戴罪徵收各案，詳請具題開復等因前來。臣覆核無異，理合具題，伏乞皇上睿鑒，勅部核覆施行。謹題請旨。乾隆六十年

三月初七日。開面：『該部查議具奏。』　臺北『中研院』歷史語言研究所藏内閣大庫檔案

滄州前任知州李符清欠銀全完請准開復題本

梁肯堂

兵部尚書，兼都察院右都御史，總督直隸等處地方軍務，紫荆、密雲等關隘，兼理糧餉、河道，管巡撫事，臣梁肯堂謹題，爲詳請具題開復事。

據直隸布政使司布政使鄭製錦呈稱，該本司查得，直屬乾隆五十八年莊頭奏銷案内，滄州未完五十八年拾分莊頭租，正銀壹百柒拾壹兩貳錢肆分柒釐，耗銀拾柒兩壹錢貳分伍釐；又未完五十七年緩徵捌分叁毫肆絲，正銀壹百叁拾柒兩伍錢柒分叁釐，耗銀拾叁兩柒錢伍分捌釐；又未完五十四年緩徵壹分陸釐捌毫玖絲，正銀貳拾捌兩陸錢肆分柒釐，耗銀貳兩捌錢陸分伍釐；又未完五十六年緩徵原參叁分玖釐，正銀陸拾陸兩柒錢捌分陸釐，耗銀陸兩陸錢柒分玖釐。前因奏銷時未據完解，當將前任知州李㶊，又前署知州莫謩，又前任知州李符清等叁員，經徵、接徵催追不力各職名，彙揭開參。嗣據該州將前項未完正耗銀兩，照數徵完，批解司庫，隨經本司詳請扣免在案。

兹奉部議，將接徵五十八年莊頭租銀，初參未完壹分以上之署滄州事東鹿縣知縣李符清，照例罰俸叁箇月，停其陞轉，戴罪督催；又李符清帶徵五十四、五十六、七等年緩徵租銀，俱未完不及壹分，應照例於此叁案，每案再停陞。督催係署事官，其應照例議結之處，均俟復參案内，聲明卸事日期，報部再議。其李㶊經徵五十八年租銀，初參未完捌分以上；又帶徵五十四年緩徵租銀，未完壹分以上；五十六年緩徵租銀，未完叁分以上；五十七年緩徵租銀，未完陸分以上。均應照離任官例，於此肆案，每案於補官日

罰俸壹年。又前署知州莫蕃，接徵未完五十八年，及五十四、六、七等年租銀，署印不及壹月，均例得免議等因，於乾隆五十九年十二月初二日奉旨：『依議。欽此。』欽遵行知在案。

本司覆查，滄州未完五十八年，及五十四、六、七等年莊頭正耗銀兩，已據照數徵完，詳咨扣免，因部中已經題覆，未及扣除，今奉部議，自應照例題請開復。除將徵完銀兩，造入乾隆五十九年奏册新收報部外。所有滄州前署知州李符清，部議停陞戴罪督催之案，擬合詳請查核，具題開復。再查，李烱經徵初參未完五十八年，及五十四、六、七等年租銀，部中議以罰俸完結，毋庸再請開復，合併聲明等因，呈詳到臣。

該臣查得，直屬乾隆五十八年莊頭奏銷案内，滄州未完五十八年拾分莊頭租，正銀壹百柒拾壹兩貳錢肆分柒釐，耗銀拾柒兩壹錢貳分伍釐；又未完五十七年緩徵捌分叁毫肆絲，正銀壹百叁拾柒兩伍錢柒分叁釐，耗銀拾叁兩柒錢伍分捌釐；又未完五十四年緩徵壹分陸釐捌毫玖絲，正銀貳拾捌兩陸錢肆分柒釐，耗銀貳兩捌錢陸分伍釐；又未完五十六年緩徵原參叁分玖釐，正銀陸拾陸兩柒錢捌分陸釐，耗銀陸兩陸錢柒分玖釐。前因奏銷時未據完解，當將前任知州李烱，又前署知州莫蕃，又前任知州李符清等叁員，經徵、接徵催追不力各職名，彙揭開參。嗣據該州將前項未完正耗銀兩，照數徵完，批解司庫。隨經該司詳請咨部，扣免在案。

兹准部議，將接徵五十八年莊頭租銀，初參未完壹分以上之署滄州事東鹿縣知縣李符清，照例罰俸叁箇月，停其陞轉，戴罪督催；又李符清帶徵五十四、五十六、七等年緩徵租銀，俱未完不及壹分，應照例於此叁案，每案再停陞。督催係署事官，其應照例議結之處，均俟復參案内，聲明卸事日期，報部再議。

其李烱經徵五十八年租銀，初參未完捌分以上；又帶徵五十四年緩徵租銀，未完壹分以上；五十六年緩徵租銀，未完叁分以上；五十七年緩徵租銀，未完陸分以上。均應照離任官例，於此肆案，每案於補官日罰俸壹年。又前署知州莫暮，接徵未完五十八年，及五十四、六、七等年租銀，署印不及壹月，均例得免議等因，於乾隆五十九年十二月初二日奉旨：『依議。欽此。』欽遵轉行遵照在案。

兹據布政使鄭製錦呈稱，查滄州未完五十八年，及五十四、六、七等年莊頭正耗銀兩，前據該州照數徵完，咨部扣免。因部中已經題覆，未及扣除，今奉部議，自應照例題請開復。除將徵完銀兩，造入乾隆五十九年奏册新收報部外。所有滄州前署知州李符清，原奉部議停陞戴罪督催之案，詳請具題開復等因前來。臣覆核無異，理合具題，伏乞皇上睿鑒，勑部核覆施行。再，前任告病知州李烱，經徵初參未完五十八年，及五十四、六、七等年，經部議以補官日罰俸完結，毋庸再請開復，合併陳明。謹題請旨。乾隆六十年三月十六日。開面：『該部查議具奏。』　臺北『中研院』歷史語言研究所藏内閣大庫檔案

題爲遵議直隸署理東鹿縣知縣李符清試署期滿准實授事

諾穆親等

暫署吏部印鑰事務，刑部左侍郎，鑲藍旗蒙古都統臣諾穆親等謹題，爲循例詳請題署事。

吏科抄出直隸總督梁肯堂題前事，内開：該臣查得，東鹿縣知縣周世紫陞署滄州遺缺，部覆准以委用知縣李符清署理，照例試看，另請實授等因，當經轉行遵照在案。兹據布政使鄭製錦，按察使索諾木札木楚會呈稱，東鹿縣知縣李符清，前任東鹿縣，於乾隆伍拾叁年捌月貳拾肆日到任，連閏扣至伍拾伍年柒月貳拾肆日，試署二年期滿，例應實授。據保定府知府王錕，查明該員實在居官政績，出考呈道，加考會

詳，呈請察核具題前來。臣查李符清才具明幹，辦事敏練，應請照例准其實授。至李符清係委用知縣題署知縣，兹請實授，銜缺相當，毋庸送部引見，理合具題，伏乞皇上睿鑒，敕部議覆施行。謹題請旨。乾隆陸拾年肆月初捌日題，本月叁拾日奉旨：『該部議奏。欽此。』欽遵於本日抄出到部。

該臣等議得，直隸總督梁肯堂疏稱，署束鹿縣知縣李符清，乾隆伍拾叁年捌月貳拾肆日到任，伍拾伍年拾貳月丁憂。服闋赴直候補，題署今職，伍拾玖年陸月拾貳日任事。查前署束鹿縣，自伍拾叁年捌月貳拾肆日到任之日起，連閏扣至伍拾伍年柒月貳拾肆日，試署二年期滿。查李符清每逢初一、十五日，宣講《聖諭廣訓》，士民咸知向化，設立義學，延師訓迪。徵收錢糧，遵用滚單，俱令花户自封投櫃，並無差擾。查李符清才具明幹，辦事敏練，應請照例准其實授。至李符清係委用知縣題署知縣，兹請實授，銜缺相當，毋庸送部引見等因前來。

查乾隆肆拾叁年拾貳月，臣部摺奏《四庫》館謄録，内由進士、舉人期滿議叙，分發各省，以知縣試用人員，應令其到省一年得缺後，照銜小缺大之例，二年後再請實授等因，奉旨：『依議。』欽遵在案。又定例，署職官員果能稱職，該督撫將差委效力署印實在政績，叙入本内，保題實授。又署事實授，銜缺相當者，除降級降職、革職留任等案，不准實授外，其餘各項處分，均應一體准其實授，毋庸送部引見等語。

今李符清廣東舉人，由《四庫》館謄録期滿，議叙知縣，分發籤掣直隸，題署束鹿縣知縣，乾隆伍拾叁年捌月貳拾肆日到任，未經實授丁憂。服滿仍赴原省委用，題署束鹿縣知縣，伍拾玖年陸月拾貳日到任，試署已滿二年，任内並無降級降職、革職留任等案，與實授之例相符。該督既將該員署印實在政績，叙入本内，並稱才具明幹，辦事敏練，應請照例准其實授等語。應如該督所請，署東鹿縣知縣李符清，准其實授。該員係委用知縣題署知縣，今請實授，銜缺相當，毋庸送部引見。恭候命下，臣部遵奉施行。臣等未敢擅便，謹題請旨。乾隆六十年五月二十三日。開面：『李符清依議用。餘依議。』中國第一歷史檔案館藏題本

題爲遵旨查議直隸前署滄州知州李符清未完本年節年緩徵租銀照數完解請開復事

慶桂等

户部等部經筵講官，兵部尚書，兼署户部尚書，署理三庫事務，臣慶桂等謹題，爲詳請等事。

户科抄出直隸總督梁肯堂題乾隆伍拾捌年存退奏銷案内，滄州未完本年節年緩徵租銀，照數完解，
題請開復。原參議處一案，乾隆陸拾年叁月初柒日題，肆月初拾日奉旨：『該部查議具奏。欽此。』欽遵於本日抄出到部。

該臣等會查得，直隸總督梁肯堂疏稱，查乾隆伍拾捌年存退奏銷案内，滄州未完伍拾捌年十分存退正銀玖百兩伍錢伍分陸毫，耗銀玖拾兩伍分伍釐；又未完伍拾柒年緩徵七分一釐五毫八絲，正銀伍百叁拾陸兩肆錢伍分貳釐玖毫，耗銀伍拾叁兩陸錢肆分伍釐；又未完伍拾肆年緩徵四分五釐九毫二絲，正銀叁百叁拾肆兩伍分柒釐，耗銀叁拾叁兩肆錢陸釐；又未完伍拾陸年緩徵原參三分九釐，正銀貳百捌拾柒兩叁錢壹分，耗銀貳拾捌兩柒錢叁分壹釐。前因奏銷時未據完解，當將滄州前任知州李焵，又前署知州莫謩，又前任知州李符清等經徵、接徵未完各職名，彙揭開參。

兹接准部議，將經徵伍拾捌年分存退餘絶租銀，初參未完八分以上之滄州知州李焵，照例革職注

册；又李焵經徵伍拾柒年緩徵租銀，初參未完五分以上，應照例再革職注册。又李焵接徵伍拾肆、陸兩年緩徵租銀，初參未完三分以上，例止降職徵收，已於未經限滿之先卸事，應照離任官例，於此二案，每案以罰俸一年注册。又接徵伍拾捌年租銀，初參未完一分以上之署滄州事束鹿縣知縣李符清，照例降職一級，戴罪徵收；又李符清接徵五拾柒年緩徵租銀，又伍拾肆、陸兩年緩徵租銀，俱初參未完不及一分，於此三案，每案再停其陞轉，罰俸一年，戴罪徵收。該員係署事官，其應照例議結之處，均俟復參案内，聲明卸事日期，報部再行核議。又前署知州莫蓍，接徵未完伍拾捌年，及伍拾肆、陸、柒等年租銀，署印不及一月，均例得免議等因，於乾隆伍拾玖年拾貳月初捌日奉旨：『依議。其因經徵租銀未完，議以革職注册之李焵，俟病痊之日，仍著該部帶領引見，再降諭旨。欽此。』欽遵轉行遵照在案。

兹據布政使鄭製錦呈稱，查滄州未完伍拾捌年，及伍拾肆、陸、柒等年存退正耗銀兩，已據照數徵完，詳咨扣免。因部中已經題覆，未及扣除，今接准部議，自應照例題請開復。除將徵完銀兩，造入乾隆伍拾玖年奏册新收報部外，所有滄州前任知州李焵原奉部議革職，及李符清降職停陞戴罪徵收各案，詳請具題開復前來。臣覆核無異，理合具題等因前來。

查乾隆伍拾捌年存退奏銷案内，滄州未完伍拾捌年租，正銀玖百兩伍錢伍分陸毫，耗銀玖拾兩伍分伍釐；又未完伍拾柒年緩徵正銀伍百叁拾陸兩肆錢伍分貳釐玖毫，耗銀伍拾叁兩陸錢肆分伍釐；又未完伍拾肆年緩徵正銀叁百叁拾肆兩伍分柒釐，耗銀叁拾叁兩肆錢陸釐；又未完伍拾陸年緩徵原參正銀貳百捌拾柒兩叁錢壹分，耗銀貳拾捌兩柒錢叁分壹釐。先據該督開揭請參，經户部會同吏部，將滄州前任知州李烱，照例議以革職注册，署滄州事東鹿縣知縣李符清，照例議以降職一級，停其陞轉，每案罰俸一年，戴罪徵收等因，於乾隆伍拾玖年拾貳月初捌日奉旨：『依議。其因經徵租銀未完，議以革職注册之李烱，俟病痊之日，仍著該部帶領引見，再降諭旨。欽此。』欽遵題覆行文遵照在案。

續據該督咨報，該州將前項租正耗銀照數完解，咨部扣除免議。經户部業已行文，行令照例具題開復等因各在案。今據該督聲稱，該州完解正耗銀兩，造入伍拾玖年奏銷册内新收項下報部，户部查與原參未完銀數相符。所有原參革職、降職、停陞之案，題請開復之處，均應照例查辦。吏部查定例，錢糧奏銷案内未完各官，如有參後續報全完者，該督撫將該員原參議處之案，題請開復。又定例，凡因事降革，奉旨引見人員，續經開復，俱令該督撫出具考語，送部引見等語。除李烱接徵初參未完伍拾肆、陸兩年緩徵租銀，原參已照離任官例議結在案，毋庸再議外。應將續報全完之前署滄州事東鹿縣知縣李符清，接徵伍拾捌年租銀未完，原參降職一級，戴罪徵收。又伍拾肆、陸、柒等年緩徵租銀，原參每案停其陞轉，戴罪徵收各案，均照例准其開復。至滄州患病調理知州，又經降調李烱，因未完乾隆伍拾捌年存退餘絶租銀八分以上，議以革職注册；又未完伍拾柒年緩徵租銀五分以上，再革職注册。奉旨：『俟病痊之日，仍著該部帶領引見。欽此。』欽遵各在案。

兹據續報全完，例應開復，仍令原籍山東巡撫，俟該員病痊之日，給咨送部引見，恭候命下。至前項完解銀兩，應令該督造入伍拾玖年存退奏銷册内新收項下，報部查核。此本係户部主稿，合併聲明，臣等未敢擅便，謹題請旨。乾隆六十年六月二十七日。開面：『依議。』中國第一歷史檔案館藏題本

題爲遵旨查議直隸前署滄州知州李符清全完本年節年租正耗銀請開復原參事

慶　桂等

户部等部經筵講官，兵部尚書，兼署户部尚書，署理三庫事務，臣慶桂等謹題，爲詳請等事。

户科抄出直隸總督梁肯堂題乾隆伍拾捌年莊頭奏銷案内，滄州未完本年節年租正耗銀，照數完解，題請開復原參議處一案，於乾隆陸拾年叁月拾陸日題，肆月拾玖日奉旨：『該部查議具奏。欽此。』欽遵於本日抄出到部。

該臣等會查得，直隸總督梁肯堂疏稱，查直屬乾隆伍拾捌年莊頭奏銷案内，滄州未完伍拾捌年莊頭租正銀壹百柒拾壹兩貳錢肆分柒釐，耗銀拾柒兩壹錢貳分伍釐；又未完伍拾柒年緩徵正銀壹百叁拾柒兩伍錢柒分叁釐，耗銀拾叁兩柒錢伍分捌釐；又未完伍拾肆年緩徵正銀貳拾捌兩陸錢肆分柒釐，耗銀貳兩捌錢陸分伍釐；又未完伍拾陸年緩徵原參正銀陸拾陸兩柒錢捌分陸釐，耗銀陸兩陸錢柒分玖釐。前因奏銷時未據完解，當將前任知州李烱，又前署知州莫耆，又前任知州李符清等三員經徵、接徵，催追不力各職名，彙揭開參。

嗣據該州將前項未完正耗銀兩，照數徵完，批解司庫，隨經該司詳請咨部扣免。嗣准部議，將接徵伍拾捌年莊頭租銀，初參未完一分以上之署滄州事東鹿縣知縣李符清，照例罰俸三個月，停其陞轉，戴罪督催。又李符清帶徵伍拾肆，伍拾陸、柒等年緩徵租銀，俱未完不及一分，應照例於此三案，每案再停陞督催。係署事官，其應照例議結之處，均俟復參案内聲明卸事日期，報部再議其李烱經徵伍拾捌年租銀，初參未完八分以上；又帶徵伍拾肆年緩徵租銀，未完一分以上；伍拾陸年緩徵租銀，未完三分以上；伍拾柒年緩徵租銀，未完六分以上，均應照離任官例，於此四案，每案於補官日罰俸一年。又前署知州莫䕶，接徵未完伍拾捌年及伍拾肆、陸、柒等年租銀，署印不及一月，均例得免議等因。於乾隆伍拾玖年拾貳月初貳日奉旨：『依議。欽此。』欽遵轉行遵照在案。

兹據布政使鄭製錦呈稱，查滄州未完伍拾捌年，及伍拾肆、陸、柒等年莊頭正耗銀兩，前據該州照數徵完，咨部扣免。因部中已經題覆，未及扣除，今奉部議，自應照例題請開復。除將徵完銀兩，造入乾隆伍拾玖年奏册新收報部外，所有滄州前署知州李符清原奉部議停陞戴罪督催之案，詳請具題開復前來。臣覆核無異，理合具題。再，前任告病知州李烱，經徵初參未完伍拾捌年，及伍拾肆、陸、柒等年，經部議以補官日罰俸完結，毋庸再請開復，合併陳明等因前來。

查乾隆伍拾捌年莊頭奏銷案内，滄州未完伍拾捌年租正銀壹百柒拾壹兩貳錢肆分柒釐，耗銀拾柒兩壹錢貳分伍釐；又未完伍拾柒年緩徵正銀壹百叁拾柒兩伍錢柒分叁釐，耗銀拾叁兩柒錢伍分捌釐；又未完伍拾肆年緩徵正銀貳拾捌兩陸錢肆分柒釐，耗銀貳兩捌錢陸分伍釐；又未完伍拾陸年緩徵原參正銀陸拾陸兩柒錢捌分陸釐，耗銀陸兩陸錢柒分玖釐。先據該督開揭請參，經户部會同吏部，將署滄州事東鹿縣知縣李符清，前任滄州知州李烱，照例議以罰俸停陞，戴罪督催等因，題覆在案。

嗣據該督咨報，該州將前項未完租正耗銀照數完解，咨請扣除免議。經户部業已行文，行令照例具題開復等因亦在案。今據該督聲稱，該州完解前項租正耗銀，造入乾隆伍拾玖年奏册新收報部等語，户部查與原參未完銀數相符。其停陞議處之案，聲請開復之處，應照例核辦。吏部查定例，錢糧奏銷案内未完各官，如有參後續報全完者，該督撫將該員原參議處之案，題請開復等語。

除滄州患病調理知州李烱，原參已照離任官例議結在案，毋庸再議外。應將續報全完之前署滄州事東鹿縣知縣李符清，原參接徵未完伍拾捌年莊頭租銀，又帶徵伍拾肆、陸、柒等年緩徵租銀，每案停其陞轉，戴罪督催各案，均照例准其開復。仍令該督將前項完解銀兩，轉飭造入伍拾玖年奏册新收項下，報部查核。此本係户部主稿，合併陳明。臣等未敢擅便，謹題請旨。乾隆陸拾年柒月初柒日。中國第一歷史檔案館藏題本

東鹿縣現任知縣李符清欠銀全完請准開復題本

胡季堂

太子少保，兵部尚書，兼都察院右都御史，總督直隸等處地方軍務，紫荆、密雲等關隘，兼理糧餉、河道，管巡撫事，臣胡季堂謹題，爲詳請具題開復事。

據直隸布政使司布政使吴熊光呈稱，該本司查得，直屬嘉慶元年地糧奏銷案内，東鹿縣現任知縣李符清，經徵初參未完壹分玖釐貳毫，乾隆六十年緩徵地糧起運正銀柒千壹百伍拾貳兩捌分壹釐，耗銀玖百貳拾玖兩柒錢柒分壹釐。前因奏銷時未據完解，當將該縣未完職名，彙揭請參。嗣奉部議，將經徵初參未完壹分以上之東鹿縣現任知縣李符清，降職一級，戴罪徵收等因，於嘉慶二年十二月十九日奉旨：『依議。欽此。』欽遵轉行遵照在案。

今據東鹿縣將前項未完乾隆六十年地糧正銀柒千壹百伍拾貳兩捌分壹釐，耗銀玖百貳拾玖兩柒錢

柒分壹釐，陸續照數完解，詳請開復前來。除兑收貯庫，并將該縣初次完解地糧正銀伍百兩，貳次完解地糧正銀伍百兩，叁次完解地糧正銀伍百兩，均已造入嘉慶三年春撥新收，報部在案。其餘完解地糧正銀伍千陸百伍拾貳兩捌分壹釐，耗銀玖百貳拾玖兩柒錢柒分壹釐，俟分别造入嘉慶三年秋撥新收，并嘉慶二年地糧奏銷册内報部外。所有原參束鹿縣現任知縣李符清，部議降職一級，戴罪徵收之案，擬合詳請察核具題開復。再，該縣應扣降職俸銀，應俟部覆准其開復行知到日，飭令截清扣解，合併聲明等因，呈詳到臣。

該臣查得，直屬嘉慶元年地糧奏銷案内，束鹿縣現任知縣李符清未完壹分玖釐貳毫，乾隆六十年緩徵地糧起運正銀柒千壹百伍拾貳兩捌分壹釐，耗銀玖百貳拾玖兩柒錢柒分壹釐，前因奏銷時未據完解，當將該縣未完職名，彙揭開參。嗣准部議，將束鹿縣現任知縣李符清降職一級，戴罪徵收等因，於嘉慶二年十二月十九日奉旨：『依議。欽此。』欽遵轉行遵照在案。

今據布政使吴熊光呈稱，據該縣將未完乾隆六十年地糧正銀柒千壹百伍拾貳兩捌分壹釐，耗銀玖百貳拾玖兩柒錢柒分壹釐，陸續照數完解，司庫兑收。并將該縣初次完解地糧正銀伍百兩，貳次完解地糧正銀伍百兩，叁次完解地糧正銀伍百兩，均已造入嘉慶三年春撥新收，報部在案。其餘完解地糧正銀伍千陸百伍拾貳兩捌分壹釐，耗銀玖百貳拾玖兩柒錢柒分壹釐，俟分别造入嘉慶三年秋撥新收，并嘉慶二年地糧奏銷册内報部，詳請具題開復前來。臣覆核無異。所有原參束鹿縣現任知縣李符清，部議降職一級，戴罪徵收之案，相應照例題請開復，理合具題，伏乞皇上睿鑒，勅部核覆施行。再，該縣應扣降職俸銀，俟部覆准其開復到日，飭令截清扣解，合併陳明。謹題請旨。嘉慶三年六月十一日。開面：『該部查議具奏。』　臺北「中研院」歷史語言研究所藏内閣大庫檔案

題爲遵旨議准直隸束鹿縣知縣李符清完解地糧正耗銀兩開復原參事　　和　珅等

户部等部經筵講官，太子太保，文華殿大學士，管理吏部、户部事務，一等忠襄公臣和珅等謹題，爲詳請等事。

户科抄出直隸總督胡季堂將直隸省嘉慶元年地糧奏銷案内，束鹿縣現任知縣李符清未完乾隆陸拾年地糧正耗銀兩，照數完解，原參議處題請開復一案。嘉慶三年陸月拾壹日題，柒月拾捌日奉旨：『該部查議具奏。欽此。』欽遵於本日抄出到部。

該臣等會查得，直隸總督胡季堂疏稱，查直屬嘉慶元年地糧奏銷案内，束鹿縣現任知縣李符清，未完壹分玖釐貳毫，乾隆陸拾年緩徵地糧起運正銀柒千壹百伍拾貳兩捌分壹釐，耗銀玖百貳拾玖兩柒錢柒分壹釐。前因奏銷時未據完解，當將該縣未完職名，彙揭開參。嗣准部議，將束鹿縣現任知縣李符清，降職一級，戴罪徵收等因，於嘉慶貳年拾貳月拾玖日奉旨：『依議。欽此。』欽遵轉行遵照在案。

今據布政使吴熊光呈稱，據該縣將未完乾隆陸拾年地糧正銀柒千壹百伍拾貳兩捌分壹釐，耗銀玖百貳拾玖兩柒錢柒分壹釐，陸續照數完解，司庫兑收。并將該縣初次完解地糧正銀伍百兩，二次完解地糧正銀伍百兩，三次完解地糧正銀伍百兩，均已造入嘉慶三年春撥新收，報部在案。其餘完解地糧正銀伍千陸百伍拾貳兩捌分壹釐，耗銀玖百貳拾玖兩柒錢柒分壹釐，俟分别造入嘉慶叁年秋撥新收，并貳年地

糧奏銷册内報部，詳請具題開復前來。臣覆核無異。所有原參束鹿縣現任知縣李符清，部議降職一級，戴罪徵收之案，相應照例題請開復，理合具題。再，該縣應扣降職俸銀，俟部覆准其開復到日，飭令截清扣解，合併陳明等因前來。

查直隸省嘉慶元年地糧奏銷案内，束鹿縣現任知縣李符清，未完乾隆陸拾年地糧正銀柒千壹百伍拾貳兩捌分壹釐，耗銀玖百貳拾玖兩柒錢柒分壹釐。先據該督開揭請參，經户部會同吏部，照例議以降職一級，戴罪徵收等因，題覆在案。

今據該督疏稱，該縣未完前項地糧正耗銀兩照數完解，兑收司庫。内除業經造入嘉慶叁年春撥新收地糧正銀壹千伍百兩外，其餘完解正銀伍千陸百伍拾貳兩捌分壹釐，耗銀玖百貳拾玖兩柒錢柒分壹釐，俟分别造入嘉慶叁年秋撥新收，並貳年地糧奏册報部。所有原參束鹿縣現任知縣李符清降職一級，戴罪徵收之案，題請開復等語，户部查與原參未完，並本年春撥新收銀數，均屬相符。其餘完解地糧正銀伍千陸百伍拾貳兩捌分壹釐，照數登記。仍令該督轉飭造入本年秋季撥册新收報部，並將完解耗羨銀兩，造入貳年地糧奏銷册内，送部查核。

至原參議處題請開復之處，吏部查定例，錢糧奏銷案内未完各官，如有參後續報全完者，該督撫將該員原參議處之案題請開復等語。應將續報全完之束鹿縣知縣李符清，原參降職一級，停其陞轉，戴罪徵收之案，照例准其開復。並令該督將此案應扣降職俸銀，俟接奉部文，題准開復之日，即行核扣解司入撥，報部查核。此本係户部主稿，合併聲明。臣等未敢擅便，謹題請旨。嘉慶叁年拾月初拾日。開面：『依議。』

東鹿縣知縣李符清欠銀全完題請開復事

胡季堂

兵部尚書，兼都察院右都御史，總督直隸等處地方軍務，紫荆、密雲等關隘，兼理糧餉、河道，管巡撫事，臣胡季堂謹題，爲詳請具題開復事。

據直隸布政使司布政使顔檢呈稱，該本司查得，直屬嘉慶二年奏銷案内，東鹿縣未完嘉慶二年貳分玖釐地糧正銀壹萬柒百柒拾貳兩柒錢陸分玖釐，耗銀壹千肆百兩肆錢叁分叁釐，前因奏銷時未據完解，當將該縣未完職名，彙揭開參。嗣奉部議，將經徵未完貳分以上之東鹿縣知縣李符清，照例降職二級，戴罪徵收等因，於嘉慶三年十二月十八日奉旨：『依議。欽此。』欽遵轉行遵照在案。

兹據該縣將未完前項地糧正銀壹萬柒百柒拾貳兩柒錢陸分玖釐，耗銀壹千肆百兩肆錢叁分叁釐，分款完解前來。除兑收貯庫，俟造入嘉慶三年地糧正耗奏銷册内，并將完解過地糧正銀，造入嘉慶四年秋撥新收項下，報部查核外。所有東鹿縣知縣李符清，未完嘉慶二年地糧正耗銀兩，原奉部議降職二級，戴罪徵收之案，擬合詳請察核，具題開復。再，該員應完降職俸銀，應俟奉部覆准開復之日，再行飭令扣解，合併聲明等因，呈詳到臣。

該臣查得，直屬嘉慶二年奏銷案内，東鹿縣未完嘉慶二年貳分玖釐地糧正銀壹萬柒百柒拾貳兩柒錢陸分玖釐，耗銀壹千肆百兩肆錢叁分叁釐，前因奏銷時未據完解，當將該縣未完職名，彙揭開參。嗣准部議，將經徵未完貳分以上之東鹿縣知縣李符清，照例降職二級，戴罪徵收等因，於嘉慶三年十二月十八日奉旨：『依議。欽此。』欽遵轉行遵照在案。

茲據布政使顏檢詳稱，據該縣將未完前項地糧正銀壹萬柒百柒拾貳兩柒錢陸分玖釐，耗銀壹千肆百兩肆錢叁分叁釐，分款完解。除兑收貯庫，俟造入嘉慶三年地糧正耗奏銷册内，并將完解過地糧正銀，造入嘉慶四年秋撥新收，報部查核外。所有東鹿縣知縣李符清，未完嘉慶二年地糧正耗銀兩，原奉部議降職二級，戴罪徵收之案，呈請具題開復前來。臣覆核無異，理合具題，伏乞皇上睿鑒，勅部核覆施行。再，該員應完降職俸銀，應俟奉部覆准開復之日，再行飭令扣解，合併陳明。謹題請旨。嘉慶四年十月初八日。開面：『該部查議具奏。』　臺北『中研院』歷史語言研究所藏内閣大庫檔案

題爲東鹿縣知縣李符清原參未完嘉慶二年代徵任丘縣租銀照數徵完開解請開復事

胡季堂

兵部尚書，兼都察院右都御史，總督直隸等處地方軍務，紫荆、密雲等關隘，兼理糧餉、河道，管巡撫事，革職留任臣胡季堂謹題，爲詳請具題開復事。

據直隸布政使司布政使顏檢呈稱，該本司查得，直屬嘉慶二年代徵租銀奏銷案内，東鹿縣未完嘉慶二年代徵任丘縣壹分柒釐貳毫，租銀壹拾兩玖錢伍分陸釐。前因奏銷時未據徵完開解，當將該縣未完職名，彙揭詳參。嗣奉部議，將經徵未完貳分以上之東鹿縣現任知縣李符清，照例罰俸叁個月，停其陞轉，戴罪督催等因，於嘉慶三年十二月十八日奉旨：『依議。欽此。』欽遵轉行遵照在案。

茲據該縣將未完嘉慶二年代徵任丘縣租銀壹拾兩玖錢伍分陸釐，照數徵完開解，任丘縣兑收散給，

取具印收，申請開復前來。所有束鹿縣現任知縣李符清，原奉部議停陞戴罪督催之案，擬合詳請察核，具題開復。再，該縣應完罰俸銀兩，已據照數完解，兑收貯庫，俟造入嘉慶五年春撥新收報部，合併聲明等因，呈詳到臣。

該臣查得，直屬嘉慶二年代徵租銀奏銷案内，束鹿縣未完嘉慶二年代徵任丘縣壹分柒釐貳毫，租銀壹拾兩玖錢伍分陸釐，前因奏銷時未據徵完開解，當將該縣未完職名，彙揭開參。嗣准部議，將經徵未完壹分以上之束鹿縣現任知縣李符清，照例罰俸三個月，停其陞轉，戴罪督催等因，於嘉慶三年十二月十八日奉旨：『依議。欽此。』欽遵當經轉行遵照在案。

兹據布政使顔檢呈稱，據該縣將未完嘉慶二年代徵任丘縣租銀壹拾兩玖錢伍分陸釐，照數徵完開解，任丘縣兑收散給，取有印收。所有束鹿縣現任知縣李符清，原准部議停陞戴罪督催之案，呈請察核具題，開復前來。臣覆核無異，理合具題，伏乞皇上睿鑒，勅部核覆施行。再，該縣應完罰俸銀兩，已據照數完解，兑收司庫，俟造入嘉慶五年春撥新收報部。合併陳明，謹題請旨。嘉慶五年正月二十一日。開面：『該部查議具奏。』

中國第一歷史檔案館藏題本

題銷歲修滹沱河堤工用銀事

顔檢

護理直隸總督，兼理糧餉、河道，管巡撫事，臣顔檢謹題，爲滹沱河水勢北徙，請復歲修銀兩，以資捍禦事。

案准工部咨開，都水司案呈，工科抄出直隸總督兼理河道胡季堂題前事等因，嘉慶四年十二月初七日題，本月十八日奉旨：『該部議奏。欽此。』欽遵於本日抄出到部。該臣等議得，直隸總督兼理河道胡季堂疏稱，正定縣城西南滹沱河斜角堤壹道，係保護郡城及南關一帶村莊，工程最關緊要，於乾隆三十三年，經前督臣楊廷璋奏請動項建築埽壩。三十五年復設歲修，每年在於道庫滹沱河籌備銀内動撥修築等因，遵照在案。兹據清河道喬人傑詳稱，滹沱河斜角堤南頭第壹段埽工，長柒拾壹丈，係乾隆五十八、九兩年建築，六十年重修。現在迎溜頂衝，全河水勢直刷堤根，最爲險要。該埽歷經大水衝刷，樁埽黴腐，汛漲難以抵禦，應行修整，以資捍護。估需工料銀壹千肆百柒拾叁兩伍錢貳分，在於歲修銀内動撥備料，趕修完整，造册題估。臣覆核無異，除册送部查核外，理合具題等因前來。

查正定縣滹沱河嘉慶四年分歲修工程，先於乾隆三十五年，據原任直隸總督楊廷璋奏明，以該河水性靡常，現在河水日又北徙，草土壩工易於衝汕，請在於清河道庫原設滹沱河歲修籌備銀内，每年酌撥銀壹千伍百兩，給發該縣，於汛前備料貯工，豫爲修防等因在案。今據該督將斜角堤南頭第壹段埽工，長柒拾壹丈，屢經大水衝刷，樁埽黴腐，汛漲難以抵禦，應行修整，以資捍護，共估需銀壹千肆百柒拾叁兩伍錢貳分，造册題估。臣部查係奏明歲修之工，應准其辦理。惟查埽上加鑲，每單長壹丈，用夫貳名核算，止應用夫貳千捌百拾壹名陸分。今册開用夫貳千捌百肆拾名，殊屬浮多，應令該督轉飭查照，於報銷案内據實删減，切實保題，造册送部核銷可也。嘉慶五年三月二十四日題，本月二十六日奉旨：『依議。欽此。』爲此合咨前去，欽遵施行等因，咨行到督臣，當經轉飭遵照去後。兹據清河道喬人傑，取具報銷册結，并勘結圖説，詳請察核題銷前來。

該臣查得，嘉慶四年分正定縣歲修滹沱河斜角堤鑲做椿埽工程，經前督臣據册題估，接准部咨，以埽上加鑲，每單長壹丈，用夫貳名核筭，止應用夫貳千捌百拾壹名陸分。今册開用夫貳千捌百肆拾名，殊屬浮多，應令於報銷案内删減，造册報銷等因。隨行據清河道喬人傑詳稱，查前任正定縣知縣李符清，承辦嘉慶四年分歲修滹沱河斜角堤南頭第壹段埽工，長柒拾壹丈，係乾隆五十八、九兩年建築，六十年重修。現在迎溜頂衝，全河水勢汕刷埽根，最爲險要。該埽歷經大水衝刷，椿埽黴腐，汛漲難以抵禦，應行修整，以資捍護，共估用銀壹千肆百柒拾叁兩伍錢貳分。遵照部駁，删減銀壹兩壹錢叁分陸釐，實請銷銀壹千肆百柒拾貳兩叁錢捌分肆釐，造具銷册圖結，由正定府糧馬河通判朱京華勘明加結，送轉前來。按册逐加覆核，均係實用實銷，委無浮冒，應請准其報銷。所有送到報銷册結圖説，詳送察核題銷等情前來。臣覆核無異。除册結圖説送部查核外，理合恭疏具題，伏乞皇上睿鑒，勅部核銷施行。謹題請旨。嘉慶五年十月二十九日。開面：『該部察核具奏。』 臺北『中研院』歷史語言研究所藏内閣大庫檔案

清代官員履歷檔案全編

李符清，廣東人，年五十歲。由舉人充《四庫全書》館謄録，議敘知縣，分發直隸試用，歷陞開州知州。嘉慶八年九月内，因在河工出力，又拏獲鄰省盗犯，交部議敘，以直隸州知州用。十年三月内，補授深州直隸州知州。遵衡工例，捐陞知府，分發籤掣直隸。十一年二月内，發往直隸候補知府。夾注：『嘉慶十一年二月内引見，似可。嘉慶十三年三月内引見，似可。』眉注：『嘉慶十一年二月内，發往直隸候補知府。患病。』《清代官員履歷檔案全編》

李符清傳

李符清，字仲節，廣東合浦人，乾隆四十八年舉人，選直隸滿城縣知縣。簿書之暇，輒偕邑人士登山賦詩。尋宰天津，兩宰獲鹿，皆有聲，卒官開州知州。符清詩思俊逸，迥出塵表，性豪邁，喜交遊，愛書畫。所藏有杜少陵《贈衛八處士》詩墨蹟，因署所居曰『寶杜齋』。著有《海門詩鈔》。　臺北故宮博物院藏清國史館傳稿包

同治東鹿縣志

李符清，廣東合浦縣人，以拔貢知縣事。博學多才，下車伊始，即修葺學宫。見書院傾圮，慨然曰：『一邑之書院，文運所關也。』急捐貲修建，焕然一新。更撥田畝，添助膏火，延名師爲主講。諷誦之聲，有若齊魯，下邑文風，有蒸蒸日上之勢。自是至今七十餘年，又蕩然無存。至同治十一年，知縣宋陳壽始行重建。

符清又修慈雲寺、河神廟等所，百廢具興，釐然畢舉。凡所以成民而致力於神者，靡不急公好義，引爲己責。尤可紀者，邑乘殘缺百餘年，文獻無徵，符清不惜重俸延請宿儒，博古採今，分門別類，勒輯成書，文物典章，燦然大備。其流風善政，數十年後，猶有稱道勿置者，甘棠遺愛，洵不虛也。按《東鹿縣志》，本朝康熙年間，知縣劉崑修一次；乾隆年間，知縣李文耀修一次；嘉慶三年，李符清修一次。至同治十一年，知縣宋陳壽始續修焉。　同治《東鹿縣志》卷五《仕進類・仕蹟》

光緒保定府志

李符清，合浦拔貢，嘉慶初年知束鹿縣。修葺學宫，捐建書院，撥田畝助膏火，延名師主講，文風丕振。邑乘殘缺，徵古採今，勒輯成書。百廢具興，釐然畢舉，至今稱道勿衰。採訪册。光緒《保定府志》卷四十九《職官·國朝》

光緒開州志

李符清，字仲節，號海門，廣東合浦舉人，嘉慶八年知州事。值衡家樓黄水漫溢州境，築堤賑恤，民被其德。九年，修州志，旋升任深州直隸州知州，猶携所裒集，郵寄津門沈莪山侍御，往復辨論。至十一年書始成，鏤板都中，終藏其事。光緒《開州志》卷四《職官·宦蹟》

附録三　唱和追輓

冀州送杜武邑群玉槑菴歸養崑山即用留别韻其末並寄李玉樵筠心載園　吴省欽

捧檄迎來過十春，玉峰宜著草堂人。絲綸敕命新承寵，箕斗文章夙遇神。嬉戲尚隨黄犢健，行藏須共白鷗親。郊圻墨綬如麻列，若箇循陔勇乞身！

烏帽黄塵上計年，裁花滿縣也听然。官常祇有隨緣飯，庭訓原無造業錢。早别南橋參北寺，又辭北馬换南船。由來才命論公道，翦折頭銜此數篇。槑菴有《翦餘集》，予曾序以行。

青袍出去錦袍還，三面湖光一面山。月上亭臺燒芋後，唯亭燒芋最美，予過之買噉，至不飯。風高耆舊讀書間。謂亭林先生。當門鵝鴨聲雖惱，隱几兒童意自閑。誰伴芳蘭作供養，芙蓉金菊門斕斑。

亦知暮氣中歸心，李褚相逢語故侵。玉樵自千墩移城，筠心亦僑此，去秋順道得一晤。名教羡君行樂永，辭章愧我用功深。偶隨瓜李南皮會，好訂琴壺北郭吟。除是同官人啖荔，苦嫌音問抵雙金。李東鹿載園亦工詩，與槑菴有『李杜』之稱。《白華後稿》卷三十六

合浦李生收得大名成氏舊藏醴泉銘屬題　有王文蓀鵬沖印　翁方綱

宋紙未模糊，珍如付善奴。芒寒開月匠，瀣液出星觚。豈謂燕南篋，翻隨粤海珠！摩挲憐小印，河北

老金吾。《復初齋詩集》卷四十二

載園歸粵後寓書魚山以所得長垣王文蓀舊藏本宋拓醴泉銘見贈仍用前韻　翁方綱

庾嶺梅花笑，書來倩雁奴。直同人萬里，對賞酒千觚。渤海連城璧，長垣照乘珠。蒼然堅栗氣，吾亦見真吾。《復初齋詩集》卷四十三

題李載園濮陽策蹇圖四首　翁方綱

自寫河干食與眠，翛然風味十年前。畿南政蹟皆堪畫，偏借騎驢小影傳。

澤訪陶丘北迤菏，商量經義定如何？目光注視微含笑，想得胸中訂證多。

衝雨鳩工積淖深，馳來老柳舊棠陰。身先吏役飢劬甚，此古循良責己心。

峭聳吟肩得句乎，疏星淡月照清臞。墨緣展向蘇齋笑，正對《東坡笠屐圖》。《復初齋詩集》卷五十

載園以予瘞鶴銘縮本鐫於研背報以是詩　翁方綱

每辨三行宋刻非，汪陳元未造精微。海門一寸巾箱影，袖有江雲側岸飛。『天其』二字，在厓石轉處，此向來諸家所未知者。《復初齋詩集》卷五十五

今年春扈從天津李載園以所藏蘇詩王注新安初鐫印本來置直沽旅舍几上旬日今夏扈從熱河適劉青垣以古香齋蘇詩施注初鐫印本見餉亦有緣邪因題壁以識之　翁方綱

故人諾我《蘇齋圖》，到處精靈來索債。瑩然妙楷自生香，聚起黍珠能納芥。試我跏趺不動心，照影

東坡百千派。澄觀底處生分別，題跋紛如絮禪話。惜無景定重鐫本，携共商丘殘卷對。鞍馬馳驅夢寐間，窗鐙霧雨蒼茫外。新知舉似從何出，故紙鑽研無已隘。匡廬南海與文登，往復料量扁行廨。《復初齋集外詩》卷二十三

李載園載書圖二首　翁方綱

朱生畫借羼提傳，伊守籤題説米船。持向蘇齋書榻對，羼提拈出鏡中禪。予出禹慎齋畫《漁洋載書圖》同觀。

籤廚東觀到山陰，《後漢書》《南唐書》諸補注，皆在行笈。小印裝鈐趙孟林。載園家僮，精於裝潢。米老竹西真氣在，累余揮汗屢摹臨。新收諸蹟，以紹興辛酉上石之米書大字第三卷爲冠。《復初齋集外詩》卷二十四

辛亥冬月初十日夜大雪與鎮之六弟同年飲於李二載園寓醉後索題柏馬圖即用少陵古柏行韻　王嵩高

太常放筆寫古柏，其下峻嶒一卷石。籋雲忽降房駟精，卓立欂奇龍八尺。吾宗令弟負逸氣，柏兮馬兮皆所惜。此柏直上參天青，此馬何殊照夜白！士龍老屋分西東，憶昨獻賦明光宫。出群焉知衆木亂，用少陵《海棕》詩意。一顧能使凡毛空。鬱鬱孤撑皮溜雨，蕭蕭昂首旗揚風。澗底森梢閲人代，轅下局促難爲功。虬枝會作堯時棟，太行肯負鹽車重。錯節徒令匠石驚，識塗也要王良送。不爲文梓幻青牛，亦有仙人騎白鳳。酒酣爲賦《柏馬歌》，材不材間用無用。《小樓詩集》卷八

雪夜與鎮之六弟太守飲李二載園寓索題柏馬圖越日以詩贈行用昌黎和盧雲夫送盤谷子詩韻新城旅夜復雪遂和之

王嵩高

十圍古柏一匹馬，我讀此畫筆力森開張。緊余才薄强賡和，淋漓醉墨難爲行。是時雪花大于掌，温馨酒氣噓微陽。太史應占德星聚，光耀壁府聯魁筐。寸鐵不持誇白戰，敝帚用享搜青箱。滄溟鯨力學韓杜，蘭苕翠羽輕劉楊。苦吟徹曉更呼飲，倦僕僵走廚人忙。樂哉今夕醉兀兀，行矣望遠心茫茫。座中吾弟最奇傑，攬衣而起歌慨慷。京華旅食三十載，少年裘馬同清狂。自從聽鼓插手版，顔低腰折何由昂！居官未展康濟策，著書誰問名山藏？師恩友義各媿負，分飛忽斷鴻雁行。一麾出守投遠郡，廿年竊禄糜神倉。宵寒漏永意不盡，起看初日升扶桑。《小樓詩集》卷八

李載園符清囑題西川海棠圖 圖爲蜀伶陳銀作

劉躍雲

名花傾國原相對，若個芳姿並海棠？此日作歌人姓李，『莫忘作歌人姓李』，昌谷集中句也。《清平》重與賦三章。載園首唱三絶句，和者甚夥。

高燒銀燭影横陳，絶豔何人擅寫生！老我曾經花下醉，披圖回首不勝情。《貽拙齋詩集》卷八

天津訪李載園明府符清酒間感賦

吴錫麒

蹤跡頻年雁影過，相逢那惜醉顔酡！分流黯黯丁沽水，舊感茫茫《子夜歌》。題罷新詩桐葉老，飄來殘淚燭花多。一尊預作重陽會，風雨明朝奈别何！《有正味齋詩集》卷八

題李載園明府濮陽策蹇圖　并序

吴錫麒

乾隆丁未春，載園攝清豐令，奉檄調濬長垣之陶北河，兩閲月竣事。歸值大雨，車陷泥淖中，自策蹇驢，短衣草笠而返。至堂上，隸役爭呵止之，不知其爲長官也，一時傳爲佳話。因繪爲圖，屬余題之。

長官歸來人不識，草屩青衫驢得得。平生慣詠灞橋詩，今日圖中乃見之。高枝大葉挾風勢，似有吟聲落天際。館陶兩月趨治河，功成所繫民命多。泥塗辛苦亦踴躍，身穩不愁驢失脚。落葉長安一夢遒，醒來破帽猶故吾。十年已老栽花手，顧影瘦于新插柳。不須奚童提錦囊，胸中自有爲政章。鱗鱗萬屋來眼底，但見炊煙我亦喜。策勳合署廬山公，從渠馬耳吹東風。《有正味齋詩集》卷十四

謝李載園明府惠銀啓

吴錫麒

辱承綺札，兼惠精鏐，三品同珍，十流比重。氣能夜識，知君子之不貪；俸肯遥分，賴故人之知我。僕青春漸老，鬢每驚添；黄札徒營，根還誤讀。當此長安歲暮，羈旅天寒，炭貴雙烏，雪愁三白。臺無避債之所，火乏燒鉛之方，乃荷寵頒，如加温煦。足使新增酒券，了却當壚；舊製羊裘，贖回質庫。巡簷先笑，一枝更勝乎春風；傾篋猶豪，三日未銷乎素霧。《有正味齋駢體文》卷十八

李大令符清濮陽跨驢卷子

洪亮吉

琴堂三月别，獨跨一驢來。面目都非是，衙胥各浪猜。詎知行役苦，安怪壯顔摧！他日傳《循吏》，推君利濟才。《卷施閣詩》卷十八

酬贈李二載園大令四首　　王汝璧

金臺十載詡才能，最喜同舟得李膺。風雨三秋重知己，文章千古有良朋。

釣鰲誰似李青蓮，仙令梟雲到日邊。直送九河歸渤澥，莫忘一畝是廉泉。載園前任滿城令。

一笑曾遊析木津，來歸依舊鹿城春。誰知海上乘槎客，又見成都卜肆人！時載園署天津令，將卸篆，仍歸束鹿。

《唐棣》於今信可删，相看冰雪對孱顔。新詩莫問因何瘦，好在逢君飯顆山。《銅梁山人詩集》卷八

雪夜與少林太守過李二載園寓齋小飲用昌黎和盧雲夫送盤谷子詩韻即以送別　　王汝璧

今夕何夕供具張，歌詩再疊觴數行。不知銅籤咽寒漏，但覺雪屋回春陽。少林吾兄負奇氣，一夜傾倒篋與筐。雄詞攬空噴花雨，牽牛蜎縮不服箱。袖裏五百睡驪目，貫珠細意如穿楊。有上制府詩五韻，傳誦一時。七年學圃卧河曲，一麾作郡差未忙。貞心遠寄鬱林石，側身南望何蒼茫！眼中之人杜與李，時杜梅溪亦在坐。長歌痛飲慨以慷。嗟予小弟亦起舞，臣之壯也猶能狂。雪花漫漫夜欲旦，槎枒芒角相低昂。解頤正要匡鼎説，覆瓿未礙侯芭藏。洞庭九嶷落吾手，頡頏飛夢連太行。蒼蒼八柱矗天表，神仙奥府環溟倉。滄海，古通作倉海。先生此去應大穰，何異畏壘巢庚桑！《銅梁山人詩集》卷九

題仙娥姚珊珊小影集昌谷句　像爲乩筆自傳　　王汝璧

巫山小女隔雲別，翩翩桂花墜秋月。長眉凝緑幾千年，楚魂尋夢風颸然。一隻商鸞遂煙起，一雙瞳

人剪秋水。依微香雨青氛氳，金翹峨髻愁暮雲。十八鬟多無氣力，綵綫結茸背複疊。曳雲拖玉下崑山，翠滑寶釵簪不得。秋肌稍覺玉衣寒，芙蓉凝紅得秋色。露花飛飛風草草，『天若有情天亦老』。江娥啼竹素女愁，秦妃捲簾北窗曉。虛空風氣不清泠，揚雄秋室無俗聲。雲樓半開壁斜白，釭花夜笑凝幽明。橋南更問仙人卜，看誰浸髮題春竹？紗帷晝暖墨花春，薇帳逗煙生綠塵。真珠小娘下青廓，五十絃瑟海上聞。憑仗東風好相送，長翻蜀紙卷昭君。時李載園臨摹一幅見貽。《銅梁山人詩集》卷九

題李載園濮陽策蹇圖 王汝璧

官府神仙有簡書，日馳三百不乘車。請看海上釣鼇客，時復雲中騎碧驢。

自聳吟肩策駈驢，黃榆綠柳影疏疏。歸來探取奚囊錦，新得《河渠》一卷書。《銅梁山人詩集》卷九

保陽晤李載園楊米人彭芝峰再用昌黎寄崔二十六韻寄懷索和 王汝璧

停雲往歲懷河關，迢迢粵嶠連吳山。彭郎別去亦半載，我乃僕僕恒嵩間。始春襆被趨上谷，意外會合皆歡顏。會城奔走足官府，如車孰軏馬在閑。陸離眩目莽塵土，雜糅蕭蕙紛麻菅。諸君炯炯伺駒隙，頡頏裙屐來牽攀。新詩妙筆出懷袖，掎摭星斗何能刪！可憐翠羽哭荒嶺，玉梅夢斷空瑤環。大庾李介夫編修，没已宿草矣。少年青眼事孰料，壬子春同介夫小集，爲『料』字韻詩，有『青眼看人吾最少』之句。將種猿臂弓虛彎。『我生將種猿臂無』，介夫題予《校射圖》句也。飛霞舉舉二三子，獨此恨骨天爲慳。推書斫地三嘆息，玉丹莫笑仙人頑。《銅梁山人詩集》卷十七

李載園郵致楊米人見和寄懷詩再用昌黎韻索和

王汝璧

曙窗好鳥鳴交關，飛飛蝴蝶來屏山。冷風吹送苦李句，一篇楊子藏於間。驪珠手閲一百六，曼陀羅花天女顔。飛蓬神驥不稱意，風鬟霧鬢誰能閑！我方執熱困烝溽，颸飋滿席凉生菅。昨宵有夢過滹水，火雲嶽嶽難躋攀。棣華忽爾在爾室，未之思也何曾删！人生聚散豈一致，似玦非玦環非環。白鶴不來鸛鶴笑，跬步九折羊腸彎。參辰胡爲故相避，終歲不覿非緣慳。藹藹者雲蓊者樹，相思百一寧癡頑。《銅梁山人詩集》卷十九

李載園出示張柳門編修詩鈔漫題一首

王汝璧

我本巴嶽後生者，後生又見堂堂張。新詩一卷兩卷在人口，字字如出玉樓仙吏之錦囊。或如蓮花發玉井，或如劍氣凌太行。或如窮鬼在一搏，或如神女游三湘。想其下筆雷雨疾，滿空飛舞龍象夔羵羊。有時雙鳥鳴且鶱，三千年上高頡頏。有時作兩鬼，眼珠黝活騰精光。我愛其人不得見，長蛇生馬神飛揚。安得將子置我傍，酌以葡萄金卮之酒同評量！從來蛟螭容易雜螻蚓，蛉窮偏喜來昌陽。神仙足官府，何必僧道裝！丈夫苟一心，奚事箕帚同帷房！詩中有題如此。我不得已删其題目留詞章，乃令不類俳優倡。然後盧同走，馬異僵。任華拜，劉叉降。左揖韓子嬰，右請毛公萇。彈琴鼓瑟吹笙簧，屈宋揚馬皆循墻。我言戲耳君休狂，既和且平婉以莊，進乎技矣真堂堂！《銅梁山人詩集》卷二十

濮陽策蹇行爲李大令符清

趙懷玉

導菏澤，塞瓠子。决河深川法在史，李侯鳩工集萬指。集萬指，人赴功，功成侯乃還清豐。是時積雨

短衣席帽升琴堂，隸起撝訶吏驚矚。君不見，希夷先生行華山，蘄國西湖日往還。古人遊戲無不可，面目要須留故我。《亦有生齋詩集》卷十八

馬瘏僕痡身亦困，策勳反賴長耳公。歷山山色看未足，朝食畢羅昏露宿。

滿塗潦，騎馬如泛江湖中。

舟中次李載園韻　張錦芳

酒薄禁風力，詩成竟日曛。客裝輕似葉，鄉夢遠如雲。山色龍頭影，溪流虎眼紋。川程信遲速，幽興最憐君。《逃虛閣詩集》卷四

青草湖同李載園分韻　張錦芳

千里湘流綠到湖，湖頭草色未全蘇。黄陵廟口斑斑竹，落日春風啼鷓鴣。《逃虛閣詩集》卷四

夏日至郡館於李載園之碧雲堂賦贈載園昆玉　馮敏昌

懷親先後返鄉園，求友迂回入夢魂。何意草堂容税駕，轉於京國得重論！門前海氣仍樓閣，城北湖光接鷺鴛。更喜弟兄能愛客，棣華輝發照金萱。《小羅浮草堂詩集》卷十七

與梁濟之李德徵一味庵觀大海棠樹歸柬李載園符清明經二首　馮敏昌

禪宇招携門爲敲，海棠樹古枝相交。連天紅萼已如夢，如此高枝應可巢。徐隱居有海棠數株，結巢其中。

重憶無雙雙井黄，但要青奴一味涼。山谷詩：『我無紅袖堪娱夜，正要青奴一味涼。』何似炎天來憩此，濃陰蔽客即甘棠！《小羅浮草堂詩集》卷二十一

海門詩鈔題詞

馮敏昌

詩思俊逸，迥出塵寰，加以天才英妙。故筆之所至，如盤空俊鶻，招之不下，誠合浦之珠光，炎洲之異彩也。紀行諸作，音節甚雅。而之官以後諸詩，觸手生新，都成逸趣，真可壓倒元、白矣。　二卷本《海門詩鈔》卷首

李明府載園符清令母楊孺人輓詩

馮敏昌

彤管懷遺範，蘭閨悵典型。峰頽天姥碧，樹失女貞青。世德環銜雀，祥徵瑞吐蓂。河洲彰令德，内則著芳馨。仙李根元大，藍田種幾經。文鸞看比翼，鳴鳳并揚翎。孝敬隆華髮，仁恩逮小星。螽斯看揖揖，梧竹共亭亭。髮爲懷貞剪，機緣勸學停。一從窺子舍，果見躍青萍。桂蕊攀蟾窟，藜光炳帝庭。聰明比冰雪，名譽似雷霆。虎氣洶騰斗，牛刀更發硎。頓丘成化國，永樂竟虚囹。美政滋河洽，仁風鹿邑聽。群然思大母，喜氣迓雲軿。亮節還從祓，清輿自繞廳。寢門朝視靜，縹被夜眠寧。仁德同銘鼎，廉風靡罄缾。通津連遠淀，析木接重溟。大邑新加綬，先聲類建瓴。花封來五色，觥祝佇遐齡。正爾榮名萃，何圖蹇運丁！修蛇遠赴壑，上藥竟無靈。鶴駕來容裔，鸞驂去杳冥。棘人慘呼籲，群從嘆伶俜。亦有葭莩質，長依玉樹形。萱堂曾拜謁，《蒿里》遽來聆。一束生芻贈，千重霰雨零。會看忠孝勖，還以慰泉扃。《小羅浮草堂詩集》卷二十八

致李符清

馮敏昌

載園二兄親家大人閣下，昨日清晨，已作一札奉致，擬由涿州徐親家處專人馳上。聞其未行，隨于晚

後值貴紀王桂到來，奉到尊札，伏誦之下，仰見二兄種種垂情，戚誼之盛心，所以相邀到貴署敘別者，情深意摯，感不可言！因與舍弟言，即使得到相晤，有何裨益於二兄？而拳拳至此，真堪感涕也。以情理論之，便當敬如台命，自來奉晤，不當如前時不克自來之説。

乃不自料，近日事勢，又有甚于前日者。緣舍弟近日抱病未愈，喘嗽如前，雖承韋世兄開桂附等藥，服之未甚見效。而韋世兄于五月初六日仍之河間，近日服賴二兄之藥，亦尚平穩，然精神弱極，行步飄摇，真有自顧不暇之勢焉。能照料上船，途次舟中一切，思弟亦不能不爲早晚問視其病也，以爾近日事勢，較前又更甚焉者也。今來鹿之説，大約必不能如弟私懷矣，尚冀俯垂原諒可耳。所堪深慰者，二兄尊體已得大愈，精神視前日復加增，及讀尊札，至此不勝大慰。蓋弟自旬日來，爲不得消息，日日懸念，誠不可言！今得如此，此二兄運氣大亨之時也，聞命之下，舉寓慰躍，真如雲霾之初散也，賀賀！

至伏承示及爲弟另籌路費一件，足見高情古誼，照曜今古，固弟所甚願者。然刻下尊況亦在意中，儻過于費心費力，亦竊所未敢，所希隨宜隨力，亦勿使弟心中難過可耳。然弟究恐不能到領，只可心領銘謝。蓋弟現在詢悉，興、武二幫糧船，于月之十八九，可以抵通交卸，三日即當開船出張家灣。以爾弟擬最遲亦不過廿二三准行出京，至張家灣店中小住一半日，俟其船由通而下，泊近岸邊，即上行李，以其船不能久泊相待也。又及。

令弟親家之札，云欲于弟到鄭家口時，自往相看，此尤不敢勞動。如此往返，乃有四日，弟不自勞而乃勞親戚，可乎？弟故不敢至。刻下既有行日，諸冗坌集，尤不可言，大抵『心似驚波，緒如亂麻』二語盡之。兹向□□，□可於云先著□排事迴，隨著人追取昨早寄徐親家轉上之信，交其帶來。至兹信内之話，□乃隨便料理，亦勿過于擔心，大約不過求財之卦耳。回人宜迅，兹不便多及，順請升安，不宣。五月十六日，制馮敏昌謹啓。　國家圖書館藏稿本《馮魚山先生字册》

致李擢清

馮敏昌

姻愚弟期馮敏昌，頓首鶴亭三兄親家大人閣下。敬啓者，去年文琴令姪回，得悉親家已榮發江蘇，爲慰不勝。兹文琴又來，擬將北上。又云親家現至金陵，尤可慰也，想不日即得善地耳。至弟去年境況，尤不堪言。本擬今春北上，而以當道苦留，今年仍就粵秀一席，亦緣實無盤費上京也，奈何奈何！亦惟俟今冬再行作計而已。

令愛新婦，在舍下甚有禮意，今吾家唯賴其支持，而身體亦尚平安，勿煩遠念也。惟是弟與親家相别已久，未知何日得晤。頃有奉懷一章，并拙聯一副，奉致離懷，尚惟哂政。至弟前時所談尊項，寸刻在心，苦于力之不從，亦擬今年欲有藉手以奉報者，尚容續啓可耳。兹乘文琴令姪之便，率此，佈請升安。臨楮神溯，統惟台鑒，不宣。辛酉正月六日，弟昌再拜啓。　國家圖書館藏稿本《馮魚山先生字册》

再致李擢清

馮敏昌

姻愚弟馮敏昌，頓首鶴亭親家三兄大人執事。敬啓者，弟自奉慈諱後，屢承手札，以居憂在遠，不及泐謝一切。本年服闋未幾，承當道見招，主講越華，亦不得已而然也。到院後，人事紛煩，亦竟未能修復，惟從萩園令兄處，藉悉親家大人在署清安，兼蒙上憲優待，爲慰可言。又載園令兄即可陞符，尤堪慰藉。

惟聞令郎文臺甥爺溘逝，殊堪悲感，何意壯年英抱，遽爾至此，當復奈何！然此亦大數所在，尚祈親家大人達觀爲禱。至弟相隔關河，未能一具香楮，爲歉滋深耳。

重惟親家大人挈眷官居，惟薄禄無多，亦足自贍。至吾郡近日海氛尤惡，賊艘百號，停泊海岸，城門早飯後始開，人心惶惶，則在家之不如在官可想矣，幸諸事小心奉公爲望。至弟以當道相留攝講，并云續修《通志》，恐春間未必能入都門，或冬間再圖進取耳。知承關注，并以奉聞。會晤尚遥，諸惟珍重，并候升安，不宣。敏昌再頓首，并問闔署萬福。二小兒士履侍筆請安！本年薦而不中，皆弟之失教也，奈何！又及。

再者，憶前奉到台示，云弟前欠尊項，可俟便時妥交，足感親情之厚！弟自變後，窘況尤不可言。本年館穀，尚不敷所出，以無可奈何而就之耳。然尊項時時在心，尚容日後奉報也。兹乘令妹丈姻臺邱公之便，寄上程鄉繭綢壹匹，雷葛一端，波蘿布二小匹，皆是粗物，聊表寸心，幸爲鑒納是禱。姻愚弟昌又啓。

再啓者，藩臺康大人處，弟現未及修書請安。緣有其尊作文集在此，須作序文，兼須每篇校閲，故尚少遲。大約不過旬日，即從本省藩臺處官封寄到耳。倘若晤時潭及，祈爲代述。不知可代請安否？在尊酌。昌又拜。　國家圖書館藏稿本《馮魚山先生字册》

辛亥除夕李載園符清明府以古磁瓶盌見貽報以肴酒并系二詩　楊瑛昶

聲喧煇焮歲將除，咫尺良朋感索居。客散可能尊有酒，家遥寧嘆食無魚。百年同説今宵短，廿載空悲往事虛！試送椒盤供夜飲，不妨乘興過吾廬。

報瓊翻愧答投瓜，永好情殷重拜嘉。雪盌滿斟今夕酒，玉瓶留放隔年花。七千客路春初暖，四十功名鬢已華。明日東風吹碧柳，珠還合浦待乘槎。時載園宅憂，開歲即回粵東。《燕南趙北詩鈔》卷一

二月二日王鎮之汝璧觀察招飲寶昌書屋拈得料字韻同李介夫如筠太史載園明府仝賦

楊瑛昶

畿南地僻詩無料，二月春寒似邊徼。柳絲猶未長新條，草色何曾回舊燒！朝來十指如懸槌，折簡欣聞盛筵召。席上青蓮二李俱，娓娓譚詩發清妙。同儕射覆笑分曹，相與藏鈎六鰲釣。六幺參錯變不窮，點點杯中窮奧窔。嗟哉作吏簿領紛，附骨真成俗難療。胸中壘塊石有稜，眼底昏盲瓠無竅。弋何所篡羡冥鴻，奮不能飛等懷鷂。今朝半日偶偷閑，醉倒糟邱得同調。吾曹安得雌鬼憐，若輩真令老狐笑。同人席上爭談狐鬼事。酒闌出户看匏瓜，落落晨星耿西照。《燕南趙北詩鈔》卷一

再用料字韻送載園

楊瑛昶

青天萬事那可料，李生不奉金門詔。謫君作吏來畿南，五載循聲播荒徼。無端樹背萱殞霜，歸去珠江影相吊。東風吹緑垂楊絲，握手春郊發長嘯。我來作簿今四年，四十無聞衆相誚。風霜坐見添二毛，煙雨真看霾七竅。折腰日日謀斗米，結網時時羡垂釣。與君相識即相契，僞體別裁有同調。君閑嗤我何太忙，我老逢君如再少。我詩澁若舟上灘，君筆雄如劍離鞘。君今歸去來何時，鄙吝生胸那能療！待君來作商家霖，莫似歸雲戀孤嶠。《燕南趙北詩鈔》卷一

題載園濮陽策蹇圖

楊瑛昶

李子捧檄疏河淤，河干三月風吹膚。手胼足胝面黧黑，歸來無馬兼無車。路傍誰賃蹇千里，一鞭速若追亡逋。縣庭無事白日靜，何來策蹇畊田夫！吏胥呵叱不復顧，直排官閣趨庭隅。恍如白也華陰道，童僕圍繞爭軒渠。妻孥驚見走且匿，大笑知我爲誰歟？黃君筆妙冠古出，含毫爲寫昂藏軀。我見此圖三太息，仕宦上者爲金吾。其次人才亦令僕，何至下與輿儓俱！馬磨牛醫走也賤，麒麟朝士咸椰榆。知君清瘦聳詩骨，不然卧地愁昌圖。尋梅倘遇歇後五，定當把臂歌嗚嗚。君聞此言復大噱，所見不廣非吾徒。驊騮有時不得食，春風得意何常無！京華旅食有杜甫，殘杯冷炙儕屠沽。著緋徵夢古所羨，東吴名士推子瑜。仲宣縱死賞音在，誰爲蹇足誰龍駒？即心是佛子不解，騎驢復覓寧非迂！我聞君言憬然悟，爲牛爲馬隨人呼。囑君一語慎作達，莫遇京兆忘前驅。《燕南趙北詩鈔》卷三

題李載園載書圖

温汝适

腹笥曾推萬卷儲，才高非復玉溪漁。隨身合有車連軫，知是君家插架書。

幾處鳴琴美政成，風流儒雅舊知名。留將白石山房本，夜夜滄江月正生。《携雪齋詩鈔》卷五下

李載園過訪詩龕不值

法式善

年年接君書，如對君夜話。烏絲字未滅，南窗一燈掛。荒露洗荆扉，午風掃松廨。我友惠然來，詎肯嫌湫隘！貧家無長物，梧葉尚不壞。樹老花自醜，庭幽石逾怪。君負米老癖，入門必下拜。一朝促膝談，十年慰清快。咫尺淨業湖，仙蓉列晚砦。衰柳斷堤邊，有人菱藕賣。同志約三五，努力償詩債。《存素

堂詩初集録存》卷九

李載園州牧

法式善

桃花水漫西沽村，騎馬遇我天津門。夕陽却趁晚潮退，醉墨寫向春烟昏。前身君是老梅樹，偃蹇猶堪見風度。填胸南海古波清，老去筆頭泫秋露。《存素堂詩初集録存》卷十六《懷遠詩六十四首》，其二十

送李載園回任題朱野雲畫載書圖後

法式善

世間讀書人，多爲名利誤。循吏兹報最，蕭然託寒素。生平慎積蓄，圖書實滿庫。斯須不遠離，藉以慰朝暮。朱生好手筆，又夙諳掌故。漁洋《載書圖》，風流咫尺晤。青山何處無，白髮良可懼！誰謂龔黄流，而必鄙章句！牖下嘆我衰，時復得佳趣。晨接南洲鴻，夕逐西涯鷺。《存素堂詩初集録存》卷二十

致李符清札一

法式善

褚裒有幸，得識孟嘉，自津門判袂，隨泐寸函，備述惓懃，併求詩字。兼有奉懷拙作，由馮魚山先生處轉寄，想達典籤。邇惟二兄福茂如春，鼎祉吉集爲頌。弟上年五月，蒙恩擢授祭酒，八月旋遭本生父大故，寄奉訃音，未審曾否遞到。堊廬病悴，瞬越百日，今循例仍恭詣太學視事，不敢矯異。材非通經奪席，濫處學府儒宗，兹以苫次之餘，益形茫昧，兢兢夙夜，若凛冰淵。

前蒙二兄相遇之殷，日夕引領大教，以匡不逮。乃越半載，曾無隻字見貽，何又相別之疏也！去歲西清鉅製，列入《及見録》中，乞撥冗飭司書者，抄録數十首寄來，以光篋衍。併祈塵誨數行，以作良箴。换鵝數字，耀我蓬蓽，幸勿視爲河漢，切禱切望！即候升祺，臨紙馳情，不宣。愚弟制法式善，頓首載園二

兄先生執事。

致李符清札二　法式善

頃接雲章，紓餘委備，具悉二兄別後賢勞。厚賻遥加，本不敢拜，然承雅誼，又難自外，惠及泉臺，永誌弗諼矣。前詩未及寄呈，蓋爲鄙人藏拙，今讀大作，擬另題奉教，月之内外，當有以報命。彼此文字知契，往來書札，一拘紗帽習氣，俗不可耐，此後務祈脱套，詩文之外，更可窺二兄尺牘神境也。敬謝高情，即候近祉。愚弟制法式善，頓首載園二兄先生執事。二月望後一日。

致李符清札三　法式善

聞名十載，把臂一朝，層巒增其崇秀，澄波映此澹懷，不足喻二兄高遠也。更蒙義盛意深，開誠投契，固知夙世有因，而別去殊難消受。縈縈方寸，寢食以之，翻覺以愛爲累耳。小詩二首，藉寄遐思，兼是拋磚引玉。

久欽二兄書之工，詩之麗，文之雄，絶唐宋之席，登漢晉之堂。併望隨手揮灑，光我蓬蓽。大差竣事，峻擢自在指日，務祈頻惠佳音，慰我拳拳，匡我不逮。即候陞祉，統希丙照，不宣。愚弟法式善，頓首再拜載園二兄大人足下。

致李符清札四　法式善

朗月疏風，正憶玄度，翰言又至，念我懃拳，足徵兩地同情。惟蒙褒稱過當，彌切厚顔。遠分飼鶴之糧，惠及鄙人，心抱不安耳。二兄經濟文章，久邀上游藻鑒。今辭薊州之任，自然另具卓識，驥騰彝路，鯤躍洪濤，早晚當别有喜音，跂予望之。

猥承不棄，文字知交，一切往還，應出尋常勢利之外。來教屢以手版見貽，前曾陳請脱去紗帽習氣，乃此番仍復爾爾，何見外之深也！抑待國子先生，禮必若是乎？竊實忸怩，伏祈諒之。敬璧尊銜，並候陞祉。愚弟法式善，再拜載園二兄先生執事。中秋後三日。以上四札，見關西美術競賣株式會社二〇一九年春季中國藝術品拍賣會圖録

題李載園策蹇圖

劉大觀

潧渠涉鄰縣，風雨來作梗。驢背有斯人，乃是驢之幸！

契闊三十年，挑燈對此圖。赴工若赴敵，磊磊好丈夫。

既無軒可乘，行行位其素。一鞭送斜陽，添箇驢典故。

仲宣愛驢鳴，我癖同仲宣。舊時中後所，月滿僧窗前。余有《中後所月下聽驢鳴》詩。《玉磬山房詩集》卷五

輓李同年載園

劉大觀

斯人劇如此，能得不生哀！地速欲收骨，天何必降才！哭聲紛舊治，錢紙冷新灰。嶺上銘旌過，梅花未忍開！嘉慶刻《玉磬山房詩集》卷六

題李載園濮陽騎驢圖

謝振定

塵沙歷碌鬢眉端，策蹇歸來一宰官。笠影鞭絲泥滑滑，烟村山郭路漫漫。馬曹拄笏神偏逸，驢背裁

詩字亦安。記取花驄催上道，肯忘風雪萬家寒！《知恥齋詩集》卷六

濮陽策蹇圖跋

楊芳燦

右圖余同年友李載園先生攝令清豐時所作。時有長垣疏濬之役，君熟太史《河渠》之書，遂獨任焉。奉大府之檄，釁河一枝；先役夫之勞，舉鍤萬柄。相度危堰，綫路或爭牛羊；信宿野廬，破屋時見星月。凡兩閱月，始克竣事。又值霪潦洪集，塗泥尺深，官事有程，簡書可畏，乘馬屢蹶，策蹇遂行。家公舍人，時與爭席，書司曹佐，不辨要章。既環顧而相驚，迺覽鏡而自笑，作爲是圖，紀于役也。昔襄陽入關，寫席帽之影；東坡過嶺，留笠屐之圖。雖寄託之偶同，實勞逸之不侔矣。

茲來握手，同話舊遊，銜深杯以敘心，尋陳迹而披卷。賢勞尠暇，知君非覓灞橋之詩；愛博無成，愧我僅書唐肆之券。《芙蓉山館文鈔》卷八

鹿城喜晤同年李載園明府寫懷三十韻

張太復

海内論交久，如君迥絶倫。四年成聚散，兩地各風塵。北海才名大，南皮臭味親。京華滿冠蓋，膠漆獨雷陳。卯酉雙同譜，載園與余丁酉同拔萃，復與研溪弟癸卯同舉。晨昏屢接茵。余官京師，載園校書《四庫》，相得甚懽。迭開文酒讌，妙寫海棠真。蜀伶陳渼碧，色藝冠時，載園爲作《西川海棠圖》，廣徵題詠，余爲題二詩。視草原吾舊，栽花亦自新。滹沱消濁浪，苗黍膏去編民。撫字陽城切，風流騎省鄰。他年事調燮，此日著良循。而我曾蠅附，當時漫蠖伸。六年餐苜蓿，百里應星辰。遂翫横湖月，來行亭嶺春。帶牛風正熾，磨蝎命偏屯。共識僵桃代，誰明指鹿因？水天舟一葉，風雨晝三旬。余以洋案謫戍，實爲玉環司馬某所諉卸，與水師華游戎、寧波

陳太守泛海勘盜界，前後爲風雨阻，舟碇海汊，浮沈者匝月。已分龍沙謫，還遭天地仁。珠回原合浦，劍躍向延津。契闊雲山遠，交親管鮑淳。對牀聯舊雨，起涸感窮鱗。政化欣如水，文章論有神。評詩驚俊逸，讀畫愛嶙峋。深悪才非敵，相看氣益振。駑駘甘皂櫪，鵰鶚眄青旻。但使王陽貴，何妨原憲貧！疏狂猶阮藉，摩揣薄蘇秦。東道嗟賢主，南池愧上賓。館余南池書院。幾宵頻促膝，一旦又歸輪。豪興仍湖海，閑居且釣緡。憑將沖斗氣，長對素心人。《因樹山房詩鈔》卷上

重陽後二日李載園同年補官入都道訪見贈次韻即送其行

彭輅

誰料登高後，重教笑口開。天留秋色住，風送故人來。奇石供雙袖，黄花引别杯。嶺頭他日過，休惜一枝梅。《詩義堂集》卷二

以英石贈載園

彭輅

富者贈以車，貧者贈以言。我今贈君石，此意毋乃頑。念昔爾我交，有如兹石堅。重君瑚璉器，敢謂攻玉艱。道或經曲陽，爲借丈八盤。君舊官保定。水激作雪浪，風流擬坡仙。他年政既成，兩袖清風懸。更充鬱林産，用壓南歸船。《詩義堂集》卷二

初秋雨後夜月同李載園明府

張子京

雨洗孤月出，中宵憐景光。高槐散疏影，小院生微凉。商飈忽而至，鳴琴清可張。喜君政多暇，談心爲慨慷。劉彬華輯《嶺南群雅》

西川海棠圖爲載園同年題

張德懋

沉香亭畔春風軟，翩翾鳳子羅浮藹。香魂無那付沈酣，頳顔乍破珠簾捲。花房一任覓殘紅，雙飛粉翅眉初展。卷紗紅肉鎮相憐，玉奴往日恩非淺。《石蘭堂詩稿·宣南草一》

李海門明府過訪適偕友尋菊郊飲敬賦五律書呈

金銓

適有良朋約，凌晨駕短轅。老懷延素景，佳色淡朝暾。互采清郊菊，頻傾濁酒尊。空勞賢令轍，來訪到蓬門。《善吾廬詩存》

李明府海門過訪不值

金銓

昨與同人約，相期駕短轅。老懷延素景，佳色淡朝暾。遠藉疏籬徑，頻傾濁酒尊。狂歌忘日暮，祇候失詞源。巷陋偏鄰市，居貧宛是村。漫勞車馬跡，來訪席爲門。《善吾廬詩存》

【校】卷末輯録者金鉞跋云：「五律内《李海門明府過訪適偕友尋菊郊飲敬賦五律書呈》一首，與《李明府過訪不值》一首，似爲一詩而删改者。公手蹟既分作二題書之，故此刻亦兩存焉。」

題李載園先生詩文選後并索觀全集並所撰開州志

朱雲錦

龍文健筆吐光芒，大義還能補紫陽。出岫春雲饒態度，行空天馬看騰驤。同生此世心私幸，與古爲徒晚未妨。曾屈史才成志乘，瑶編可許問津梁？

羅浮離合憑風雨，此境看從一卷詩。薊北霜高增健骨，嶺南寶氣鑄雄詞。不隨唐宋尋阡陌，自珮瓊琚脱羇羈。得望蓬瀛嘆觀海，昔年蠡測更奚爲！《絅齋詩稿》

送李載園刺史用東坡送陳睦知潭州韻

何南鈺

前昔鵲來啅高棟，今朝客到開石甕。與君神交十餘年，恨不燕臺接飛鞚。昨聞仲蓮舍人云，曾共屠蘇飲必痛。醉後題詩率百篇，思如還丹句如汞。我才不逮雲間龍，君譽早駕河東鳳。雁來鸞去胡不逢，天教兩人各春甍。素知劉寵錢不持，更信童恢闕亦重。方幸得見覿莀面，而乃又趣江淹送。我生遇合類如斯，萍葉乍齊風引動。但祝刺史劭牧民，市丸莫讓宜僚弄。《燕滇雪跡集》卷六

送李載園明府復之北直兼詢天津張素徵三首

姚秉哲

本以雕龍手，兼餘製錦才。明珠離合浦，駿骨上金臺。父老迎朱邑，諸侯重郭隗。天邊新雨露，重灑舊苔莓。

塞雁南征日，仙鳧北向飛。從兹辭子舍，不復著萊衣。赤縣需廉吏，清風滿近畿。到官多舊侶，遠別當新歸。

海月横孤棹，秋帆挂遠波。因君懷故友，離緒不成歌。寂寂猶如昨，期期近若何？素徵口吃，故調之。津門繁劇地，舊令又重過。《嶺南存草》卷三

東鹿縣署喜晤同年李載園明府留飲話舊别後却寄

汪如洋

槐街聲價謫仙如，劇邑牛刀小試初。早識論交先肺腑，豈因作吏廢琴書！古香貝葉臨摹遍，新製奚囊點竄餘。更喜冰心慰慈訓，不教蘭膳有封魚。

朝天間道偶停鞍，原隰周咨莫例看。行近王畿身萬里，别來人海話多端。馬芻奴飯分甘足，繡段金

琅報贈難。柳外塵高車又駛，知君何處望長安？《葆沖書屋外集》卷二

李載園太守　陳廷慶

韋寢清分班馬香，懷君一日幾迴腸。燕南驛館酣浮白，庚戌夏，予出守黔安，遇君於莫州驛舍。吳下郵亭草硬黃。鄰女東來問西子，夢婆春去惜秋娘。夏秋來，太守自薊于役來吳，并遊西子湖，有書述及冶遊。琴川若訪佳公子，謂古然吳少君。人海同憐蜀海棠。《謙受堂全集》卷十九《歲暮懷人》詩，其二十一

李廉山詩序　錢兆鵬

山川清淑之氣，其積之也厚，則其發之也盛；其鬱之也久，則其洩之也奇。斯氣也，或時而屬諸物，或時而屬諸人。其在於物，石英鍾乳，水銀丹砂，無晝夜不生息也。其在於人，則有間世而一出者，有並時而錯出者，且有薈萃而出於一門者。廉州少崇山而濱大海，内連邕桂，外控交趾，嶺以南奧區也。清淑之氣，磅礴鬱積，區區珠池，不足以當之，意必有偉人傑士，迭生其間。而自元鼎開置郡縣以來，於唐僅得一平章姜公，於宋僅得一諫議寧公，豈非間世而一出者歟！

僕自戊戌廷試，與欽州馮子魚山爲同年友。魚山學殖富有，文章華國，北方學者未能或之先也。丁未謁選赴部，則聞李君載園，以歌詩鳴日下，一時有才子之目，豈非後先而錯出者與！戊申仲春，僕假館廉州會所，又獲交載園之從子廉山，儀容嫺雅，議論風生，一望而知爲俊才，賦詩飲酒，殆無虚日。久之，盡出生平著述，以相商搉，洋洋灑灑，落紙千言。其古體直追大歷以上，近體出入香奩、西崑之間，又豈非並出而萃於一門者與！蓋廉山之禀於天者既厚，而頻歲北游，觀光上國。跡其道途所經，抵蒼梧，望九

疑，登衡嶽，泝沅湘，過洞庭湖，涉漢江，踰宛洛，西眺嵩高、少室，北渡盟津，歷懷衛邢洺，以達金臺，耳目之所見聞，不爲不廣矣。

頃又出居庸關，遍遊山後諸邑。登李陵臺，吊明妃冢，感慨悲歌，以發胸中激烈牢騷之氣，其得江山之助者，更不少也。廉山勉之哉！異時獻賦金門，矢音《卷阿》，爲國家宣猷，爲桑梓生色，其載園耶，其魚山耶，其諫議耶，其平章耶？僕誠不能量其所至。有志者，事竟成耳。然則所謂積之厚而發之盛，鬱之久而洩之奇者，僕當於廉山卜之。《述古堂文集》卷三

寄懷項大小唐一十首 其一　　沈長春

緑柳青蒲鬭墨池，頗聞朝士總能詩。鐃他萬丈騰光焰，杜梅溪、李載園兩明府，一時並擅才名，有《李杜合刻》。曾許風流似項斯。《古香樓遺稿》卷三

擬合刻海門郁兹雲珊各集爲三家詩鈔逡巡有待和雲珊倒疊前韻詩却寄一十六首 其三、其九　　沈長春

謫僊才子讀書莊，直泝《咸》《韶》覓大章。碑版一時尊泰華，弓衣萬手繡蠻荒。乞詩真比催逋急，染翰全因請牒忙。測海海門天水闊，引人津筏在微茫。謂《海門集》。

九僊骨稱九苞禽，無分蓬壺試擲金。一吏十年初脱手，五羊萬里未歸心。由來名士稱花縣，誰道奇才必禁林！長爲督郵低手版，空憐懷褒自崎嶔。謂海門。《古香樓遺稿》卷五

送李載園明府之官保定同牛四次原作

凌廷堪

李侯豪氣天下無，十年遍讀琅函書。一朝綰符作縣令，展布聊發胸中儲。三十亭亭面如玉，長安貴人爭刮目。平生珍重八斗才，獨爲疏梅寄幽躅。憶昔逢君花滿天，歌樓並繫青連錢。笑拂紫裘岸赤幘，市人遥望疑神仙。名花一枝春一國，我亦當筵醉吹笛。别有娉婷吴苑春，等閑也露傾城色。勝遊未已離緒生，征車向曉辭春明。風流如君信不易，作吏猶得依神京。别離剌剌何須語，行見賢聲重畿輔。袖中携得薊門雲，灑向花封作霖雨。銅章墨綬交輝光，吏民嘖嘖稱循良。但教人畏神明宰，不礙多情賦《海棠》。

《校禮堂詩集》卷五

同年李載園太守見訪賦贈

顔　檢

春日鳴衆鳥，和風來高林。夕矣入茅舍，悠然彈古琴。山水娱夙好，寂寞懷知音。芳時敘情話，感君故人心。

話言亦覼縷，余情窅以深。萬里念鄉曲，群壑生暮陰。青山自窈窕，白髮相侵尋。君尚羈塵鞅，我未歸故岑。

《衍慶堂詩稿》卷三

和李載園同年雜詩八首

顔　檢

前賢曾有言，草木區以别。幼稚如新芽，生意初萌茁。始基沃其根，當幾宜自决。試植培塿松，參天著奇節。

行藏隨所遇，明哲保其身。微服以過宋，絶糧毋愠陳。時命莫能必，窮通每相因。坦途自蕩蕩，吾當全吾真。

聽奕思鴻鵠，閉關馴心猿。此中不自守，他事何足論！方寸當憂危，習坎還履坤。操存審出入，斯爲德之根。

良材就繩尺，良金歸陶冶。越矩而偭規，處身何如也。爲學如不及，省過未能寡。聖賢相契心，企懷千年下。

野鹿游溪山，所欣在邱壑。林禽入樊籠，所苦近城郭。君子貴擇居，識者見幾作。寂處非懷安，此間有至樂。

秋霜摧草死，春露滋其根。秋風吹潮落，春水滿舊痕。盛衰與消長，勢異理則然。思危以處順，悠然懷高賢。

微火燔枯原，既熾誰能滅！細水滴層巖，過趾脛亦没。疾趨行必顛，馳馬覆其轍。但能慎幾微，庶幾爲明哲。

功能精於勤，螘垤成嵩丘。物能適於用，瓦缶同琳璆。得心勿輕棄，用力無少留。人己兩不失，相與和氣游。《衍慶堂詩稿》卷三

李載園太守復來白泉時有江南之役

顔　檢

春光正留戀，夏景方徘徊。好雨及時降，微風相與來。遠緑浮澗柳，新陰蔭庭槐。我居自不俗，蓬門爲君開。

君今已三至，拂簟供清娯。青山日相對，故人時與俱。謂傅竹漪廉訪。執酒共斟酌，送君游江湖。江湖亦自適，行矣毋踟躕。《衍慶堂詩稿》卷三

題舒趣園李載園約游羅浮圖　顔檢

濠濮禽魚有會心，愛山終喜入山林。八千里外馳歸夢，四百峰頭寄遠吟。流水落花參幻境，牧童漁父是知音。扶筇欲訪稚川去，梅骨松肪着意尋。

故鄉風景總情親，曾悔當初不問津。記中以未到羅浮爲憾。未到還須尋舊約，同游試一證前因。今看當局彈棊客，已作抽帆近岸人。趣園今已解組。我在羅浮山下住，披圖慚愧老風塵。《衍慶堂詩稿》卷三

保陽贈李載園符清**同年二絶**　韓葑

嶺南詩派舊清真，合浦珠光老更新。君嶺南合浦人。聞説春風滿畿輔，可知循吏是詩人。

從來李杜得名齊，飯顆山前手共携。苦爲作詩清瘦甚，西風腸斷浣花溪。君與杜梅溪明府爲詩友，最契。梅溪於去年下世，爲之泫然。《還讀齋詩稿》卷八

題李海門同年詩文集後　趙佩湘

四接光儀近一年，淮南冀北總留連。勤搜寶笈書三萬，閑眺珠湖路幾千。雅俗自分青玉案，吏民共仰白雲天。承家更有峨峨彦，奮翮鵬程羡後賢。《恒春吟館詩集》卷下

喜晤李載園同年符清　錢楷

車塵遠自析津來，日下聲名吏隱才。簿領叢中詩有債，烟花界裏令如雷。事真飄瓦誰能料，心有虛

舟定不回。賺得長安今舊雨，垂鐙排日鬭深杯。《緑天書舍存草》卷二

書李載園海門詩鈔後

朱錫庚

客路何期話舊盟，瑶編相示細論評。久經宦海情彌重，多覽名山思不平。杜老襟懷輸任俠，歐公蘊藉遜研精。馮唐白首今零落，謂馮魚山比部。全粤同收海内名。魚山題辭，有『自可光全粤』之句。

記得初逢春日遲，海棠剛放棗花枝。丙午歲，與君相識在都門枣花寺中。廿年囊貯三千首，一别人經半百時。官好轉將文藝掩，君官直省，循聲藉甚。才高多被鬼神疑。君爲名解，而未入詞館。羡君早有名山業，笑我疏狂總未宜。國家圖書館藏鈔本《未之思軒詩草拾遺》

逢李載園明府

王家相

粤嶠輕裝返，吴山匹馬過。秋聲驅落木，白日渡黄河。泗上風原壯，囊中句最多。看君豪宕意，寶劍自摩挲。《茗香堂集》卷三

戊午人日登五層樓兼懷黄位西員外李載園明府何耳山學博

王文誥

異地偏驚歲月遒，登臨有客頻滄州。江潮帶雨聲初壯，越鳥鳴春韻漸幽。迴首故園疏兩鬢，懷人京國上層樓。盤蔬罇酒城南興，不見梅花衹自愁。《韻山堂詩集》卷七

六月十五日喜晤李載園

張問陶

相見忽今日，神交已數年。境疑幽夢醒，人配好詩傳。把臂忘生客，傾心悟宿緣。銜杯方感舊，何處著周旋！《船山詩草》卷十五

題李載園符清明府夢遊韶石山圖　張　晉

海南距京國，道里阻且長。海南詩人懷故鄉，夢中得句聲琅琅。先生夢中有七絶一首。韶石山形高矗矗，山中神仙眉宇緑。偶思狡獪詫塵寰，擲下芙蓉三十六。金枝翠葉抽靈芽，紛紅駭緑整復斜。異石玲瓏戛清響，元音到耳殊箏琶。天風飄摇吹紫霞，曉日照耀黄金鴉。欲排閶闔叫真宰，倒挽銀漢翻雲車。有時拄杖撥山翠，長袖拂落巖間花。喔喔雞聲叫不已，清夢驚回八千里。朝來潑墨寫作圖，幻耶真耶看模糊。君不見，君家太白《夢天姥》，浩浩長歌冠千古。君才自是謫仙人，餘子紛紛何足數！展君之圖讀君詩，口吟目送神已馳。平生空抱山水癖，待婚嫁畢知何時。一言聊向趾離訴，曷不指我夢中路！《艷雪堂詩集》卷一

將抵清豐載園刺史約紆道游一味庵看海棠得絶句二首　張　晉

植棠院裏看年年，載園官東鹿，手植海棠一株，顔其書屋曰『海棠院』。又結風塵邂逅緣。底事多情拋不得，也應唤作海棠顛。

征車小住日初斜，幾度流連興尚賒。我逐野人是清福，一年飽看一春花。《艷雪堂詩集》卷一

秋日載園刺史約同人遊瑕丘作　張　晉

行樂無古今，陵谷有變遷。風流不歇絶，賴此文字傳。斯丘載《檀弓》，遺蹟幸未湮。主人約嘉客，選勝追昔賢。登頓忽忘疲，週覽開心顔。是時雨初霽，林木含朝煙。微風蕩空翠，撲我襟袖間。千里縱遠目，『平楚何蒼然』！恨不起往哲，執手同周旋。主人發高唱，賓從揮錦箋。修禊詠《蘭亭》，雅集記西

園。以今而視昔，夫復何讓焉！斜陽欲西匿，去去還流連。誰是後來者，一笑摇歸鞭。《艷雪堂詩集》卷一

移家澶淵呈載園刺史　張晉

豈不懷鄉里，翻爲盡室行。一貧累妻子，百事費經營。地僻春堪賃，心閑夢自清。南州勞設榻，今我亦蒼生。《艷雪堂詩集》卷一

九日同載園刺史瑕丘登高　張晉

名勝《檀弓》舊，登臨戲馬同。飛樓横木杪，寒菊艷霜叢。命酒風吹帽，思鄉雁叫空。即看行樂地，歸騎莫匆匆。《艷雪堂詩集》卷一

丙寅人日得載園太守書并見懷詩　張晉

慚愧李元禮，相思寄遠聲。論交容後輩，知己有先生。落月言愁切，新詩到眼明。草堂正人日，難遣此時情。《艷雪堂詩集》卷二

李載園太守養痾公寓出示濮陽策蹇圖爲題二律 圖誌令濮陽時修堤勞苦也　王志瀜

甘棠栽遍古燕丘，誰寫濮陽勝跡留！子美糇糧來白水，老坡風雨有黄樓。今看圖畫詩歌滿，昔笑泥塗笠屐秋。如此循良閑豈得，漫將清疾厭公侯。

天涯舊雨有前因，邂逅荆州賞更新。最愛熊轓賢太守，依然驢背老詩人。灞陵風雪慚無句，京兆推敲幸得鄰。欲度驊騮非健筆，觀瀾神旺海門春。太守有《海門詩集》。《濸粹軒詩草》卷二

光孝寺菩提樹歌和家載園韻

李如筠

調御真人植大樹，浩劫洗盡雷雲痕。幽光獨留太古色，秀色占斷桄榔村。盤根錯節幾千尺，太陰慘澹龍蛇奔。寶坊百事付陵谷，休上人筆懸沙門。豈知此樹亦千古，老榦尚作新花繁。淋漓夜半戰風雨，雷公電母相吐吞。天年屈指幾輪轉，長松偃柏皆兒孫。要知菩提本無樹，於有佛處誰能尊！塔鈴丁東吉帛裂，訶子錯落鈎輈喧。龐眉老僧憩寂坐，石幢風細搴經幡。何王宫殿化佛國，金枝玉葉空無存。牧歌樵唱自今古，春風秋月磨朝昏。詞客凄凉半畝宅，廢井尚罥蘋婆根。梵王宫前種秋菊，連天腐草流螢燔。貝多寫經大無量，試與桃梗從頭論。護持此樹龍象力，冰雪排盡留春温。涅槃草木尚不朽，託根何不祇樹園！《蛾術齋詩集》卷一

戲題載園西川海棠手卷

李如筠

胭脂井畔峭春寒，翠袖低翻十二闌。鴻鵠有心銜子去，錦江春色到長安。

没骨徐熙信有神，生綃匀染十分春。曾將葉葉花花意，幻出空空色色身。

鳳子多情未免癡，山香舞罷影離離。且呼今日莊周夢，莫補當年老杜詩。《蛾術齋詩集》卷六

病起喜載園自天津至

李如筠

文字粗能飲，江湖酒病多。友朋真性命，藥石是詩歌。開卷神先至，圍爐凍屢呵。一杯仍酩酊，肯使二豪訶。《蛾術齋詩集》卷六

到夜分。

蓮池晚眺遇載園同登釣魚臺

李如筠

蓮塘清賞愜，散步趁斜曛。有酒愁無客，尋花獨遇君。凉生三徑石，緑漲一池雲。携手呼明月，憑欄到夜分。

譚笑非絲肉，園林罷鼓鐘。燈光人影静，荷氣酒杯濃。半醉狂招鶴，聞香小倚筇。天風滿襟袖，謖謖對長松。《蛾術齋詩集》卷六

都門寄載園

李如筠

漁陽幾日送孤舟，駿馬臺前又獨遊。桃梗生涯同是客，菊花天氣漫驚秋。濁醪徑醉長安市，明月何須太白樓！莫向西風彈别淚，壯心努力看純鈎。《蛾術齋詩集》卷六

同載園謁楊忠愍公祠

李如筠

西市兵曹死，人亡國步艱。盈廷爭唯諾，十罪數神奸。折檻雄心在，埋輪血淚斑。百年芳臭異，搔首望鈐山。《蛾術齋詩集》卷六

題載園濮陽策蹇圖

李如筠

瓠子宫前館陶水，腰笏鳩工勞萬指。斬茭伐竹頓丘南，健者吾宗戴星起。河干風雨滯官程，叱馭歸來泥没軌。幾年露綱掛高軒，骯髒仍防肉生髀。于役賢勞殊不惡，短轡從容策長耳。村翁拊掌笑相謂，大似襄陽孟夫子。席帽烏韡十丈塵，驚羽飛星三百里。夕陽滿笠露滿襟，大尹風流不衫履。袖中一卷《河渠書》，鄭綮詩懷又清美。圖中瘦蹇載清癯，著子灞橋風雪裏。阿堵精神問虎頭，白皙鬑鬑笑齲齒。

駟馬不易廬山公，官中鞅掌誰能爾！　《蛾術齋詩集》卷六

鎮之太守招飲寶昌書屋即席同載園夏鷺汀楊米人作詩仍用釣字韻　李如筠

東風撲簾樺燭耀，主人浮杯能白釂。詩腸得酒氣如虹，舉觴屬客歌且嘯。胸中汪汪千頃波，口角懸河窺語妙。吾宗瀟灑真散仙，楊子譚玄精奥窔。夏侯表表霜鶴姿，剪水瞳人光四照。屢舞不厭次公狂，射覆或防臣朔料。盆中梟雉當酒籌，非不能盧繞牀叫。爐烘耳熱呼茗飲，濃乳泛瓷傾石銚。投箸分毫琢新句，青眼中人吾最少。寶昌名義未易知，太守於詩，喜昌黎、昌谷，顔其齋曰『寶昌書屋』。韓李二編粗識要。老儒高步玄龍樓，童仙戲鑿混沌竅。鉅公才子一相識，炯炯玄精息螢爝。天公作意裁心花，曲士操觚矜耳剽。念誰寶此知者希，嗤點流傳首頻掉。我與古人俱有恨，敝帚千金蒙姍誚。邇來綺麗困餘波，千一百年無此調。公手巨刃腰錦囊，奄有二子嗟神肖。玉山朗朗青雲端，跛羊喘跂千仞峭。但宜飲酒勿饒舌，先生不言捧腹笑。　《蛾術齋詩集》卷六

除夕喜家載園書至　李如筠

相逢僂指訂秋初，海上槎回歲已除。詩卷長教眠食共，江湖未放夢魂疏。纔醺卯酒三蕉葉，快剖丁沽尺鯉魚。冷宦無人相煖熱，多情一紙故人書。　《蛾術齋詩集》卷八

海門詩鈔題詞　李如筠

集中五古風格極高，七古奇宕雄健。近體中，至處直逼王、孟，其次猶出入蘇、陸，則全以情勝。情餘於詞，風人之旨也。他日嶺南詩派，張此一軍，誠未易定其位置。而目前儕輩中言風雅者，已罕見倫匹

也。綴數語書之卷首，不勝嚴詩編杜集之望云。 二卷本《海門詩鈔》卷首

海門詩鈔題詞

陳寅

禄州西去接蓬萊，夜夜光華燭上臺。收得驪珠三百斛，天教付與謫僊才。

載酒尋梅興不孤，錦囊忙煞小奚奴。雄情更得江山助，靈雨春田戲舄鳧。

懷人紀事吐新詞，浩氣淋漓是我師。風雅自歸真性出，五倫以外更無詩！

吴越清歌紀勝遊，漁洋佳句舊風流。如何丁字沽前夢，也似江南腸斷秋！

攜客登樓寄短吟，數聲高調激空林。何當緑酒紅燈夜，細雨論詩愜素心？ 二卷本《海門詩鈔》卷首

莒州司馬莊蓬嶠餞仲節于芍芳園即席奉贈

陳寅

五羊城北秋氣清，芍芳園裏金粟盈。綵燈掩映出林際，亭中嚦嚦笙歌鳴。金谷銅駝朝官馬，當場何真伶何假！清風亮節真吾師，優孟衣冠爲誰寫！新妝炫服群爭憐，或歌或哭風捲烟。傾國名花隨處有，新詩難遇李青蓮。青蓮才調古莫比，倚馬萬言瀉江水。鳴鹿初升粤嶺雲，烹鮮已試燕山市。即今年纔歷壯强，藉甚聲華動帝鄉。三年廬墓松楸老，萬里雲程鵬鴞長。莒州司馬蓬瀛客，物外風流共朝夕。紅豆新妍絶妙詞，緑衣細譜流芳席。主賓歡洽傾玉鉼，繡簾之外花冥冥。金尊銀燭依稀見，豪竹哀絲隱約聽。觥籌交錯客未散，匆匆先到珠江畔。忽憶《驪駒》一曲情，曉風殘月垂楊岸。 《向日堂詩集》卷九

海門詩鈔題詞

裴顯相

廿年前已稔才名，幸附秋風得識荆。文藝未遑騰藝苑，甲辰一薦後，即捧檄畿輔。簿書猶自擁書城。每

從公暇尋新句，衹向詞場憶舊盟。況是循良堪報最，畿南幾處播賢聲。

高文典册競流傳，著有《海門經義》，余曾合杜梅溪之文，並選刊之。更有瑶章萬選錢。識邃幾經尋理窟，爲古文辭皆有法，近《文鈔》亦付梓。學深故爾湧言泉。郵書遥寄誠珍重，錦句頻翻愛細研。竹垞漁洋長並擅，逢人即便説詩仙。二卷本《海門詩鈔》卷首

海門詩鈔題詞

杜群玉

青蓮才筆九州横，六代淫哇總廢聲。嶺南本詩藪，以之雄長，騷壇誰與抗手！二卷本《海門詩鈔》卷首

海門詩鈔題詞

楊元錫

新詩朗若月光含，騎省花枝滿翠嵐。一樣艷才傳衆口，杜樊川與李樊南。謂梅溪。

誰憐王粲賦《登樓》，悵望川原嘆倦遊。自去荆州來鄴下，建安詩句並曹劉。二卷本《海門詩鈔》卷首

天津李載園明府同年署中聞雁

蔣攸銛

不做乘風破浪遊，寂寥亭館賦《登樓》。娟娟涼露蟲鳴夜，漠漠疏星雁度秋。千里憐君江海志，一聲嗟我稻粱謀。楓丹蘆白家何在，借取靈槎到十洲。《繩柦齋詩鈔》卷二

濮陽策蹇圖爲李載園州牧符清題

何道生

宰官本是騎驢客，懶上肩輿看山色。吏胥那識宰官身，大笠籠頭策蹇人。宰官策蹇今無有，異事爭傳萬人口。何人更爲作此圖，一片詩境雲糢糊。此時游戲大三昧，載得新詩滿驢背。我識君詩近十年，丰姿想見如謫僊。揭來始得識君面，細看不容把雷電。電光倏忽幾經秋，眼中卷中人不侔。相見恨晚索

題句，我喜神交快相遇。他年君倘尹長安，恕我騎驢衝長官。《雙藤書屋詩集》卷十二

家載園明府符清**棠陰筆記題辭二首**　　李黼平

《搜神》《集異》共傳詩，屬草看來自一家。爲有詩才似仙鬼，雨窗摇筆墜空花。

詞賦遊梁不救貧，《驪駒》才唱已傷神。將憑一劍朝西岳，説向棠陰恐笑人！《著花庵集》卷六

贈李載園丙寅　　聶鎬敏

人海茫茫市碎紛，哦詩聲忽對門聞。君來都，寓邸恰近咫尺。野鷗志趣能容我，皋鶴風姿最羡君。一卷古光披朔雪，數篇新態寄春雲。舊冬承惠大集，春正保定往還，復示新詩。天涯知己由來重，晨夕相過意共欣。《松心居士詩集》卷七

祈州訪劉梅溪别駕不遇次壁間李符清明府韻　　郭維翰

最好風光三月時，相逢滿擬慰離思。效顰却借湘東管，仍寫春天渭樹詩。《鴻爪集·詩》

附録四　序跋評論雜記

海門詩文鈔後序

沈樂善

乾隆庚戌秋，善應童子試，受知於合浦李載園師。謁見後，間讀所爲詩古文詞，茹古涵今，已入諸大家室，亟欲一窺全豹，而師旋以憂去。癸丑服闋補官，權滄州牧，嘗兩至津門，皆侍教未久。去年冬，善授職後，假游鹿巖，師不以善譾陋，俾同清苑裴宿塘農部纂輯邑乘。暇時出所刻《海門詩文鈔》若干卷，屬編次另梓，復命序焉。善何知，敢贊一辭！然幸托門墻，面承指授，亦竊聞詩文之矩矱矣。昔六朝人謂有韻者爲詩，無韻者爲筆，故梁代有『沈詩任筆』之目，又稱謝玄暉善詩，任彦昇工筆。厥後『杜詩韓筆』，猶沿斯名。至陳后山，遂謂杜以詩爲文，故文不工；韓以文爲詩，故詩不工。論雖未公，然亦見詩文兼美者之難也。

嶺南素稱文藪，詩歌奏議，沉雄巨麗，僅張文獻一人。厥後邱瓊山、陳白沙以文稱，而詩未著；前後五子三家，皆專以詩鳴，而文不傳，其他又何論焉！吾師資性高邁，好窮探古今秘奥，自《六經》諸史，旁及稗官野乘，靡所不究。未弱冠，文名即噪於嶺海。丁酉舉拔萃科，入京師。其遊蹤所至，度大庾，涉洞庭，浮彭蠡，踰江淮，南望衡嶽，東瞻泰岱，既皆有以開拓其心胸，激發其奇氣。而其留都下也，從名公鉅卿遊，時得聞名言緒論，逡巡文酒，跌宕縱橫。故發爲文章，雄情浩氣，駸駸乎與古爲徒。癸卯登賢書，即筮仕，歷宰煩劇，簿領日不暇給。而公餘即從事翰墨，縱筆所至，頃刻數千言。

今觀集中詩，諸體出入三唐，而抒發性靈，一歸正始；文則探源《左》《國》，復參之太史，以著其潔者。嗚呼！是洵能集古人之長，而詩與筆兼美者矣。異日著作益富，名位益高，卓然與張文獻後先輝映，而功名事業，亦將與之並烈也，豈不休歟！謹誌數語於卷末，或如皇甫之敍韓集，得托以不腐，則幸甚！嘉慶三年，歲次戊午中秋，受業沈樂善謹序。十六卷《海門詩鈔》初次增刻本

李載園杜梅溪時文合刻序

吴省欽

時文者，唐宋進士科所試詩賦之名；今之時文，則宋以後之經義。若唐試明經科，裁紙掩經文之兩端，僅帖中間三字，令士之習是經者，或舉全文，或述注疏，復口問經大義十條，此又經義所濫觴也。宋《志》言場屋經義之文，雖無兩義，必欲鼇爲對偶，請考官誡飭之，以救文體。是經義之有八股，其體蓋猶之律詩、律賦，而與古無與焉。

我朝監因往制，以此取士。士之業此者，或務闡繹，或尚揣摩，窗藝闈藝，却車而載。至其得失之數，自童子試而上，以進士爲極。而比近數十年中，有文稿行世者，不逮向者之盛，非『一行作吏，此事遂廢』也。其鄙夷姍笑之，以謂『時文時文』云爾者使之然也。

李子載園，杜子槑溪，生異吴、粤，而其舉同，其官同，官之地又同。其談詩好爲詩，詩之工亦同，同官輒並舉之曰『李杜』。夫李、杜氏之詩，莫尊于白與甫。白與甫之行義，雖未若喬、固、雲、衆、膺、密之

踔絶一世，乃其詩固不止于踔絶一世。故四『李杜』之目，視三『蘇李』尤著。今載園、槑溪之詩，其視白與甫，吾不敢知，而自成爲詩，則可知。至其文，載園渾淪而磅礴，槑溪潤澤而豐美，予今始讀而知之，而序之。抑予聞時文雖小道，實經術之一端，古之人多以經術飾吏治。爲治者合于時，而有以志乎古，其可傳有更進者矣。二子其然吾言乎？《白華後稿》卷十一

海門詩文選小序

張　晉

載園先生以沉博絶麗之才，作爲詩古文辭，久已風行海内矣。嘉慶丙寅，于役南來，南中士大夫無論識與不識，莫不願得先生之集而讀之。奈篋中所携無多，因命晉仿漁洋山人《精華録》之例，選其尤精者，得詩若干首，文若干首，梓於吳門，以應交遊之索。

憶晉自壬戌歲即從先生遊，今五年於兹矣。暇日與先生把盞挑燈，上下其議論，每承指授，頗謂得髓。顧晉雖萬不及蓮洋，而先生則今之漁洋也，是集之選，晉又曷敢辭！若夫明珠美玉，市有定價，讀先生集者，當自辨之，又無俟晉之饒舌也。嘉慶丙寅秋七月，陽城後學張晉雋三甫，書於金閶客寓。《海門詩選》卷首

海門詩文集跋

周　鍔

古文制藝詩詞，皆以宣其心之所欲言者而已，顧言有巧拙，則由其讀書之功有淺深焉耳。今人每區而異之，以爲有然有不然，焉足爲定論哉！昌黎云：『氣猶水也。』水大則物之大小畢浮，氣盛則言之短長，聲之高下皆宜。詩文之奥，盡於此矣。

載園先生官直隸垂二十年，余歷官郎署時，即聞其吏治廉能之名，嘖嘖人口。且深情交道，醉心風雅，惜以公事，各拘職守，未能一把握爲恨。今幸其因公來吴會，出其所著全卷以示，因知其詩與文之畢與古會，且根柢經義而出，故能勁氣直達，不屑屑於古人糟粕之餘，不規規於時代門户之見爾。見讀書養氣，非猶夫淺嘗浮慕之徒，妄思描頭畫角，以取妍當世，邀譽一時者矣。『一行作吏，此事便廢』，古人殆有慨言之。若載園者，此語烏足信耶！

故合而觀之，所製雖異其名，而究以言其所欲言者，未嘗求工而無乎不工。余益謬今人之分體以辨工拙，而信合一之道焉。載園先生必不以余言爲河漢也，用是跋以歸之。嘉慶十一年，歲次丙寅中秋後一日，聽雲愚弟周鍔拜識。　初刻本《海門詩選》卷尾

李符清　張維屏

字仲節，號載園，廣東合浦人。乾隆四十八年舉人，官開州知州。有《海門詩鈔》。

載園性豪邁，喜交游，愛書畫。所藏有杜少陵《贈衛八處士》詩墨蹟，因署所居爲『寶杜齋』。杜文貞書罕傳於世，觀者無從證其真贋也。《松軒隨筆》。

摘句：地遠迴孤雁，天低入百蠻。

五年作令知官況，四海論交得友難。　《國朝詩人徵略》卷四十八

海門詩選三卷　嘉慶五年刻本　葉德輝

《海門詩選》三卷，合浦李載園符清撰，陽城張晉雋三選。

據晉序云：『載園于役南來，士大夫無論識與不識，莫不願得先生之集而讀之。奈篋中所携無多，命晉仿《漁洋精華録》之例，選其尤精者，得詩若干首，文若干首，梓於吴門。』是并刻文選，不僅詩也。載園早以諸生受知於翁正三閣學方綱，後官吴中，有循良之績。其詩頗尚聲調，于才、學、力三者兼臻，故研鍊獨工，脱去粤人粗獷之習，而亦不爲江南靡靡之音，《詩壇點將録》比之《水滸》步軍協理頭領之青眼虎。《録》中粤人惟載園一人，而黎二樵簡、張葯房錦芳，且在副作之列。雖馮魚山敏昌、宋芷灣湘兩太史，亦不入《録》，可知載園詩爲江南士大夫傾倒至矣，恨不得其全集一讀之也。丙辰夏正五月端午日，長沙葉德輝記于蘇城閶門寓舍。《郋園讀書志》卷十三《集部》

葉德輝

海門詩鈔十三卷 嘉慶戊午刻本

《海門詩鈔》十三卷，李符清撰。

張維屏《國朝詩人徵略》：『李符清，字仲節，號載園，廣東合浦人。乾隆四十八年舉人，官開州知州。載園性豪邁，喜交遊，愛書畫。所藏有杜少陵《贈衛八處士》詩墨蹟，因署所居爲「寶杜」。文貞書罕傳於世，觀者無從證其真贋也。』

按，刺史詩出翁覃溪學士方綱門下，以詩名嶺南。同時如吴穀人錫麒，梧門法式善祭酒，張船山太守問陶，洪稚存太史亮吉，趙渭川大令希璜，皆互相推譽。是時粤中詩人，如宋芷灣湘、馮魚山敏昌、張葯房三太史，黎二樵簡明經，均未足與之抗衡。知刺史之詩，於粤派中固獨樹一幟矣。余曩於蘇城得《海門詩選》三卷，恒以未讀全詩爲憾。後獲此本，逐覽一過，乃知選本多遺珠之恨，不厭人意也。

集中七古七律，獨擅勝場。七古學杜，波瀾老成，一篇之中，字斟句酌，無不穩固之韻。七律首尾一氣銜貫，化去對偶之跡，筆如轉圜，意態極新。或不能求新，則於句法中研煉精純，以避甜熟之習。全詩律體功力，較七古尤深，皆慘澹經營而作也。五、七絶皆直起直落，有水到渠成之妙，似又有得於東坡、遺山二家者。道光中，陳雲伯、舒鐵雲戲作《乾嘉詩壇點將録》，以《水滸》中青眼虎喻刺史。讀其詩，如見其人，洵足令人莞爾也。《郋園讀書志》卷十三《集部》

海門詩鈔十三卷 嘉慶戊午刻本　　葉啓勳

國朝李符清撰。符清字仲節，號載園，廣東合浦人。乾隆四十八年舉人，官開州知州。是集編年而不分體，首爲翁方綱、法式善、洪亮吉、張問陶、趙希璜、宋湘、馮敏昌諸人題辭。

案，嶺南自梁佩蘭、陳恭尹、屈大均三家後，風雅寥寥，士大夫薰習羶膏，所爲詩文，恒不脱傖父之氣。符清受詩法於方綱，力追正始，于是以詩雄于粵中，而爲當代詩人所推譽矣。葉德輝《郋園讀書志》，稱其『七古七律，獨擅勝場。七古學杜，波瀾老成，一篇之中，字斟句酌，無不穩固之韻。七律首尾一氣銜貫，化去對偶之跡，筆如轉圜，意態極新。或不能求新，則于句法中研煉精純，以避甜熟之習。全詩律體功力，較七古尤深，皆慘澹經營而作也。五、七絶皆直起直落，有水到渠成之妙，似又有得于東坡、遺山者』。誠定論也。

集中《五十初度》詩，在庚申六月以後，庚申爲嘉慶五年，則其生當在乾隆十六年辛未。是集始丙申，爲乾隆四十一年，終壬戌，爲嘉慶七年。則自二十六歲至五十二歲之作也。觀集中《鬱林遇雨》，可見其自有肺腸；《衡山道中》，則全本唐音；《漢江》『東風一夜吹微雨，岸草萋萋録到船』，則佳景佳興，歷歷如繪。宜其于粤派中能獨樹一幟，雖黎簡之才思敏捷，亦難與之抗手矣。張晉曾仿王士禎《漁洋精華録》之例，選刻其詩三卷于吴門。然選者各具手眼，讀之殊不厭人意，故置彼録此焉。《續修四庫全書總目提要·集部》

東鹿縣志十卷 嘉慶三年刻本　　譚其驤

知縣李符清修，裴顯相、沈樂善纂。符清字仲節，合浦人。由举人乾隆五十三年任，五十五年他調，五十九年再任。顯相字宿塘，清苑人，户部主事。樂善字秋雯，天津人，翰林院編修。符清於鹿邑兩任八年，山川民俗，知之甚稔，久有志於整緝文獻。嘉慶三年，適顯相以讀禮保陽，來長邑之南池書院，樂善亦道過鹿巖。因相與商榷，共襄斯舉，於仲春開局，八閲月而告成。志中所載事實，十之七八因於舊志，無多增益。而門類義例，則頗有改進，文采詞藻，尤斐然可誦。於壇廟，能釋其祟祀之源流衍變，雖非州縣志之體，究屬博贍可珍。輿圖悉删舊志之十景，『河道』專立一志，滹沱而外，兼述漳河、鵶兒河，凡此皆堪稱譽。惟《藝文》載及與邑事全不相干之陸隴其《黍稷辨》，是爲可議耳。志刻成時，符清已去任，後任知縣任銜蕙名列同修。書凡十卷，卷各一志，地理、河道、建置、田賦、學校、職官、選舉、人物、風土、藝文。《續修四庫全書總目提要·史部》

開州志八卷 嘉慶十一年刻本　　譚其驤

知州李符清修，天津沈樂善纂。符清字仲節，合浦人，由舉人嘉慶八年任。樂善字萩山，翰林院編修，掌雲南道監察御史。符清曾重修《東鹿縣志》，亦聘樂善主編，已著録。

嘉慶九年，符清自開任奉命入覲，復以州志屬之樂善。定凡例，分類目，還延當地人士，分司采輯。明年春，寄所裒集於樂善。嗣符清改官深州，遷秩守郡，再入都，二人遂得相與商榷辨論，至十一年二月書成，即就都中鏤板行世。凡八卷，目八十有二，一地理志，二建置志，三田賦志，四職官志，五選舉志，六人物志，七列女志，八藝文志。書首圖十六幅，書尾舊序六篇，不入卷。綱領簡括，記述明晰，頗秩然可觀。考證敘事，必注出處，於舊志缺誤之處，亦多所訂補。其所依據者，除《一統志》、府縣舊志外，自《二十四史》，以及漢唐《會要》、《元和郡縣》、《太平寰宇》、《方輿紀要》、《郡國利病》諸書，無不甄録，洵不愧爲博洽詞臣之作。特其義例斤斤於取法《武功志》，猶未脱俗見。凡例謂志爲紀地之書，僅乃史之一體，此則蓋襲諸戴震輩之謬論也。而其最大之病，厥在考而不述，各門皆但引諸舊籍條文，排比成章，絶少有增入新材料者。如《風俗》一門，引《左傳》至舊志八條，《物産》一門，引《唐書》至《利病書》四條，皆無一語述及目前之情狀。夫此而謂已盡志之能事，則又何貴乎有志耶！乾嘉考據之學大盛，其流弊遂致一切史部著述，皆博古而不通今，斯其例也。

又，《藝文志》於舊志所載明清文，多所删去，别從《文苑英華》等書，采入唐人作品數篇，自謂以古雅爲宗。殊不知唐文即不收，賴有《文苑英華》等，猶能歷久不亡。而明清文則獨有此郡邑志載之，一旦割去，後此便無可徵矣。是其取去豈得但以古雅爲準哉！《續修四庫全書總目提要·史部》

廣東通志

《海門詩文鈔》六卷，國朝李符清撰，存。謹案，符清字仲節，一字載園，合浦人。乾隆癸卯順天舉人，官開州知州。道光《廣東通志》卷一百九十八《藝文略》

梧門詩話

法式善

李載園符清有《津門竹枝詞》六首，並佳，録其一云：『西浦清歌罷采菱，北斜暝色又收罾。一星欲濕露初白，凉到前沽捕蟹鐙。』國家圖書館藏鈔本《梧門詩話》卷一

李載園大令詩，逸致出塵。甲寅春，邂逅津門，余與覃溪先生、吴銘茶學士同時扈蹕，載園出《海門集》屬勘。余最爱其《連州江口》云：『峽中霧重天沉沉，千山萬山嵐氣深。雨昏風緊行不得，鷓鴣啼徹芭蕉林。』《英德道中》云：『湞陽峽口煙初暝，彈子磯邊雨半斜。竹雞格磔啼不歇，西風吹落山茶花。』皆古峭有天趣。載園補博士弟子，舉京兆試，皆出覃溪先生門。先生極賞之，題一詩于集後，有：『李生《海門》自名集，近與鮑臯思並峙。時和不識賦役繁，數卷殘縑自料理。』觀此知不同俗吏所爲矣。國家圖書館藏鈔本《梧門詩話》殘葉

履園叢話

錢　泳

顔魯公竹山書堂聯句詩真蹟，書于絹素，雄古渾厚，用墨如漆，迥非後人所能模仿。國初藏真定梁相國家，刻入《秋碧堂帖》者是也。乾隆辛亥歲，爲畢秋帆先生所得。先生殁後，圖籍星散，又爲揚州吴杜邨觀察所有。

嘉慶丁卯歲，粵東李載園太守來吳門，攜有杜少陵《贈衛八處士》詩墨蹟卷，其書皆狂草，如張長史筆意。而杜邨觀察適至，顔册亦在篋中，余因邀二君各持墨蹟，同觀于虎丘懷杜閣下。余笑曰：『顔、杜生于同時，而未及一面。今千百年後，使兩公真蹟聚于一堂，實吾三人作介紹也。』按《新唐書》，天寶十二載，安禄山反，魯公守平原，少陵避走三川。後魯公以元載謗貶湖州，在大曆初年，正少陵出瞿塘，下江陵，泝沅湘時也。《履園叢話》卷十

西川海棠圖

張太復

《西川海棠圖》，合浦孝廉李載園爲優人銀兒作也。美人是花真身，花是美人小影，圖意亦如此云。銀兒陳姓，籍蜀之成都。年十七，利齒輕軀，面目光澤，來京師從雙慶部魏長生學。秦腔長生者，亦蜀人，故曲中翕然推爲『野狐教主』魏三者也。陳盡得其技，聲容之外，兼通幻戲，遂以色藝傾都下。方是時，劉芸閣之峭，王湘雲之媚，劉桐花之捷給，各擅其部，以相爭長。然以當陳，皆下駟矣，故《燕蘭小譜》中稱其『如魚戲水，如蝶穿花』。湘臯《渼碧行》云：『垂髫狐子比妖嬌，剪舌鸜哥遜伶俐。』蓋實録也。乃入宜慶部，拔戟自成一隊，遂以出藍譽，奪其師之幟。

載園之初入都門也，雖耳陳名，固未之識。一旦，友人偕造其寓，陳一見傾心，捉臂言歡，如舊相識，咄嗟命酒，珍錯畢備。飲酣，自起侑觴，曼態嬌聲，淺斟低唱，扇影燈光之下，掩映生姿，載園不禁爲之心醉。自是往來莫逆，每值梨園演劇，載園至，陳必爲致肴核，數下場周旋，觀者萬目攢視，咸嘖嘖嘆羨，望如天上人。或陳赴他召，聞載園來，亟脱身至，其相契殆有至深者焉。

載園既數與余相過從，暇嘗叩之曰：『子與陳之淪浹，固知之矣，然傾倒何遽至是！』載園笑曰：『唉，是正如山谷《無題》詩，盡空中語耳。外人皆以吾情逾斷袖，實乃妄墮綺語障。子知我者，奚亦問爲！』予曰：『是何也？』曰：『渠至吾寓，惟茗話手談，往往夜分不去。予促之歸，則睥帷睨枕，宛轉相就，若飛鳥之依人，大動人可憐色。故交頸促膝，無所不至，雖觸體皆靡，而終不及亂。渠未嘗不詫予之忍，予初不易我之介，所交如是而已。』予笑不復問。

先是，有好事者爲湘雲作圖，復有爲芸閣作賦，都下一時傳誦。載園乃倩名手，爲繪《西川海棠圖》，遍徵題詠，予爲題二絶云：『細腰千載説横陳，俗豔休爭别樣春。可是《霓裳》泥去沉醉，華清宫外月如銀。』『翠拂修蛾霞點腮，錦官城畔幾經開。春風帝里花如海，爭買燕支學樣來。』亦可謂露華拂檻，仿佛聞香矣。

歲丙午，載園試宰直省，向因揮霍，負欠纍纍，竟難出春明。陳爲之廣張華筵，演劇於宜慶堂中，大招賓客，無不樂爲解囊，遂獲千金。又出己貲，代償債家數處，載園乃得脱然去。去之時，祖道廣渠門外，執手繾綣，語刺刺不休，西山翠色，如與眉間淺黛，遥爲結恨。已而夕陽在樹，風荻蕭蕭，暮色自遠而至，不得已而後行。自是陳聲名愈盛，日不暇給，梨園别部演劇，觀者恒寥落如曙星，往往不終劇而罷，衆深嫉之。有大力者譖之要津，謂其妖淫惑衆，且多狂誕不法，而陳又適以誤觸巡城御史車，因逮送秋曹，決三十，使荷校狗五城，將問遣。陳多方夤緣，乃得薄責，遞回原籍，然已狼狽如幼芳矣。

載園時攝篆保定，再署滿城、清苑，聞其事，亟遣力致助，隱爲周旋。及題授鹿城，陳以遞籍迂道至，一見握手，悲而喜，喜而復悲，不知啼笑之何從也。居數日，爲治行李甚備，厚有贈貽，具輿馬，送之十里外，殷勤後期，痛哭而別。知其事者，無不嘆爲兩情相與，各盡其義云。予己酉自浙歸，過鹿城，晤載園話舊。酒爛燈灺，載園出《海棠》卷副本，指謂余曰：『花枝依舊，子亦憶卷中人乎？』

浮查散人曰，陳銀吾素稔其人，雖色藝足稱，而交盡金夫，非炙手可熱，鮮不遭嗣宗之白。然以利，則如載園輩，固有加數倍數十倍不翅也，何遽傾心如是耶？毋乃數有前定，情不自知，抑所謂水光山色，有以日酣其性者乎？雖然，凶終隙末，豪杰不免，有始有卒，若輩或一遇之耳。噫！《秋坪新語》卷一

瑕丘

蔣知白

粵東李載園符清刺史，翰墨精工，人極風雅。每蒞一方，有名勝古蹟，必多方修葺，表揚之而去。嘉慶九年牧直隸開州，登瑕丘，見夕陽青草，斷碣殘碑。因思此丘係春秋時第一名勝，不可聽其荒廢，慨然以修理爲己任，捐金倡首，集州中文人義士襄助之。數月後，亭閣屹然，環以喬木，先賢古塚，易以豐碑，使數千年廢坵殘墟，煥然復古。

州人請書匾額，李素負才名，又值此勝地，不欲潦草塞責，沉思苦索，終無一字。坐而假寐，忽閽人持柬至，視字跡不甚分明。問何客，答曰：『已登堂矣。』李出肅迎，見其神清貌古，冠履袍服，皆非時製。延之上坐，客曰：『聞先生高風廉譽，彰善闡微，心佩已久。今厚澤仁恩，施及泉壤，幸何如之！』李曰：『一介寒酸，濫膺民牧，貽羞是懼，敢當謬獎！既承枉顧，願悉仙鄉。』客曰：『予衛大夫蘧瑗也，感君高誼，特詣致謝。』李張皇出位，俯伏稽首曰：『符清何人，敢辱大賢！』客挽之起，李立不坐，强之，側席隅

坐。詢以春秋故事，客歷歷言之，與《左傳》《公》《穀》所載，多所差異，李亦不敢深詰。客曰：『君獨坐苦思，非爲瑕丘匾句乎？』李然之。客曰：『君係通人，凡佳句，總須典切自然，一味求新，反致阻塞。』李請用何句，客曰：『現成四字，君豈忘之！』李問何四字，客曰：『樂哉斯丘！』李驚喜拜服。客辭去，李送之庭，忽聞獵户鎗聲，一驚而寤。立索紙書額，懸之丘亭，人咸贊李之才，而不知神之助也。予與載園爲忘形交，爲予言之。

補因氏曰：『有此賢牧，宜有神助。』

補因氏曰：『世之以俗眼測英雄者，請味斯篇。』《墨餘書異》卷五

鄺齋雜記　陳曇

合浦李載園太守符清，起家縣令，任直隸束鹿縣。與同官杜梅溪大令群玉、蔣師退大令知讓諸公，常以詩相唱和。後李援例捐陞知府，需次省垣者數年。蔣大令奉差出省，在某縣署，夢中恍惚見一人，持一函投遞，面題『東鹿縣正堂封』。因拆閱之，則李載園手札也。內云：『師退足下，不復相見，能不悢然！愚再世爲雁門馮氏，門祚甚厚，頗勝前生。兹因公復過束鹿，事竣即將西去也。』又云：『在冥中，所見刀山劍樹，歷歷不爽，如某某皆在彼受無量苦，殊足警也。』閲畢而寤，曰：『嘻！載園死矣。』披衣而起，秉燭待旦，而訃至矣。其子二峨大令樟香與余善，爲余言若此。《鄺齋雜記》卷二

附録五　正文人名索引

凡　例

一、本索引著意梳理李符清家世及交遊所接,詳近略遠,俾資考據。依全書正文,包括校記、評點暨詩文補遺,以名諱立目,後標阿拉伯數字,即本書頁碼。附録内人名,概未闌入。

二、除正文詩題及小序、題注外,明暨以前人名不立目。括號内爲字號别稱,部分人名提示親屬關係。名諱俟考者,照録别稱。傳記内全部家族成員名號,亦未能備載,以避枝蔓。

三、單篇詩文,僅標注人名首次出現頁碼。同頁異篇,同題異詩者,頁碼後括注出現次數。

四、本索引依四角號碼新碼排列。同一字下,依第二字前兩碼排列。